古典文獻研究輯刊

二 編

曾永義 主編

第 2 冊

玄學言意之辨與後代詩學理論之關係

黃金榔 著

國家圖書館出版品預行編目資料

玄學言意之辨與後代詩學理論之關係／黃金榔 著—初版—
新北市：花木蘭文化出版社，2011〔民100〕
目 2+282 面；19×26 公分
（古典文學研究輯刊 二編；第2冊）
ISBN：978-986-254-489-1（精裝）
1. 玄學 2. 魏晉南北朝哲學

820.8   100000952

古典文學研究輯刊
二 編 第 二 冊   ISBN：978-986-254-489-1

玄學言意之辨與後代詩學理論之關係

作　　者　黃金榔
主　　編　曾永義
總 編 輯　杜潔祥
出　　版　花木蘭文化出版社
發 行 所　花木蘭文化出版社
發 行 人　高小娟
聯絡地址　新北市永和區中正路五九五號七樓之三
　　　　　電話：02-2923-1455／傳眞：02-2923-1452
網　　址　http://www.huamulan.tw 信箱 sut81518@ms59.hinet.net
印　　刷　普羅文化出版廣告事業
初　　版　2011 年 3 月
定　　價　二編 30 冊（精裝）新台幣 48,000 元

玄學言意之辨與後代詩學理論之關係

黃金榔　著

作者簡介

黃金榔，臺灣省，嘉義縣人，1961 年生，先後獲國立成功大學文學學士、國立政治大學文學碩士、國立高雄師範大學國文系博士，現任嘉南藥理大學通識教育中心副教授，教授中國哲學導論、應用文及習作等課程；主編中國哲學導論〈新文京一二版〉，論文著作有《西崑酬唱集研究》、《魏晉玄學言意之辨及其對後代詩學理論之影響》，發表單篇論文有〈從漢末人物品鑑至魏正始玄學之轉向——論劉邵人物志人才學思想〉、〈儒學玄學化王弼易學試探〉、〈莊子虛靜心及其在藝文創作之意義初探〉、〈試論孔子之天命思想〉、〈從兩漢到魏晉時期人性論之發展〉等多篇；未來研究方向主要為魏晉玄學思想，漢魏六朝道教神仙思想，唐、宋詩學理論。

提　　要

　　「言意之辨」為魏晉玄學的表達方式，也是最重要的方法論，更是構築玄學體系的主幹，言意之辨又是玄學論辨的重要主題之一，分為言不盡意論、言象不盡意論、妙象盡意論、忘言忘象得意論、約言簡至、信口雌黃、言盡意論、寄言出意、言意兩忘、有意無意之間、不用舌論、妙象見形論、蓍龜為影跡論等，以言盡意論來辨名析理，是為名理學，以忘言忘象得意為方法來窮理盡性，示人探尋玄遠幽之門徑，建立玄學本體論的高度，是為玄學，在思想上，在人生上各方面都發揮的影響力，言意之辨除了最先成為清談場論辨議題外，表現上除有名理玄思的意義，也有佛學的意義，佛學的意義從格義之粗疏比附的理解而趨於義理的精純掌握；更有詩學的意義，詩學的意義則加速完成意象論、形神論、意境論的在中國詩學藝術特點上的形成與發展。

　　本論文結構有三部分，探討重心分別為，其一，遠溯初始文字語言創設及功能，近溯先秦兩漢之言意觀，考察道老、莊、儒家孔、孟、荀、〈易傳〉、並及墨、名、雜家等各家言意觀，其中以道家的言意觀「正言若反」「得意忘言」「三言」及〈易傳〉「書不盡言」「言不盡意」「立象以盡意」更富開創性，對玄學家深遠之影響，是玄學「言不盡意論」玄理論的直接源頭；兩漢則對經學家、楊雄、王充、王符等人重要思想家言意觀之考察，兩漢言意觀以「言盡意論」為主流，原因在於經學獨尊，經書文字，神聖不可侵犯，縱有獨立思考的思想家疑傳疗經，也未能撼動這股潮流。其二，為魏晉玄學言意之辨部分，依時代先後為序，探討言意之辨論爭的重要人物代表及主張，包括蔣濟、王弼、嵇康、王衍、歐陽建、郭象、張韓（翰）、庾敳、王導、殷浩、孫盛、庾闡等為主，並廣泛擴及其他各家；其中雖有「言象不盡意」、「妙象盡意」之爭，以及「言盡意論」對「言不盡意論」者的矯弊攻擊，但持「言盡意論」與「言象不盡意論」與「妙象盡形」與「言不盡意論」等，並非絕然對立，其異僅在立論層面不同，實可調和互補。往下探及魏晉玄學「得意忘言」對東晉玄佛融通的作用，方便接引佛學進入中國。其三，為言意之辨與詩學關係部分，經玄學深入辨析言意象之間的關係，詩學要妙之特點，言、象、意三要素底蘊被充分揭示出來，言、象傳達的侷限充分被認知，詩論家吸收玄學意之辨成果，運用以探討詩學的重要課題，即如何超越語言的不足，如何克服象不盡意，努力克服言象的局限，進而追求言外之意、象外之意無限寬闊之空間；將深情遠意隱於語言形象之下，這就促成傳統詩學理論中意象、意境論、形神論等之流行；本文先考六朝、唐代詩論，次考及宋明清詩論，六朝考察重心以《典論・論文》，文賦、《文心雕龍》、《詩品》重要詩論觀點，唐代考察重心以王昌齡、殷璠、皎然、劉禹錫與晚唐司空圖詩論為主，宋明清考察重心則選嚴羽興趣說，王漁洋神韻說，王國維意境論為主，探討魏晉以來各家詩論，受玄學言意之辨影響之情形，採宏觀考察角度，探索源流，期以整體掌握。

目
次

第一章 緒 論

第一節 研究的緣起動機與目的

　　言與意之間的關係是古今中外學術思想與詩學理論共同關注的核心問題，從學理上來看，一般而言，言意命題的提出，學術思想與詩學學理論應屬同時發生，但事實上，在中國言意命題的提出卻是學術思想早於詩學理論，中國學術思想的言意之辨起源甚早，早在先秦時代即告初步形成，如儒家孔、孟、荀，道家老、莊，名、墨、法、雜等都或多或少留下一些資料，以及戰國秦漢之際的《易傳》，分別從不同的面向來思考言、意之間的關係，其中尤以《莊子》及《易傳》更對此一命題致意再三〔註1〕；中經兩漢時代因經學的興盛，儒術的獨尊，儒家典籍受到無比尊崇而歸於沉寂。

　　到魏、晉時代，因玄學興盛，儒學典籍的權威性受到質疑，又由於玄學建立須要有一套方法論的發明，言意之辨在學術上得到空前的發展，據現存的文獻資料來看，早在玄學興盛的正始時期以前，漢魏之際流行的人倫鑑識已經運用言不盡意為談證，魏明帝太和談座的荀粲、蔣濟、傅嘏、鍾會等人都已觸及言意之爭中「言不盡意」的問題、到玄學興盛的正始時期的何晏、王弼、尤其是王弼對於言、象、意之辨全面的論述，對方法論發明貢獻尤其重大，其後竹林時期的阮籍、嵇康皆運用「言不盡意」來立論著述，西晉元康時期的歐陽建始立「言盡意論」以對「言不盡意」所造成虛無玄風之弊作

〔註1〕論及此一命題有《周易‧繫辭上》、《莊子》一書有〈天道〉、〈秋水〉、〈外物〉
　　　　篇等最被注意。

出理論上之反擊，元康後期的郭象則運用「寄言出意」以解《莊》，進一步融合儒道思想。

　　東晉重開江左談座，倡崇實學風的中興名士王導，東晉中期代表殷浩、孫盛等人，無不涉及言、意論爭；東晉中期後，佛玄融通時期的名僧兼名士如支道林、道安、僧肇、道生等無不關注言、意之間關係的命題，他們運用「忘言得意」等方法，使玄佛互相滲透融通，以取代格義的粗疏，進而促成佛學之興盛，由此可知，學術思想的言意之辨命題可謂與魏晉玄學的發展相始終，影響又更超越玄學本身之外；玄佛學名士、名僧多方面的運用，從漢魏之際以來，或用以為人物品評，品鑑人物深遠幽緲的神情與本性內韻，或用以為論辯聖人的微言大義──性命、天道是否具現在六籍文字之中，或用以引名理學入玄遠之道的思想，為漢代僵化的儒學打開活路，或用以為解釋古代經典篇籍，以調和儒道的衝突，尤其重要的是「言意之辨」成為玄學具體的方法論，用來建立起嶄新的玄學理論新體系，直接帶動魏晉玄學風氣的興盛，影響所及，更為東晉接引佛學思想進入中國搭起方便的橋樑，進而深入佛學領域，消融了佛學、玄學的隔閡與衝突，使得佛學、玄學得以互相交涉、互相依傍，並與佛學的思維方法相契合、相融通，隱然成為佛學的重要思維方法，直接帶動了隋唐以後佛學、禪學在中國學術史上的興盛。

　　由於魏晉玄學言意之辨的命題不斷深化演變，使得言意關係命題不斷的發展，並朝向著不同領域生根茁壯，如詩、文學、書法、音樂、繪畫等藝文領域中俱見其重要身影，並發揮無比強大的影響力量，豐富了各個藝文領域的內涵，特別是轉入詩學理論的領域中，豐富了先秦兩漢以來詩學體物言志說與物感說等的理論內涵，在魏晉六朝詩文論中，文學覺醒時代的來臨，從曹丕《典論・論文》首標文學獨立不朽，強調文氣說，以個人才情為文學創作風格的決定因素起；到陸機〈文賦〉中強調文以意為主、詩緣情說，提出創作活動開始於情感的觸動，必須作到言、意、物相稱，「遵四時以歎逝，瞻萬物而思紛。」凸顯自然物象對於作家詩文創作文思的激發，再到劉勰在其《文心雕龍》專著中，又特闢〈詮賦〉篇觸及「情以物興，物以情觀」，〈物色〉篇強調四時景物對主體情感的興發感動，〈神思〉篇中，「思理為妙，神以物遊」，與靈感生發下密切相關，具體提出「意象」一辭，從文學創作角度將意與象結合起來，視為文學創作活動的重要環節，作為判斷作品成敗優劣的標準，顯然，魏晉玄學言意之辨「立象以盡意」，使取象活動，更密切配合

所要盡之意的理論影響下，啓發六朝詩學理論中「意象論」的形成與嶄新發展，其間再經六朝田園山水詩創作經驗實踐的累積，田園詩農村生活及景象風光自然的呈現，帶給人煥然一新親切的感覺，山水詩則都刻意於物色形象的生動刻劃、強調形似、逼眞；兼之佛、玄、道學等學術思潮流行下，在虛靜心體道的工夫修養與方法論的提出等啓發下，在唐代終於誕生了意境理論，唐代意境理論是經王昌齡、殷璠、皎然、劉禹錫等人努力建構下完成，他們採擷六朝以來言意理論的成果，以及吸取盛唐詩歌創作實際經驗，並在自己創作經驗累積下，結出理論，逐步地，由六朝所重的意象理論發展完成唐代的意境理論，使得唐中晚期，意境論成爲中國詩學理論中始終居於最關鍵核心的地位，並且對日後的宋、明、清詩學理論產生了深遠的影響，這是魏晉玄學言意象之辨轉進詩學領域後，在後代詩學理論中生根、滋長、繁盛的結果，形成中國詩學理論中重意象、意境等傳統，從而造就了中國詩學理論有別於西方詩學理論的主要特色；對於如此問題，如能做作一次全面性的尋源覓流的探訪，想來是極具意義的研究。

　　然而由於時間與個人學養所限，對於詩學領域中言意理論發展，這又是一段長時期發展的歷程，幾乎可以說歷代的詩人或詩論家多多少少都會觸及言意的命題，對著此一重大問題，要作到全面性的探討，是一項艱鉅的重大工程，難以面面俱到，可能失之泛泛，過於瑣碎，也並非本文所能負荷的，因此本文在這方面問題探討上，試圖作出一些選擇性處理，亦即將言意之辨對後代的詩學領域影響這長時期的發展，先作一概括的分期，將玄學言意之辨進入詩學領域部分的影響與發展，分爲魏晉六朝時期，唐時期，宋明清時期；並分別選出其中重要的代表詩論進行探討，但須說明的是魏晉六朝時期選取研究對象何以是《典論‧論文》〈文賦〉及《文心雕龍》？原因是魏晉六朝時文學雖進入獨立自覺時代，但詩文分化尚未純化，如曹丕《典論‧論文》一篇所論之文內涵詩、賦文體，陸機〈文賦〉論文顯然以文學眼光論文，〈文賦〉調整詩文先後次序，列詩、賦居首，凸出詩、賦地位，雖〈文賦〉所論文的內容實包括有十體，但站在詩賦角度來論文是無疑的，齊梁時代劉勰《文心雕龍》文章分體則更臻細密，但所論之文含雜文學，必就其中選出詩論相關篇章，如〈神思〉篇、〈明詩〉篇、〈物色〉篇，就是以近於詩學立場立論，故本文將這些著作篇章列入爲考察對象；魏晉六朝時期，眞正能擺脫詩文的糾葛，純從詩學立論，是爲稍後於劉勰約十年間的鍾嶸《詩品》一書，此書

被推爲後代詩話之祖型〔註2〕，專門評論五言詩，分上、中、下三等，並一一爲五言詩作家溯流別，論詩要旨特標舉自然直尋的滋味說論詩，重視詩的審美效果，純就詩之立場論詩，爲詩文分流劃開界限，故本文魏晉六期詩學除探討《詩品》外，也納入《典論・論文》，陸機〈文賦〉，及《文心雕龍》若干篇章，視爲詩論的內容，認爲這些探討是必要的，鍾嶸《詩品》以後，唐、宋、明以迄清時期，詩文糾葛已不復存在，詩論家就詩學立場論詩愈趨於純粹，本文在唐時期選取殷璠、王昌齡、皎然、劉禹錫等及司空圖詩論爲考察中心，唐以後，選宋之嚴羽《滄浪詩話》，明代王漁洋及清末王國維《人間詞話》爲中心來加以考察，其中必須說明的是王國維的《人間詞話》，《人間詞話》雖爲詞話，但內容實涉及詩學重要的核心命題意境理論，王國維境界說，被視爲是中國詩學中意境理論的結穴，事實上，詞又稱「詩餘」，詞學本屬詩學之系統，都以抒情言志爲特質，若說兩者差異，則詞之所抒發之感情比詩更爲細膩幽微而已，故本文也納《人間詞話》於詩學的範疇中來考察。

本文上述所選擇探討的詩論家的詩學，其彼此之間有著密切聯繫，顯然都有承先啓後發展演進的關係，這種聯繫的關係說法，除見於他們各自著述或詩論中有所提及外，也有後代學者之指陳與發明，並非筆者個人一己之私見，本文盡可能呈現其彼此先後影響的關係與脈絡，期以見出玄學言意理論轉進到詩學領域中的所造成的影響及其發展演變的過程。

宋代嚴羽論詩曾稱云：「學者須從最上乘，具正法眼，悟第一義。」《滄浪詩話・詩辨》又稱云：「夫學詩者以識爲主，入門須正，立志須高。」《滄浪詩話・詩辨》嚴羽的話，說明他對中國詩學本質特點深切的掌握，雖說是自己對詩學造詣的自負的心得，本在指導人如何學詩識詩，曾被譏議爲陳義過高，但如將嚴羽論詩這些話，移植作爲指導學術研究者的依據，卻是適當而有意義的。

過去筆者就讀碩士班時，對詩學理論投入較大的興趣，撰述論文以西崑詩爲題，試圖從宋詩入手進而窺探唐宋詩的涇渭，在論文撰述中，借助不少詩話資料，以理解詩意、探尋詩美，通過這歷程才算初步掌握詩人創作意圖及詩作的藝術特色，中國詩歌經過長期創作實踐的積累與發展，形成偏重言志抒情爲主的走向，由於詩是最精煉的語言，所以它不同於散文或其它文類，以文字爲

〔註2〕鍾嶸《詩品》爲後代詩話之祖型說法，參閱王夢鷗〈鍾嶸評詩的態度與方法〉一文，收入《古典文學探索》，頁221，臺北：正中書局，1984年2月初版。

詩，以議論爲詩，以說理爲詩，雖可開擴新境，終究與詩的本質特點有差距，特別是近體詩五、七言律詩與絕句出現，更具有獨特的形式和內容，故創作時往往要求以有限的文字，表達無盡的情思以收言有盡而意無窮的效果，故解讀或欣賞一首詩除要求不泥於文字形迹外，必須通過有限的文字以推求無限的詩意空間，讀者若無相對的才思學養，豐富的閱讀經驗以及高度的悟力，是難以深入詩中情境的；故研究詩不免失之臆測流爲主觀，是頗艱難的一項工作，研究詩學理論大抵可以免去前述之困境，詩論既有指導詩人創作如何形成好作品的要求，也是創作者經驗心得的累積所形成理論的總結，用以指導後學者，由於中國詩論家往往集創作、與批評、欣賞於一身、每當閱讀前人作品，欣然有所會心時，往往隨興地以片言隻字留下心得，較少有系統的論述以形成完整的理論，這就形成中國傳統詩論特色，這其中當然不乏一些稍見系統的理論著作，但比起西方的批評理論著述重視系統性顯然是不足的，然而，筆者以爲研究詩論總比研究詩作較易客觀，原因是在於詩論較爲具體與有理論結構之痕迹可尋，基於此種認識，筆者研究興趣由詩作研究轉移至詩論研究之上。

　　近幾年來，筆者在閱讀中國學術思想與中國文學理論時，對魏晉玄學與魏晉文學理論之間影響的關係較多注意，尤其是博士班課程有蔡老師開魏晉思想的課程，逐漸認識到魏晉玄學對魏晉詩文創作與理論的發展有密切的關係與深遠的影響，尤其是開啓魏晉玄風的言意之辨對中國傳統詩論的特質之一的意象論、意境論、神韻論等的理論建構，顯然有直接的啓示與深遠的影響，從中國詩學理論源流發展來審視，在魏晉時期前後有極顯明的轉變與差異，魏晉以前先秦兩漢以詩經學爲中心的詩論「詩言志」的傳統，不脫強調政治教化爲主的詩觀，尤其是兩漢詩學以詩比附政教人倫的得失，詩的本質與作用，相當程度受到政治教化功利扭曲與掩蔽，魏晉以後文學的自覺獨立性日愈彰顯，詩文理論格外地發達，詩文論中，著眼於詩歌審美的本質與愉悅情性等作用的自覺認識卻愈來愈深入，此種差異，與言意理論所建構的玄學思潮重自然、重個性的提出與言意之辨深入論辨有重要的關連，不容忽視。

　　上述的意見，後來在閱讀大陸知名的前輩學者湯用彤《魏晉玄學論稿》一書中〈言意之辨〉一文得到印證，原來湯用彤早已洞燭先機，揭示出這一問題的重要性，可惜生前未能撰成專文，在臺灣此間最早涉及魏晉玄學專題而論及言意問題的前輩學者，有牟宗三《才性與玄理》一書，又有徐復觀的《中國藝術精神》，大陸前輩學者湯用彤《魏晉玄學論稿》論〈言意之辨〉，後來大陸學

者袁行霈循此方向，搜集資料，撰成《玄學言意之辨與中國古代文藝理論》一文，針對此一問題，作了初步整理成績，由於袁行霈這篇文章完成時間早，兼以篇幅所限，而處理的問題又廣及書法、畫、詩、文、音樂諸領域文藝理論，論述層面廣泛，許多問題僅點到即止，猶有進一步闡發的必要；尤其是近年來，相關此一題目的論文相繼出現，研究上質、量不斷增多，翻出新意，在方法使用上或引進西方哲學美學觀點與此一命題進行比較研究，如徐復觀《中國藝術精神》一書中，曾以莊子的心齋之心，與現象學純粹意識作比較，而認為現象學的歸入括弧，中止判斷，實近於莊子的忘知，但兩者又有不同，因為「在現象學是短暫的，在莊子則為一往而不返的要求。」（見《中國藝術精神》一書）〔註3〕或從中外語言哲學、過程詩學 符號學的與中國道家、玄學言意之辨進行比較的觀點，這方面的論文不少，例如〈莊子的言意論與符號學的能所觀〉、〈言意之辨與維特根斯坦難題～兼論言意之辨的美學意義〉、〈得意忘言與言意之辨～兼論中國文化的符號學特徵〉〔註4〕等等單篇論文中進行研究，或從個別哲學家或一代詩論家論言意關觀點著眼，相關單篇論文發表很多，凡此，研究角度擴大了，深度也不斷的挖掘，頗有具體成果展現。

第二節　文獻探討與預期成果

本文撰寫之前參閱過不少前人這方面相關的著述，其中不乏創發性夠，擲地有聲，具有新眼光之著作，受其啟發，茲舉其中重要的文獻，並稍加介紹，略述於下：

1. 《魏晉玄學論稿》，為大陸前輩學者湯用彤所著，該書收湯先生八篇文章及附錄一篇，有臺灣里仁書局 1974 年據以排版印行，編入《魏晉思想》（甲編五種）一書中，其中〈言意之辨〉一篇，為湯用彤於 1944 年所著，旨在探討魏晉玄學的方法原則，對魏晉玄學言意之辨來龍去脈作出了尋根索源的探討，提示言意之辨的內容重點，以及言意之辨的運用與影響，尤其是將王弼

〔註 3〕 參見徐復觀先生著，《中國藝術精神》，第二章第七節，臺北：學生書局，1974年版。

〔註 4〕 〈莊子的言意論與符號學的能所觀〉，胡建次、邱美瓊著，《撫州師專學報》，1999 年第 4 期；〈言意之辨與維特根斯坦難題——兼論言意之辨的美學意義〉，李茂增、蔡幼鵬著；〈得意忘言與言意之辨——兼論中國文化的符號學特徵〉，袁正校、何向東著，《西南師大學報》，1999 年 3 月，第 25 卷 2 期。

言意之辨的理論新說視爲構築玄學體系首要方法論原則的見解，可說眼光獨到，對開闢研究魏晉玄學新領域，可說具有極大的啓示作用。

2. 〈魏晉玄學中的言意之辨與中國古代文藝理論〉，爲大陸北京大學教授袁行霈早期作品，該文受前輩學者湯用彤啓示下寫成，臺灣里仁書局 1974 年據以排版印行，編入《魏晉思想》（甲編五種）一書中，內容涉及詩文、書法、繪畫等相關範疇，討論範圍頗廣闊，重在言意之辨與詩文創作爲主關係，以時代先後爲經，詩文論及創作爲緯，論文清析簡要精確掌握要點，因成書較早，有些問題還有深入的空間，本文撰寫即在此文基礎上進一步，並將重點落在就玄學言意之辨對詩論影響的關係上。

3. 《玄學通論》，該書爲大陸新一代學者王葆玹對魏晉玄學全面探討之又一力作，臺灣有五南出版社 1996 年排板本，該書出版前，王葆玹已有《正始玄學》及《西漢經學源流考》等著作出版，《玄學通論》一書則在《正始玄學》一書的基礎上擴充完成，此書對魏晉玄學重要課題作出較全面性的研究，內容除引論外，分爲十二章，其中第三章、第四章涉及言意之辨之問題，有極精彩的論述，對書不盡言，前人未著意的問題，深刻挖掘，提出新意，皆能發前人未發，前人重視的「言不盡意論」也能細心辨析，獨抒己見，多有創新，足見其功力深厚，該書新意間出，在很多方面多有創獲，但不免也有刻意求深標奇之嫌，如《世說新語》載東晉王導標三理題目，《世說新語》〈劉孝標注〉引歐陽建〈言盡意論〉爲說，王葆玹在《玄學通論》一書中，則主張王導所標三理皆出自嵇康，以三理邏輯性一致，並推斷《世說新語》所載歐陽建〈言盡意論〉係嵇康〈言不盡意論〉之誤記，王葆玹說法以邏輯推論爲基礎，然後斷以己意，卻與東晉歷史事實不合，此是小疵處，整體上來看該書，分析精到，邏輯嚴謹，每有新的創見，可以說在魏晉玄學的研究作出進一步的深化。

4. 《郭象與魏晉玄學》爲北京大學哲學系教授湯一介所作，該書於 1983 年十月由大陸湖北人民出版社出版，此書有谷風（臺灣）出版社自行翻印，另有授權臺灣東大圖書出版，今本則經作者修訂後，是爲增訂本，於 2000 年委由北京大學出版，除緒論外，分十六章，後有附論二篇，其中第十章論郭象的哲學方法，區分郭象的哲學方法有三，一爲寄言出意，指出與王弼「得意忘言」方法相近，但立論不同，王弼貴在「得意」，以用不離體爲言，論證以無爲本，郭象寄言出意，重在「出意」，以即用是體爲言，論證造物無主；二爲辯名析理方法，指出此法出於先秦名家，郭象對辯名析理，並不視爲最重要方法，原因在於以其無助經國體致，但對玄學體系建立確有重要意義，

辯名在因名以定實，對名詞下定義，即可由名了解實的意義，然後進入析理；名理學於漢魏之際，首先用於政治上君臣名分之討論後，後漸進於人倫識鑑，如〈才性四本論〉，後漸及抽象原理概念如天、道、性、情、理等之討論發展，王弼、郭象等玄學家則運用以建立自己玄學體系；三為否定方法，指出先秦老子已自覺地加以運用，郭象獨化理論思維模式即是此方法的具體化，而且有更進一步的進展，該書論及郭象的方法論課題，循著大陸前輩學者湯用彤所開拓玄學方向的基礎上進一步提出看法，為研究魏晉玄學，尤其是研究郭象玄學思想者，有必要參考的書籍。

　　5.《有無之辨～魏晉玄學的本體思想的再解讀》，為大陸新一代學者康中乾所作，以其在南開大學的博士論文為基礎修改而成，2003 年由大陸北京人民出版社出版，該書以哲學眼光重新解讀魏晉學玄學，以西方本體論提供作為研究中國哲學有無範疇的參照，這方面研究，少有學者注意，該書揭出王弼的無的範疇含有五項義涵，即本體義，功能義，境界義，抽象義，與生成義，並指出其中抽象義將無進一步上升趨進於精神自由一途，竹林時期嵇康阮籍的玄學即承此而來，而生成義的邏輯的要求，將無向下趨入於具體的現象界一途，遂有元康時期裴頠〈崇有論〉出現，無本論向上或向下趨進，只暴露出兩方的矛盾，而無法解決兩方的矛盾，這一矛盾運動及其解決的方式在於無的功能義，從功能義來看，以無本論，其實質就是揭示了事物之存在的自然就是必然，所是就是其所以是，所然就是其所以然，即現象就是本體，這就有了郭象的獨化論；並且又指出王弼哲學貴無本體論，存在著內在的矛盾是有意義的，文中提出郭象獨化論的現象學意蘊是很有意義的，認為郭象的哲學是現象本體論，這是一篇富有深度與創新義研究論文，值得參考。

　　6.《意境論的形成～唐代意境論研究》為政大教授黃景進退休後最近力著（學生書局 2004 年版），黃景進教授出版此書之前，已有《王漁洋詩論之研究》（文史哲出版社 1980 年版）及《嚴羽及其詩論之研究》（文史哲出版社 1986 年版）兩書出版，黃景進教授對傳統詩論研究用功甚深，對傳統詩論考察精到，本書對詩學重要命題意境論的形成發展從來龍去脈深入剖析，尤其從佛學對意境論產生的決定性影響上作深入的論證，可以彌補目前學術研究上在這方面的不足。

　　以上是筆者撰述本文時，閱讀到參考文獻中認為較好也具有價值文獻資料，概括舉出其內容大概如上述，事實上與本文相關的其它具有價值的文獻書籍論著還有不少，在玄學著作部分：如牟宗三的《才性與玄理》（學生書局

1985 年版）及《中國哲學十九講》（學生書局 1983 年版），徐復觀的《中國藝
術精神》（學生書局 1985 年版），林麗眞所著《王弼》（東大圖書公司 1988 年
版），何啓民《魏晉思想與談風》（學生書局 1982 年版），唐翼明的《魏晉清
談》（東大圖書 1992 年版），林聰舜的《向郭哲學研究》（文史哲出版社 1981
年版），江建俊的《漢末人倫鑑識之總理則——劉劭人物志研究》（文史哲出
版社 1983 年版）大陸學者王曉毅《王弼評傳》（南京大學出版社 1996 年版）
及《儒釋道三家與魏晉玄學形成》（北京中華書局 2003 年版）在詩學著作方
面：王夢鷗所著《古典文學探索》（正中書局 1984 年版）內容收錄王夢鷗對
魏晉唐宋間重要詩文論家研究論文計二十篇，《傳統文學論衡》（時報文化出
版社 1987 年版）其中〈漢魏六朝文體變遷之一考察〉一文，揭出六朝以來各
種文體皆有辭賦化的傾向，都是深切有得眞知卓見，另外有《初唐詩學著述
考》（商務印書館 1977 年版）考證較少爲人注意的初唐詩格代表著作三種，
分別爲上官儀《筆札華梁》、元兢《詩髓腦》、崔融《唐朝新定詩體》等，以
此三種爲初唐詩格代表；張伯偉撰《全唐五代詩格彙考》（江蘇古籍出版社 2002
年版），該書是《全唐五代詩格校考》一書的增訂版，擴大考證唐宋代詩格範
圍，其中包括考初唐詩格八種；葉朗《中國美學史大綱》上下冊（臺北滄浪
出版社 1986 年版）；劉懷榮的《中國古典詩學原型研究》（文津出版社 1996
年版）另外如張可禮《東晉文藝綜合研究》（山東大學出版社 2004 年版），這
些書內容都頗有可觀，也對本文之撰寫，提供很大的幫助。

　　本文題目初定於民國八十七年，希望通過本文的撰寫，運用近來不斷出
現的資料與融會諸家研究成果，融會貫通言意之辨爲經，以時代發生的先後
爲緯，分別探討哲學領域的各思想家對言意之辨的態度及其採取對應的方
法，及其用以建構理論的經過與影響，進入詩學領域後對中國詩論核心理論
意境等理論所產生的影響，希望有一歷程性的考察與總結，期補修前賢的未
備，並試圖博觀約取、融會諸家的方法，從學術思想流變的角度切入，進入
詩學理論的核心命題，以期達到下列的目標：

　　清處楚地探討魏晉玄學思想家言意之辨的理論內容，從而見出玄學思想
的建構方法，與言意之辨對建構玄學思想體系的重要意義。

　　一方面揭示玄學思想對詩學理論的主動滲透與影響，從另一方面揭示後
代詩學理論主動接觸並接受玄學言意之辨以建立詩學理論體系，結合兩方
面，從而可以見出言意之辨從玄學思想領域進入詩學領域後，促成詩學中文、

意、物與言、意、象不斷深化,形象思維、靈感、物色、隱秀、滋味、興象、意象、韻味、興趣、神韻等詩學創作的審美趣味與詩學鑑賞的接受理論等特質的開啓。

　　詩學理論從前代詩學作品的創作中的經驗,歸納抽繹出精華,結出理論,又從而以理論來指導及影響後代詩歌創作走向,借由本文的探討,可以看出中國詩論如何指導詩人創作突破言、意成規的牢籠,建立起最具中國特色的的詩學理論,與指導詩人創作出相應的詩作。

　　以詩學理論言意關係著眼,考察詩學如何追求言意之外的奧妙,進而從意境論爲基點,以旁通虛實論、形神論等詩歌範疇,期以對其藝術的審美特質的掌握。

第三節　研究範圍與方法

　　本文結構可析分三部分,第一部分含第一章緒論,第二章則探討學術思想言意之辨命題的源起發展至完成,其中採宏觀的考鏡源流方法,擴大考察儒家孔、孟、荀,道家老、莊及〈易傳〉、及墨、名、雜家等言意及名實之觀點,漸次擴及兩漢重要思想家所代表的言意觀,以爲魏晉玄學言意之辨作出溯源探本;第二部分含三、四、五三章分別析論兩漢經學變爲魏晉玄學的原因與玄學言意之辨的內容,以明玄學新思潮與舊傳統的演變關係,並論述玄學言意之辨對玄學思想建立所起的作用,同時論及玄學思想家如何以清談言說或著書立論,並揭示玄學思想家對言、意兩者的關係的觀點與看法,如何運用言意之辨完成個自的理論建設;著重玄學思想家清談言論的考辨與學術文獻的詮釋分析;第三部分從第六章起,以迄於第八章止,重在探討言意命題轉移詩學領域後,在詩學藝術中得到新生命後,探尋其轉進發展的過程,兩漢以來詩學重在外在功能的探討,脫離不出依經說義,重社會政教功能;魏晉以後,中國詩學中的藝術審美特質空前受重視,詩學藝術全程活動,包括作者創作心理、規律、讀者的欣賞批評等深刻被揭示出來;這與玄學新思潮對傳統經學的解放,所形成個體的自覺,提供了詩學審美要求自覺的契機,息息相關,從此詩文學轉而重視文學內部審美規律本質的探討,詩文理論首先接受玄學言意之辨思想影響而提出論文見解的,就是西晉陸機〈文賦〉,〈文賦〉一文,在漢人詩論觀點與魏曹丕《典論·論文》的理論基礎上來論文,明顯的受到玄學言意之辨的啓發,從作家立場出發,論述了「言以

稱意、意以稱物」，認為如何處理好言、意、物三者之間的關係，是詩學創作首要之務，揭示出言、意、物三者為詩歌核心地位的重要性，這就涉及詩歌藝術思維活動形成的原因與過程，也進一步發展傳統文學物感說的理論，〈文賦〉一文進而主張「文以意為主」，以有別於魏曹丕《典論‧論文》「文以氣為主」的觀點，以及標舉「詩緣情」說，以代替秦漢傳統「詩言志」說等，〈文賦〉雖是論文，但在其「文體十分」中，以詩、賦居首，抬高詩的地位，可見陸機〈文賦〉是以詩賦的立場來論文，傾向於詩歌抒情特質，陸機〈文賦〉對審美特質，創作思維、規律體認，深切有得，對日後詩論發展作出奠基的貢獻，本文將選取劉勰、鍾嶸、司空圖、嚴羽、王士禎、王國維等中國歷代重要詩論家的詩學理論作為考察的對象，探討其詩學理論如何吸收言意之辨的成果來完善自己的理論體系，力求從這些詩論家的理論來通貫歷代詩論，以見出內在的理論脈絡，期使脈絡分明；由於言、象、意三者間本末體用關係及彼此聯繫性在玄學思潮中被充分揭露出來，這就促成詩學理論如何側重在「以言傳意」，到「言外之意」的奧妙探求，進而如何重視講究「以象傳意」，到「象外之意」的追尋，終於發展成境界理論的提出，形成詩歌藝術理論愈來愈完善而高度不斷上昇，這是一位又一位的詩論家從言、意理論出發，以創造性的思維，勇於嘗試突破言意關係的成規，建立而成具有中國特色的詩學理論；第九章為結論，論述玄學言意之辨之價值，及玄學言意之辨進入詩學領域後，促成詩學內部藝術規律的探討，所形成具有中國詩學特色的意象、意境、形神論的價值。

　　由於言、意問題，為古今中外哲學與文藝理論共同重視的核心命題，本文的研究上也酌參西方比較哲學與詩學觀點，接受美學，解釋學等方法，或採文藝美學的角度，或從文藝心理藝術思維及語言哲學的角度入手，將各種方法並用，建立成統一的系統方法上，期以較全面的掌握玄學言意之辨發展與進入詩學後影響詩學流變的歷程。

第二章　魏晉玄學「言意之辨」之溯源

　　一般學者論及玄學言意之辨起源時，大多追尋到老子、莊子、及《易傳》，實際上，言意問題，先秦諸子各家多所觸及，故探究起源，可以擴大追尋範圍至道家以外的各家，本章探討魏晉玄學言意之辨之前，先就言意之辨之初起略作考察，由於先秦諸子以及《易傳》作者對言意關係已自覺性的展開初步的探討，本文先針對先秦諸子涉及言意理論的各家及《易傳》的言意觀作一考察，再往下探及兩漢今文經學家及重要思想家之言意主張，旨在求較全面掌握言意關係的源流發展；考察次第依序為言意之辨之初起，先秦道家老子、莊子，儒家孔、孟、荀；《易傳》的言意觀，墨家與名、雜家等，然後再往下擴及兩漢相關論述。

第一節　言意之辨之初起

一、語言文字創造發明之意義

　　語言文字的創造發明及使用，可說與人類歷史相始終，在中國，人類誕生與天地開闢的說法，保留在神話傳說紀錄中，從盤古開天地，到女媧煉石補天、搏黃土造人，盤古、女媧的功勞，可以說，就是人類語言文字的功勞，有了語言的使用，文字創造發明，文明才得以神速的進步，人類有了歷史的紀錄，文化知識的積累，就可以依賴語言、文字以傳承而創生不已；若無語言、文字，可以想像人類所面對的這個世界將是一片漆黑，所謂天地玄黃、宇宙洪荒，只能任天自荒地自老，也就無所謂人類了，人類初生於世界上，與鳥獸同羣，為萬物之一，人與動物其間並無多少差異，為了生存，人不僅

與自然爭、而且必須與獸相爭，這時人類文明的進步可說是極其緩慢的，然而，自人類懂得開始運用聰明智慧創造語言、文字，加強擴大了人與人之間思想與感情的交際聯繫，人與動物的差別就日愈擴大，人類文明得以神速的發展，人類成爲萬物之靈。

上述所論，將語言與文字相提並論，其實語言與文字的出現實有先後的區別，從發生學的角度上來看，語言產生早於文字，語言與人類思維相聯繫，語言是思維的工具，也是人有異於其他動物本質特徵之所在，人類思維離不開語言；語言是人類最重要的交際工具，人類利用語言達到交流思想，從而達到互相了解目的，但是語言卻存在著重大的缺陷，那就是一發即逝，不能傳於異地，也不能傳於異時，因此語言的交際作用受到了時空的限制，不能充分發揮作爲交際工具的作用，所以當語言產生後，隨著人類社會發展到一定程度後，就對文字的產生，存在著迫切地需要，想借由文字的記錄，將語言傳達於異地異時，擴大語言無遠弗屆的交際作用，這就是人類社會文字得以產生的根由。

雖然文字是在有聲語言的基礎上產生，依附語言之下而存在，只是記錄語言的符號標誌而已，但是文字的產生，對人類社會的發展進步卻有重大的意義，這是人類進入文明時代的標誌，有了文字，它可以將語言的聲音信息轉爲視覺信息記錄下來，從而擴大交際的範圍，傳承人類的經驗，累積人類的智慧，保存人類的文化，推動人類社會的進步，文字的產生其重要意義由此可知。

在中國古代論及文字的創造與發明，存在著不同的說法，中國古代有所謂倉頡造字之說法，存於子、史書中，如《史記》、《淮南子》、《論衡》等書都有類似的記載；另外，又有伏羲畫八卦之說法，記載這一說法、並較有系統的論述此一問題者，則見於《易‧繫辭傳下》：

> 古者包（庖）犧氏之王天下也，仰則觀象於天，俯則觀法於地，觀鳥獸之文與地之宜，近取諸身，遠取諸物，於是始作八卦，以通神明之德，以類萬物之情。……上古結繩而治，後世聖人易之以書契，百官以治，萬民以察。〔註1〕

〔註1〕本文《易傳》相關引文以《十三經注疏》，王弼注，孔穎達疏，《周易》爲據，頁166～168，臺北：藝文印書館，1982年8月9版，又包（庖）犧古籍中有不同的寫法，又寫作庖犧、伏羲等，下面行文爲求一致作伏羲。

伏羲「觀物取象」所創造的八卦，有些學者將它視為中國最早的文字，《易傳》作者認為文字發明是先民受自然萬物啟發而創制出來的，從而取代原始的結繩記事的方法，才使得人類的社會顯出井然有序；合理的來說，文字發明本來就不是一人之力能完成的，必然是累積了無數先民的智慧，集體創造的成果，因此中國文字在產生以前，是否如《易傳》作者所說經過結繩、八卦等階段，還有待研究，但文字產生前，確有以實物結繩來幫助記憶協助交際之情事，《易傳》的作者，並未將文字發明是歸功於某人，而是泛指為「聖人」，古書中記倉頡造字、伏羲創造八卦之說，都可以作如此觀；這是標誌著先人的經驗得以有效的傳承，文化傳統得以的不墜的基石，人類文明的高度進步，強調的重點是文字的發明對文明的貢獻其功至偉，不是重在文字的創造發明權誰屬？

語言與文字的創造與發明，無疑地是人類驚天動地的大事情，有了語言文字，人類開始進入文明的社會來，文明與日俱進，這在中國古代，就曾經存在有過對語言文字產生崇拜與禁忌的情事，語言文字具有神聖不可侵犯的魔力，如中國有「渾沌開竅」、「倉頡造字，天雨粟，鬼夜哭」等驚天地、泣鬼神的憾動人心的神話流傳，在西方文學中也有類似的說法，如德國詩人蓋奧爾格有句名詩說：「語詞破碎處，萬物不復存。」這都將語言文字的力量與作用神話到極點。

綜上所述可知在中國從文字書面的記錄中，可以看到文字的創造與發明經歷過一段長遠的時間；從結繩記事到書契發明、又有倉頡造字，及伏羲畫八卦，在在都可視為中國最早產生文字各種說法，中國文字非一人一時創造而出，但經過各時代不同人的智慧結晶發明與不同人所整理，大抵是無疑義的，這些人對於人類有偉大的貢獻，使人類經驗得以傳承，人與人思想得以溝通。

二、語言文字之傳道功能

但是就在人們享受使用語言、文字傳達思想、用以溝通感情的方便同時，有時又感覺語言傳達思想感情不是那樣隨心所欲，同時又會覺得語言隱蔽事情的真象，成為人與人之間的溝通不可逾越的障礙，由此，不免對語言傳達思想的功能產生了懷疑，因此運用語言文字傳達事情對象的同時，引發對於語言文字的疑慮，這是中西方哲學、語言與文學家等面對使用語言文字時，所產生出來相同的疑慮與困境，在中國《莊子》書中，就有渾沌鑿竅而死的

故事，在西方神話中也有過為神傳話的使者，卻又變成了說謊者的說法，這說明了一切都是有了語言文字以後掩蔽事實真象，所惹出的禍。

言意關係的問題，不僅僅是語言文字傳達一般的意念思想是否有效的問題，而且還包括思想的最高型態形上、本體的問題，在道家說來為道、佛家說來為般若、涅槃，儒家說來為天道、性命等，在西方，則是所謂真理，純粹理念、絕對精神等，這些宇宙中最高的本體的體悟能否通過語言文字傳達的問題；換言之，從道、玄思想的角度來說，即道的存在體驗，是否可以通過語言文字有效的傳達？又如何通過語言文字有效的傳達？這是古今中外哲學家或思想家所思索的問題；作為魏晉玄學言意之辨的重要源頭的先秦諸子莫不對語言傳達思想有程度不同的反省，尤其是道家，道家重視道，以道成家，從道的立場出發，來深思著道如何以語言文字傳達才可能的問題，將言意關係視為其思想的核心的問題，來加以正視反省，提出解決之道，初步作出論述，自然不在話下。

三、中西方傳統言意觀流變之考察

語言如何傳達思想與情意，是中、西方哲學與詩學同樣關注的問題，也是需要面對的困境與需要解決的難題，在中國，先秦時代老、莊已經對語言文字表達情感思想侷限與不足的這一問題，有深刻的察覺與體悟，並初步的展開探討，老、莊要求人在使用語言文字時，反復再三地要人不可被華麗辭彩的外表所迷惑，「美言不信，信言不美。」〔註2〕（《老子·八十一章》）「言隱於榮華」〔註3〕（《莊子·齊物論》），並且進一步提出了他們理想的語境，道家老、莊都要人不執著語言描述的表象，要求人通過語言境域進到無言的境域，才能與真理同在；這些提法無非是試圖突破語言對思想的限制，老子提出「道可道，非常道。名可名，非常名。」（一章）「美言不信，信言不美。」（八十一章），顯然對語言的傳達真理對象與真實性能否一致就產生了懷疑，而莊子提出的「意有所隨」「得魚忘筌，得意忘言」（《莊子·外物篇》）的主張，即認識到語言只是傳達真實體驗的工具手段，認識出語言的功能與價值在於成就對象，而當對象得到彰顯後，語言本身就必須讓位於存在的對象並且隱蔽自己，語言被意義所決定，因此意義是首出的，而語言只居第二位，

〔註2〕 本文《老子》引文以樓宇烈《王弼集校釋》之《老子注》為據，行文中直接標示篇章。

〔註3〕 本文《莊子》引文以郭慶藩《莊子集釋》為據，行文中直接標示篇章，臺北：漢京文化事業，1973年9月初版。

魏晉玄學家王弼說：「言者所以明象，得象而忘言，象者所以存意，得意而忘象」；「得意在忘象，得象在忘言」，禪宗說：「悟第一義，不立文字，直指本心。」這些根植於中國思想土壤的儒、道、玄、釋各家，都認識到語言傳達思想的重要性，進一步反省語言的侷限性，所指與能指之間的距離，最終強調自身內在的自覺與體驗，輕客體，重主體，都強調「意」的首出地位，將言視為第二位。重意輕言，語言的本質與功用不在自身而在傳達表現意，語言只有表現了意，以主觀世界為主，與西方傳統偏重客觀世界又有不同。

中國言意觀重主體的意的此種傾向，反映在文學中，形成了抒情文學發達，而敘述文學不受重視的原則，如小說、戲曲不重再現社會事實。

對照西方言意觀的發展來看，在西方從古希臘柏拉圖及亞里斯多德等哲學家起，強調客觀世界，文學是現實世界的模仿，再現，西方傳統言意觀也是以意為主，語言與意義的關係，互相對應的關係，但卻是意義決定語言，語言為意義服務，所謂言盡意論，語言為客觀世界再現，意義可以獨立於語言之外，而為本體的存在，真實存在。

與傳統中國思想不同，西方哲學思想的言意觀，對其傳統理性為中心，語言為次要之看法，到二十世紀初曾經發生一次轉向，二十世紀，是一個富於懷疑的年代，西方哲學傳統言意觀以意為主，語言為次的觀點，視語言為感情的載體，語言只是傳達作者主體情意的工具，這些觀點都重新受到檢驗證明，例如現象學美學家英嘉登以為，語言佔據自己的位置，大衛‧羅伯在《現代語言學與文學語言》一書中也說過：「不是事物決定詞語的意思，而是詞語決定事物的意思」，而存在主義大師海得格爾也說：「說話的是語言不是人，人只有對語言作出反應，才說話」；德理達更認為：「先於與語言的所謂意義，並不可能存在。」﹝註4﹞西方從哲學生出的美學，隨著歷史演變發展到二十世紀，產生了許多的新流派，如俄國形式主義與英美新批評文論家，結構主義及後結構文論家，他們顛覆傳統言意觀中以意為首出，語言為第二位的看法；在反省傳統言意觀中認為文學藝術不是現實的模仿，不是再現，不是作家個性的表現，不是心理分析，而是語言藝術，將語言本體地位提高，俄國形式主義與英美新批評文論家，雖然未否定語言背後意義的存在，但他們更強調語言為意義的中心，強調語言獨立性，認為語言生成意義，捨棄語

﹝註4﹞轉引自袁國聖〈言意關係的闡釋與命運〉，《重慶師院學報》，哲社版，1996年第一期。

言萬物不復存的看法，語言的意義，就顯現在語言與語詞的聯係裏，離開語言，就沒有意義；離開語言，人類的世界就混淆不清，所以海德格爾說過一句名言：「語言是存在的家」，離開語言沒有世界，離開語言沒有文明。

西方傳統言意觀到現代言意觀的走向，可以歸結於下：

1. 意決定言，意是絕對的中心。存在。（傳統言意觀）
2. 言取得本體地位，但並不否認實在世界的意在文本中的本體地位。（現象學美學、新批評）
3. 言成為絕對中心，決定文本的意。（結構主義）
4. 通過消解語言中心，來消解意的確證，文本只是語言遊戲。（後結構主義）〔註5〕

假如說西方傳統語言觀，把意義當成上帝，則西方現代言意觀則宣佈上帝已死；西方傳統言、意關係中，語言學的轉向，正好可以提供作為中國傳統言意關係語言參照比較的基礎，中國傳統言、意關係的語言觀發展的結果，語言表意的侷限性可借由形象，聲情，加以超越，故「語言不盡意」的問題，適足以轉化成為詩學理論活動中，詩人、詩作與詩論家或讀者之間的關係，他們各自集中精神，投注心血，苦心經營，以此作為關心的焦點所在，由此而形成了詩歌語言藝術作品所以不同於一般日常生活語言的特點所在。

第二節　先秦道家之言意觀

一般學者論及玄學言意之辨起源時，大多追尋到老子、莊子、及〈易傳〉，實際上，言意問題，先秦諸子各家多所觸及，故探究起源，可以擴大追尋範圍至道家以外的各家，本文探究魏晉玄學言意之辨之前，先就其本源先秦諸子各家的言意觀略作一考察，以求較全面掌握言意關係的發展源流；考察次第，依序為道家老子、莊子，儒家孔、孟、荀；易傳的言意觀，再其次墨名、雜諸家等也有一些相關論述。

所謂「言意」的關係，言指語言、文字；意則指思維的結果；言、意關係，即指語言與思維之關係，語言能否充分有效表達思維，不僅僅是語言文字傳達一般的意念思想是否有效的問題，而且還包括思想的最高型態形上、本體的問題，在道家說來為「道」、佛家說來為「般若」、「涅槃」，儒家說來為「天

〔註5〕參見袁國聖〈言意關係的闡釋與命運〉一文，《重慶師院學報》哲社版，1996年第一期。

道」、「性命」等，在西方，則所謂「眞理」，「純粹理念」、「絕對精神」等能否通過語言文字傳達的問題；換言之，即道的存在體驗，是否可以通過語言有效的傳達？又如何通過語言有效的傳達？這些問題，早在先秦時代中國思想家已經觸及，並列爲重要努力思索的對象與探尋的目標，進而找出如何克服與超越語言侷限不足的出路，先秦諸子中，以道家老子、莊子對於言意關係的命題，關注最多，對語言傳達道（意）的局限不足有清楚的自覺，因此《老》《莊》書中其對言意（道）關係多所討論，形成道家老、莊思想中極具特色的核心命題，因爲道家老、莊的言意觀在先秦諸子中頗具代表性與創發性，對後代的影響也最深遠，正是後代「言不盡意」與「得意忘言」論之主要源頭；下面即就道家的首要代表人物老子，莊子言意觀進行考察；首先對老子的言意觀的考察。

一、老子之言意觀

（一）老子之道不可說

　　老子（約生於西元前 570 左右～？）據《史記·老莊申韓列傳》所載，姓李、名耳，字伯陽，諡曰聃，楚國苦縣（河南·鹿邑東），厲鄉·曲仁里人，曾作做過周朝守藏室柱下史，孔子曾向他問禮，周衰，西出函谷關，退隱不知所終；老子年歲約大於孔子（西元前 551～前 479）二十歲〔註6〕，爲中國哲學思想先秦道家學派的開創者，著有《老子》八十一章，又稱爲《道德經》；從救時弊的立場來看，老子學說的產生是對於周文疲憊、禮崩樂壞的反省而來，老子深察宇宙人生的道理，深刻認識到天道自然無爲，而人事混亂的根源在於有心人的妄爲，故如何讓人心不亂，社會安定，這就要人效法天道，順任自然，無心無爲，「人法地，地法天，天法道，道法自然。」（二十五章）在政治上，老子認爲統治者必須採用放任、不干擾政策，讓百姓自由自在，無爲而無不爲，天下才能治而不亂。由此看來，老子哲學思想從發生的意義來看，是立足於時代社會的反省，但從根源意義來看，老子哲學思想的命題核心所在，可以推至於萬物所以存在的最高依據～道上面；因此，探討老子對言、意關係的看法，必須結合著老子「道」的命題高度來看。

　　老子對言與意關係的基本看法爲「言不盡意」，「言不盡意」此一命題所以成立，就跟老子對「道」的看法有密切關係，《老子》〈第一章〉就說：「道

〔註6〕 參見胡適《中國古代哲學史》，頁 44，臺北：臺灣商務印書館，1982 年 8 月 5 版。

可道，非常道」，明確的指出「道」是不可說的，因此「言不盡意」，就因為「言不盡意」的「意」其內容涵義，不是一般普通的意念、概念，而是那個形上本體的「道」；老子對於「道」的體悟，有比前人更完整而系統的論述，並賦予了道不少的新義，老子的道從本來尋常的道路義，漸進引伸出有意志的主宰義及規律義，老子在既有的道的義涵的基礎上，進一步發展為獨有的生成義、本根義、甚至本體的義涵。

老子說：「道生一，一生二，二生三，三生萬物」（四十二章），道與萬物為生成的關係，並且將生成的過程，由古代以來的宇宙生化萬物過程那種複雜繁瑣表述方式簡化為一、二、三抽象數字，完成了哲理性的表述內容；更進一步，以有、無關係來表述道與萬物之關係，「天地萬物生於有，有生於無。」（四十章），由無生有，以極簡約語言高度概括，體現出道與萬物之間的宇宙生成論的關係。

再從名理學的角度來看，在老子體驗中，他將這個世界區分成兩個層次的世界，即是名理的世界，及名理以外的世界；名理的世界，有形、有象，可以一般名言把握；名理以外的世界，無形、無象，難以用一般名言把握；「天地萬物生於有，有生於無。」（四十章）其中的「無」，就是指這個無形、無象的名理以外的世界，無形、無象的名理以外的世界，先於有形有名的世界而存在，而「道」是對它的稱謂，「無」即是這個「難以用一般名言把握的無形無象的名理以外的世界」的「不可名」的名，這又可從老子下列的說法中見出：

> 道，可道；非常道。名，可名；非常名。無，名天地始，有，名萬物母，常無，欲以觀其妙；常有，欲以觀其徼。（一章）〔註7〕。

〔註7〕參見《老子釋譯》一書，朱情牽釋本，頁3，臺北：里仁書局1985年3月，本段《老子》引文以此本為據，一般解「道可道」第一道為形上超越的常道，第二個道字都理解為言說，本義作動辭為踐履之義；「名可名」第一個名，為名言，第二個名，為對名言的規定：母為萬物之總稱，有為萬物之總原理：老子所探討的道是形上超越的常道，老子所使用的語言，非一般可以明確定義的概念語言，而是無認知意義的形上學語句，或只有指點功用的象徵語言，此意見參見曾昭旭先生著《在說與不說之間》，頁42，臺北：漢光1992年2月初版。又「無名，天地始，有名，萬物母」；此段文字，版本不同，則斷句有所不同，或作「無，名天地之始，有，名萬物之母。」對於句中「無名」「有名」的詮釋，筆者以為以下的解釋有助於吾人對老子此段文字義理的理解：「無，雖天地形成之初始狀態，充其量僅能表為眾象生成之原理，尚不足妥善造就萬象生命，倘欲大道發揮廣擴無邊之玄牝功效，尤應蘊含精信物象之

這是說，道，可以言語表達出的道，就不是老子所說的恆久的道，道的名，可以用語言說出的名，就不是老子所說的道經常不變的名〔註8〕，此道，不同於一般邏輯概念所能掌握的道，此名不同於一般名言概念的名；對老子此章，另有別解，如別解爲道是可以知道的，是由非常規的方法知覺到的，道的名字是可以取的，是用非常規的方法命名〔註9〕，如此解說，也很奇特，引用於此，聊備一說。

　　換言之，我們雖可給事物一個名稱，但此一名稱，並不就是此一事物本然天生的名稱，因此名稱與事物之間，沒有必然的聯繫，名稱只是客觀事物概念的標誌或符號而已；但是，老子並沒有因此而否定名稱的意義與作用，所謂有名，萬物之母，有了名稱，世界萬物才能有所區別，才能確立自己的地位與作用。

　　除上面所述之外，《老子》一書中論及道的篇章甚多，而且是有系統的加以論述，茲引述於下，老子說：

　　　　有物混成，先天地生，寂兮寥兮，獨立而不改，周行而不殆，可以
　　　　爲天下母，吾不知其名，強爲之名曰大。（二十五章）

　　　　道沖，而用或不盈，淵兮，似萬物之宗。（四章）

　　　　人法地，地法天，天法道，道法自然。（二十五章）

　　　　視之不見名曰夷，聽之不聞名曰希，搏之不得名曰微，此三者不可
　　　　致詰，故混而爲一。其上不皦，在下不昧。繩繩不可名，復歸於無
　　　　物。是謂無狀之狀，無物之象，是謂忽恍。（十四章）

綜合以上引文看來，有物混成，有物，即指道，或無，道是無形的，所以說它是混成，無形的道，具有先在性，道在萬物之先，而生成天地萬物，可見老子的對道的體悟是，原始混沌，它無形無名，表現的形式是無，無是無限

原質，而後且能永無止息以創生萬物也，可見無與有原本固均同源於道，然而畢竟有其相異之名號稱謂者，但以造化天地萬物所需不同之原理與原質而已」；參見黃錦鋐著，《老子思想研究》，頁371，國文研究所集刊第二十三號；此外，對老子此章，可有不同的誤讀，生出別解，列於此，亦可聊備一說，「道可道，非常道」解釋爲道是可以知覺的，是用非常規的方法知覺的，「名可名，非常名」解釋爲道的名字是可以取的（命名的），是用非常規方法命名的，此解可參見嚴敏著《老子辨析與啓示》，頁5，巴蜀書社，2003年6月1版。

〔註8〕參見陳鼓應著，《老子注譯及評介》，頁62，北京：中華書局。

〔註9〕參考嚴敏著《老子辨析及啓示》，頁6，巴蜀書社，2003年6月版。

之意，而不是沒有，無又能生有；道雖是無形無象，恍恍惚惚，但卻是永恆而真實的存在，「無名，天地始，有名，萬物母」，道又是天地萬物生命的根源、道生成萬物，而且是以自然無心無爲的方式生成萬物，不干涉、不主宰萬物，道又是宇宙萬物的根源本體；道無法以名言言說，是超出言說之外的存在，老子指出「道，可道；非常道。名，可名；非常名」「可以言說者」，就不是老子所說的「常道」，名言在說明道的同時，已經將道的真意隱藏起來；道，無形無象，不可說，而又不能不說情況下，要說也只能勉強的說，因此老子藉用「道」這個字來作爲那不可說的稱謂，藉用「大」對於道勉強命名，對於不可言說的道，老子經常採取一種間接的表述的方法，來說那不可說的道，這即是老子往往是只說「道」不是甚麼？而不正面的說道是甚麼。

由此，我們說，道是老子哲學思想的重心，道的本義，原是指人走的道路，變成有意志的主宰義，又引申出爲遵循的規律之義，到老子更一步孳生發展出生成、價值與根源性、本體性的意義。

顯然地，連繫著道來看，老子的基本觀點是名言在說明道時，是無法充分表達「道」的，由此推出老子言意觀是主張言不盡意的。

（二）老子體道之方法

道既是老子哲學思想核心命題，道爲「無形」「無名」、是無限性本體，無規定性，而名言是有限的；無常多變的道是無法以名言來充分概括的，以及說明傳達的；那麼一般人又如何體道悟道？老子又如何指示人體道的方法？老子說：「爲學日益，爲道日損，損之又損，以至於無爲。」（四十八章）〔註10〕老子並非反對知，也非反對學，他重知、又重學，因此，老子指出爲學的方法，就在於不斷累積知識，但老子看到知識過多的負累，所以不停留在知識的階段，此即由博而約，進一步提昇而上，以道貫通，故老子進一步指出「爲道」的方法不同於「爲學」的方法，爲學方法在於不斷的累積知識；爲道的方法卻在於減損一切不必要的妄爲與心知造作，老子又說：「致虛極，守靜篤」（十六章）（《王弼集校釋》頁35），又說「滌除玄覽」（十章）（《王弼集校釋》頁23），在在都強調通過對人私心、欲念的清除，與知識所凝固而成的成心成見的超越，使人心還原澄明清澈，這種通過澄清心靈的虛靜功夫的修養進徑，就能直覺的體悟到道的真理，老子體道的減損及虛靜說法，經過

〔註10〕《老子》引文見樓宇烈撰《王弼集校釋》，頁127～128，以下《老子》引文以此書爲據。

莊子的發揮，正是日後詩學審美心靈培養，例如陸機〈文賦〉澄心說、劉勰《文心雕龍・神思》篇等論及詩學理論中創作靈感所以產生的理論根源。

（三）老子理想之語言

老子由道出發，崇尚自然無爲，反對智巧人爲，語言既是人爲的產物，應屬棄絕之物，故老子時有廢言棄言的衝動，但廢言棄言，則思想無法傳達，在不得已情況下使用語言，必須思考找到如何使用精妙語言以收傳達道的效果，而又能超越語言限制的方法，老子認爲道以簡約質樸自然爲貴，因此精妙的語言、理想的語言必須是與「自然」一致，老子說：「信言不美，美言不信。」（八十一章）由此，可以得出老子的語言觀是標榜一種素樸的、信實的以及平淡無味醇美自然語言，而反對虛僞不實之語言；這對日後詩學理論如鍾嶸《詩品》強調自然英旨的語言自然觀主張，就富有啓發意義，道家重視個性的自由，對文化有一種抵制性的意識，但他們承認自由無功利的審美活動的存在，並認爲這是達到人類反璞歸眞人與自然冥合的根本途徑，老莊都盡情的呼喚眞璞自然的精神，呼喚天眞無爲的理想社會，這裡包含了對現實中醜惡事物的憎恨情緒，和追求美好事物的意願，此種詩性精神一直滋潤古代文化。〔註11〕

> 多言數窮，不如守中。（五章）
>
> 道之出口，淡乎其無味，視之不足見，聽之不足聞，用之不足既。（三十五章）
>
> 知者不言，言者不知。（五十六章）
>
> 信言不美，美言不信。善者不辯，辯者不善。（八十一章）

老子的對於語言的上述說法，係針對當時辯者以浮夸不實、過度絢爛的語言遮蔽了事實的反省，表現老子對於辯飾不實語言的不信任態度，這裡面所顯示的是老子的有感而發的「疾僞之言」，老子反對美而不實的語言，偶爾會有廢言、棄言的衝動，但廢言棄言思想無法傳達，不得已情況下，老子有時寧願採取「不言之教」〔註12〕，倡導平淡無味之言，這種態度，正顯示出老子一種對語言傳達心意可信度的懷疑態度，這就爲後來哲學領域「言不盡意」論開啓源頭。

〔註11〕參見錢志熙著《魏晉詩歌藝術原論》，頁9，北京大學，1993年1月。
〔註12〕參見老子「太上，下知有之。」（十七章）王弼注云：「大人在上，居無爲之事，行不言之教。」（樓宇烈《王弼集校釋》頁40）

（四）老子克服語言侷限之方法—正言若反

面對日常語言本身的局限不足，與不能有效的傳達道的困境，老子思索著並找出解決及運用語言的方法，老子體悟道的規律是「反者道之動」，認識到對立雙方向著否定的一方向轉移，「物極必反」，「歸根曰靜」因此，思想的方法與語言運用，不妨「正言若反」（七十八章），「正言若反」是老子哲學思想的方法，也是老子語言運用的方法，例如，老子常對美言掩蔽真象表示不滿，這只是表象，深層的意思，老子追求有一套更精妙的語言以超越美言的不實，《老子》一書有五千言，五千言本身，顯現了精彩絕倫的言論，受到後人的讚賞，正是「非棄美也」最好的說明，老子如何有效的運用語言傳達思想？老子的語言方法為何？從《老子》一書中具體的表現就在「正言若反」上面，所謂「正言若反」歷代詮釋者有不同的理解，有以為老子此命題的旨趣在於，「正面的言論，以反於日常生活的語言表達。」所謂「反面」，指的是不合於世俗人的言論，亦即世俗說法背反的言論。如老子主張「大智若愚」、「大巧若拙」，「知白守黑」，「知雄守雌」（二十八章），「曲則全，枉則直，窪則盈，敝則新」（二十二章）等等的思維模式，皆是「正言若反」的表現。

老子有見於日常的語言只能指涉對應於現實世界的事物，對於形上本體的本真之道，日常的語言無能為力，但如果本體的道不能言說，人們也將無法認識道、體悟道，因此，老子思索一套對反的語言，借由對日常語言的超越，從對反中超越現實達到本體的體悟。

牟宗三先生在《中國哲學十九講》一書中指出，「正言若反」是老子哲學「詭辭為用」，是一種「作用的保存」方法〔註 13〕，即在對表相的遮、撥

〔註13〕對此一問題，學者多所闡發，曾昭旭先生說法以為老子的詭辭為用，不是邏輯的或修辭上的詭辭，而是辯證的詭辭，所謂辯證的詭辭，是指借著對表相層的討論，經一辯證的歷程而過渡到形上層的悟解。辯證的詭辭使用的目的，在消解對表相的執著，以逼顯形上真理，老子的「正言若反」，及莊子所說的「弔詭」，謬悠之說，荒唐之言，無端崖之辭，或牟宗三先生作用的保存，即在作用層上否定聖智仁義等等定型的概念，以保存價值層上的聖智仁義等真實德性的意思，由此，吾人知所謂詭辭若加以分解，是必涉及兩界，表相界與形上界的，其所以見似矛盾，實則是其反（否定）在表相界，而其正（肯定）在形上界，若就兩界分別看，本無矛盾，他只是不肯區分兩界以分別討論，（若此則為分解地說），而要合在一起說，（若此則為辯證地說），以致令人有矛盾詭譎的錯覺而已，然此兩界並非無謂的牽合，而自有一辯證的關係，具有遮此以顯彼的作用，而實屬一種特殊的言說方式，此意見對後學理解老

中使本體的道呈現出來，牟先生以「絕聖去智」為例來說明，老子說：「絕聖棄智，民利百倍，絕仁棄義，民復孝慈，絕巧去利，盜賊無有。」（〈十九章〉）〔註14〕事實上，老子並非真的不要或反對「聖智」，而只是對於人為造作聖知的表相負面在作用層上的遮撥，在反復的過程中，而使合於自然真誠的聖智得以朗現；牟宗三先生此種說法，很能凸顯道家玄理的特色。

劉福增先生則進一步以「對反思想模式」來理解「正言若反」的意思，並舉例說明老子對反造句的造法，歸納成以下四類，來說明問題：

1. 利用我們普通字典上的所謂反對詞。例如：〈有〉〈無〉相生，〈難〉〈易〉相成，〈長〉〈短〉相形，〈高〉〈下〉相傾，〈前〉〈後〉相隨。（二章）

2. 利用否定詞「不」或「無」等的，例如：〈視〉之〈不見〉名曰夷，〈聽〉之〈不聞〉名曰希，〈搏〉之〈不得〉名曰微。（十四章）

3. 利用在概念上相反的，例如：〈大道廢〉〈有仁義〉，〈智慧出〉〈有大偽〉（十八章），〈俗人昭昭〉，〈我獨昏昏〉。（二十章）

4. 用若、好像相反的東西寫出來，例如：〈明〉道若〈昧〉，〈進〉道若〈退〉，〈上〉德若〈谷〉。（四十一章）〔註15〕

劉福增先生揭示出《老子》一書中大量使用這種「對反的模式」來表達思想，對《老子》一書作出較為全面性的分析，很能解說《老子》一書中如何使用語言的問題，因此，可以說「正言若反」形成《老子》運用語言的思想方法的特徵，也是老子用以超越語言局限的方法。

（五）老子一書中之「象」

連繫著「道」的哲學命題，老子又提出「象」之命題來，老子的象雖然僅限於哲學領域的意涵，但卻有助於後來「言意之辨」言意關係，開拓了「象」在哲學言意之辨中的地位，啟示後代穿插「象」以作為言意間橋樑中介的理論，對後代玄學與詩學中意象理論的建立作出開創性貢獻。《老子》一書中，

子的「正言若反」思維方式是有所助益的，參考見曾昭旭所著《在說與不說之間》，頁73，臺北：漢光，1992年2月初版。

〔註14〕據郭店楚簡本該章作：「絕知棄辯，民利百倍，絕巧棄利，盜賊无有，絕偽棄利，民復孝慈……。」學者研究以為郭店楚簡本為老子古貌，今本作「絕聖棄知，民利百倍，絕仁棄義，民復孝慈，絕巧棄利，盜賊无有……。」以為後人改篡，參見郭沂著，《郭店楚簡與先秦學術思想》，頁64～65，上海：教育出版社，2002年12月。

〔註15〕參見劉福增《老子哲學新論》，頁25，臺北：東大圖書公司，1999年3月。

「象」字總共出現五次，茲錄於下：

> 湛兮似或存，吾不知誰之子，象帝之先。（四章）

> 无狀之狀，無物之象，是謂惚恍。（十四章）

> 道之爲物，爲恍爲惚，惚兮恍兮，其中有象，恍兮惚兮，其中有物，
> 窈兮冥兮，其中有精，其精甚眞，其中有信。（二十一章）

> 執大象，天下往。（三十五章）

> 大方無隅，大器晚成，大音希聲，大象無形。（四十章）

上面《老子》引文中，第一則的「象」爲「相似」之義，意思是說，道「好像」是天地的祖先；第二、三則的「象」爲具體的物象，是說道不是具體的形象，只是意想的內視感覺，只有對道體悟很深的人，才會感到道的眞實存在。第四、五則所說的「大象」即指大道之意。

道與象有何連繫？此問題亦即是老子所言的「象」何由產生？據老子的解答，「象」生於道與氣。

> 道之爲物，爲恍爲惚，惚兮恍兮，其中有象，恍兮惚兮，其中有精，
> 其精甚眞，其中有信。（二十一章）

老子以爲道雖然「惚兮恍兮，窈兮冥兮」，但道確是眞實的存在，道中蘊藏包含著象，物，精；這就是說道顯現於象、物、精中，老子在這裡所謂的「象」指的是萬物形象，這是名言言說可指述的對象，象生於「氣」（精），氣又連繫於「道」這個萬物的本體，萬物萬形的象不能脫離「道」及「氣」而獨立存在，否則，象就失去本體和生命成爲沒有生命的沒有意義的象了，名言文字不能完全盡道，但可收指示、暗示的作用；老子的由道、氣所生的象，指的是現實世界的萬物萬形，這是屬於老子哲學領域的象，與文學藝術領域的形象不盡相同，雖然與詩學審美的形象尚有差距，但仍可視爲日後藝術形象的基礎。

老子道與物象的關係，如果進一步加以簡化，就變成了「無與有」的關係，老子言：「天下萬物生於有，有生於無」（四十章），無與有就成爲生成的關係，無比有又更具先在性與根源性，無難以言說，可說者只在有，爲了說明這個無，老子經常借用具體的形象比喻表現難以言說的道，由於道的具「恍惚」「窈冥」的特徵，不能用感性與理性認識可掌握，就只有靠直覺來冥悟，這就使後人對老子的道，作出不同的理解與探討，形成老子學說豐富的意義，以老子提出宇宙生成論而言，老子作了簡約卻又概括性的描述「道生一，一生二，二生三，三生萬物。」（四十二章）道如何生一？二如何生三？三如何

生萬物，未說得明確，對於道的取象也是多面相的，有取象於母〔註16〕，有取象於玄牝〔註17〕，有取象於橐籥〔註18〕，有取象於水〔註19〕；由此看來，老子創造了道的素樸性與簡約性，同時又賦予道無限的包容性與寬廣性。

我們可以說，老子的「道」受到了後人高度的重視，而不斷發揮；與道比較起來，老子的這個由道所生的「象」的命題，則較為後人所忽略，但經過《周易・繫辭傳》「觀物取象」與「立象以盡意」命題提出與進一步發揮後，使得哲理的象與藝術審美的象，彼此之間的距離拉近了不少，象的重要意義，漸漸突顯出來，其間經過漢儒的象數過度推衍，形成漢儒《易》學偏執象數忽略義理之弊，至魏晉新學出以補偏救弊，以老莊玄義代象數以解《易》，但並不否認象數的特定功能，「象」形成後來魏晉「言意之辨」命題中具有中介作用的重要內容。

綜上所述，老子在這裡初步地提出由「道」到「象」的相互關係與命題，對後代哲學思想與文學藝術理論而言，很具有創發性的意義，它成為日後啟示《莊子》「言不盡意」、「象罔得道」、「得意忘言論」，《易・繫辭傳》講「書不盡言，言不盡意」、「觀物取象」、「立象以盡意」命題的提出，以及《周禮》中講詩之六義「賦，比，興」命題的來源，兩者的意義同樣指向心與物、情感與形象互相作用，互相結合；彼此前後之間可以看出一脈相承的關係，這對後代文藝創作中，藝術形象與情感如何結合的問題是互相有所影響的，也啟示後來魏晉玄學言意之辨中「言、意、象」三者之關係。

二、莊子之言意觀

莊子，宋地蒙人，（約西元前360～前280）曾任漆園吏（《史記・老莊申韓列傳》），與孟子（西元前372～前289）所處時代約略相當，而稍後幾年，兩人分別是戰國時期儒、道兩家的重要代表人物，生活於同時代，又都是頂尖有名的思想家，兩人卻不曾碰面，頗使後代學者疑猜，有疑莊子即楊朱者〔註20〕，

〔註16〕有物混成，先天地生，寂兮寥兮……可以為天下母，吾不知其名，字之曰道。（二十五章）

〔註17〕天下之牝，牝常以靜制動。（六十一章）

〔註18〕天地之間，其猶橐籥乎？虛而不屈，動而愈出。（五章）

〔註19〕天下莫柔弱於水，而攻堅強者，莫之能勝，以其無以易之。（七十八章）

〔註20〕如今人陳冠學研究莊子即主此說，著有《莊子新傳——莊周即楊朱定論》一文；陳冠學此說有本於日本學者本城問亭主「楊朱即莊周」之說；又蔡元培先生也介紹日本學者久保天隨的「楊朱即莊周」說法；內容見陳冠學注《莊

莊子言意觀除繼承老子言意觀，同時也吸收並揚棄儒、墨、各家理論學說而有進一步發展，作爲先秦道家老子之後傑出的哲學思想家，莊子對於語言文字傳達思想的問題，有極其高度的興趣與懷疑，莊子對言意關係的辨析，遠較各家精密而深刻，並作出種種努力來超越語言文字的障礙，莊子具體而明確的提出「得意忘言，得魚忘筌」（外物篇）的命題主張，以作爲超越語言限制的解決之道，故比起老子來，莊子更成爲魏晉玄學言意之辯命題與玄學方法論得以提出的直接源頭活水。

莊子對於言意關係的基本的主張，是以「書不盡言」、「言不盡意」爲基礎來進一步談「得意忘言」，當然，這與老子一樣是連繫著道而來立論的；因此本節考察，必須連繫莊子所體悟出的「道」一起考察。

（一）莊子之「道」與言、意關係

莊子繼承並發展老子的道，賦予了道極豐富的內蘊，莊子指出這個道是自本自根、可得而不可見，既是萬有眞實的本源又是無形無名，超出形色名聲之上，所以非視聽感官所能觸知；有形、有名，爲語言思維可及；無形、無名，則在形名之外，就非語言、思維所可及。

莊子指出道是眞實的存在，而且具有永恆性、及超越性，可由下面引文徵知，莊子揭示道的永恆性云：

> 夫道有情有信，無爲無形，可傳而不可受，可得而不可見，自本自根，未有天地，自古以固存，神鬼神帝，生天生地，在太極之先而不爲高，在六極之下而不爲深，先天地生而不爲久，長於上古而不爲老。韰萬物而不爲義，澤及萬世而不爲仁，長於上古而不爲老，覆載天地，彫刻萬形而不爲巧。（大宗師）〔註21〕

申述道的超越性云：

> 道不可聞，聞而非也，道不可見，見而非也，道不可言，言而非也，知形形之不形，道不當名。（〈知北游〉，《莊子集釋》，頁 757）

論及道的無限性云：

> 東郭子問於莊子曰：所謂道惡乎在？
>
> 莊子曰：無所不在。

子新注》，頁 13 所引，東大出版社 1989 年 9 月。

〔註21〕見郭慶藩著《莊子集釋》，頁 246～247，臺北：漢京文化事業，1973 年 9 月初版，本文有關《莊子》引文，以此書爲據。

　　　東郭子曰：期而後可。

　　　莊子曰：在螻蟻。

　　　曰：何其下邪？

　　　曰：在稊稗。

　　　曰：何其下邪？

　　　曰：在瓦甓。

　　　曰：何其愈甚邪？

　　　曰：在屎溺。（〈知北游〉，《莊子集釋》，頁749～750）

由上引文，可以見出莊子道的最大特色，就在莊子與東郭子的這段對話中顯現出來，與老子不同的是在道的無限性中，莊子特別體悟出道卻又內在於萬物身上，凸現出「道不離物」的特點，所謂「道」在螻蟻、在稊稗、在瓦甓、在屎溺，足見道無所不在，道普遍地存在在萬物之中，萬物自身莫不有道，因此，莊子的道不再是老子的那個高高在上超越於萬物之外的遙不可及本體，道原來是內在於萬物本身生命之中。

　　　夫道於大不終，於小不遺，故萬物備，廣廣乎其無不容也，淵淵乎
　　　其不可測。（〈天道篇〉，《莊子集釋》，頁486）

道廣大細備、深不可測，「廣廣乎其無不容也」，「淵淵乎其不可測」，但萬物莫不有道，正說明了道既超越又內在的本質，由萬物身上可以見道，由此可見，莊子思想繼承發揮老子思想而來，比老子更進一步的是，莊子對老子的道有更精深的發揮，莊子的道可析分成兩個層面來看，一為客體層面的道，一為主體層面的道，莊子道的特點，正是將老子高高在上的道，化入萬物及人的內在生命中，從而成為一個人生命的境界，莊子更重視的是人可以通過生命精神修養工夫以體道。

（二）莊子體道之工夫方法

　　　莊子從精神自由方面來談道，莊子強調主體心靈修養工夫的重要性，因此，莊子更多談及人如何體道、達道？重視了這種主體精神修養工夫問題，例如心齋，何謂心齋？

　　　若一志，无聽之以耳，而聽之以心，无聽之以心，而聽之以氣，聽
　　　止於耳，心止於符，氣也者，虛而待物者也，唯道集虛，虛者，心
　　　齋也。（〈人間世〉，《莊子集釋》，頁147）

又如坐忘，所謂「坐忘」即：

墮肢體，黜聰明，離形去知，同於大通，此謂坐忘。(〈大宗師〉,《莊子集釋》,頁 284)

心齋，坐忘，通過去除一切成心、成見、得失、毀譽、是非等等心知造作，使心靈獲得絕對的澄明，這是莊子「虛靜心」培養的工夫方法，以此虛靜心體察道，則能與道同體，由此可見「心齋」、「坐忘」就成為莊子體道、逍遙、無待所以可能的重要工夫與方法；連係著對道的體悟與傳達的問題，莊子提出他的言、意關係的看法，比起老子來，莊子明確提出「書不盡言，言不盡意」與「得意忘言」的主張，形成了先秦時代道家言意觀極具深刻的理論命題，對後代言意理論發揮了深遠的影響，關於這些主張，除見於《莊子》一書中的〈齊物論〉中「道隱於小成，言隱於榮華」(《莊子集釋》,頁 63)、〈寓言篇〉「言無言，終身言，未嘗不言；終身不言，未嘗不言」(《莊子集釋》,頁 949)外，〈秋水〉〈天道〉〈外物〉等篇，有更多的論述，為敘述之便，錄其原文如下：

可以言論者，物之粗也，可以意致者，物之精也，言之所不能論，意之所不能察致者，不期精粗焉。(〈秋水第十七〉,[註22]《莊子集釋》,頁 572)

世之所貴道者，書也，書不過語，語有貴也，語之所貴者意也，意有所隨。意有所隨者，不可以言傳也，而世因貴言傳書。世雖貴之，我猶不足貴也，為其貴非其貴也。[註23](〈天道第十三〉,《莊子集釋》,頁 488～489)

桓公讀書於堂上。輪扁斵輪於堂下，釋椎鑿而上，問桓公曰：「敢問公之所讀者何言邪？」公曰：「聖人之言也」,曰：「聖人在乎？」曰：「已死矣」曰：「然則君所讀者，古人之糟粕已夫」桓公曰：「寡人讀書，輪人安得議乎？有說則可，無說者死」,輪扁曰：「臣也，以臣之事觀之，斵輪，徐則甘而不固，疾則苦則不入，不徐不疾，得之於手應之於心，口不能言，有數存焉於其間，臣不能以喻臣之子，臣之子亦不能受之於臣，是以行年七十而老斵輪，古之人與其不可傳也，死矣，然則君之所讀者，古人之糟粕已夫！[註24](〈天道第十三〉,《莊子集釋》,頁 490～491)

[註22] 〈秋水〉篇見《莊子集釋》,頁 572，本文所引《莊子》原文，據清郭慶藩所輯，《莊子集釋》,臺北：漢京文化事業，1973 年 9 月初版。
[註23] 〈天道〉篇第十三，《莊子集釋》,頁 486。
[註24] 〈天道〉篇第十三，《莊子集釋》,頁 490～491。

荃者所以在魚，得魚而忘荃；蹄者所以在兔，得兔而忘蹄；言者所
以在意，得意而忘言，吾安得夫忘言之人而與之言哉！〔註25〕。（〈外
物第二十六〉，《莊子集釋》，頁 944）

莊子在〈秋水〉篇中首先將道、言、意劃分為三個層次，一為可以言論者，
物之粗也。二為可以意致者，物之精也。三為言之所不能論，意之所不能察
致者，不期精粗焉。〈秋水〉篇中所說的意，是現實世界一般的意，與莊子〈天
道〉、〈外物〉等篇中所說的「意」屬於形上的道，兩者層次是有區別的，道
是真實的直覺的體驗，道不可言傳，也不可意致，言、意是有，言為物之粗
也，意為物之精也，而作為萬物本體的道是抽象的，神秘的，既無邊際，也
是無限的，它無法以語言文字傳達，也無法用理性思維加以掌握，有限的語
言只能表示片段，是粗，理性思維僅只能及於名理世界，是細；而道是整全
的，超越精粗之外，由此可見，莊子對於語言能否把握傳達道深表懷疑，從
而可以引出莊子的言意觀為「言不盡意」的命題。

（三）莊子對於語言不足之認識與超越

由於莊子體認到語言是有限的而且又是變動無常的，「言，未始有常」（齊
物論），無常多變的語言是有界限的，心中精深的體悟，往往是言不能盡意的，
言辯而不及；輪扁心中有數，卻無法言傳，「臣不能以喻臣之子，臣之子亦不
能受之於臣」《莊子‧天道篇》，形上之意，不可以言傳，莊子由此認識到語
言與思維之間不一致，以及語言的交流傳播功能的不足，從這個認識出發，
認為古人的書面文字記錄不過是糟粕而已，精華無法用文字記錄下來，由此
看來，言是不能盡意的；但另一方面，莊子同老子一樣，承認形下的世界是
屬於名理可以掌握的範圍，可以用名言加以區分，「名者，實之賓也」（〈逍遙
遊〉，《莊子集釋》，頁 24），名符實，言合意，言、意相符，言可盡意；為了
體道，莊子還提出大辯、大言的概念，這反應莊子對於語言一種高度的期待，
事實上，莊子並不是真的不要語言文字，不過，語言文字只是一種象徵性的
符號，是暗示人們去體會道的工具而已，他希望能有一種特殊的語言去表達
神秘的道，這表示莊子對語言傳達道的一種努力，莊子所作的努力，在於如
何超越思維與語言的矛盾，莊子認為道離不開物，這從東郭子問莊子道何在？
莊子回答說：「在螻蟻」、「在稊稗」、「在瓦甓」、「在屎溺」對話中，可以見出，
莊子認為借由可以言論的物，去暗示不可言傳的道；如何開發使用超越性的

〔註25〕　〈外物〉篇第二十六，《莊子集釋》，頁 944。

語言，莊子揭示具獨創性的三言，即「寓言、重言、巵言」、「寓言十九，重言十七，巵言日出，和以天倪。」〔註26〕莊子爲了有效的傳達心理所體悟的道，思索著如何突破語言侷限的方法，這就是莊子標舉的「寓言、重言、巵言」三言，所謂「寓言」，是寄託道理於故事中的話；所謂「重言」，借重古聖先賢的話來說明道理，所謂「巵言」，即不偏執的話，靈活機變的語言，以應變無窮；莊子充分利用這些方法，達到借言傳意的目的，這就形成莊子一書中突破語言不能充分傳達思想的特色。

莊子雖然主張言不盡意，但同時，卻又認爲借由不同於日常語言的使用，暗示以「得意忘言」的方法可以得道。這就爲語言傳達道留了一扇窗口，〈天地〉篇有一則「寓言」，正說明此義。

> 黃帝遊乎赤水之北，登乎崑崙之丘而南望，還歸，遺於玄珠，使知索之而不得，使離朱索之而不得，使喫詬索之而不得也，乃使象罔，象罔得之，黃帝曰：「異哉！象罔乃可得之乎？」〔註27〕（〈天地篇〉第十二）

莊子在這則寓言中，以「玄珠」比喻道，以「知索」比喻思慮、理智，以「離朱」比喻視力，以「喫詬」比喻言辯，他的意思是說，用理智思慮是得不到道，用視覺得不到道，用言辯得不到道，而用「象罔」則可得道。「象罔」是無心，《釋文》云：「象罔者，若有形，若無形，故曰眗而得之」〔註28〕，「象罔」亦即無與有的統一，即有形與無形的統一。

莊子這則寓言，是對《周易・繫辭傳》「言不盡意，立象以盡意」命題

〔註26〕《莊子・寓言》篇云：寓言十九，借外論之，《郭象注》解說：「寄之他人，則十言九見信。」，「重言」爲世所重之言，《成玄英疏》以爲老人之言，林希逸《莊子口義》卷九以爲借古人之名以自重，莊子〈寓言〉篇云：「所以已言也，是爲耆艾」「已」據朱駿聲《說文通訓定聲》以爲「紀」之本字，言綜理眾說之言；而林希逸《莊子口義》卷九則以爲已言，可以止其爭辯也；本文這裏將「重言」解爲世所推重的長者之言；「巵言」之「巵」爲酒器，滿則傾，空則仰之器，「巵言」郭注以爲「因物隨變」之言，成玄英的疏以爲「傾仰隨人，無心之言」，亦可解爲「中正之言」，本文解爲靈活機變，以應變無窮的語言，有學者以爲「三言」爲莊子對語言的三種區分，而以「巵言」比較合於自然，比較接近於意，但還不能於表現道，莊子還有一種「不言」則齊的無言；有的學者則以爲寓言、重言、與非寓非重者一，皆巵言也，如王夫之《莊子解》卷二十七；寓言篇《莊子集釋》，頁947。

〔註27〕參見《莊子集釋》，頁414。

〔註28〕清郭慶藩輯《莊子集釋》，頁415，臺北：漢京文化事業，1973年9月初版。

的發揮，也是用老子有、無、虛、實的思想對《周易・繫辭傳》的修正，《周易・繫辭傳》認為概念不能表達、或表達不清楚的，形象可以表達得清楚。莊子修正為這個形象不是有形的形象，而是有形和無形的結合〔註 29〕，只有這個形象才能表現宇宙的生命，老子與莊子的言不盡意這個命題，經過日後哲人、詩論家不斷的實踐發掘補充，形成詩學中意象論及意境論的最早源頭。

第三節　先秦儒家之言意觀

先秦儒家言意觀基本主張是言盡意論，被視為是後代「言盡意論」的源頭，但這是就日用人倫的角度來說的，先秦儒家的言意觀與先秦道家言意觀本質上並無多少差異，僅是立論的層面不同，道家從形上層面立論，故主言不盡意，強調「得魚忘筌」，「得意忘言」，儒家則重視日用人倫，立論大多從形下現象層面立論，故主「言盡意」，但涉及形上層面則對於「言盡意」都採保留態度，足見儒家對語言局限仍有所察覺，本文於下對儒家言意觀進行考察，依次為孔子、孟子、與荀子。

一、孔子之言意觀

孔子（西元前 551～前 479）〔註 30〕名丘，字仲尼，魯國陬邑（山東曲阜東南附近）人，先世為宋之貴族，因亂逃至魯國，孔子少年喪父，由母顏氏扶養，少貧且賤，長而好學，嫺熟周禮，學無常師，曾問禮於老聃，學樂於萇弘，學琴於師襄；中年聚徒講學，並積極於政治活動，晚年致力詩書禮樂等文獻整理、及文化事業之弘揚，曾據《魯史》作《春秋》，後學將孔子生前語錄整理成《論語》一書，孔子所處是一個正面臨著周文疲憊，禮崩樂壞，諸侯互相征伐，陪臣執國命的時代，舊有制度無法維繫人心，造成社會混亂，政治風氣敗壞，道德人心淪喪，這一切的問題的產生，歸結為思想混亂所導致結果，因此，如何讓政治社會秩序重新穩定，道德人心重新建立，是孔子面臨的時代課題，也是春秋末期思想家都亟待解決的難題，孔子政治的理想是建立「德治」的社會，他提出「仁」作為禮樂的內在精神，試圖復活西周

〔註 29〕 參見葉朗著《中國美學史大綱》，頁 132，臺北：滄浪出版社，1986 年。
〔註 30〕 對孔子生卒年考證，參見胡適先生著，《中國古代哲學史》，頁 33，臺北：臺灣商務印書館，1982 年 8 月 5 版。

禮樂生機，以重整道德人心；孔子的言意理論在這種的時代背景下產生，首先在名實問題上，他提出「正名」主張，視正名為政治上當務之急的問題，以作為挽救危亡，重整社會政治秩序的首要方法。

作為儒家思想的開創者，孔子的思想表現出「極高明，而道中庸」的特點，中庸即不偏不一倚，這種中道的觀點，形成中國文化的特色，孔子中庸的態度也表現在言意觀上面，看法有兩面性，一方面主張是言盡意，另一方面也體會到言意不一致的地方。

（一）孔子之「言盡意」

孔子學說立言的宗旨，首重政治人倫層面，「仁」是孔子學說的核心，孔子較多從日用人倫，道德實踐方面來指點人何者為仁，何者為不仁，切近的是人事，而較少涉及玄虛抽象的說理；基於這種認識，可以比較正確的理解孔子言盡意論的基本主張。

從相關文獻的記載中可以看出，孔子對語言是否與所要傳達思想一致，基本上，是持肯定看法，並且有著充滿信心的態度，換言之，孔子對於言意關係基本主張是「言盡意」，即肯定語言能夠充分表達思想；此種看法，影響所及，成為後來言意論者一派理論根據的所在，特別是「言盡意論」者，往往追宗於孔子「言盡意論」的主張，例如《論語》云：

> 子曰：「不知命，無以為君子也，不知禮，無以立也，不知言，無以
> 之知人。」（堯曰）〔註31〕

孔子對於語言的高度重視，可由這段話看出，這段話中，孔子將知言提高與知命、知禮同樣的地位，將三者相提並論，可見他對語言的重視，認為語言可以傳達說話者的心意，聽話者只要通過知言可以知意，更進而可以了解一個人。《論語》又云：

> 子曰「辭達而已矣。」（〈衛靈公〉，《四書集注章句》，頁169）

語言文辭，可以充分表達人的思想感情，這是孔子的基本信念，但孔子為未對語言表現出過度狂熱與激情的崇拜，對於語言的運用，孔子的要求僅止於辭能達意而已，孔子的「辭達說」在後來的北宋蘇軾文論中〔註32〕（《蘇軾文

〔註31〕 參見朱熹，《四書集注章句》，頁194，臺北：漢京出版社，1987年10月版，本文相關《論語》引文以此書為據。

〔註32〕 其論文云：「孔子曰：「言之不文，行之不遠」又曰「辭達而已矣」夫言止於達意，即疑若不文；是大不然，求物之妙，如繫風補影，能使是物了然於心者也，蓋千萬人而不一遇也，而況能使了然於口與手者乎？是之謂辭達，辭

集》卷四十九）有進一步發揮，認爲這是爲文的最高止境與理想。

語言力求達意，不以華麗爲巧，這是孔子對學生的要求，也是對子自己使用語言的要求，這些話，表現出孔子肯定言意之間的一致性看法；從這句話的語氣中，可以察覺出其中隱含著孔子對於言意有所偏重的價值取向，此即「以意爲主，以言爲輔」，言是傳達意的工具，所以不能因爲對言的刻意追求，以致於妨害意的傳達，此外，再從《論語》相關記載中，來看出孔子本身如何善於精確的運用語言以達意的例子，例如：

> 子張問：「士，何如斯可謂之達矣？」子曰：「何哉？爾所謂達者？
> 子張對曰：在邦必聞，在家必聞。子曰：「是聞也，非達也。夫達也
> 者，質直而好義，察言而觀色，慮以下人，在邦必達，在家必達。
> 夫聞也者，色取仁而行違，居之不疑，在邦必聞，在家必聞。」（〈顏
> 淵篇〉）〔註33〕

孔子在這裡將聞與達的意義，分析得很清楚，指出兩者的不同，聞的意義，可能有專務求名不務實的作爲以博得美名；而達的意義，表現言行一致，有實質德行踐履作爲內容；表現孔子語言精確使用的同樣例子，再如《論語》云：

> 子謂子產「有君子之道四焉，其行己也恭，其事上也敬，其養民也
> 惠，其使民也義。〔註34〕（〈公冶長〉）

引文中，孔子把君子之道的內容，從行己、事上、養民與使民四方面作出分析，分別對應出不同的德性內容分別爲恭敬惠義，準確的使用語言，表達的很清楚，由此可以見出孔子對於語言表達思想的肯定與自信，又如《論語》云：

> 夏禮吾能言之，杞不足徵也，殷禮吾能言之，宋不足徵也，文獻不
> 足故也，足，則吾能徵之矣。（〈八佾〉，《四書集注章句》，頁63）

上述引文中，孔子堅定的表示對於古代文獻資料的掌握與傳達能力的高度自信，唯因「文獻不足」之故，否則不但能言，而且還能得到徵驗，同樣的例證，又表現在《論語》中如下的記載：

> 夫人之不言，言必有中。（〈先進〉，《四書集注章句》，頁126）

至於能達，則文不可勝用；」《蘇軾文集・卷四十九》自信的認爲辭可達意，並以爲辭能達意，是文章最高的境界。
〔註33〕參見朱熹，《四書集注章句》，頁138，臺北：漢京出版社，1987年10月版。
〔註34〕參見朱熹，《四書集注章句》，頁79，臺北：漢京出版社，1987年10月版。

孔子認爲一個人要麼就不說，如果要說，一定要說得中肯而且足以切中要害，
又即使從學生的口中，也可見出孔子言意一致的看法，如《論語》又云：

> 子貢曰：君子一言以爲知，一言以爲不知。（〈子張〉，《四書集注章
> 句》，頁 192）

這話雖出於子貢，也可以看作是平常有得於孔子教誨生出的領會，由此，可
見孔子對於語言表現思想一致性的重視，孔子又認爲：

> 一言可以興邦，……一言可以喪邦。（〈子路〉，《四書集注章句》，頁
> 145）

可見孔子認爲語言的效力足以影響國家社會的興亡，一句話可以使國家興盛
起來，同樣的，一句話也可能造成國家的毀滅，這段話雖在強調一個人必須
謹愼使用語言，卻可推知孔子「言盡意」的看法。

綜合上述所論，可以看出孔子對語言社會交際功能的肯定，語言能夠傳
達心意，都反應出孔子對言意一致的看法。孔子言意一致的看法，除《論語》
記載外；我們又可據《左傳》記載孔子說過的話，來作爲孔子持「言盡意」
觀點的佐證，例如：

> 志有之，言以足志，文以足言，不言，誰知其志？言之不文，行之
> 不遠。（襄公二十五年）

對《左傳》〈襄公・二十五年〉中這則記載，是否眞正爲孔子講過的話，曾引
後代學者不同的爭議，但可以確認的是，即使不出自孔子親口所言，也可能
是孔子引用古代逸書中的話，這至少表示孔子對這句話是贊同的，因此才加
以引用，「言以足志」正好可與「辭達而已矣」相印證，「言足志」、「辭達意」，
語言準確表達，而能恰如其分的表達出思想，聽話的人可以明白的了解表達
者的意思想法，這表現出孔子肯定了語言與思維之的一致性，以及肯定了語
言表情達意的功能，由上述的所有例證，在在都體現出孔子基本的言意觀傾
向是近於「言盡意」的。

（二）孔子言不盡意之體認

當孔子對於語言表達意念肯定態度時，在另一方面，孔子也體認到語言
不能完全的達意，顯出語言與思想不一致的窘困，這可以看出孔子深刻感受
到語言存在著局限性及不足處；這種語言的不足與局限的感受，主要表現在
當語言要傳達形上問題時，諸如天道、性、命與仁等問題時，孔子就有感於
語言局限性與不足。

子曰：「君子不以言舉人，不以人廢言。」（〈衛靈公〉，《四書集注章句》，頁166）

子曰：「君子恥其言而過其行。」（〈子路〉，《四書集注章句》，頁156）

孔子考慮到語言與事實可能不一致，因此有時必須言與人分別對待。語言對行為偏離不一，話說的多，作的少，故孔子要人聽其言，觀其行。這就顯出孔子對語言的不信任的一面。

又如《論語》中記載說當孔子學生司馬牛問仁時，孔子回答說：「仁者，其言也訒，……為之難，言之得無訒乎？」（〈顏淵〉，《四書集注章句》，頁133）找到例證，仁字義涵極深奧豐富與精微，重在實踐力行，卻難以用日常語言掌握及說明，在此，孔子表現出難以表達的窘境；相同的情況也表現在下面的篇章中，如《論語》云：

子曰：「予欲無言」子貢曰：「子如不言，則小子何述焉？」子曰：「天何言哉？四時行焉，百物生焉，天何言哉？」（〈陽貨〉，《四書集注章句》，頁180）

天意，雖深奧難言，卻體現在於自然四時運行當中，就好比人生之意，有時候更為深刻幽微，尤其難以盡言，所以孔子說「予欲無言」，想要從無言中讓學生體會不盡的人生之意，認為無言反而比有言而「言不達意」來得好。

由上所論可知，日常語言表達日常的事物，孔子有充分的信心，然而，當涉及宇宙人生形上問題時，就不是日常語言所能表達得盡的，對此，孔子寧可採取無言的態度來面對，這裏無言反而比有言更能有效的把握形上的意蘊與真理，如《論語》又云：

或問禘（替）之說：子曰：「不知也，知其說者之於天下也，其如示諸斯乎。」指其掌。（〈八佾〉，《四書集注章句》，頁64）

朱子解釋《論語》此章說：「蓋知禘之說，則理無不明，誠無不格，而治天下不難矣，聖人於此，豈真有所不知。」並不是不知，而是知之卻難言，知而難言，正是言不盡意。又當孔子言及仁時，言及天時，以及言及命時，都有「言不盡意」的深刻體認，尤其是涉及形上層次問題時，孔子不免會表示出「言不盡意」的困惑，如《論語》云：

子曰：『予欲無言』子貢曰：子如不言，則小子何述焉？子曰：天何言哉？四時行焉，百物生焉，天何言哉？」（〈陽貨〉，《四書集注章句》，頁180）

《論語》此章，是學者論證孔子「言不盡意」最常引用的例子之一，孔子認為天道雖不言，但天道的生意與活力卻表現在四時運行與萬物生生不息上，而天並不說話，換言之，對天道的體悟，而難以藉由語言傳達出來，可見語言表達形上的天道是不能盡意的；相同的例證，在孔子論及仁命之時同樣地表現出語言的無能為力。

> 子罕言利，與命與仁。(〈子罕〉，《四書集注章句》，頁 109)

到底孔子談不談命與仁？後代儒者解釋此章時，頗多爭議與困惑，其中在於《論語》一書中孔子談仁、談命不少，何以說孔子罕言？實則孔子只就日常人倫指點人，說的只是仁之用，仁之體幽微深奧則無法以言傳達，因仁與命皆屬形上境界的範疇，形上學的仁與命的幽微，無法用語言文字充分傳達。綜合以上所論，一般日常事理日用人倫孔子自信可以言傳達，此即言盡意的立論觀點，至於涉及形上的層次，天道性命的部分，難以用語言傳達，此即言不盡意的立論觀點，足見言盡意論、言不盡意論兩方面的觀點，都可在孔子的言論中找到立論的依據。最顯著的例子，可以《論語》中子貢的體悟中所說的一段話看出；

> 夫子之言文章，可得而聞也，夫子之言性與天道，不可得而聞也。(〈公
> 冶長〉，《四書集注章句》，頁 79)

子貢的這段話，明顯地可以看出，他將思維一分為二，成兩個世界，即形而上的世界，和形而下的世界，所謂「夫子之言文章，可得而聞也」，這裡的「文章」，指出形而下的世界，可以用日常語言或者名言概念來加以掌握來使人了解的，這個世界，是言盡意的世界；而另一方面世界，所謂「夫子之言性與天道，不可得而聞也。」這是指形而上的世界，精微而深奧，超越日常語言所能及的，是用語言文字無法表現出來，所以說不可得而聞也。

綜合以上的論述，可見在孔子正面肯定語言能夠傳達思想理念情感同時，另一側面，孔子也體會到語言對於思想不能完全傳達的困難，特別是涉及形上本體及人生幽微之處，孔子確表現出「言不盡意」的觀點，即語言與思維不一致性。

（三）孔子之正名主張

孔子言意觀是以言盡意論為基本觀點，對於言不盡意、名不符實認為可以通過正名手段，達到名符實、言盡意的正常情況，此時名、實關係或言、意關係，兩者必然表現出互相對應與一致的關係，孔子在「正名」思想指導

下，對語言的看法，不是單純的僅落在語言上面，他將語言建築在政教社會
人倫的關係基礎上，語言不僅只是交際與傳達思想的工具，而且也是政教、
社會、人倫等人心的治亂的表現。由此，正名關係與言意關係兩者就起了連
繫的作用，由於語言是由「名」組成的，名的作用，在於指示事物形狀本質
特點，並與其他事物有所區別；這也是語言作用之所在。必須指出，孔子把
語言看成一種透明的媒介，於是語言不只在傳情達意，而且對於維護正常的
政治、社會、倫理秩序，具有舉足輕重的重要性。因此正名思想成為孔子對
治混亂社會為政之道的首要主張。

　　如果我們以孔子的「正名思想」來看言意觀，正名思想正反映孔子言、
意關係主張的兩面性，既有「言不盡意」一面，又有「言盡意」一面。

　　孔子正名思想的提出，無疑地，正是孔子看到名實不符，言意互相背離
不一致處，即使言意不一致，也可通過正名手段使言意歸於一致，正名思想
提出，即是要消除言意不符與背離，從而恢復名實相符與言意的一致性，因
此，當子路問說：假如衛君（出公）待子而為政，首先要作的事情是什麼的
問題時，孔子立刻回答說要以正名為先；接著，孔子說出正名的重要性。《論
語》云：

> 名不正，則言不順，言不順，則事不成，事不成則禮樂不興，禮樂
> 不興，則刑罰不中，刑罰不中，則民無所措手足，故君子名之必可
> 言也，言之必可行也。君子於其言，無所苟而已矣。（〈子路〉，《四
> 書集注章句》，頁 142）

孔子提出正名的學說，當是鑑於周公禮法制度遭受破壞，造成社會秩序的混
亂，道德的淪喪，正是由於人對於正確名目缺乏了解，或者真名被偽名所遮
蔽，因此，孔子為了興復禮制，開明法度，審慎刑罰，修明政治以回復大同
理想社會，如果名不能反映客觀的事實，言論隨便，名實混亂，必然導致社
會混亂，足見孔子正名思想提出，動機就在於政治上要講清楚「名分」，只要
把「名分」分辨清楚，如君與不君、臣與不臣、父與不父、子與不子、忠與
不忠、義與不義、禮與不禮、智與不智之間差異，如果能將真假名分作出明
白劃分，普遍推行後，社會的動盪必然可以穩定下來，道德人心必然得到整
建，因此，孔子提出正名：由此可以見出，孔子以為只要在語言中建立起理
想的社會，真實社會的理想情況也將隨之而來，不過應該指出的是，孔子認
為現實政治的混亂是由於名不正所致，現實政治的實，違背周公所制定的名，
才生出社會種種反常現象；這就將名看成第一性，如此，則顯然就顛倒實為

第一，名為其次的主從的關係；當然，這是孔子為了現實政治的目的才將「名實」兩者先後次序加以巔倒。

孔子據《魯史》作《春秋》，《春秋》正是為孔子政治理想的代表作，《春秋》體現孔子正名思想的主張，春秋謹嚴，用字不苟的主張，得到後代儒者的讚揚。例如：「僖公十六年，春正月，戊申朔，隕石於宋五，是月，六鷁退飛過宋都。」關於孔子的微言大義，《穀梁傳》《公羊傳》與董仲舒《春秋繁露》中，就有深入的分析：

> 《穀梁傳》：「先隕而後石何也？隕而後石也，於宋四境之內，曰宋。後數，散辭也，耳治也。……六鷁退飛，過宋都，先數，聚辭也，目治也。」

> 《公羊傳》：「曷為先言實而後言石？實石記聞，聞其磌然，視之則石，察之則五，是月者何？僅逮是月也。曷為先言六而後言鷁？六鷁退飛，記見也，視之則六，察之則鷁，徐而察之，則退飛。」

董仲舒《春秋繁露》云：

> 春秋辨物之理，以正其名，名物如其真，不失秋毫之末，故名實石，則後其五，言退鷁，則先其六，聖人之謹於正名如此，君子之言，無所苟而已矣，五石六鷁之辭是也。（〈深察名號〉）

由《穀梁傳》、《公羊傳》與漢儒董仲舒等的分析，對孔子《春秋》此段文字，作了深入發掘，使後人了解孔子《春秋》用字之謹嚴，一絲不苟，每字都有其中的大義在，並對孔子作《春秋》，目的在於正名分有一番更清楚的了解；由此，我們可以進一步的說，孔子的「正名」思想，要在使名實不紊亂，是非、真假得到澄定，進而言之，就是要使言意不一致性，通過正名而達到言、意一致性，孔子以為只有在語言中，建立起井然有序理想的社會，真實社會的理想情況，也將隨之而來，這就是何以孔子認為「正名」作為為政的當急之務之原因了，由此可以見出，孔子對於語言有一種特別的興趣，這就是語言是社會性的，人為性的，人應主動的來運用語言為人類社會服務，只要在語言中建立理想的秩序，社會秩序也就隨之而來；通過「正名」，孔子建立起實用的與功利的語言觀，在孔子的觀念中，對於名理的世界，任何的言意不一致都可以通過「正名」得到名符實、言盡意；而「正名」得以達成，就是「言盡意」的達成，這裡的「意」等同於「志」，指的是與政治的懷抱相關的理念與思想，可見「言盡意論」是孔子的基本主張，這是後來荀子言意觀理

論的來源，也是漢、魏以後玄學名理一派「言盡意論」的理論來源。

　　綜合以上論述來看，我們可以說孔子言意主張具有兩面性，一方面主張言盡意，這個意通於政治、倫理、日常生活的理念與思想，語言可以充分傳達思想，言意一致，對語言傳達思想充分信心；而另一方面，孔子意識到言意存在著不一致性，如宇宙人生的幽微之處，這個意以形上的道為範圍，尤其是涉及天道、性、命、仁等諸形上學意義的問題時，這也是子貢所體會到「夫子之言，不可得而聞」的部分，感受到難言之隱與苦惱，承認「言不盡意」，所以孔子寧可採取不言態度來面對；孔子的言意觀的價值所在，在於他為名言盡意劃分了範圍，凡涉及政治人倫等日常生活的方面都是名言可及的，因此要求使用語言精確的傳達，這是語言可以盡意的世界；至於超出名言以外的形上本體的世界，幽渺隱微，則是名言不可及的，語言難以盡其力，孔子寧可採取罕言，不言態度來對待；可見不論是持「言不盡意論」者，或者持「言盡意論」者，都可以在孔子的言意觀中找到其立論的可能依據。

二、孟子之言意觀

　　孟子（生卒年約西元前 385（或 372）～西元前 289？）名軻，字子輿，鄒人（山東鄒縣東南），受業於子思之門人，游歷齊、宋、藤、魏等國，曾為齊宣王客卿，不見用，退與弟子萬章、公孫丑等著書，有《孟子》一書傳世；孟子是繼孔子之後的儒家的大儒，他進一步發展孔子的道德仁義學說，使孔子學術思想得到發揚光大。

　　孟子的時代比孔子的時代更為動蕩激烈，思想上各家互相爭競，儒家思想面對各家、尤其是楊、墨思想激烈的挑戰，儒家的思想現出危亡的危機，使得孟子不得不起而與各家論辯，好辯而邏輯嚴密、說理透辟、文氣磅礡是《孟子》一書語言的特色，孟子學說主要的內容有性善、仁政、王道說等等；孟子的理想社會是建立一個「仁治」的社會，與孔子相同，孟子言意觀同樣具有兩面性，但基本傾向強調「言盡意」主張。

（一）孟子之「言盡意」

　　孟子對於語言傳達思想與孔子一樣持言盡意的看法，孟子言盡意的主張，表現出孟子對運用語言表達思想的自信；例如孟子云：

　　　　言無實不祥，不祥之實，蔽賢者當之。〔註35〕

〔註35〕參見朱熹，《四書章句集注·孟子集注·離婁篇》，頁 293，臺北：漢京出版社，

語言必須真實，否則生出不吉祥的災禍，不祥的事實，就在妨害賢臣；又如：

> 存乎人者，莫良於眸子，眸子不能掩其惡，胸中正，則眸子瞭焉，
>
> 胸中不正，則眸子眊焉；聽其言，觀其眸子，人焉廋哉？〔註36〕

> 徵於色，發於聲，而後喻。〔註37〕

眼神其實也是一種外在的語言，借由觀察眼神，足以使人內心的意念想法，無所遁形；這是說一個人的內心的意念、思想，可以透過眼神、聲音等人形貌表現出來，然後使人明白；言說者藉「言傳意」，通過言辭表達心意，聽者可以藉言以察意，言意之間，體現出一致性。

孟子言意一致的主張，又可從孟子論「知言」說法中得到證明，當學生公孫丑問孟子有何特長時，孟子回答說：「我知言」，意即孟子聽了人所說的話，就能了解說話者之意；這是孟子肯定言意一致性的最佳顯露。接著當公孫丑進而問何謂「知言」時？孟子更進一步的指出說：

> 詖辭知其所蔽，淫辭知其所陷，邪辭知其所離，遁辭知其所窮。
>
> 〔註38〕

孟子意思是說，從一個人語言的偏頗不公正、淫亂、邪惡、逃避等表現中，可以推斷出一個人內心思想觀念的蒙蔽、陷溺、偏離、困窮，足見孟子對於藉由語言可以推知人內心想法的純正與否，表現得十分自信，這種掌握語言能力的自信，說明孟子對於語言傳達意念的充分肯定與信任。

（二）孟子之「言不盡意」

語言傳達思想表現了肯定態度的同時，孟子也對語言表達思想有所不足的認識有充分的自覺，這又可說明孟子對語言傳達思想的另一面態度，即是認識到言意之間不一致的事實存在，由此可以推出孟子「言不盡意」的主張。

顯明的例子，表現在孟子的「以意逆志」說法上，孟子云：

> 咸丘蒙曰：「舜之不臣堯，則吾既得聞命矣，詩云：「普天之下，莫
>
> 非王土，率土之濱，莫非王臣，而舜既為天子矣，敢問瞽瞍之非臣，

1987 年 10 月版。

〔註36〕《四書章句集注・孟子集注・離婁》，頁 283，臺北：漢京出版社，1987 年 10 月版。

〔註37〕《四書章句集注・孟子集注・告子下》，頁 348，臺北：漢京出版社，1987 年 10 月版。

〔註38〕《四書章句集注・孟子集注・公孫丑》，頁 232～233，臺北：漢京出版社，1987 年 10 月版。

如何？曰是詩也，非是之謂也，勞於王事而不得養父母也，曰，此
莫非王事，我獨賢勞也，故說詩者，不以文害辭，不以辭害志，以
意逆志，是謂得之，如以辭而已矣，雲漢之詩，「周餘黎民，靡有孑
遺」，信斯言也，是周無遺民。」〔註39〕

孟子的這段話是從接受者及讀詩者的角度來論文辭與意的關係，這當中也觸
及言意關係的根本問題；孟子強調讀詩時「以意逆志」，意思就是要讀者以自
己的意，通過語言文辭這個中介，來推求探測作者的本意；但是通過文辭又
如何能推度詩人的意呢？這裡暗設一前題，即文辭可以傳詩人的意，可以達
詩人的志；但孟子又提出「不以文害辭，不以辭害志」的說法，顯然又見到
辭意不一致的事實存在，面對言意不一致的事實如何去克服？孟子的方法即
是「以意逆志」，以自己的意，來推度作者的本意，不必拘泥文詞表面的意思。

　　類似的看法，又體現在孟子曾不認同高子以〈小雅·小弁〉為小人之詩
〔註40〕的說法上，孟子以〈小弁〉詩的怨，是親愛親人的表現，認為高子解
詩太過於機械化，只一味拘泥文辭而不通詩意，真是孤陋寡聞，不達詩人之
意，甚矣；這是解詩「以辭害意」典型的例子，說詩可能有「以辭害意」的
情況，以此推知，言說者也同樣會有言意不一致的情況，從這裏，可以見出
孟子對「言意不一致」有一定的體認。

　　除此之外，孟子對「言不盡意」的看法，明顯地表現在他對「浩然正氣」
的解釋上，當孟子在回答學生公孫丑所問何謂「浩然正氣」問題時？孟子體
現出言難以盡意的事實，孟子回答云：「難言也，其為氣也，至大至剛，以直
養而無害，則塞於天地之間」；面對著「浩然正氣」這種形上的問題時，孟子
深刻的表現出難言又不得不言的窘境；同樣難言之隱的情況，也出現在以下
的事例中，例如對「命」的看法上，孟子說：「莫非命也，順受其正，是故知
命者，不立乎巖牆之下；盡其道而死者，正命也。」〔註41〕由於「命」的幽

〔註39〕《四書章句集注·孟子集注·萬章下》，頁306，臺北：漢京出版社，1987年
10月版。
〔註40〕公孫丑問曰：「高子曰：「小弁，小人之詩也」」，孟子曰：「何以言之？」曰：
「怨」。曰：「固哉，高叟之為詩也，有人於此，越人關弓而射之，則己談笑
而道之，無他，疏之也；其兄關弓而射之，則己垂涕泣而道之，無他，戚之
也，小弁之怨，親親也；親親，仁也，固矣夫，高叟之為詩也。」《四書章句
集注·孟子集注·告子下》頁340，臺北：漢京出版社，1987年10月版。
〔註41〕《四書章句集注·孟子集注·盡心下》，頁364〜365，臺北：漢京，1987年
10月版。

微難測，聰明的孟子也只能如孔子一樣，採取繞道而過的方法，將形上問題的「命」，變成形下的道德的實踐的問題而加以說明；用知性名言的方式，說明發揮作用，例如對天的看法上，孟子認爲：「天不言，以行與事示之而已矣。」〔註42〕孟子對於「天」的態度，類似於孔子對「天」的態度，孔子說「天何言哉」，認爲天不言，但天意表現在四時自然的運行上；而孟子也說：「天不言」，天雖不言，但天的意志就表現在人的行事上面，這就在暗示天意玄奧幽渺難以言傳；再例如：孟子對古代典籍文字記載的看法，表現出他對於文字難以盡信的態度，孟子云：

> 盡信書，不如無書，吾於尚書武成，取二三策而已矣，仁人無敵於
> 天下，以至仁伐不仁，而何其血之流杵也。」〔註43〕（盡心下）

根據《周書・武成篇》載云：「武王伐紂，紂前徒倒戈，攻於後以北，血流漂杵。」孟子對於這些書面文字，則認爲不可盡信，故立論引證時，僅止採取其中部分說法，足見孟子對於典籍文字不能盡意有所警覺，由此可推出孟子「書不盡言」與「言不盡意」的態度；孟子的觀點與《莊子》及《易傳》「書不盡言」、「言不盡意」的說法，有相互聯繫的關係，莊子、《易傳》與孟子三者，可以說是表現出一致的共識。

孟子言不盡意的觀點，又可見於下：孟子曰：「梓匠輪輿，能與人規矩，不能使人巧。」〔註44〕孟子認爲技藝的規矩法度，可以言傳告人，至於技藝純熟巧妙，則不可言傳，雖是大匠對此也無能爲力，這種說法又與莊子所論「斲輪之意」的寓言相同，可見孟子與莊子在觀察工匠生活得到智慧的啓示，兩者皆以爲下學可以言傳，而上達必須由心悟；語言文字傳達形上之意的無能爲力，儒、道兩家在這裏的看法並沒有不同。

（三）孟子超越語言之方法

面對著語言表達情意思想的不足，孟子提出他理想的語境，「言近旨遠」的主張；所謂「言近旨遠」意謂以有限語言傳達無限之意，這必須是以精準的語言爲前提，同時蘊含豐富的意義，也就是言有盡而意無窮之意。

〔註42〕 《四書章句集注・孟子集注・萬章下》，頁306，臺北：漢京出版社，1987年
10月版。

〔註43〕 《四書章句集注・孟子集注・盡心下》，頁364～365，臺北：漢京，1987年
10月版。

〔註44〕 《四書章句集注・孟子集注・盡心下》，頁365，臺北：漢京，1987年10月
版。

　　一部《孟子》書，就是孟子對於言不盡意與語言超越的具體實踐，顯例可從孟子與告子論人性一段話來說明，告子認為人性不分善不善，就好比水無分東、西一樣；孟子則反駁說，水雖不分東、西，難道水不分上下嗎？人性的無不善，好比水性無不向下流一樣，水之所以改變由上向下流，變成逆流，這是人力激起的結果，而不是水的本性〔註45〕，在這裡，孟子以水勢一定往下流的理，來比喻說明人性一定向善之義，可見孟子對「言近旨遠」〔註46〕的主張，作了很好的具體的示範，並證明了超越語言侷限的可能。

三、荀子之言意觀

　　戰國時期，由於各國互相爭戰兼併，國際間的政治情勢逐漸趨於統一；荀子是一個相當關注現實政治的思想家，是繼孔、孟之後儒家的最大儒者。

　　荀子（約西元前314～前217），名況，字卿，漢人避宣帝諱，稱為孫卿，趙國人，一生居齊楚最久，曾到過燕秦，仕齊三為祭酒，後仕楚，春申君以為蘭陵令，著有《荀子》一書，漢劉向校定為三十二篇，名為《荀卿新書》；荀子同時也是戰國時代最後一位思想家，據《史記·孟荀列傳》載云：「荀卿嫉濁世之政，亡國亂君相屬，不遂大道，而營于巫祝，信機祥，鄙儒小拘，如莊周等，又猾稽亂俗，於是推儒、墨、道德之行事，興壞序列，著數萬言而卒。」

　　荀子為趙人，曾遊學齊國稷下學宮，並且三為祭酒，在齊國享有極高的學術地位；後至楚，春申君以為蘭陵令，荀子很關注於當時現實實際的的政治問題，想尋找一位聖明的國君來推行他的理想主張，以建立一個順應新情勢的需要的「禮治」社會；荀子思想的基礎支柱有二，其一，為繼承孔子的禮學加以發揚光大成為隆禮說與法後王；其二，對人性實際考察提出性惡論；荀子的名實觀與言意關係主張相聯係，也築基於這兩大支柱學說下而展開的，從學術發展的角度來看，荀子的言意觀比起孔、孟較為特殊的而進步的

〔註45〕告子曰：「性猶湍水也，決之東則東流，決之西則西流，人性無分於善與不善也，猶水之無分於東西也」；孟子曰：「水信無分於東西，無分於上下乎？人之性善，猶水之就下。人無有不善，水無有不下。」見《四書章句集注·孟子集注·告子下》，頁325，臺北：漢京，1987年10月版。

〔註46〕孟子說：「言近而旨遠者，善言也，守約而施博者，善道也，君子之言，不下帶而道存焉。」以有限語言傳達無限的道理，這種「言近旨遠」的主張，正是孟子尋求的一種理想語境；參見《四書章句集注·孟子集注·盡心下》，頁372，臺北：漢京，1987年10月版。

地方就在於荀子將孔、孟以來言意觀導入名實論中，使名實與言意關係發生聯繫；從言意關係發展的角度來看，可以這麼說，孔子為儒家言意觀的發端，孟子則進一步奠定儒家言意觀的基礎，荀子則是對孔、孟言意觀進行了總結；荀子將言意關係導引進入名實關係方面，從而言意關係與名實關係產生連繫，將言意問題接通於名實問題，使得名實關係成為政治思想首先關注的核心問題。〔註 47〕在名理邏輯範圍內，名實關係既可能一致又可能不一致，但只要經過正名，名正言順了，名一般可以充分表現事實的，這與言盡不盡意是完全的兩碼事，或者更確切的說，純粹的名實關係不存在盡不盡意的問題。

　　因此，欲考察荀子言、意觀必須結合「名實觀」來看；並對荀子基本學說性惡說隆禮說等有一大致的理解與認識。

（一）荀子言意觀的支柱—性惡與隆禮說

　　荀子說：「人之性惡明矣，其善者偽也。」（〈性惡篇〉），荀子從人生理本能出發來論人性，主張人性為惡說，人性所以是善完全出於人為的教化；但詳細的考察荀子性惡說的實質，荀子原意是認為人性是自然的，而自然就無所謂惡，這與告子論人性本質並沒有不同；故即使人性都是好逸惡勞，趨利避害，也都不算惡，因為那是人性之常，出於自然本性；荀子也強調說人類基本生理欲求，仍須求滿足，這些生理欲求只要合於自然，都不能說是惡，都只是人性的本然，因此，荀子云：「民之所欲，常在我心」；百性的基本需求能獲得滿足是主政者的職責；不太過都非惡；到〈性惡篇〉中才提出性惡的說法，而性惡所以成立的原因，在於是欲望太過，逾越了自然本性，人性一味的受欲望牽引而不知節制，就會生出爭奪，作出背禮犯分的行為，就此而言，是性惡；由此可知，荀子性惡的實質在於欲望無度不知以禮節制，而人性是自然的；荀子云：

> 今人之性，生而好利焉，順是，故爭奪生而辭讓亡焉，生而有嫉惡
> 焉，順是，故殘賊賊生，而忠信亡焉，生而有耳目之欲，有好聲色
> 焉，順是，故淫亂生，而禮義文理亡焉，然則從人之性，順人之情，
> 必出於爭奪，合於犯分亂理而歸於暴，故必將有師法之化，禮義之
> 道，然後出於辭讓，合於文理，而歸於治。（〈性惡篇〉）〔註 48〕

〔註 47〕此意見參見朱立元先生，〈先秦儒家的言意觀初探〉，《復旦學報》（社會科學版），1994 年第 4 期。

〔註 48〕荀子引文以梁啓雄撰《荀子簡釋》為據，臺北：木鐸，1983 年 8 月 1 版。

通過聖人制定的文化禮義法制教化對人進行強制的規範，才可使國家社會歸於正道不亂，從「性惡論」出發，荀子重在強調道德教化與禮義之道這些人爲的師法教化對人性改造的重要性；荀子又云：

> 故古者聖人以人之性惡，以爲偏險而不正，悖亂而不治，故爲之立君上之勢以喻之，照禮義以化之，起法正以治之，重刑罰以禁之，使天下皆出於治，合於善也。是聖王之治而禮義之化也。(〈性惡篇〉)

設立國君、以及建立禮義刑法的制度，作用就在於導人向善；成就聖王之治的理想，對於凡是能起禮義之化作用的一切作爲，荀子都很重視，同樣的，他對於能起禮義之化作用的文學修養，文采修飾都極爲重視；荀子認爲人性無僞則不美，必須施以人爲的改造，人性才有美可言。

> 性者，本始材樸也，僞者文理隆盛也，無性則僞無所加，無僞則性不能自美，性僞合，然後成聖人之名，一天下之功於是就也。(〈性惡篇〉)

> 凡性者，天之就也，不可學，不可事，禮義者，聖人之所生也，人之所學而能所事而成者也，不可學，不可事而在人者謂之性，可學而能，可事而成在人者，謂之僞，是性僞之分也。(〈性惡篇〉)

上述引文中，荀子分辨的性、僞的不同，並進一步指出，人性如果沒有經過人爲的改造，是不美的，強調人性之美，在於後天學習，此點，落於文學藝術層面來說，荀子強調文學創作，須要人工參與創造修飾，才有可能產生美的藝術作品，與這種理論相關聯，荀子提出他的言意關係的主張。

（二）荀子的「言盡意論」

立基於性惡說與隆禮論兩大支柱之下，荀子進而提出名實與言意之看法，荀子言意觀是結合名實觀一起展開的，因此考察荀子言意觀必須從名實關係出發進行探討，然後可以窺知他的言意主張，這是荀子言意主張異於他人的特點所在。

荀子名實主張具體的表現在於〈正名〉篇中，荀子云：

> 故王者之制名，名定而實辨，道行而志通。(〈正名〉,《荀子簡釋》,頁 310～311)

荀子認爲只要「名定實辨」，則統一之道及王者之志可以得到貫徹推行，由此可見，王者意志能否實行貫徹，關鍵就在名實是否一致；荀子在此將言意關係與名實關係進行了連結，指出了思想意念能否有效的表達，是以名實是否

一致爲先決的條件，因此我們可以說，荀子討論名實問題，就是討論言意的
問題，荀子名實問題討論的體現在他的「正名」思想中，荀子提出「正名」
的學說作爲王者的政治綱領，「正名」學說的提出，一方面發揮自孔子的正名
思想，一方面又與當時的社會名實混亂有很大的關係，基於時代的須要，戰
國時期因舊名與新事物的更見激烈衝突矛盾，特別是針對當時辯者之流，如
名家、墨辯等以名言作爲辯論的依據，造成思想混亂的弊病，荀子因此提出
正名思想以補弊。

> 異形離異，心交喻，異物名實玄紐，貴賤不明，同異不別，如是，
> 則志必有不喻之患，而事必有因廢之禍，故知者爲之分別制名以指
> 實，上以明貴賤，下以別同異。貴賤明，同異別，如是，則志無不
> 喻之患，事無因廢之禍，此所爲有名也。」（〈正名〉）〔註49〕

何謂「正名」？「名」是人類爲了對事物同異區別的需要而產生的，有了名
後，就有概念產生，人類就利用名言來思考與判斷事物的價值，但也因此引
發出名言不符實的種種問題，荀子面臨了戰國時代紛擾不安的政治社會問
題，認爲這一切問題都是名言混亂所引起的，荀子指出造成問題的原因在於
「今聖王沒，名守慢，奇辭起，名實亂，是非之形不明。」（〈正名〉）由於戰
國時代，社會處於激烈變動中，舊體制趨於瓦解，新秩序未確立，價值標準
不一，學說林立，道術缺廢，名實錯亂，名不符實，貴賤不分，同異不別，
因爲名要指實，只有名實相符，上下、貴賤的人倫秩序才能恢復、是非、對
錯，才有價值標準可以遵循，社會秩序才能重整，政治才能上軌道，否則名
實混亂，必然造成「異形離異，心交喻，異物名實玄紐，貴賤不明，同異不
別，如是，則志必有不喻之患，而事必有困廢之禍。」明明是不同的事物，
與心相背離，硬要說成相同的一件事，明明是相同的事物，卻以名實相混硬
說成不同的事物，就造成貴賤不明，同異不別，心裏的意念無法傳達，統治
者因想法無法讓百姓明白了解，誤解就會引起禍患，政事也必然荒廢引發災
禍；所以荀子主張正名，通過名定實辨，使得名實相符，讓王者的意志得以
貫通，則志無不喻之患，事無困廢之禍，這正是「正名」思想作用。

荀子從政治層面出發，以正名讓言意一致，思想得到正確的傳達，強調
「循名責實」，這也是後來名法家政治上的刑名之學。

〔註49〕梁啓雄撰，《荀子簡釋·正名》，頁313，臺北：木鐸，1983年8月1版。

（三）荀子名實觀與言意觀之聯繫

名實與言意問題本來分屬兩個命題，名實關係，並不存在言盡意不盡意的問題，但荀子將名實問題引進言意關係中，將兩者結合起來產生連係；荀子云：

> 故王者之制名，名定而實辨，道行而志通，則慎率民而一焉……其民莫敢託爲奇辭以亂正名，故壹於道法而謹于循令矣，如是則其迹長矣，迹長功成，治之極也，是謹于守名約之功也。（〈正名〉，《荀子簡釋》，頁310～311）

荀子認爲先王大平的時代，曾經存在過一種理想的言意觀，這種理想的言意觀關係，層次可以表述如下，即：道、心、意、言、辭、辯；道、心、意、言、辭、辯得以一致，則名實，言意沒有任何背離隔閡現象，則代表著太平盛世的時代的一種理想的語境；荀子又云：

> 辯說也，心之象道也，心也者，道之工宰也，道也者，治之經理也，心合于道，說合于心，辭合于說。正名而期，質請而喻。（〈正名〉，《荀子簡釋》，頁318）

言辭必須符合辯說的須要，辯說應符合人的心意，人的心意應符合於道，作到這一點，即是「言盡意」了，這是理想的語境，在聖王之時、太平時代曾經存在過；但到荀子的時代，這種理想的語境，受到嚴重的破壞，匿跡淹沒，造成言意不一，名實混亂，這是國家紛亂的來源；如何使紛亂的時代重新回復聖王大平時代，荀子堅決的認爲只要通過政治上的「正名」、「名定而實辨」的思想重建，就可以將聖王時代的理想語境重新得到實現，國家秩序即可得到貞定、恢復。

荀子認爲統一的道，是先王的意志的體現，因此道得以推行，即表示先王的意志得到貫徹實踐，關鍵就在名實統一，換言之，「正名」思想是否得到推行，就表示統一的道，先王的意志，是否爲人民所了解接受而得到貫徹，由此看來，荀子通過正名思想把名實與言意關係兩者統一起來。

荀子認爲以前曾存在著聖王在位的太平時代，當時王者的意志與思想與道相結合，王者的思想與道藉由名言得到充分的表達，可是當今「聖王沒，名守慢，奇辭起，名實亂，是非之形不明。」因此形成言意背離，只有努力克服言意背離的現象，使言意重歸統一，聖王在位的太平時代才可能到來，這是荀子試圖努力以赴的理想目標，也充分顯出荀子對言盡意的肯定與信心。

　　為了太平時代統一的道能夠充分表達與早日實現，荀子除了重視語言講究外，也很重視辯說，並且為辯說建立一原則與標準，荀子說：

> 辨說譬喻、齊給便利，而不順禮義，謂之奸說。（〈非十二子〉，《荀子簡釋》，頁 55）

> 凡言不合先王，不順禮義，謂之姦言，雖辨，君子不聽。（〈非十二子〉）〔註50〕

荀子以為所有的辯說，必須合於先王的禮義之道，否則，即使辯說再動聽迷人，都只是姦言，君子是不加予理會的。

　　對於言意不一致，造成思想混亂，是非不明的現象，荀子主張用政治力的介入，正名，使得言意一致，名實相符；可以見出荀子言意論主張是「言不盡意」而又是「言可盡意論」者。

　　尤須指出的是，荀子對於語言的看法具有獨到的地方，在於他認為語言是約定俗成的東西，受社會風俗及時代環境的制約，荀子提出了正名三個原則：（一）約定俗成，（二）徑易不拂，（三）稽實定數。〈正名篇〉說：

> 名無固宜，約之以命，約定俗成謂之宜，異于約則謂之不宜，名無固實，約之以命實？約定俗成，謂之實名，名有固善，徑易而不拂謂之善名，物有同狀而異所者，有異狀而同所者，可別也，狀同而為異所者，雖可合謂之二，實狀變而已，實無別而為異者謂之化，有化而無別之一實，此事之所以稽實定數也，此制名之樞要也。（《荀子簡釋》，頁 314～315）

荀子在此將語言的社會性本質，作了清楚的說明，事物的命名，無所謂合理不合理，重要在於人們共同的約定，凡是約定俗成就是合理，不合於約定俗成就是不合理，名稱並不是天生下來就與客觀事物相當，只要人們約定某一名稱跟某一事實之物相當就可以了，約定俗成後，也就是名實相副了，但名稱也有好壞之分，如果說出名稱來，人們就很容易知道它的意義，那就是好名稱，如果意義含糊，妨害人們的了解，那就是壞名稱；由此可以知道，荀子認為名稱與客觀事物本身之間不存在任何必然的關係，兩者之間關係的確定是完全依賴社會約定俗成的習慣。由人為的努力，社會契約的約定，通過正名，進行交流，可以解決名實不符造成的社會混亂問題，然而，為何可以分辨事物的同異而制定出大家共同遵守的名稱，因為人有共同的眼、耳、心

〔註50〕梁啟雄撰，《荀子簡釋》，頁 55，臺北：木鐸，1983 年 8 月 1 版。

等感官，通過感覺與判斷過程，足以認知客觀的外物，依據客觀事物形狀本質特徵，並且賦予了客觀外物最恰當的名稱，單名可以表達則用單名，單名不足以表達則用複名，這名稱既是共同一致的認定，並賦予最爲適當的名，所以就必須爲大家所遵守使用。

　　王者的意志及統一的道能否實踐，必須落到言辭、辯說上面，故荀子極強調運用正當的言辭、辯說的是必要的，這與道家老莊因爲辯說破害大道而反對言辯有所不同，荀子認爲正當言辭、辯說是君子必備的修養。

> 故君子必辯，凡人莫不好言其所善，而君子爲甚，故贈人以言　重於金石珠玉，觀人以言，美於黼黻文章，聽人以言，樂於鐘鼓琴瑟。(〈非十二子〉，《荀子簡釋》，頁 55)

> 君子之言，涉然（深入）而精，俛然（不虛誕）而類，差差然而齊，彼正其名，當其辭以務白其志義者也，彼名辭也者，志義之使也，足以相通，則舍之矣。苟之，姦也。故名足以指實，辭足以見極，則舍之矣，外於是者謂之訒，是君子之所棄，而愚者以爲己實。(〈正名〉，《荀子簡釋》，頁 320)

引文中，荀子以爲一個君子語言的修養要求，要作到精即準確、類即統類、齊即齊一，說話者一定要作到把心意傳達的清清楚楚，使聽者明白清楚自己的意念想法，如能作到道、意、心、言、辯個個環節通貫一致，如此，就是言盡意了，理想語境的實現，就是理想社會的實現。

　　荀子還有一個可貴的觀點，就是認爲語言是約定俗成的產物，以及人際關係的工具，透過人類社會契約行爲的約定，就能達到以名指實，言能夠表明意念想法，這就是名言的社會性功效，至於超出名言所能傳達的世界，就應該舍棄停止，不必說它，這就是荀子所謂的「外於是者謂之訒」說法。

　　綜合上面考察可見，荀子對名實言意關係的主張上，相信通過正名的手段，都能以名指實，換言之，即言能盡意；名實不符時，則可以透過政治手段正名使名實一致，這是荀子對名實不一致又是一致的看法與解決之道，所以荀子雖然說過「外於是者謂之訒」，即指出在名言以外，有一個難以名言指陳的世界，這時名言應該舍棄停止，雖然荀子也有「言所不能及世界」的體會，但並沒有給這個不能體會的世界留多少的餘地，所以我們可以說，荀子言意觀的貢獻，在於將言、意連結引入名實關係中，不足處，未給予名言以外的世界，留下形上學空間，「言不盡意論」就荀子而言是存而不論的。

第四節　先秦《易傳》之言意觀

　　《周易》包括經、傳兩部分，經含〈卦象〉、〈卦辭〉、〈爻辭〉，這是上古占筮的存留，人歷三聖王，時歷三世。有八經卦與六十四別卦，八經卦爲伏犧所畫，六十四別卦經先民智慧結晶，而結於文王之幽而演《易》。

　　《易》以〈卦辭〉、〈爻辭〉爲經，〈十翼〉爲傳，〈十翼〉包括〈彖辭〉上、下，〈繫辭〉上、下，〈象辭〉上、下，〈文言〉、〈說卦〉、〈序卦〉、〈雜卦〉。寫成年代早到春秋戰國，晚迄漢代，傳說孔子作〈十翼〉似不可信，孔子晚年喜《易》，《論語》載稱孔子讀《易》至韋編三絕，說孔子喜歡《易》、整理《易經》則有可能，說孔子作〈十翼〉（傳）則未必可能，《易傳》十篇中，〈雜卦〉傳最爲晚出，大約在漢宣帝時，〈序卦〉傳不晚於漢初，因《淮南子》曾引述，〈繫辭〉傳、〈象辭〉傳產生較早，大約戰國中期，〈繫辭傳〉一部分可能早於惠施莊子，即戰國早期作品，《莊子・天下》和〈大宗師〉篇中有〈繫辭傳〉的反命題〔註51〕

一、《易經》之來源──「觀物取象」與「立象以盡意」

　　《易經》的來源，產生於先聖的「觀物取象」與「立象以盡意」的結果，《易・繫辭傳上》作家承繼先秦儒、道二家言意觀內容，試圖對儒道兩家言意觀內在矛盾衝突進行調合，並提出矛盾衝突解決的辦法，因此就有了「立象以盡意」的主張；《易・繫辭傳上》有段話云：

> 子曰：書不盡言，言不盡意，然則，聖人之意，其不可見乎？子曰：
> 聖人立象以盡意，設卦以盡情僞，繫辭焉以盡其言，變而通之，以盡
> 利，鼓之舞之以盡神。（《十三經注疏・周易正義》）

《易傳》作者先肯定「書不盡言，言不盡意」，即書面文字不能充分反應口頭語言，口頭語言又不能完全傳達出聖人的體悟，換言之，書面文字只是模仿語言，語言又是模仿思維、意念、思想、情意，故書面文字只是模仿的模仿，只是影子的影子，離聖人所體悟的眞理可說是隔三層，足見《易傳》作者此種說法受

〔註51〕參見葉朗撰《中國美學史大綱》，頁 65，臺北：滄浪出版社，1986 年 9 月初版，又有關《易傳》的傳承問題，早期學者以爲《易傳》染儒家色彩，將《易傳》視爲是儒家之學派的傳承，《易・繫辭傳》爲儒家專有之典籍，惟近年來學者研究有所改變，以爲《易・繫辭傳》傳承與道家學派有關，詳參王葆玹《正始玄學》第一章玄學淵源，及陳鼓應《易傳與道家思想》，皆指出《易傳》傳承與稷下黃老學派有關，故本文將《易傳》言意觀另立一節，不專隸於儒家言意觀下。

道家影響而來，道家莊子說書不過是古人的糟粕而已，既是糟粕則不存在精華，當然就該去言，但去言的結果，將導致聖人的體悟將如何得到傳達？《易傳》的作者提出他的解決方法，這就是在意言之間，插入象以作為言意之間中介橋樑，並認為象比文字語言更能傳達聖人的體悟，這就完成「立象以盡意」的命題，言不盡意而象能盡意，原因是象是聖人的創造，是無限性本體「道」的具體的表現，易傳的象是什麼呢？易「象」涵有三義，即包括一物象、二法象、三意象，物象是客觀存在事物，法象、意象二者即是外物進入聖人內心世界體會而得的意象，此即所謂「易象」。

　　《易傳》象的涵意為何？陳良運先生在《周易與中國文學》有一段論述，值得參考，他說：

　　　　先看象之義可有下面的變化，其一為依動物之象形而造字，早期中國
　　　　北方，原有象的動物，後因氣候變化而南移，今泰國印度多象，因此
　　　　象在中國北方絕跡，卻留下文字的「象」字，其二意想之事物形狀。
　　　　《韓非 解老》篇云：「人希見生象也，而得死象之骨，案其圖以想其
　　　　生也，故人之所異想者，皆謂之象也。」象從原始的象形字，推廣為
　　　　凡萬事萬物之形狀、外貌皆可謂為象，這裏象成為人之感性範疇，其
　　　　三則於象字加上人字邊，以表示與第二義之區別，相似之義，先人小
　　　　小的添加或有此深意在，即強調了人為與人再創造之功〔註52〕。

將〈易象〉的象字從造字之起源，及其演變過程，解說的很清楚而詳盡，這對我們探討易傳中「觀物取象」或「立象以盡意」命題，其中「象」字內容涵義的了解是有所幫助的；《易·繫辭傳上》云：

　　　　易者，象也，象也者，像也。（《十三經注疏·周易正義》）

　　　　聖人有以見天下之賾，而擬諸其形容，象其物宜，是故謂之象。（《十
　　　　三經注疏·周易正義》）

《易》的卦象是來自大自然的模仿，聖人為了說明天地間奧妙的道理，為了使人了解，因此設立卦象，以適當的形容來表現深刻的道理；《周易·繫辭傳下》更進一步解釋云：

　　　　古者伏（皰）犧氏之王天下也，仰則觀象於天，俯則觀法於地，觀
　　　　鳥獸之文，與地之宜，近取之身，遠取之物，於是始作八卦，以通

〔註52〕參見陳良運所著，《周易與中國文學》，頁312～313，百花洲文藝出版社，1999
　　　　年11月版。

神明之德，以類萬物之情。(《十三經注疏‧周易正義》)

這是說「易象」是聖人「觀物取象」〔註53〕後的創作，是聖人對自然現象與社會生活的模仿及創造，不僅是外界事物外表的模仿，而且更著重表現萬物的內在特性表現，表現宇宙的深奧微妙的道理，此即「天下之賾，萬物之情。」

《易‧繫辭傳下》進一步說：「子曰：書不盡言，言不盡意，然則聖人之意其不可見乎？子曰「聖人立象以盡意，設卦以盡情偽，繫辭焉以盡其言。」說明天道及人事幽微難測，聖人藉人所熟知物象來說明，以使人了解，此即〈易傳〉的「立象以盡意」，不過盡意的之前，就必須選擇適當的物象，當適當物象被選為卦象時才可能藉以了解天道、以及人事意義。

二、易象之功能

易象是對自然與社會各種現象人事的模擬，《易‧繫辭傳下》進一步論述指出了象的基本功用在於：

其稱名也小，其取類也大，其旨遠，其辭文，其言曲而中，其事肆而隱。(《十三經注疏‧周易正義》)

可見，卦象的基本功能就在於能以少總多，言近旨遠，以有限表無限，易傳「立象以盡意」的命題，顯著的突出了「象」，以「象」溝通意與文字語言的關係，象成為意與語言的橋樑，並且明確指出形象比文字語言更能傳達道，這種見解，對於後代「藝術形象」以少總多，言近旨遠，以有限表無限極，具有非凡的意義和價值。

後來清代的章學誠於《文史通義》一書中，更明確的將象的大用說出：

易之象也，詩之興也，變化不可方物矣。(《文史通義》，頁5)

象之所包廣矣，非徒易而已，六藝莫不兼之。蓋道體之將形而未顯者也，關雎之於好逑，棣木之於貞淑，甚而熊蛇之於男女，象之通於詩也；五行之徵五事，其畢之驗風雨，甚而傅巖之入夢費，象之通於書也；古官之紀雲鳥，周官之法天地四時，以至於龍翟章衣，雄虎志射，象之通於禮也，歌協陰陽，舞分文武，以至磬念封疆，

〔註53〕以八卦取象為例，八卦基本的象徵物為天、地、風、雷、水、火、山、澤，推廣之有取父母子女為象：如乾象徵父，坤象徵母，巽象徵長女，雷象徵長男，離象徵中女，兌象徵少女，澤象徵少男，風象徵中男；又有取人體為象：乾為首，坤為腹，震為足，巽為股；又有取動物為象：乾為馬，坤為牛，震為龍，巽為雞，離為雉，艮為狗等等；推及陰陽以至三百八十四爻皆有取象，從而構成完整的象數系統。

> 鼓思將帥，象之通於樂也；筆削不廢災異，左氏說遂廣妖祥，象之
> 通於春秋也；以易以天地準，故能彌綸天地之道，萬物萬事　當其自
> 靜而動，形跡未彰，而象見矣。故道不可見，人求道而恍若可見皆
> 其象也。（《文史通義》，頁 5）

以《易》之象通於詩之比興，並擴大相通其他各經之義，認為五經莫不有象
之義，這大大擴大了象的適用範圍，將象的包容性，說得淋漓盡致，並為易
之象與文學藝術形象的關係作出溝通的解釋，章學誠並一步指出象的兩種區
分，即天地自然之象與人心營構之象，並說明兩者的之間的關係，以天地自
然之象是人心營構之象之所出，《文史通義》又說：

> 有天地自然之象，又有人心營構之象，天地自然之象，說掛為天為
> 圜諸條；約略足以盡之；人心營構之象，睽車之載鬼，翰音之登天，
> 意之所至，無不可也，然而心虛為靈，人累於天地之間，不能不受
> 陰陽之消息，心之營構則情之變易為之也，情之變易，感於人世之
> 接構，而成乘於陰陽倚伏為之也，是則人心營構之象，亦出於天地
> 自然之象也。〔註54〕（《文史通義》，頁 5～頁 6）

《易・繫辭傳》中「觀物取象」與「立象以盡意」二說，兩者都說明了外在
物象是卦象的產生的來源，這凸顯象的重要性；《易・繫辭傳》中的象是自然
客觀的物象與哲理的象，與後來詩學意境說或意象說的藝術形象還有差距，
但比起《老子》一書中的象專指哲理內容不同，逐步往藝術形象進展，兩者
其差距日漸縮小，「立象以盡意」的命題為溝通哲學形象與藝術形象兩者間的
距離作出了貢獻，《易・繫辭傳》「立象以盡意」的命題，其重大意義還在於
對後來玄學言意之辨，插入象為言意間中介，作為言意之間的橋樑，這就加
速了促成詩學意象意境理論產生的腳步，故其對後代玄學與詩學的影響是不
容估量的。

第五節　先秦墨、名、雜家之言意觀

　　本節就先秦墨、名、雜家各家涉及言意關係的相關理論，稍加考察，以
結束本章。

〔註54〕參見章學誠撰，《文史通義・易教下》，頁 5～頁 6，臺北：華世出版社，1980
　　　年 9 月初版。

一、墨家之言意觀

墨家言意觀，首重在語言的邏輯、推理功用上面，故墨家認爲：

　　夫辯者，將以明是非之分，審治亂之紀，明同異之處，察明實之理，

　　處利害，決嫌疑。(《墨子・小取》) 〔註55〕

論辨離不開語言，論辨貴在能近取譬，「譬也者，舉物以名之」(〈小取〉)，所以墨家主張以名舉實，以辭說意，以說出故，強調了語言論辯與意志一致性，揭示以言辭抒發意志，於此，可以見出墨家關心的是語言表達思維與進行論辯的功能，關心的是名與實，概念與對象的關係，並沒關注到更高層次的語言傳達與主體體驗的問題，所以，墨家以辭抒意的命題，其理論的實質是孔子「言以足志」的發展，強調的是「言盡意論」。

二、名家之言意觀

名家有堅白同異之辯，如公孫龍子〈名實論〉，重在探討名與實之間的關係，「夫名，實謂也」(〈名實論〉)，名是事物之稱謂，名實所論重在名與名所指稱的對象，即爲物之間的關係，如〈堅白論〉論單名與單名之間的關係，「視不得其所堅，而得其所白者，無堅也。」通過視覺人只能得到白名，不能得到堅名，同理「拊不得其所白，而得其所堅者，無白也。」通過觸覺，人只能得堅名，而不能得到白名，堅石所指稱的對象只能是客觀存在的堅石。〈白馬非馬論〉重在論複名與複名所構成的單名之間的關係，「馬者，所以命形也，白者，所以命色也，命色形非命形也，故曰「白馬非馬」(《公孫龍子形名學發微》，頁 24)，公孫龍認爲白名命色，馬名命形，「白馬」既命色又命形，白、馬、白馬諸名，各有其確定的指稱對象，故「白馬非馬」。此與〈名實論〉所論名與實相應，相應就是「位其所位」，如白馬既命形又命色，指的是客觀存在的白馬；名與實不相應就是「出其所位」，如以既命色又命形的的白馬去指稱馬，或用命形的馬指稱白馬，則名與實不相應。〈指物論〉中，揭示出語言與事物形象的關係，「物無非指，而指非指」〔註56〕，認爲事物無不是有一指稱，但以手指指稱，不是

〔註55〕參見孫詒讓著，《墨子閒詁》卷十一，頁 250，收入《諸子集成・四》，北京：中華書局。

〔註56〕參見譚戒甫撰《公孫龍子形名學發微》，〈指物論〉第一，頁 18，北京：中華書局，2001 年 08 月 4 刷，又據林銘鈞、曾祥雲所著，《名辯學新探》一書，對「物無非指，而指非指」之解釋：以爲以手指指物，不是對事物之指稱，該書將指之意，區分以實指物，即以手指指物，及以名指物兩類，前者爲指，後者爲非指；詳參《名辯學新探》，頁 177～186，中山大學出版社，2000 年

對事物之指稱，「天下無指，物無可以謂物……指也者，天下之所無也，物也者，天下之所有也。」〔註57〕這是說如果沒有指稱，天下事物就無法稱謂，指稱是天下所沒有的，而事物是天下所實有的，指稱可以表現事物的特性，但指稱可以不須依賴事物而可以獨立存在，語言符號雖指稱事物，但不是事物的本身，由此可知公孫龍子所關心的問題更集中在名、實問題的討論上，重點落在語言的概念推理上面，與傳達意志抒發情意已隔一層，離主體的體驗就越遠了。

三、雜家之言意觀

雜家言意理論雜取先秦各家言意理論而成，尤其是儒家與道家言意觀點，因此，每每有同時出現言盡意論與言不盡意論的兩大並列，趨向不一致的觀點，並沒有發展出言意理論新的高度，這在《呂氏春秋》一書中有所體現，例如：其一云：「言者，以諭意也」〔註58〕（〈精諭〉，頁 204），又云：「辭者，意之表也」（〈精諭〉，頁 205），強調語言與思維有一致性，語言與思維為內外關係，所以聽言者，可經由觀言知意向，由表及裡，這顯然是屬於「言盡意論」的一派；這可以說是孔子的「言以足志」說的翻版。

但在另外一方面，《呂氏春秋》又體會到語言的限制不足性，借由伊尹之口說出這種體會：「鼎中之變，精妙微纖，口弗能言，志弗能喻，若射御之微，陰陽之化，四時之數」〔註59〕（《呂氏春秋·本味篇》，頁 141），鼎中的精妙微纖的至味，不僅語言難以傳達，更是思維也難以企及，如陰陽之化，四時之數，只能體會而無法思辯，也無法以言傳，以味喻道，這是老、莊道家輪扁語斤，言不盡意說的翻版。

第六節　兩漢之言意觀

一、兩漢經學家之言意觀

漢初六七十年間，學術思想因應政治現實須要，承先秦各家而進一步雜揉，

---

10 月 1 刷。

〔註57〕參見《公孫龍子形名學發微·指物論》第一，頁 19，北京：中華書局，2001年 08 月 4 刷。

〔註58〕《諸子集成》第六冊，《呂氏春秋》，頁 204，北京：中華書局。

〔註59〕《呂氏春秋·本味篇》，《諸子集成》第六冊，《呂氏春秋》，頁 141，北京：中華書局。

儒、道、名、法、縱橫、諸家並出行，尤以道家黃、老思想最適合漢初之時代政治社會之須要，因此在政治上取得主導地位，然黃老學說思想內容以是雜而不純有雜家意味，此可由司馬談〈論六家要旨〉證知，他以道家「因陰陽之大順，采儒墨之善，撮名法之要。」集諸家大成，他立足道家之思想，但雜家學術流行，更爲實情，代表先秦黃老綜合思想；而爲班固《漢書・藝文志》劃歸雜家思想的有《呂氏春秋》與《淮南子》這兩種書，皆爲門下賓客所作，談及言意思想，承先秦儒道論言意而來，有「言不盡意」、「言盡意論」兩說同出，可以見出一書兩派學者各自爭競之觀點，分別代表儒家與道家的言意觀。

代表漢代學術思想主流的是儒術，所謂「儒術」即儒家思想在現實政治的運用，漢代學術有一特性，就是把先秦的學術思想，落實到現實政治上來加以運用，通經致用表現漢代學術的政治實用特性，自西漢武帝時起，採用今文學家董仲舒建議，儒術得到獨尊，今文經學派成爲官方認可的學術權威代表，今文經學立爲學官，儒學在政治上取得相對獨尊的地位。

由於儒學具有無尙的權威地位，儒學經典《春秋》、《詩》、《書》、《禮》、《易》，形成爲政治的指導原則，躍居神聖不可侵犯的政治寶典；六經與聖人的關係更形密切，漢人普遍認爲六經蘊涵著聖人思想的奧妙，聖人早已將自己的政治的理想寄託在六經的典籍當中，掌握六經就可掌握聖人的道；對於先秦以來流行的道家老、莊思想，特別是莊子「得意忘言」之說，以及《易傳》所主張「書不盡言，言不盡意」的說法，在這時候，並沒有得到漢人認同；師之所受，業之所存，從少到老，專守一藝，皓首窮經，在經書中尋找聖人的微言大義，成爲經師與儒生奉行圭臬；到東漢今文經學家爲了進一步神聖化儒家經典，變本加厲將經學與讖緯神學結合，以說明政權的合法性，東漢今文經學家認爲經書典籍不僅是能夠傳達聖人思想；這些經典代表的更是上帝的意旨，將孔子聖人的地位抬高到神的地位，凜然不可侵犯，因此，「書不盡言，言不盡意」之說法，失去適宜的生長土壤而不再風行。例如董仲舒《對策》云：

> 孔子作春秋，上揆天道，下質諸人情，參之於古，考之於今。〔註60〕

又匡衡上疏云：

> 臣聞六經者，聖人所以統天地之心，著善惡之歸，明吉凶之分，通人
> 道之正，使不悖於本性者也，故審六藝之指，則人天之理可得而和，

〔註60〕《漢書・董仲舒傳》卷五十六，頁 2515，北京：中華書局，1992 年 12 月 7 刷。

草木昆蟲可得而育，此永久不易之道也。〔註61〕

班固《白虎通》云：

經，常也；有五常之道，故曰五經。〔註62〕

上述所引，可以見出漢人將五經，視爲不變之常經，五經的語言文字等同眞理，顚撲不破，並作爲終身奉行不變的科條，至東漢經學進一步發展造成讖緯神學的盛行，「讖」「緯」原是有區別的，所謂「讖」語，先秦時代已有，用作爲一種政治上的預言，如「亡秦者胡」，緯書起於哀、平之際，王莽曾大加運用以取得政權，至東漢光武大加流行，光武用〈赤伏符〉受命，東漢時讖緯思想的興盛，使得經書讖緯化，經書便變成神的預言而更加神祕；例如：在說明河圖洛書的來源時，今文經學家將《易經》〈八卦〉說成是上帝教神馬背負於洛水，授與伏羲的神書，這就是所謂的《河圖》；今文經學家又將〈洪範・九疇〉說成是上帝叫神龜背負在洛水上，授大禹的神書，這就是所謂的《洛書》；《河圖》、《洛書》既爲上帝的賞賜，其神聖性，與權威性，凜然不可侵犯；又據唐歐陽詢《藝文類聚・卷五十五》載云：

《尚書・璇璣鈐（錢）》云：「尚書篇題號尚者，上也，上天垂文，象布節度書也，如天行也。」〔註63〕

《春秋說・題辭》云：「尚書者，二帝之跡，三王之義，明天下之情，帝王之功。尚者上也，上帝之書。」〔註64〕

上引兩例，可以見出兩漢經書讖緯化後，經書變得如何荒誕不經，經書成爲上帝的書籍，都將經書的出現推到神祕的地步，經書成爲上帝佈道的書籍。

　　五經中《易經》《易傳》受尊崇的程度不如其它經書，而官方易學以陰陽五行學說解，所重在於象數，至於道德、性命等義理的闡述，並未受到理會；對《易經》看重者，首先是西漢末的劉歆，他屬於古文經學家，他顚倒了今文經學家對五經看法的次序，以《易》居五經之首；其次爲揚雄，揚雄以爲經莫大於《易》，則與劉歆同一潮流系統，而與今文經關於五經次序說法背道而馳；《易》有今古文之差異，但在言、意觀點上面，大多數的今古文經學家

〔註61〕《漢書・匡衡傳》卷八十一，頁3343，北京：中華書局，1992年12月7刷。

〔註62〕陳立撰，《白虎通疏證》一書，卷九，頁447，北京：中華書局，1997年10月2刷。

〔註63〕參見歐陽詢撰，《藝文類聚》，頁983，上海：古籍出版社，1999年5月1刷。

〔註64〕朱彝尊撰，《經義考》卷七十三，頁405，北京：中華書局，1998年11月1刷。

認為聖人能體現天理，聖人之微言大義就隱藏在經書之中，所以經書並不存在「言不盡意」的疑慮。

二、揚雄之言意觀

除經學今文經學言意觀外，對學術思想上佔有指標性意義的思想家略作考察，多少可以看出整個時代一時的風氣與學術思想的觀點走向，在兩漢之際，揚雄在學術思想上表現就顯得較為凸出，故在此針對揚雄言意觀點略加考察。

揚雄（西元前 53～西元 18）字子雲，蜀郡成都人，為西漢重要的辭賦家、哲學家、語言學家，有《法言》、《太玄》、《方言》等著作，揚雄的言意觀體現在《法言·吾子篇》《法言·問神篇》中。

其中《法言·吾子篇》說：

> 或曰：人各是其所是，而非其所非，將誰使正之？曰萬物紛錯，則懸諸天，眾言淆亂，則折諸聖，或曰：惡睹乎聖而則諸？曰：在則人，亡則書，其統一也。〔註65〕

此段引文中可以看出，揚雄的思想以儒家思想為依據，他的言意觀與儒家觀點一致，是主「言盡意」，他認為儒家的道，體現在聖人身上，以及聖人所作的書籍中，雖然聖人已經不在人世，但他們思想藉由書本保留下來，後人可以通過聖人的書來了解聖人之道，從中得到言行的準則。這種見解與先秦道家代表人物莊子言意主張顯然不同，莊子以為聖人的書，無法體現聖人的意（思想），因此聖人的書不過是糟粕而已，可見揚雄在言意關係命題中他認為聖人是言盡意的，所以他說：「言不能達其心，書不能達其言，難矣哉，惟聖人得言之解，得書之體。」（《法言·問神》）聖人的書能體現聖人的意，所以聖與經兩者也就一致，事實上揚雄這種見解，先秦時代荀子已經體現；先秦儒家強調要努力運用語言去充分地表達思維內容，盡量作到最精確的程度。

揚雄這種觀點反應在文學觀上，因此文學創作必須合乎儒家之道，以聖人為榜樣，以六經為楷模，這也是原道、徵聖、宗經的原則，揚雄在論及文學本原的問題，認為文學的本源在於心，揚雄說：

> 言不能達其心，書不能達其言，難矣哉！惟聖人得言之解，得書之體，白日以照之，江河以滌之，灝灝乎其莫之御也！面相之，辭相適，捈

〔註65〕汪榮寶撰，《法言義疏》，頁82，北京：中華書局，1997 年 10 月 3 版。

中心之所欲，通諸人之嚅嚅者莫如言，彌綸天下之事，記久明遠，著
古昔之晤晤，傳千里之蟲蟲者，莫如書。故言，心聲也，書，心畫也，
聲畫形，君子小人見矣，聲畫者，君子小人之所以動情乎？（《法言‧
問神》）〔註66〕

揚雄的心聲心畫論，突出「文源於心」的說法，揭示出文學是一種精神活動，
文學來自內心，內心就是神，揚雄《法言‧問神篇》開頭就說：「或問神？曰：
心。」從創作者來說，文是心的表現，從接受者來說，文可以感動讀者之情，
實際也就是以作者的心，去感動讀者的心，揚雄這裡，正好為文學鑑賞提出一
個重要原理，這就是藝術欣賞的過程，乃是創作者的心與接受者的心互相交流
的過程。

東漢中葉以後，有古文經學家，及諸子學復興，針對今文經學之陰陽五行
學說讖緯神學之弊，煩瑣與妖妄，提出針砭，在古文經學家有馬融、賈逵等人，
在諸子學上從事子書撰寫，發表政治評論者，有桓譚《新論》、王充《論衡》、
仲長統《昌言》等，以下選擇王充為對象，略作考察。

三、王充之言意觀

王充為東漢思想家的代表，與官方經學家思想不同，選擇王充思想理論，
考察他的言意觀，可以代表另一種觀點呈現；看看王充言意觀是否有所突破，
或者有更新進展。

王充為東漢傑出的思想家哲學家，所著《論衡》，雖未對言意關係明確的進
行討論，但《論衡》中多有論述到關於對語言使用的看法，可借由王充對語言
看法，推測其對言、意關係的主張。

王充（西元27～97）即生於東漢光武建武三年，死於東漢和帝永元年間，
字仲任，會稽上虞人，曾師事扶風班彪，著書甚多，有《政務》、《譏俗》等，
然多已亡逸。僅存《論衡》八十五篇，其中〈招致〉一篇已佚；王充學術思想
最大貢獻，在於對東漢以來的流行的讖緯神學迷信思想提出批判，並起了推廓
澄清的作用，漢代學者對於純正文學觀念上，尚未有自覺的認識，漢代學者稱
文學，包括文章學術著作在內，對王充的定位，基本上必須認識到王充是一位
思想家，不是文學理論家，《論衡》一書著作，有關文學的討論看法，係針對學
術、科學著作為主，進行討論，不是針對純正文學作品而發，《論衡》中涉及文

〔註66〕汪榮寶撰，《法言義疏》，頁159～160，北京：中華書局，1997年10月3版。

學作品的問題，必須從這一觀點出發來加以考察。

漢代對文學看法是文章學術之意，純正文學詩、賦的定義，尚處於朦朧觀念中而未被提出，王充的文學是指廣義學術文章之意，在語言表現上，王充明確提倡一種明白曉暢，語言達意的新觀點，而反對典雅、深覆、奧澀、曼言文風，這就與揚雄倡導復古文學語言觀，所形成的以艱深文字文淺陋的觀點頗不相同；因王充這些子家認識的真切，體認到文情充沛的重要，使他們認識到明白曉暢、氣盛言宜的可貴，但他並無忽視文學語言的重要性，有助於吸取當代口語的文學語言的形成，這比較全面而中肯，王充自稱作《論衡》其言盛，其辯爭，浮華虛偽之語，莫不澄定，又自稱自己的作品，形露易見。

王充著《論衡》，旨在批判虛妄，表現在文學上斥虛妄而主真實，他認為真實是美的基礎，也是善的基礎。所謂虛妄，即無客觀事實依據的猜測及玄想，這是對漢董仲舒以來與東漢讖緯神學而發；批判的依據，一為大腦分析，二為經驗驗證論，他認為考之以心，效之以事，浮虛之事，則立證驗對作。

對於文學上的誇張不實則持反對意見，具體的內容表現在九虛、三增等一系列文章中，九虛為〈書虛〉、〈變虛〉、〈異虛〉、〈感虛〉、〈福虛〉、〈禍虛〉、〈龍虛〉、〈雷虛〉、〈道虛〉，三增為〈語增〉、〈儒增〉、〈藝增〉，王充文學觀，植基於真實與切合世用的基礎上立論，表現出王充反對讖緯神學的精神，凡不合此原則為其反對之列，如此，則使得王充對於文學的誇飾手法，缺乏正面的理解，這是王充眼光的局限不足之處；王充於《論衡》中，曾論及認知的一般規律說：

> 故夫可知之事者，思慮所能見也，不可之知之事，不學、不問、不能
> 知也，不學自知，不問自曉，古今行事，為之有也夫，可知之事，惟
> 精思之，雖大無難，不可知之事，屬心學問，雖小無易，故智能之士，
> 不學不成，不問不知。〔註67〕

引文中，王充將認知對象，劃分可知與不可知的層次，可知的事，在於學習與精思，強調學問、知識的獲得，必須通過學、思過程，天下之事，沒有不學而得、不思而能的事情，由此可以推出，王充言意主張偏於言盡意論主張的，但這僅能說明王充僅止涉及到語言傳達對象可知的一面；至於另一方面語言傳達思慮範圍以外的世界，王充並未涉及，更不用說語言傳達形上層次問題了。

這種觀點，反應在王充對文學上面的一些要求上，王充主張文章必須內容與形式的統一，表裏一致；他在〈超奇〉一篇中對這一問題有系統的分析：

〔註67〕 《論衡》，頁254，《諸子集成》。

> 文由胸中而出，心以文爲表……有根株於下，有榮葉於上，有實核
> 於內，有皮骨於外。文墨辭說，土之榮葉，皮骨殼也，實誠在胸臆，
> 文墨著竹帛，外內表裏，自相副稱，意奮而筆縱，故文見而實露也。
> 人之有文也，由猶禽之有毛也，毛有五色，皆生於體，苟有文無實，
> 是則五色之禽毛妄生也……豈徒雕文飾辭，苟爲華葉之言哉，精誠
> 由中，故其文語感動人深。

強調「文見而實露」，不止由內而外，而且由外而內的關係一致性。內外一致
的關係，不是上下一致的關係，這段論述是對孔子「辭達說」以及「言以足
志，文以足言」說的繼承與發揮，也是對於《禮記》「情欲信，辭欲巧」「說，
及揚雄「心聲、心畫」說的繼承與發展；王充「文見而實露」的主張，充實
了儒家傳統文學觀中文質並重、與內容形式兩全的內容，但並未對道家言意
觀有自覺性的認識與突破。

四、漢末王符、崔實、仲長統之言意觀

　　兩漢以今文經學爲官方統治思想，具有至高無上的神聖性，故視經書爲
寶典，字字是聖人的金科玉律，蘊涵著微言大義，不可侵犯性，聖人經典中，
並不存在「言不盡意」的問題；當然，在主流思潮中，也有一些稍有思想的
人，並不全然相信經書語文字的此種魔力，「言不盡意」論，漢人也有零星的
討論者；如桓譚云：

> 蓋天道、性命，聖人所難言，自子貢以下，不可得而聞也。（《後漢
> 書‧卷二十八‧桓譚傳》）

在今文經學流行風潮消退中，正統儒家思想漸次動搖下，異端學說逐漸萌芽，
代表這種思想趨勢者，就是成、哀與新莽時期的揚雄的復古思想，以及桓譚《新
論》；其中桓譚《新論》，正好居於上承揚雄道儒調合思想，下啓王充《論衡》
的中介地位；桓譚在《新論》中，對經書讖緯神學，抱持懷疑態度，他曾論證
形滅神亡而提出有著名的「燭火」之喻，對於經書讖緯神學迷信的思想給予反
駁，處在兩漢之際的桓譚所著《新論》一書中，就表現過對於聖人傳達天道、
性命的質疑，而有「言不盡意」的說法；此外，又如漢末任彥升也曾云：

> 性與天道，事絕言稱。

然而，這種零星的思想家畢竟少數，未足以撼動今文經學當時龐大的勢力；
但由於不絕如縷的思想匯集大流，至東漢中晚期，刺激另一種清議學風的出
現，即著作子書批判儒學、經學及政治現實的學風出現，其中如王符《潛夫

論》，爲醇正儒家，他檢討社會不良浮風，認爲社會不良浮風根源來自於政治的不良，政治不良的根本在於舉薦不實，「以頑魯應茂才，以桀逆應至孝，以貪饕應廉吏……，名實不相副，求貢不相儷。」虛浮社會風氣之背後，貴戚寵臣之不法官吏的循私舞弊，以及君王的昏庸無能，改進之道，在於加強法制，「法令正則選舉實，法令詐則選舉僞」，國君本身的要能謙恭下士，而且要明察愼辨，予各種不法加以打擊，爲避免「德不稱其任，能不稱其位」，必須對各級官吏加強督察、考核。

> 聖王之建百官也，皆以承天治地，牧養萬民也，是故有號者，必稱
> 於典，名理者，必效於實，則官無廢職，位無非人。〔註68〕

凡有名號的官吏，所作所爲必須符合國家法令所規定的職責，循名責實，名實相符，由此可知，王符運用「名實相符，循名責實」以法斷之的思想，對名教之弊唯名是尚，進行批判，頗能切中當時官場懈怠，互不責治之弊；崔實的《政論》，揭露社會弊病，告誡當時統治者，似法家顯嚴峻，論述整頓吏治，嚴肅貢舉制度，以網羅天下賢士等主張，強調對三府官員要認眞選拔與考核，因其位卑權重，或期月而掌州郡，或數年而至公卿，如果任非其人，將形成日後嚴重之後果。仲長統著有《昌言》，時東漢已是名存實亡，故《昌言》撰述目的，主要爲後來的統治者提供政治改革可行之道，思想上以漸由儒家轉趨於道家自然思想，東漢中晚期，對於迷信的讖緯神學及現實政治歪風展開批判的諸人中，仲長統顯得最凸出，是東漢建安時期最富於批判的思想家，《昌言》以黃老哲學爲本，反省漢儒得失，可以說是爲漢末社會批判的集大成者；《後漢書・卷四十九・仲長統傳》云：

> 仲長統字公理，山陽高平人也，少好學，博涉書記，贍於文辭，年
> 二十餘，游學青、徐、并、冀之間，與交有友者，多異之，尚書令
> 荀彧聞統名，奇之，舉爲尚書郎，後參丞相曹操軍事，每論說古今
> 及時俗行事，恆發憤歎息，因著論曰昌言，凡三十四篇，十餘萬言。

針對社會上趨炎附勢之小人惡劣的行徑，《昌言》予以揭露云：

> 天下之士有三可賤，慕名而不知實，一可賤，不敢正是非于富貴，
> 二可賤，向盛背衰，三可賤。（《全後漢文》卷八十九）

知識分子慕名不知實，不能循名責實，只會人云亦云，盲目崇拜他人，儷於

〔註68〕參見《潛夫論》，頁 27，王符著，清汪繼培箋，北京：中華書局，1996 年 2
月。

對方之權勢，趨炎附勢，利欲薰心，這是人格無法獨立自主的缺陷，社會風氣敗壞，乃至於政治不良的病根所在，因此仲長統《昌言》強調循名責實，名實一致，納信義於人際交往的關係中，才能去除吏治不彰，達到穩定社會之效果。

從揚雄、桓譚、王充、王符、仲長統等人著論成一家之言，對正統依經立義、章句之學、以及經學讖緯神學等等思想，所造成虛妄、無實誠的學風提出針砭批判，這是蘊釀魏晉新學風的新聲。

通過以上考察，語言文字的創造發明，使人類思想得以傳達，促成人類社會文明的快速進步，但另一方面，語言文字傳達意念時，自身則存在著局限與不足，這就導致人與人之間交際、溝通的障礙；尤其是傳達真理的最高體悟時，往往無能為力；這在中國自先秦以來思想家都有自覺性的省察，因此表現在先秦諸子言意觀上，就有兩大傾向，「言盡意論」與「言不盡意論」；其中富有實踐精神、重視理性者如儒、墨、名、法等，均相信語言可以傳達思想，故以「言盡意論」為其立論的主調；而重無為思想的道家老、莊，則對語言表達存在體驗的懷疑，更進而對語言能否對有效地傳達思維產生高度的懷疑，由此，老、莊常有廢言、去言的衝動，但廢言、去言，將導致思想無法傳達，在不得已情況下，所以必須思索超越語言的方法；以「正言若反」「得意忘言」來超越語言的局限性；此外〈易傳〉強調「書不盡言，言不盡意」，但聖人則透過「觀物取象」，「立象以盡意」，〈易傳〉凸顯「象」溝通言意的中介作用，這就對魏晉玄學及「言意象之辨」有極大的啟示作用；而以《呂氏春秋》為代表的雜家，則兼採儒、道兩家言意觀成說「言盡意」及「書不盡言，言不盡意」，以為運用，同時兩說並見書中，卻未對言意理論作出新進展，足見先秦言、意、象理論作為方法已經粗具，但未成體系，至於用作方法以構成理論體系則有待魏晉玄學家的開展。

兩漢學術的主軸圍繞著經學打轉，以章句訓詁為注經的主要方法，章句訓詁重在一章一句，甚至一字的解釋；要創新意，就需不斷引伸，如此，必然導致支離破碎、煩瑣至極而後已，多少經生，虛耗精神於一生，疲憊已極；面對經學所以如此煩瑣之弊，在經學內部不能不先作出改革，一方面就是經學簡化的工作，將每部經書刪減至二十萬字之內，另一方面，以古文經重義理、重實事的精神來改造今文經繁瑣與神學迷信，進行這樣刪煩就簡的一批古文經學家，如馬融、鄭玄之漸變今文經學學風，而雜揉今古文，已經悄然

展開，只是進行得不夠澈底，但影響所及，於是就有了漢魏之際，地處長江中游的荊州學派，以劉表、宋衷爲中心，倡導經學革新，從事刪劉浮辭、重定新義、簡化經學的工作，基本上，這種經書的簡化革新運動，並不認爲經書中語言文字都是盡意的，也不相信經典中文字，每字每句蘊藏著就是聖人的微言大意。

兩漢儒學獨尊，對於經書中言意之間關係看法，普遍的共識認爲聖人之書，可以盡意，聖人之書，即指六經，經學家意識中根深蒂固存在尊經與徵聖信仰，故「書不盡言，言不盡意」在這種時代背景下是沒有市場的，但由於漢儒章句訓詁學大大興盛的結果，使得聖人眞義淹沒在煩瑣的章句傳疏中，因之有志之士察覺到，聖人沒，導致微言絕，故有鴻儒名士以拯救微言絕爲己任，這些人即漢末名士、及一批富於獨立思考的子家；由此看來，漢末富於批判精神的子家，在文章學術與語言觀的表現上，顯得與傳統今文經學家不合的觀點，對後來魏晉玄學思潮興起有所啓迪，但尚未走得更遠，他們反讖緯不反經，對聖人對賢人言論仍然宗師不疑，對於聖賢言論書籍也沒有疑惑，聖賢的語言文字則是盡意的，「書不盡言，言不盡意」，在這個時代，並不成爲問題，儒家聖賢的語言與書籍無可動搖，他們僅只對傳述者提出疑惑，這是政治環境與時代侷限給他們的制約。

第三章　魏晉玄學興起之背景與言意之辨之發展

魏晉言意之辨與魏晉玄學興盛及流行，有相互依存關係，言意之辨不僅是玄學重要的論題，而且也是玄學窮理盡性的方法，探討言意之辨必須連繫於玄學思潮興盛背景的探討，兩者之間有不可分的關係，言意之辨，既是魏晉玄學表達發方式，也是重要思想命題，更是魏晉玄學得以建立的重要方法論。故本文擬先探討魏晉玄學興起背景，再探討玄學言意之辨的形成與內容。

第一節　魏晉玄學興起之背景

魏晉玄學思潮的產生，有其主、客觀的條件因素影響，探討其產生的因素原因多端；而宜多元看待，除了與漢末政治社會黑暗，及黃巾之亂等外緣因素外，學術思潮內在的演變更形重要，下面分別就以下重點加以考察，一、儒家經學的衰微之影響，二、東漢人物品評、清議、清談影響，三、名理學之影響，四、今文經學之僵化煩瑣反動之影響，五、荊州學派之影響，六、古文經學費直易學之影響，七、王充論衡思想之影響，八、自然思潮的影響；茲分述於下。

一、儒家經學衰微之影響

魏晉玄學的興起，與兩漢經學衰微有關，西漢武帝起以儒術作為國家一統的政策起，儒家經籍成為政治施政的寶典，今文經學取得官方學術正統地位，由於利祿之途的吸引，造就一批批的經生儒士，今文經學家本於天人感應之說，附會經術，伸以微言大義，講君權神授，以天道附會人事，本以天

意制約人君以防止其為非作歹之用意，藉以明君道，正人倫，達到經術致用之目的，流風所及，淪為怪異荒誕，因此窒息經學的生命；先秦以來的古文經學則在民間流傳，伺機借以發揮影響力，東漢建國之初，因光武帝借〈赤伏符〉取得政權，而導致讖緯神秘思想的流行，西漢以來官方流行的今文經學與陰陽讖緯學說合流，形成濃厚的迷信的神學色彩，無法滿足有志之士求知的需要，隨著東漢政權的日益崩塌，今文經學失去實際社會效用，因日趨僵化而衰微，在新學術以適應新時代需求的呼聲下，玄學思潮以新面貌出現，玄學本來就是先秦老莊道學在魏晉時代的新發展，先秦時代流行的老、莊思想，漢初演變成黃老形名學說，流行於一時，成為漢初朝廷政策的指導，政治上造就西漢著名的文景之治，其後，受漢武帝罷黜百家獨尊儒術政策的影響，使得這種講究無為而治的思想，一時受到壓抑，只能以黃老、神仙道教等變異的面貌，在民間及士人社會中發揮他的影響力量，直到東漢末年，經學勢力瓦解，黃老思想的趁機流行，再度復活起來，東漢曹魏之際，順應變動社會時代的須要，黃老形名學說思想再度受到主政者的重視，至魏正始時期再轉變為老、莊的玄學思潮，蔚成魏晉時代的主流。

二、東漢人物品評、清議、清談之影響

魏晉玄學的興盛，與東漢人物批評相關，人物批評流行與東漢察舉制度有關；東漢光武帝取得政權後，為了振興儒學，表彰氣節，借以改善政治社會風氣，此種，東漢用人政策，人才取士，地方行察舉，中央行辟征，人物批評就成為取才的依據，人物批評特重人物操行品德，由早期的人物品評強調人的道德操守，帶動了士風的淳美；其後由於官宦外戚勾聯，把持朝政，為了主控選舉，操縱輿論，察舉、辟征由於世族門閥所壟斷，造成識鑒不顯，有所選非人之弊，人物品評產生流弊，欺世盜名，時有所聞，如黃子艾、晉文經之流，後經名士李膺舉發揭露，才逃離京師〔註1〕，再者，甚至循私舞弊，人物批評，成為人倫鑑識專門之學，這種專門的人物識鑒，非專家不足以勝任；如郭泰與許子將，多以善於識鑑人才著稱，即為顯例。

「清議」產生於東漢，是為士人之議論，本為東漢選舉制度舉薦人才的依據，含有人物批評內容，因政治混濁，逐漸轉變為針對朝廷政治的批評，東漢中後期的政治勢力，可以劃分兩大勢力集團，這就是士人集團、與外戚、

〔註1〕見范曄撰，《後漢書·卷六十八·符融傳》，北京：中華書局，1993年3月6刷。

宦官集團的鬥爭；漢末「清議」係對朝政批評，起因是東漢晚年朝政腐敗，宦官、外戚爭權，清流之士人，結爲黨人，這一批人每以拯救國家興亡爲己任，他們激濁揚清，不隱豪強，對政治風氣，起弊振衰取一定效果，由於朝廷黑暗勢力的反撲，清議時政的結果，終釀成二次黨錮之禍，朝廷善類一空，東漢政權隨之瓦解。

　　漢末由清議轉變爲清談，品目人物也由具體轉抽象；魏初「清談」則轉趣抽象；清談內容可分爲名理與玄理，名理又有政論名理與才性名理〈才性四本論〉之別；玄理則爲《易》、《老》、《莊》及佛理；由於清議惹禍受挫，故掉轉風氣爲評論人物、文章與學術討論，形成漢魏之際「清談」學風，所謂「清談」內容在談人物與學術文章，漢魏之際「清談」如汝南「月旦評」，重要人物有河南許劭、許靖兄弟，曹操未知名時，爲提高聲譽，曾請許劭爲其品評，許劭品爲「清平之姦賊，亂世之英雄」〔註2〕，使曹操大悅而去；曹操本身亦以知人善任著稱，又與劉備煮酒論英雄，可見其有鑑識人物之長才，另有袁紹出身北方世家，享有崇高時譽，既爲政治領袖亦爲爲清談領袖〔註3〕，而荊州牧劉表則有「八廚」之稱號，荊楚重要人物如龐德公、司馬徽、龐統，諸葛亮、或爲鄉里賢德先達，或爲知名青年學子，這些人皆以善於鑑識人才見長，後來曹丕、曹植皆成爲政治及文學領袖，圍繞身邊者，爲建安七子，楊修、丁儀、廙兄弟等人，曹丕有〈典論・論文〉批評當時文章，曹植有〈與楊德祖書〉，皆以老耆口吻，學術文學領袖自居自許，都是此種時代風氣下的產物，隨著清議、清談進一步發展，於是有魏晉玄學的產生。

〔註2〕 魏晉流行的新思想，被稱爲「玄學」，又稱爲「清談」，論者認爲「魏晉清談」追溯它源流，直接起源於漢代「清議」，漢之清議偏重在對朝政之批評，一般又稱「魏晉清談」爲「魏晉玄學」，事實上，清談與玄學有所區別又有連繫，清談所形成之學風，即所謂玄學，玄學可以說是對於魏、晉時代的純正學術討論，可詳參唐長孺之《魏晉南北朝史論叢》（外一種），河北：教育出版社，2002年1月，與唐翼明《魏晉清談》，臺北：東大圖書公司。
　　《後漢書》卷六十八云：「初，許劭與靖俱有高名，好共覈論鄉黨人物，每月輒更其品題，故汝南有月旦評焉」，劭以布衣之身，不爲官宦，不司選舉，所爲品題，顯係出於一己之雅好；又云：「曹操微時，常卑辭厚禮，求爲己目，劭鄙其人，而不肯對，操乃伺隙脅劭，劭不得已曰：「君清平之姦賊，亂世之英雄。」操大悅而去」。
〔註3〕 《後漢書》卷六十八云：「袁紹公族豪，去濮陽令歸，車徒甚盛，將入郡界，乃謝遣賓客，曰：吾輿服豈可使許子將見。」遂以單車歸家，足見袁紹對其敬重，袁紹本身能禮賢下士，以招攬人心。

三、名理學之影響

　　東漢中期以來，名教之治引起沽名釣譽、欺世盜名風氣的蔓延，選舉人才時，名實不符，已經司空見慣，故順帝時有諺謠云：「舉秀才，不知書，舉孝廉，父別居，寒素清白濁如泥，高第良將怯如雞。」（古詩源·卷四）造成漢末政治的痼疾，為了醫治時弊，思想界逐漸形成一股批判的社會思潮，他們繼承先秦以來黃、老「名實相符，循名責實」以法斷之的思想對名教之弊唯名是尚，進行批判，如漢末名士的上疏、政論中，無不以名實論作為思想武器以抨擊時弊，又如東漢安、順之際李固〈與黃瓊書〉〔註4〕中，桓靈之際黨錮名士上疏，都根據這種思想，如王符對漢末弊病的揭露與救治，黃老名理思想被放置於首要的地位，《潛夫論》云：

　　　　聖王之建百官也，皆以承天治地，牧養萬民也，是故有號者，必稱
　　　　於典，名理者，必效於實，則官無廢職，位無非人。〔註5〕

這種思想，顯然與漢初黃老形名理論，即司馬談論〈六家要旨〉是一脈相承，此一社會批判思潮，雖未解決實際問題，隨漢帝國的崩潰而同歸於盡，但隨新朝代曹魏的掘起而再度復活起來，鑑於名教之治，名實乖離，帶來的社會災禍，使得曹魏統治者將名實問題，放到空前高度來加以認識。「魏武好法術，而天下貴刑名。」（見《晉書·傅玄傳》）又據《文心雕龍·論說》篇說：「魏之初霸，術兼名法，傅嘏王粲，校練名理。」曹魏之傅嘏、王粲務實的名理派人物，都是這種思想的概括，而名理學要求名實相符，因任受官，循名責實，玄學思想則以名理思想為基礎，從有形有名的名理世界，進一步上升尋求達到無形無名的虛勝玄遠的境界。

四、今文經學之僵化煩瑣反動之影響

　　漢代經學在利祿之途吸引下，無數經生儒士，耗盡心血，在章句中討生活，從中發掘出其中的微言大義，展轉引伸，使得經義支離破碎，繁瑣至極，以《尚書》為例，首推小夏侯，史稱他左右採獲，又從五經諸儒問與相出入者，牽引以次章句，具文飾說，用這種方式來飾成章句，所以夏侯勝批評他為章句小儒，破碎大道，但他反過來批評夏侯勝，為學疏略，難以應敵，反應當時經師為利祿，爭奇立異，有意在章句上做文章，以標奇立異，所以史

〔註4〕參見范曄著，《後漢書·卷九十一·黃瓊傳》。
〔註5〕參見《潛夫論》，頁27，王符著，清汪繼培箋，北京：中華書局，1996年2月。

載夏侯建卒自專門名經〔註6〕，於是愈演愈烈，再如傳自小夏侯學派的秦恭，增師法至百萬言，《漢書‧儒林傳》說〈堯典〉篇目兩字之誼（義），至十餘萬言，但說：「曰若稽古，三萬言」〔註7〕，而歐陽氏學派在繁瑣方面，也不遑多讓，如傳歐陽氏學的牟長也有《牟氏章句》四十五萬言〔註8〕，劉歆在〈移太常博士書〉中指出今文家這種傳經缺失時說：「往者綴學之士，不思廢絕之缺，苟因陋就寡，分文析字，煩言碎辭，學者罷老，且不能守一藝，信口說而背章句傳記是末，師非往古，至於國家有大事，則幽冥不知其原。」班固《漢書‧藝文志》也指出其弊說：

> 古者耕且養，二年通一經，存其大體，玩經文而已，後世經傳，既已乖離，博學者又不知多聞闕疑之義，而務碎義逃難，便辭巧說，破壞形體，說五字文至于二三萬，後進彌以馳逐，故幼童守一藝，白首而後能言，安其所習，毀所不見，終以自蔽，此學者之大患也。
>
> 〔註9〕

諸人說法皆指出，說經以章句的弊病，推就病源，則起於博士的專經講授，與設科射策，班固又說：

> 自武帝立五經博士開弟子員，設科射策，勸以官祿，訖於元始，百又餘年，傳業者寖盛，支葉蕃滋，一經說至百餘萬言，大師眾至千餘人，蓋祿利之路然也。」〔註10〕

針對上述引文所述，錢穆先生指出：「章句之學的興盛，造成文字腐蝕心志，精神馳驅於飾說上面」〔註11〕，通經而不能致用，儒學因繁瑣之弊，必然致衰微，取而代之，是玄學講究純思辨與純義理嶄新學風的出現。

五、荊州學派簡易學風之影響

漢、魏之際北方中原戰亂，南方荊州地處江漢地帶之間，因地理形勢之便利，成為北方士人南來的避難所，荊州牧劉表為招覽人心，提倡經學，形成荊州學派的盛行，荊州學派特色，表現在改革兩漢經學煩瑣之弊，提倡以

〔註6〕　參見《史記‧夏侯勝傳》
〔註7〕　參見《漢書‧藝文志》，注引桓譚《新論》。
〔註8〕　參見《後漢書‧牟常傳‧張奐傳》。
〔註9〕　參見《漢書卷三十‧藝文志》，頁1723。
〔註10〕　參見《漢書卷八十八‧儒林傳‧贊》，頁3621。
〔註11〕　參見錢穆著《兩漢經學今古文評議》，頁231，北京：商務印書館。

簡易代煩煩學風，刪浮詞，殳除煩重，自創新說，不守舊學〔註 12〕，玄學思潮的代表人物王弼，爲劉表之外孫，劉表爲東漢末著名之黨人名士，列名八及（顧），主荊州，提倡經學，其本身深解易學，有易學著作，並以宋衷爲五業從事，宋衷爲荊州學派實際領袖，宋衷不僅解《易》，而且注解揚雄《太玄》，聞名當時。王肅曾從宋衷讀《太玄》，王肅學術，專以鄭玄立異，後來成爲魏晉時代經學一大家，宋衷解易，注《太玄》，自然影響到王肅，王弼注易學，祖述王肅，兩者共同傾向即皆以義理爲主，故湯用彤先生說：「王弼家學上溯荊州，出於宋氏，夫宋氏重性與天道，輔嗣好玄理，其中演變，應有相當之連繫也。」〔註 13〕以家學淵源觀點來看，王弼易學以義理爲主，顯示他受劉表、宋衷、王粲等人荊州學風影響。

六、古文經學費直易學之影響

　　古文經費直解《易》，不同於今文經學家解《易》，漢易學今文經以孟喜、京房易最著，他們說易最大特點在於陰陽、五行說，配以四時、二十四節氣，氣有升降，卦氣、並雜以災異、祥瑞神祕之說，承董仲舒春秋學天人感應災異說的影響而來；古文費直易與之最大不同，就在於古文費直易不講卦氣說和陰陽災變，而是以人事、義理、教訓方面爲主，直接承襲《易傳》〈象〉、〈象〉、〈文言〉等以文意解經的傳統，據《隋書・經籍志》載稱：「後漢陳元、鄭眾皆傳費氏之學，馬融又其傳，以授鄭玄，玄作《易注》，荀爽又作《易傳》，魏代王肅、王弼並爲之注，自是費氏大興。」〔註 14〕而《四庫提要》又稱：「弼之說易，原出於費直，直易今不可見，然荀爽易即費氏易，李鼎祚書尚頗載其遺說，大抵究爻位上下，辨卦德之剛柔，以與王弼注略近。〔註 15〕」由此可見，玄學家王弼易學思想來源，與王肅、鄭玄、馬融、陳元、鄭眾等同樣是經學簡化運動的一環，都來源於費直易，並且皆傳古文經學派費直易，以義理爲主，不著重象數之學。

〔註 12〕參見拙撰，〈儒學玄學化王弼易學試探〉一文，收入《問學》第二期，頁 88，高師出版社。

〔註 13〕參見湯用彤先生，《魏晉玄學論稿・王弼之周易論語新義》，收入《魏晉思想》甲篇五種中，頁 90，臺北：里仁書局，1984 年 1 月。

〔註 14〕參見《隋書・第二十七・經籍志》，頁 909，北京：中華書局。

〔註 15〕參見《四庫全書總目提要》卷一，經、易類，頁 3，北京：中華書局，1995 年 4 月 6 刷。

七、王充《論衡》思想之影響

　　東漢具有獨立思考能力的思想家，東漢初期前有桓譚《新論》，東漢中期有王充《論衡》，王充作《論衡》旨在疾虛妄，其功績就在對當時流行的讖緯神學作出推廓澄清的作用，《論衡》所本的武器依據在於道家黃老的天道論思想。

　　王充《論衡・譴告篇》卷十四云：「夫天道，自然也，無爲如譴告人是有爲，非自然也，黃老之家，論說天道，得其實矣。」又卷十八〈自然篇〉云：「夫天地無爲，故不言，天地不能爲，亦不能知也。」王充此種天道自然思想，可以說是對讖緯神學荒誕不經、迷信思想的當頭棒喝，極富積極戰鬥精神，但由於王充出身於單門細族，又僻處南方，《論衡》一書，並不即流行於當世，此可由《後漢書・王充傳》註引《袁山松書》的相關記載可知：

　　　　袁山松書曰：充所作《論衡》，中土未有傳者，蔡邕入吳，始得之，
　　　　恆秘玩以爲談助。其後王朗爲會稽太守，又得其書，及還許下，時
　　　　人稱其才進，或曰：不見異人，當得其書。問之，果以《論衡》之
　　　　益，由是遂見傳焉。〔註16〕

上文所引，可知《論衡》成書之時，中土未有傳者，故知並未即刻流傳，《論衡》開始流傳中土時間，則已在東漢末年；並且有賴於蔡邕、王朗之力；其中王朗爲王肅之父，而蔡邕與王弼又有關係，蔡邕死後，家中一部分藏書歸於王粲，王粲即爲王弼之祖父；則可推知蔡邕藏書，最後歸於王弼所有，《論衡》正開啓王弼、何晏所謂天地萬物皆以無爲本的貴無思想，王弼注《老子》第五章說：「天地任自然，無爲無造，萬物自相治理，故不仁也。」即有本於《論衡・自然》篇，而爲之注，其後向郭注《莊子・齊物論》也說：「然則生生者誰哉？塊然而自生。」〈在宥〉篇說：「生物者無物，而物自生耳。」這可見出《論衡》影響魏晉玄學思潮之事實，故余英時先生〈漢晉之際士之新自覺與新思潮〉一文說：「王仲任負絕世之才華，所著《論衡》一書，爲漢晉之際思想變遷導其先路。」〔註17〕

八、自然思潮之影響

　　漢初黃老思想流行，先秦道家自然天道觀仍然在社會上流行，至漢武帝獨尊儒術，儒家今文經學取得官方學術地位，董仲舒倡導天人感應，爲朝庭

〔註16〕參見《後漢書・王充傳》卷四十九，頁 1629，北京：中華書局。
〔註17〕參見余英時著，《中國知識階層史論》（古代篇），頁 230，聯經出版社，2001
　　　　年 11 初 6 刷。

神權統治提供了合法性的解釋，使得經學變成爲王權政治服務的工具，此種
局面一直延續，至王莽居攝篡位，儒家官方統治地位鬆動，維繫羣體秩序的
名教人倫受到衝擊，道家自然思潮漸露生機，一些有理智有思想的學者，對
於神權天道觀的不滿，於是接受先秦以來道家自然天道觀來駁斥神權天道
觀，這些學者西漢時期的嚴遵、到兩漢之際的揚雄、桓譚等人，東漢則有王
充著作《論衡》重新正視道家老莊之思想，並以老莊自然天道觀爲思想武器，
以破斥今文經學家之讖緯學說的迷信，正是這股理性的潮流，開啓了魏晉玄
學自然思潮，形成魏晉間玄學有力的理論來源。

第二節　魏晉玄學名稱之由來與分期問題之探討

一、「玄學」名稱之確立

　　學術上一般看法，以魏晉新思潮稱之爲玄學，含有才性與玄理等方面，
才性方面有劉邵《人物志》、〈才性四本論〉；玄理討論的內容，以三玄即《易》、
《老》、《莊》爲主，而後擴及其它經典書籍。

　　「玄學」的實質，早在魏晉時代已經開始，但是玄學專門學科名稱成立，
則要到南朝劉宋文帝始得確立。

　　但早在西晉時期，已有使用「玄學」這一名稱，這可由《晉書‧陸雲傳》
中見出：

> （陸雲）至一家，便寄宿，見一少年，美風姿，共談老子，辭致深
> 遠，向曉辭去，行十許里，至故人家，云此數十里無人家居，雲意
> 始悟，卻尋昨宿處，乃王弼家，雲本無玄學，自此談老殊進。〔註18〕

引文中說「雲本無玄學，自此談老殊進」，以玄學指稱王弼等人的學術，晉時
似成普遍用法，魏晉時代談玄遠，說鬼怪，蔚爲風氣，這則史事，雜六朝志
怪之談，頗帶有鬼趣味，引文中說的是陸雲夜行遇王弼鬼魂，與之談論，自
是以後，「玄學」大爲增進，故事相同，相關的事實也同樣載錄《世說新語》
中，只是其中相關的主角不是陸雲而變成其兄陸機；陸機、陸雲兄弟人稱江
東二俊，係東吳名將陸遜、陸抗子孫後裔，晉帝滅吳後，居家讀書十年，入
洛陽後，受張華的賞識提拔，成爲西晉太康時期最著名的文學家代表，這則

〔註18〕房玄齡等撰，《晉書卷五十四‧陸雲傳》，頁1481～1482，北京：中華書局，
　　　　1993年10月5刷。

史事，附會陸氏兄弟與王弼玄學關係，顯然傳達另外一層重要的信息，這就是說明了正始時期玄學大家王弼、何晏等人所代表的玄學思潮，到西晉初期，業已由北方河南洛陽影響江左士人，南方士人，平日應有研習玄學的風氣，有了一定修養後，一接觸後才可能稱說「談老殊進」。

此外，魏晉時代玄學家也常使用其他特定名稱來稱此時的學術，其中有「虛勝」、「玄遠」、「名理」、「玄宗」、「玄勝之談」等名稱，這些名稱使用，其中有相通也有相異之處，在此稍加辨明，例如《世說新語・文學》注引《續晉陽秋》曰：

> 正始中，王弼、何晏好莊老玄勝之談，而世遂貴焉。

又《世說新語・文學》篇九條云：

> 傅嘏善爲虛勝，荀粲談善玄遠，每至共語，有爭不相喻，裴冀州釋
> 二家之義，通彼我之懷，常使兩情相得，彼此俱暢。〔註19〕

「傅嘏善爲虛勝」、「荀粲談善玄遠」兩者中，傅嘏爲才性論者，而荀粲爲玄學玄遠論者，兩者之間顯有區別，〈才性四本論〉屬名理範圍，而玄遠屬玄理論範圍；但兩者之間則又有聯係，都已經涉及抽象玄遠之道，故裴冀州釋二家之義，通彼我之懷。

魏晉「玄學」又稱「玄遠之學」，又稱爲「老莊」或「玄宗」，北齊顏之推《顏氏家訓・勉學》篇說：

> 何晏、王弼祖述玄宗，遞相誇尚，景附草靡。〔註20〕

這裏即以何晏、王弼等人之學爲玄宗，並且造成風行；《顏氏家訓・勉學》篇又說：

> 彼諸人者，并其領袖，玄宗所歸，洎自梁，茲風又闡，老、莊、周
> 易、總謂三玄。〔註21〕

引文中「玄宗」就是「老莊之學」；而且梁朝將《老》、《莊》、《周易》總稱爲「三玄」；又干寶在《晉紀・總論》中也說：「學者以老、莊爲宗」，足見《老》、《莊》爲內容的玄風，在晉爲學者所宗盛行情況；從以上說法可見，所謂「玄學」指玄遠之學，亦即與《老》、《莊》、《周易》思想相關係的學問。

後來南朝劉宋文帝建立「四學」，所謂「四學」指「儒學」，「玄學」，「史學」，

〔註19〕參見楊勇所撰《世說新語校箋》，頁153，臺北：正文書局，1992年10月。

〔註20〕王利器注《顏氏家訓集解》，頁179，臺北：：漢京，1983年9月初版。

〔註21〕王利器注《顏氏家訓集解》，頁179，臺北：漢京，1983年9月初版。

及「文學」，其中「玄學」成為專門學科，與儒學等並立，「玄學」專門學科名稱成立。

至於何以用「玄學」之名稱？南朝劉宋文帝君臣討論選用涵蓋魏晉學術的名稱，其中有道、玄、深、遠、大等幾個名稱可供選擇，他們選擇出來的名稱，必須考慮到魏晉學術的特性，而且也必須能足以包括王弼、郭象等人的學術特點在內，王弼注《老子》時、對老子道的稱謂有道、玄、深、遠、大等；郭象注《莊子》則論及道有自生、獨化、玄冥之境等；王弼、郭象二人學識共通之處，則以道、玄二名稱較合王、郭二人學術特點，但為了顯示與道家或道教有所區別，故不用「道學」之名，最後選取「玄學」之名，來作為王弼、郭象等人的學術的名稱。

二、言意之辯與才性之辯

「言意之辨」，首先它是玄學的一種表達方式，也是一種玄學的認識論或方法論的問題，更是玄學重要議題之一，玄學所探討所掌握的問題是形而上的宇宙的最高本體，對於形上本體的掌握，它有別於一般認識論的方法，而必須有一種特別的方法來掌握才可以達致，此種方法就是玄學家普遍使用的「言意之辨」，玄智、玄理，通過語言、言說或文字傳達是否可能窮盡，於是引發言能否盡意的爭辨，同時「言意之辨」又構成為玄學內容的重要的命題。「言意之辨」，「辨」有「分辨」之意，即分辨言與意兩者的關係，到底語言是盡意或者語言不能盡意；如果語言不盡意，那麼聖人的體悟所得的真理如何傳達？言不盡意的「言」又是否有存在的必要；言不盡意論者，所認識的語言為何種語言？意為何種意？假如語言可盡意，此言此意又是何種言？何種意？這是魏晉「言意之辨」論者所觸及的問題。

言意之辨作為「玄學」窮理盡性的最重要方法論，同時也是一種認識論，就有別於其它的方法論，及認識論，它的特點為何；「玄學」賴以建立的方法與認識的途徑為何是言意之辨？玄學作為探討「玄遠之學」的專門學問，以形上的宇宙本體為探討的特點，超乎現實之上，形上本體如何掌握，並非一般認知方法可以作到，必須有特殊的超乎認識之外的方法，這種方法強調的就在直覺的體悟，它超乎名言之外，普通的知識無法迄及。

言意之辯論者，也是才性論者，因此兩者有相通之處，言意之辨中，包含有兩因素，其一為言象盡意，其二為言象不盡意，這與「才性之辨」可以

分爲「才性合同」與「才性離異」兩派，所以從「才性離、合、同、異」考察，有一定程度可以幫助我們了解言意理論的發展。

《藝文類聚》卷十九載有西晉歐陽建〈言盡意論〉有一段話，提及言意之辨與〈四本論〉學者的關係，文云：

> 有雷同君子，問於違眾先生曰：世之論者以爲言不盡意，由來尚矣，至乎通才達識，咸以爲然，若夫蔣公之論眸子，鍾、傅之言才性，莫不引此爲談證。〔註22〕

引文中，蔣濟曾任魏明帝時中護軍及太尉，有知人之明，擅長人倫鑑識，曾徵辟阮籍出仕，著有《萬機論》，以觀人眼神洞悉內心性情才能擅長，人的外形可以掌握，人的內在性情則微妙難測，只能以言不盡意爲口實，難以言盡，因此蔣濟對此難言之境只能引「言不盡意」爲人倫品鑑的談證。

歐陽建〈言盡意論〉中又提及鍾會、傅嘏二人，鍾會、傅嘏正是〈才性四本論〉主張「才性合同」的代表人物，與李豐及王廣論「才性離異」相對，才性四本論因資料有限，只能據有限資料來推測流行的時間：

在《魏志・鍾會傳》中及《世說新語・文學・第四》中都留有鍾會撰〈四本論〉的記錄，據劉孝標注云：

> 四本者，言才性同，才性異，才性合，才性離也。尚書傅嘏論同，中書令李豐論異，侍郎鍾會論合，屯騎校尉王廣論離。〔註23〕

後人只就現存少量資料此作出推論研究，其中以陳寅恪先生從政治面角度切入，將〈才性四本〉歸爲兩類，分屬不同政治立場者，分別爲擁曹氏集團與司馬氏集團，啓導後學，成就最高，今人擴大研究角度，如學者王葆玹著《玄學通論》一書，則從選舉人才制度與言意之辯的角度切入，可以說開啓新視野。

〈才性四本〉論是曹魏政治上的人才政策，在清談論題上面的具體反應，以名理邏輯角度來辨才性離、合、同、異，其時間的發生次序來看，起於成名於魏文帝朝，李豐論異開始，他認爲才能、性行即德性的行爲表現，兩者不同，必須分別來看，但不否認才、性可以並存，這可從李豐對盧毓選才先性行後才能、以及大才成大善小才成小善《三國志・魏書・盧毓傳》的論議並不反對可以看出。

〔註22〕《藝文類聚》卷十九，頁348。
〔註23〕參見楊勇所撰《世說新語校箋》，頁149～150，臺北：正文書局，1992年10月，本文相關《世說新語》引文，以此書爲據。

　　針對李豐才性異有傅嘏《三國志・卷二十一・傅嘏傳》提出才性同主張，傅嘏曾與荀粲論辨「識、志」問題《三國志魏志・荀彧傳・附荀粲傳》，一尚名理，一尚玄遠，博嘏不與何晏、夏侯玄、鄧颺等人交往認為他們虛名無實；又與鍾會黨於司馬景王（師），屬於漢以來傳統儒學世家大族，其才性上基本觀點重在名實相副的問題，因此，傅嘏可能認為「性」為本質，「才能」為外用，後來袁准也主才性同，《藝文類聚》卷二十一收袁準〈才性論〉部分文字的說法，兩者似可互證，性預設才，才完成性；大德成大才，有才必有德；德為體，才為用，即體即用，體用一致。

　　對於傅嘏才性同，有王廣論離，王廣為王凌之子，史載稱其有風量，志尚學行，王廣論離，曾直接與傅嘏論辨交鋒，其所謂才、性各為不同職司統系，才為才藝統系、性為識度德性統系，各不相交，殊途異軌，不相經緯，故對於才能與德性必須分開考察，取才用人上，可以越德取才。

　　最後歸結於鍾會論才性合，《世說新語・文學》篇載稱鍾會編集完成〈四本論〉後，往見嵇康，畏其難，懷不敢出，於戶外遙擲，便面急走〔註24〕；由於鍾會出生禮法家庭，性格養成以自我檢束聞名，又精於校練名理，與當時名士任情任性作為不同，又曾讒毀嵇康以「上不臣天子，下不事王侯，輕時傲世，不為物用。」（《世說新語・雅量》篇二條下注引《文士傳》）等，在嵇康身上安上了政治反動的罪名，使嵇康下獄被害等，加以當時司馬氏當政的政治風向倡導以名教治國，種種事實看來，可推知鍾會論才性，性可能指性格，認為政治上用人選官，必須考量性格是否適宜任官，如此考察才有效。

　　才性同、才性合代表漢以來傳統的人才觀，漢人選才標準重在性行表現，主才性同、才性合的人認為性行與才能本質上沒有差異，明顯的繼承漢儒重名教傳統，政治上傾向於司馬氏集團，思想傾向保守；至於才性離、異派，則重在才能，認為性行未必對人成就事功有幫助，故需要分別看待才能、性行，這觀點正是曹魏，重智行輕道德的反應，持此派主張者，政治上傾向親近於曹氏集團，思想傾向改革。

　　「言不盡意」之所以為鍾、傅論才性的談證，可能是他們談論才性問題時，對於性行深奧隱微，難以捉摸，不易掌握，故以「言不盡意」為借口，從歐陽建的「言盡意論」立論的內容來看，「言不盡意論」可能為魏晉以來學者，包括才性論者與玄學論者的共識，如最早出現在魏明帝太和談座的荀粲

〔註24〕參見楊勇所撰《世說新語校箋》，頁 149，正文書局，1992 年 8 月。

與荀俁兄弟，在論辯言象盡不盡意問題時，即以「言不盡意」爲基礎；而主「象不盡意論」者的荀粲，曾經與傅嘏論識、志關係的問題，荀粲同時也是持「才、性異」觀點的主張者。

三、言意之辯與名理之辯

　　「玄學」又稱新道學，是魏晉興起的新學，新學的成立，得於新方法發現與新眼光，新方法的使用就在於言意之辨；當魏晉新道學的興起的同時，名家的名學、法家的刑、名學因應社會現實的須要，在曹魏政權用人唯才的政策下，同樣受到學者的重視，也一起興盛起來；針對漢末因選舉制度的所要求的名教之治，所產生的名實不符的弊病，至曹魏之時必須加以矯正補救，因此除了儒家講正名外，名家法家都重視考核名實，不少學者、尤其對刑名學，產生極大的興趣，他們利用刑名學的方法，對於人情事物或禮樂刑政等進行辨名析理，因此形成了所謂的「名理學」。

　　「名理學」爲漢末魏初以黃老、刑名學爲基礎，發展出來的政治思想方法，剛開始運用在政治、刑法上面，起因於曹魏爲懲治漢末以來傳統儒家名教之治的弊病所採行名法之治，強調要循名責實，以實檢名，達到名實相副的要求；曹魏政治，素來就以刑名法術嚴峻著稱，這是治亂世不得不採取的措施，雖然有時也想以儒家的德治、或道家自然無爲治國，終究必須迫於政治現實，百般考量下，還是歸向於名法之治，「名理學」即在因應此種政治現實背景下流行了起來，所謂「魏武好法術，而天下貴刑名。」〔註25〕《文心雕龍·論說》篇云：「魏之初霸，術兼名法，傅嘏、王粲，校練名理。」曹魏之傅嘏與王粲並列，其中的傅嘏與王粲兩人，年輩不相及，故此處傅嘏，學者疑以爲傅巽之誤〔註26〕，王粲等人都是務實的名理派人物，由上引文，可知就是當時名理思想的概括；而名理學要求的就是名實相符，強調政治上君臣名份，確實作到因任受官，循名責實。

　　名理學的內容中，包括有三要素，即一實、二形、三名；而「言意之辨」內容中，也包含有三要項，即一意、二象、三言；名理學以形是名、實的中介；言意之辨中，以象是言意的中介，因此名理學、與言意之辨、兩者在辨名析理上面就有互通之處。

〔註25〕參見房玄齡等撰，《晉書·傅玄傳》。
〔註26〕此意見參王曉毅所撰之《王弼評傳》，南京大學出版社，1996年2月1刷。

從名理學來看，名理學將事物區分爲兩個領域，即有形的領域，與無形的領域，對於有形領域的事物來說，藉由察形、定名可以達到實，即理的目的；但對於無形領域的事物，則無法以察形、定名、得實的方法來達到；這與言意之辨的理論顯然相同，言意之辨的理論，將意區分爲兩層次，其一爲有形的世界，其二爲無形的世界；有形的世界，包括天地萬物，禮樂刑政等這些內容的意，完全可以用語言表達清楚，這屬於言盡意的部分；另一部分屬於形上本體、抽象、屬於無形的意，這部分的意，無法完全用語言文字清楚的表達，因此，宇宙本體的無，只能意會，不可言傳，這是言不盡意的部分。

顯然，言意之辨的兩層次，與名理學的兩層次完全相同，故可以名理學來解釋言意理論；其間若有差別，只在於說言意之辨是說明主體如何領悟與表達，即主體的如何表達客體的問題，而名理學是說明主體如何認識客體事物的方法。

四、從「名理學」過渡「玄學」

上節重在說明由漢末的清議，即朝廷政治的議論轉變爲魏晉的名理學，即人物品評——才性論之過程，本節則進一步說明名理學與玄學兩者的關係爲何？兩者的契合點何在？相異處何在？下面即就這些問題加以探討：

魏初中期的名理學通向魏中後期的正始的玄學，其連結契合關鍵所在，就在言意之辨；精練名理，常是研究易、老「貴無」學說的一種必要的基礎思辨訓練，由此可以說名理學是通向玄學的入門之工具。

我們說名理學是魏晉玄學的基礎，早期的名理之學與東漢以來清議有密切的淵源，清議是名士對朝廷政治的議論，重在維護傳統倫理綱常名教的思想內容；而研究名理也有使名實相符，名器不流於過濫的用意；因此名理學與過去的漢學有一定聯繫，但作爲一種使漢學轉換的思想方法，名理學又與本體論的《易》、《老》玄學也有一定的區別。

名理學是方法論，而易、老玄學爲本體論，兩者間著眼不同，名理學研究對象重在萬事萬物上面，最初的名理學，往往就事論事，在人物品評（月旦人物）上面，重在考校言行，分析才性，所論都是眼前事物，而少涉及虛無之旨；在學術上對現實問題作詮釋，在政治上有保守傾向，與權威勢力有較多聯系，如魏、晉朝廷之士與西晉的許多名公巨卿，如王、裴、賈、鄭諸人都屬於精練名理之士，「綜覈名實」，成爲魏、晉學術與政治時尚的風氣。

　　《易》、《老》玄學則不同，所重在於玄虛寂靜，如《易》、《老》諸作皆探玄虛之境，所重皆爲萬象本體的掌握，哲學上主貴無，所見偏於本眞之靜一，思維上則深入宇宙人生之至理，理想上則爲一不可企及之境界，在當時社會中好老、易者，往往能深究天人之際，不崇權威，有創新改革之精神，言行表現也往往越出世俗的禮法規範，故玄理始終不爲統治階層所接受的一種哲學；以致於不論是曹魏或司馬氏典午政權，通通視爲浮華與異端。

　　無論是名理，或《易》、《老》玄理之學之間，存在基本的差異，但作爲玄學的兩翼，兩者又是互相契合的，其重要的契合點，就在於言意之辨。

　　玄學精神本是「論天道則不拘於構成質料，而專期於玄理之妙用」〔註27〕，忘言忘象得意論，雖爲王弼所創，但辨別言、意，最初也是本於名理之學，而考校名實、本末，若始終牽執於形跡，則無法鑑識事物的精神，所以隨著清議變爲清談，人物品鑑亦趨於遺形取神，吸取老子的至人無名之論，而最後接受貴無之說，因此，當時研究老、莊之學者一般對名理之學亦頗擅長，其中有些人往往在校練名實的基礎上，進一步深入研究而臻於易、老玄妙的領域。另一些人在他們的學術理論淵源中存在名理之學的影響，史言王弼注《老子》，「致有理統」，嵇康「托始於名學，而終歸於道家」（湯用形先生語），阮籍家族中亦有綜合名實的傳統等，均說明此點；因此當可看出，覈練名理常是研究易、老貴無之說的一種必需的基本思辨訓練，或曰入門之工具，然而掌握一般方法易而深入本體難，而大多數善校名理實的官僚朝士，其思想通常停留在玄學名理這一層次上了〔註28〕。

　　最後，由於時代政治社會風氣的作用，玄學這兩翼在其發展過程中，呈現合流的趨勢，到西晉因爲統治者的現實需要，貴無、崇有之爭等問題，均折衷於獨化之說，《易》、《老》與名理的眞正區別，亦不復存在了。

　　綜合上述說法來看，所謂「魏晉玄學」，是指魏晉時期以王弼，郭象等人玄學爲內容，以「老莊思想」爲主幹，以調和儒、道，會通孔、老爲目的之特殊哲學思潮，其理論根據主要是《老子》、《莊子》、《周易》所謂「三玄」，所使用的方法與工具則大異於漢儒傳統解經文字訓詁的方式，而代之以的直探玄理，尤其是「言意之辨」方法的運用，強調「忘言忘象以得意」，以突破僵化的解經方式，所探討的問題以才性離合同異、本末、有無、名教與自然、言意

〔註27〕參見湯用形先生所著，《魏晉玄學論稿・言意之辨》。
〔註28〕參見景蜀慧著《魏晉詩人與政治》，頁 88～90，臺北：文津出版社，1991 年11 月初版。

之辨等爲主題，換言之，就是要爲當時的社會、政治、及現實人生找出合理存在根據，因此集中的討討論本末問題，名實問題，體用問題及言意問題。

第三節　魏晉玄學之分期與魏晉言意之辨之發展

一、魏晉玄學分期之問題

　　玄學起迄的確實時間如何？研究者各有所說，可說眾說紛芸，對分期問題也隨研究者研究重心不同而有不同說法，即便如此，採取分期的方式，仍有須要，原因是可收清楚明了與研究便利的效果。

　　考察傳統上學術界對魏晉玄學的分期，以東晉時代的袁宏所著《名士傳》〔註 29〕爲最早，據《世說新語·文學》篇袁彥伯作《名士傳》成句下劉孝標注云：

> 袁彥伯作名士傳成，見謝公。公笑曰：「我嘗與諸人道江北事，特作
> 狡獪耳；彥伯遂以著（著）書！

袁彥伯，即袁宏，他生於東晉成帝咸和三年（西元 328），卒於東晉孝武帝太元元年（西元 376），身兼文學家、玄學家與史學家（樓宇烈先生所撰〈袁宏與東晉玄學〉見《國學研究》第一卷）；嘗作〈名士傳〉，另撰有《後漢紀》三十卷，重要性僅次於范曄《後漢書》，〈名士傳〉所根據的材料是謝公，即謝尚（或謝安）對江北諸人的陳述而來，而謝尚與謝安對江北事的認識，又可能是得自於謝鯤與王導，王導對謝尚與謝安都有提攜之意；「特作狡獪耳」意有遊戲、半開玩笑之義；沒有想到袁宏竟然由此寫成〈名士傳〉，可見袁宏急於成名之執著與用心。

　　據《世說新語·文學》篇說：

> 宏以夏侯太初（玄）、何平叔（晏）、王輔嗣（弼）爲正始名士，阮
> 嗣（寺）宗、嵇叔夜、山巨源、向子期、劉伯倫、阮仲容、王濬沖
> 爲竹林名士，裴叔則（楷）、樂彥輔（廣）、王夷甫（衍）、庾（雨）
> 子嵩（敳）、王安期（承）、阮千里（瞻）、衛叔寶（玠）、謝幼輿（鯤）、

〔註 29〕除《世說新語·文學》篇有袁宏作《名士傳》外，《隋書·經籍志》著錄〈正始名士傳〉三卷題爲袁敬仲撰，而《兩唐·志》並著錄〈名士傳〉三卷，作者均題爲袁宏，不作袁敬仲，則知《隋書·經籍志》誤題作者，按袁宏字彥伯，東晉文學家、玄學家與史學家，曾官至東陽太守，卒於東陽。

　　爲中朝名士。〔註30〕

由《世說新語·文學》所載可知，袁宏在〈名士傳〉以名士立場、從學術的歷史發展變遷著眼，將玄學分三期：

1. 正始玄學：代表人物有夏侯太初（玄）、何平叔（晏）、王輔嗣（弼）。
2. 竹林時期：代表人物有阮嗣宗、嵇叔夜、山巨源、向子期、劉伯倫、阮仲容、王濬沖。
3. 中朝時期（指元康時期）：代表人物有：裴叔則（楷）、樂彥輔（廣）、王夷甫（衍）、庾子嵩（敳）、王安期（承）、阮千里（瞻）、衛叔寶（玠）、謝幼輿（鯤）。

袁宏〈名士傳〉分期的劃分方式，以名士爲考量的重點，不完全依歷史發展作斷限，名士傳首先將嵇阮劃入竹林不入正始，似有凸出竹林七賢的用意在，竹林七賢的嵇、阮早年生活於正始時期，但未即成名，等到高平陵事件何晏被殺，次年王弼死於疾厲，司馬氏控制政權，表面上標榜禮法，私下卻野心勃勃謀奪政權，在司馬氏拉攏與高壓下，嵇、阮看穿其虛偽面貌，表現出不與司馬氏合作的態度，故跑到山陽隱居，竹林時期嵇、阮開始成名。

　　近人馮友蘭著《中國哲學史》分魏晉玄學爲三階段：分別爲貴無、崇有、與無無，他將正始與竹林合併爲貴無派，是爲玄學發展之的第一階段；以裴頠的崇有論爲玄學發展之的第二階段；以郭象無無論爲玄學玄學發展之第三階段。

　　劉大杰先生則將魏晉玄學區分爲兩大派爲名理派與玄論派，並指出名理派務實與現實政治上有關，玄論派趨於抽象玄理的探討，較遠離現實人生〔註31〕。

　　近人中，對具有開闢玄學領域方向，功勞卓著的學者湯用彤先生，則將魏晉思想發展歷史，粗略分爲四期：

1. 正始時期：在理論上多以莊子易老子爲根據用何晏王弼爲代表。
2. 元康時期：思想上多受莊子學的影響，激烈派的思想流行。
3. 永嘉時期：至少一部分人士，上承正始時期溫和派的態度，而有新莊學，以秀郭象爲代表。

〔註30〕參見楊勇所撰《世說新語校箋》，頁210，臺北：正文書局，1992年10月。

〔註31〕劉大杰將清談的派別分名理派，以形名家爲主代表人物有傅嘏、劉卲、鍾會、裴頠、孫盛、王坦之等人；玄論派有荀粲、何晏、夏侯玄、鄧颺、王弼、阮籍、嵇康、王衍、樂廣、向、郭、殷浩、劉惔等；參見《魏晉時代的清談》第七章，頁165～205，上海：古籍出版社，2000年9月2版。

4. 東晉時期。亦稱為佛學時期﹝註 32﹞

湯用彤先生將玄學發展，大體上劃分為以下四個時期，以王弼何晏為代表的正始時期；其於第二期，並未列出代表人物，推究他的意思，當以嵇康、阮籍為代表的元康時期；以郭象、向秀為代表的永嘉時期；以道安、張湛為代表的東晉時期，湯用彤先生的分期法，佔有主導性的地位。

學者唐翼明根據玄學為「儒道兼融」的特點，將玄學分為三大派，其一，主流派：代表人物有正始時期的何晏王弼，西晉的向秀郭象，東晉的殷浩、劉惔與王濛；其二，親儒派：代表人物有正始時期鍾會、傅嘏；西晉的裴頠，東晉的孫盛、王坦之都可屬這一派；其三，為親道派：代表人物有太和時期的荀粲；竹林的嵇康、阮籍，西晉的王衍，東晉的支遁、張湛都可列於此派﹝註 33﹞。

對於如此分法，當然他也說過，這只是一個大體的分法而已，因為如果按照每人儒、道等思想成分多少，如光譜是每個人各異的，所舉的例子，都可以商榷。

比較具有創新意義的是大陸新一代學者王葆玹於《玄學通論》一書中，綜合考量魏晉時代與政治、宗教、學術思想不同的發展演變，首先將歷史發展分為五期，分別如下：

1. 正始時期
2. 正始以後晉惠帝即位以前
3. 晉惠帝元康時期
4. 元康以後永嘉五年以前的時期
5. 東晉時期

王葆玹採取的分期方法，與前人不同的是考慮的角度擴大，他在袁宏名士傳分期，以及上述諸家分期的基礎上，更進一步，較為細密而深入地把魏晉玄學分為以下七期，此即：

1. 正始玄學時期：以何晏、王弼為代表。
2. 竹林七賢時期：以竹林七賢阮籍、嵇康、向秀、阮咸、山濤、劉伶、王戎等人為代表。
3. 元康時期：以王衍、樂廣、裴頠（為王戎女婿）。
4. 永嘉時期：郭象為代表。

﹝註 32﹞ 參見湯用彤先生所著，《魏晉玄學論稿》，頁 136。
﹝註 33﹞ 參見，〈魏晉文學與玄學〉，《唐翼明學術論文集》，頁 180，武漢：長江文藝出版社，2004 年 9 月 1 版。

5. 東晉前期：王導爲代表。

6. 東晉中期：以殷浩爲代表。

7. 東晉後期：韓康伯、王坦之爲代表。

此種分期方式，表現特點有二個方面，其一，他將竹林與元康期分開，凸顯竹林阮籍、嵇康等人在玄學中的重要地位；阮籍、嵇康等人在玄學上重要性爲眾所皆知，前輩學者不將之劃分爲獨立時期，似有不愜人意處，今劃分爲一期，較合玄學演變的實際情況，對於元康時期的代表王衍、樂廣二人，因缺乏著述流傳，又因王衍爲敗軍之將，玄學成就因此較爲人所輕忽，王葆玹先生挖掘出別人未注意到的特點，以凸顯王衍、樂廣二人重要性，列二人爲元康時期的代表，以後人的一般眼光，看來王衍、樂廣二人，因缺乏了著述留傳，欠缺書面文獻資料的有力證據，其玄學的成就，在後人看來，必然減價，但王葆玹《玄學通論》指出當時學界所重口談勝於著述；並揭出王、樂二人有承先啓後提拔清談後輩的功勞，這是他在研究上目光過人的地方。

　　其二，他將東晉玄學發展析分三期，其中，東晉前期以王導爲代表，他將王導在玄學的領袖地位突顯出來，把玄學在東晉中興的功勞歸王導，認爲王導除了有政治上安定東晉政權的貢獻外，在玄學上，特別對王導標示的「三理」作爲談辨之資，即〈言不盡意論〉、〈養生論〉、與〈聲無哀樂論〉，進一步指出說「三理」全出於嵇康；尤其他推測的說三理中「言盡意論」可能是「言不盡意論」的誤記，出於嵇叔夜，而非文獻誤記的歐陽建的〈言盡意論〉，他認爲這是王導有意洗刷嵇康政治被誣陷的罪名，重振嵇康名譽，對於王導的提倡使得嵇康在東晉玄學地位的確立有很大的幫助與功勞。這也是王導對玄學的復興作出承先起啓後的貢獻。王葆玹先生這些前進的見解，雖不一定令人信服，但頗能突破一般人研究玄學的局限、見人所不見，而一新耳目，對擴大魏晉玄學研究的廣度與深度都是很有意義的。

　　綜合前述各家看法，不妨以學術思想內在流變的趨勢來看，三玄（《易》、《老》、《莊》）既是玄學的主要內容，可以其在各時期流行消長進退勢力著眼，以作出分期。

　　漢魏之際，易學實爲當時思想中心，因易學於士人心目中爲經學，而老、莊尚屬諸子學而已，故易學廣受士人看重，當時談易的情形，依照湯用彤先生《魏晉玄學論稿》說法，共分爲三派，其一爲江東一帶，以虞翻、陸績等人爲代表，其二荊州，以宋衷等爲代表，其三爲北方，以鄭玄、荀融等人爲

代表。〔註34〕可見當時學術界以易學為主，老、莊還未見見重。

至魏正始時期夏侯玄、何晏、王弼等人出現，其中何晏、王弼有《老子》《易學》、《論語》等著作，其中王弼注解《老子》與《周易》，何晏也有《周易》著作若干卷，同時注《老子》，因見王弼所注勝於自己，因將其所注易為〈道德論〉，另又著有〈無名論〉，足見此時期是易、老學並重，莊子學還未有受看重。

至竹林時期阮籍嵇康等人，雖已活動於正始時期，但其成名實在何晏、王弼逝世後，阮籍有〈通易論〉、〈通老論〉、〈達莊論〉，標榜莊學著有與易、老並稱，但他說以莊周為楷模；嵇康有〈周易言不盡意論〉、〈養生論〉、〈聲無哀樂論〉，也說老子莊周，是吾師也，又說「讀老莊，重增其放」。皆在推明老莊之思想，加以二人行事作風，表現老、莊曠達放逸的精神，影響所及，元康時期，王澄、胡毋輔之等人放浪形骸的風尚，故將二人列入元康時期代表。

及至永嘉《易》、《老》雖仍受重視，然而有向秀、郭象注《莊》，雖然時代先後的差異向秀時代在先，郭象時代在後，但兩人同樣表現出一種莊學精神類型。可見此期學術重心乃在《莊》學。

渡江後，《易》、《老》、《莊》仍然同時流行，但以《莊》學為盛，東晉中後期，般若佛學的新因素的加入，佛學的勝義逐漸取代三玄，經南北朝融通滲透終於完全取代玄學成為隋唐佛學興盛的局面。

綜上所述，魏、晉玄學思想發展的趨向可以歸納出以下的歷史軌轍，亦即：

漢、魏之際：以《周易》為主，代表人物為鄭玄、宋衷、虞翻等人。

魏正始時期：以《易》、《老》為主，王弼、何晏為代表，鍾會為次。

晉元康時期：以《老》、《莊》為主，嵇康、阮籍為代表，裴頠、王衍、樂廣等人附之。

晉永嘉時期：以《莊》學為主向秀、郭象為代表

東晉前時期：以《易》、《老》、《莊》並行，然偏於《莊》學，王導標榜三理，嵇康三理；代表有莊學較盛的傾向。

東晉中後期：佛學與《易》、《老》、《莊》合流，道安、支遁，殷浩、韓康伯等為代表。

本文以下探討言意之辨發展內容，即依時代分期，而略就其中稍加修正。

〔註34〕見湯用彤先生，《魏晉玄學論稿》，附錄魏晉玄學思想的發展，〈魏晉玄學思想的發展〉，頁128，里仁，1984年1月。

二、魏至西晉玄學「言意之辨」之發展

　　魏晉玄學「言意之辨」的演進過程，與玄學興衰的歷史分期相始終，魏晉玄學的「言意之辨」歷經長時期演變，許多人參與，包羅言盡意論、言不盡意論、象盡意、言象不盡意、忘象忘言得意等命題的論爭，所涉及層面則不限在玄學，更擴及經學、人倫品鑑、語言學、詩學、文藝美學等，從現存的史料來看，自漢魏之際人物品鑑、與名理學中才性四本論都加以運用，首先在經學上挑起言意之爭論的人物為荀粲與其兄荀俁，時間在魏明帝太和四年；他們以〈言不盡意〉論為基礎，運用在討論經籍是否蘊藏聖人的精微思想，荀粲引《論語》中子貢之言，「夫子之言性與天道，不可得而聞也。」及《易傳》中「書不盡言，言不盡意」，以證明六經六經典籍並不傳聖人之性與天道的精微義理，故視六經為聖人糠秕；荀俁則引《易經》中「聖人立象以盡意，繫辭焉以盡言，設卦以盡情偽。」認為《易經》中之言、象、備聖人之意來反駁；荀粲的說法大有向漢儒傳統宣戰的意味，而其兄荀俁則立足維護漢儒傳統舊說來加以辯護，於是挑起針對經籍上言意之爭的議題；荀粲出身於北方傳統儒學世家，為荀彧最小兒子，除了與兄論辯外，又曾與傅嘏、裴徽等辯論，可說是魏明帝太和時期談座的盟主，其年輩略早於王弼、鍾會等人，足見，荀粲之時清談玄風已隱然形成。據史所載，魏明帝太和四年後，朝庭倡尊儒政策，曾有禁浮華交會的舉措《三國志・諸葛誕傳》注引《世說》說：「是時當世俊士散騎常侍夏侯玄，尚書諸葛誕、鄧颺之徒，共相題表，以玄、疇等四人為四聰，誕、備八人為八達」，使得初興的玄風受挫而暫歇；可見荀粲等人言意之爭只可視為玄學萌芽階段，但已宣告距離玄學興盛業已不遠；就在魏明帝死後，幼主曹芳即位，由曹爽、司馬懿等顧命大臣輔政，曹爽為掌握政治大權，打擊司馬懿等豪族的勢力，援引了昔日被黜的「浮華友」執行新政，這些人包括了夏侯玄、何晏、鄧颺、丁謐等人重新受到重用，於是造成正始時期玄學的興盛，其中以夏侯玄掌中護軍，負責武官選舉大權，何晏為吏部尚書，主持文官選舉，兩人掌控了晉用文武人才的實權；夏侯玄、何晏等人正是正始玄風思想的主導者；此時，尚未成名的王弼以一個智慧早熟、能言善辯的青年學子，受到何晏的賞識、提攜，從此展露頭角，由此何晏、王弼等名士並列為正始時期思想界最特出的清談家代表人物；王、何立論以無為本，王弼精研名理，以言意之辨方法，援老解易，調合儒、道衝突，解決當時思想界的疑惑，建構出貴無思想理論體系，並以

言意理論為解經方法，注《老子》、《易經》、與《論語》等書，擴大理論運用層面在各方面的問題上，解決當時的思想界因思想真空所產生的信仰危機，使得何晏「以無為本」玄學本體論的理論有效的運用，由於王弼清辨能言，成為正始玄學的談宗，從而帶動正始玄風的興盛，影響了整個魏晉南北朝玄學。

正始九年司馬懿乘曹爽陪同曹芳至洛陽掃祭明帝墓時，發動高平陵事變，正始十年春，何晏被害；不識物情的王弼，因受此事件拖累而被免職，隨即於正始十年秋天，遇癘疾死去，當時的執政者司馬師曾為王弼之死而婉惜不已；歷史進入魏、晉禪代時期，魏晉禪代共計有十六年；實際大權掌握在司馬師、司馬昭兄弟手裏，兩人先後執政，對於政治異己者進行大規模整肅殺戮，他們假借名教禮法之名以進行思想的宰制，逐步掌控政權，終於完成禪代；在恐怖的政治控制下與多次殺戮中，不少玄學名士死於非命，史學家以沉痛的筆寫說「魏晉之際，天下多故，名士少有全者。」（《晉書・卷四十九・阮籍傳》）寥寥數筆，勾勒出腥風血雨的時代，在魏、晉禪代政治恐怖的控制中，嵇、阮等名士為了避開現實政治禍害，結合了一些志同道合的人，退隱於河內山陽縣的竹林中，這時期在玄學歷史上稱為竹林時期，其中最有名的代表人物有嵇康、阮籍、向秀、劉伶、阮咸、山濤、王戎等人，這七人即為後世所樂稱的「竹林七賢」，此外尚有呂安、阮侃（德如）、趙至、郭遐周、郭遐叔等；七賢中以嵇康、阮籍為實際的領袖，二人是竹林時期玄學之遊的真正組織者，由於嵇、阮素有高名，成為司馬氏新政權急於拉攏的對象；但阮籍、嵇康因對司馬氏政權虛偽性都所不滿，採取不合作態度，尤其是嵇康與曹魏有姻親關係，政治立場上明顯的偏向曹魏政權，在〈山巨源絕交書〉中公然表態，「非湯武薄周孔」，〈釋私論〉中提出「越名教任自然」的主張，大有與司馬昭政權決裂之勢，因為他的激烈的言行，觸犯當權者的敏感神經，使得司馬昭的必欲置之死地；在鍾會的讒毀下〔註35〕，因「呂安不孝案」被捕下獄，終於在景元三年（西元 263 年），被刑於東市；阮籍雖未如嵇康公開反對司馬氏政權，但在感情上同情於曹魏政權，早年的他本來有濟世志，思想上主張儒道兼綜；高平陵政變後，司馬氏執政後，則一變轉為消極不合作態度；但他不像嵇康表現那樣激烈鮮明，他反抗依附司馬氏政權的禮法之士，

〔註35〕鍾會曾攻擊嵇康，說他負才、亂羣、惑眾也，今不誅康，無以清潔王道；事見《世說新語・雅量》注引《文士傳》，直接導致嵇康被殺。

但不批評現實的政治，面對現實的殘酷與黑暗，無力改變，所以只好回歸自我內心世界，追求心精神世界的自由，他特別以莊學思想為武器，將「言不盡意」的融入思想言行之中，「發言玄遠，不臧否人物」，追求個人精神的絕對自由，他雖不明白的說出廢名教，但卻張揚自然的一邊，他將王弼貴無思想形上本體論玄學思想加以消融，發展了漢儒宇宙論元氣論，標舉自然即氣的實有層面，更多在言行上表現放曠醉酒、不守禮法中，借著張揚莊學之自然精神，對抗現實社會的虛偽禮法，建構出理想的主觀精神絕對自由的世界，來凸顯名教禮法之士的虛偽性與司馬昭政權不正當性；可見阮籍的思想也是走向「越名教任自然」的路上，阮籍雖然苟全了生命，內心矛盾衝突也最為激烈，始終活在痛苦之深淵中，八十二首詠懷詩，就是他生命中理想與現實之間衝突矛盾、痛苦煎熬的寫照；在嵇康被殺後的隔年，阮籍在受不了痛苦煎熬下病死。

　　正始十年正月高平陵政變之後，司馬氏採取拉攏政策，阮籍自嘉平元年就被司馬懿辟為從事中郎，嵇康被殺前，山濤、王戎等陸續走出竹林出仕，為新政權効力；阮籍也在不得已的情況下，成為司馬氏之官員，可見竹林名士之交遊在各自現實利害考量下，必然趨於瓦解；竹林名士隱居生活中最後的離開者為向秀，他在嵇康、呂安被殺後，失圖無措中，終於認清現實，從河內郡轉赴晉都洛陽與司馬氏政權妥協，「舉郡計」〔註36〕走向仕途，向秀的《莊子注》，思想發展的基調本來就是以「儒道為一」，最後完成定調，正是此種心境轉變下的產物，《莊子注》表現出向秀的思想歸向正是「儒道為一」，該書自初作時，即贏得嵇康、呂安「莊周不死矣」〔註37〕的驚歎，至最後完成後，則有被譽為「隱莊之絕倫」（《世說新語・文學篇》注引〈向秀別傳〉），但作為竹林時期的名士代表，名士減半的政治監控中，玄學衰歇是必然的，向秀的《莊子注》思想只能被視為過渡期，為下一波元康玄風大暢預作準備，奠下基礎。

　　司馬炎即位後，西晉政權正式建立，歷史上因其建都中原，因此稱西晉為中朝，中朝（又名元康）又通常指泰始、太康之後到西晉永嘉這段時期，

〔註36〕《世說新語・言語》篇第十八條載云：「嵇中散被誅，向子期舉郡計入洛；文王引進，問曰聞君有箕山之志，何以在此？」對曰：「巢許狷介，不足多慕。」王大咨嗟。又據《晉書・卷四十九》本傳載向秀答語云：「以為巢許狷介之士，未達堯心，豈足多慕？」與《世說》所載稍有不同。

〔註37〕參見楊勇，《世說新語校箋》，頁158，正文書局，1992年8月。

這時期的名士代表中，以王、樂稱首，王指王衍，樂指樂廣，即以王衍與樂廣爲元康時期玄學之代表。西晉中朝名士中有不少人，來自於竹林名士賞識與刻意提拔有關，晉朝初期，竹林時期名士逐漸成爲新政壇要角，如山濤，王戎（司徒）都貴居晉朝三公之位、向秀、亦在朝爲官，劉伶素淡泊名利，但也曾官至建威參軍；此時朝廷政策意在採取穩定策略，使名法之士與玄學名士兩邊維持均衡發展之勢，一方面在振興儒學，提倡名教綱常倫理以維護社會秩序，禮法之士何曾、荀顗、王祥等都成爲朝廷的重臣，另一方面也重用玄學之士如山濤、王戎等人，所以玄學勢力並未因此衰退下去；禮法之士與玄學之士在兩方在朝廷勢力競逐中雖互有消長，但也逐漸互相包容；卻始終又呈現出平衡的發展狀態中，玄學之士刻意提攜後輩，如王戎所提攜的族人王衍成爲中朝名士的領袖，王衍後來又培植王導、王敦等人，山濤成功逐漸的提拔嵇康之子嵇紹出仕，並多次舉薦阮咸爲吏部郎，雖沒成功，但其用心可知；由於他們的長期耕耘，提拔、引薦後輩，這就促成惠帝元康時期玄學再度興盛，元康時期，是繼正始、竹林時期以後，玄學再度興盛的時期；其中王衍，樂廣是主要代表人物，因王衍身居顯職，倡導貴無風氣，不以務事自膺，後進仿效，造成風教陵遲之弊；裴頠等人鑑於王衍等人提倡貴無思想，造成浮華奢糜的風氣，不遵禮法，尸位素餐，仕不事事，空談廢務，使得社會面臨空前的危機，因此，爲了挽救社會的危亡，著〈崇有論〉力圖從思想上改造放蕩之風，以拯救社會危機；與此同時，有歐陽建，字堅石，他從「言盡意論」的角度出發，對「言不盡意論」者作出理論的反擊，正始時期何晏、王弼貴無思想，與言不盡意論，在裴頠、歐陽建等人的攻擊下，勢力有一時受挫的現象；由於晉室建立後，鑑於曹魏無宗室夾輔以致被篡的失敗教訓，於是大肆分封諸侯，終於種下惡因，晉武帝死後，繼位者惠帝的昏庸愚癡，兼以賈后的跋扈專權，殺輔政的楊駿，又殺害非罪的愍懷太子，司馬倫）乘機殺賈后，殺裴頠與輔政者，張華、歐陽建等人，玄學名理派裴頠〈崇有論〉興而復滅，各諸侯宗室爲了權利，互相爭奪，導致八王之亂，晉室永無寧日；八王變亂平後，晉室元氣早已大傷，五胡乘機亂華，中原鼎沸，懷、愍二帝被俘，西晉覆亡；郭象在此歷史背景下注《莊》，運用「寄言出意」的方法，完成對莊學精神內容的改換，形成具有郭象本身思想特點莊學，自生、獨化、無待、逍遙；人稱非郭象注《莊子》而是《莊子》注郭象。

第四章　魏至西晉玄學「言意之辨」之內容

　　言意之辨，經過長時期的蘊釀發展至魏晉才逐步完成，從而成爲魏晉玄學體系得以建立與形成的重要骨幹，因爲言意之辨既是玄學的表達方式，也是玄學體系賴以建立的重要認識論、方法論，更是魏晉玄學體系中玄學家論辯的一大主題；具有魏晉玄學意義的「言意之辯」清談論爭，由魏明帝太和時期的荀粲正式開啓，荀粲以「言、象不盡意論」爲基礎，認爲卦象與繫辭之言都是粗糙的淺近的，不存在聖人的微意，最先提出「六經爲聖人的糠秕」的新說，對漢以來傳統儒學思想理論賴以建立的經典六經發動攻擊，引來維護儒學傳統思想的其家族兄長荀俣等人的不滿與圍剿，荀粲認爲六經爲粗糙語言，根本不能反應聖人的精意，聖人微言、微意，蘊而不出，因此六經爲糠秕；荀粲的言論，在當時是激烈的，而且與傳統背離，但有助於打開儒家的窗口；從而拉開了玄學的序幕，從此言、意、象之爭辯伴隨魏晉玄學的流行而相始終。

　　與荀粲時間約略先後，有蔣濟、傅嘏、鍾會等人，著眼於人物才性問題，立論皆以「言不盡意論」爲談辨的依據，本章將探討由魏初到西晉玄學家代表的言意主張，依時代先後與主題相關性來進行考察。

第一節　魏太和時期荀粲及其「言、象不盡意論」

一、荀粲事略

　　「言意之辨」變成爲魏晉玄學之重要命題，也成爲魏晉玄學家建立思想普

遍運用的重要的方法論，首先引出「言意之辨」議題者，就是開魏晉玄學言、意之辨序幕的人物～荀粲，關於荀粲生平思想，未見有詳實專著研究，據今所見相關傳記資料記載，可知他為荀子後十四代子孫，出身於北方儒學世家荀氏家族；荀粲父荀彧、兄荀俁輩崇信儒學，唯獨荀粲好論道，可知他似以老莊道家思想來攻擊漢以來儒家思想；由於他並未有玄學相關著述留傳下來；故只能就《世說新語》所載，與《三國志・荀彧傳》中附〈荀粲傳〉注中，曾引何劭〈荀粲傳〉等綜合起來論述，荀粲在魏明帝太和年間有崇高的地位與思想表現，大多是表現在與當時人的論辯上，當時同他論辯有關係者，包括有傅嘏、夏侯玄、裴徽與其兄荀俁等人；他擅長於人物品評，並曾品評其父叔之優劣：「其父規矩自守，不如其叔彧之閒適自放。」表現出他的悖逆傳統的思想傾向，因而激怒以儒術論議的家中諸兄，這不僅僅因家族的親情，使他們不能接受，而且是因為他們因襲漢以來的道德裁量人物的標準，荀粲評量的標準，是凸顯道家的自然思想，故被家中諸兄看成異端；他也算魏、晉時代中，眾多年少成名的天才，死時才二十九歲，值得一提的是他又是一個性情中人，《世說新語・惑溺》篇曾載稱：「荀奉倩與婦至篤，冬月婦病熱，乃出中庭自取冷，還以身熨之。婦亡，奉倩後少時亦卒，以是獲譏于世。」這並非當時醫學常識之缺乏，而是深於用情的表現，在講究禮教的傳統社會，這也開啓魏晉重情風氣的先聲。

關於他與傅嘏的談論，《世說新語・文學》九條載云：

> 傅嘏善言虛勝，荀粲談善玄遠，每至共語，有爭而不相喻，裴冀州釋
> 二家之義，通彼我之懷，常使兩情皆得，彼此俱暢。〔註1〕

玄學有兩派的區分，即名理派與玄論派，「傅嘏尚虛勝，荀粲尚玄遠」傅嘏為魏末名理學代表人物，他在《才性四本論》中是主張才性同的重要代表人物，裴冀州即裴徽，他是正始時期為清談界的重要人物；荀粲則為玄論派，荀粲所談的玄遠，立論的根據為道家自然無為的思想；所謂「虛勝」、「玄遠」已經遠離具體時政、人物品評而進到抽象宇宙人生的哲理，換言之，即天道、性命的哲理；這可從裴徽作為兩者溝通解釋的要角看出；這是代表著一種新的談論形式的開始。

二、「六經為聖人糠粃說」

「六經為聖人糠粃說」，這是荀粲首次提出的玄學新論題，也是他的新

理，荀粲以爲六經爲聖人粃糠，大有向傳統經學權威地位挑戰的意味，此說，見載於《魏志》引何劭《荀粲傳》中：

> 粲諸兄並以儒術論議，而粲獨好道，常以子貢稱夫子之言性與天道不可得聞，然則六經雖存，固聖人之糠粃，粲兄　俣難曰易亦云：「聖人立象以盡意，繫辭焉以盡言，則微言胡爲不可得而聞見哉？粲答曰：蓋理之微者，非物之象所舉也，今稱立象以盡意，此非通於意外者也，繫辭焉以盡其言，此非言乎繫表者也，斯則象外之意，繫表之言，固蘊而不出矣。

上述引文中，荀俣代表傳統儒家經注觀點，但尙須注意辨明，荀俣以「言不盡意」爲前提，對傳統的《易·繫辭傳》持維護的觀點，即荀俣認爲聖人之意可以通過卦爻辭來把握，似乎是言盡意論者，但誠如王葆玹先生於《玄學通論》一書中所云：

> 然而，古人所謂的盡意，帶有直接性，是指用語言直接說明義理，如果在語言和義理之間，安插卦象與及爻象，這樣的中間的因素，使語言對義理說明，不是直接的而成爲間接，這在〈繫辭〉作者看來，便是言不盡意了。
>
> 又說：從狹義上詮解，將荀俣歸入「言不盡意」論者的陣營，這樣一來，荀俣與荀粲的辯論，就不能再說是「言盡意」與「言不盡意」之兩種見解的辯論，而應是當說是「言不盡意」爲前提下的學術論爭。

王葆玹認爲此段文字所述荀氏兄弟言意之辨的論爭，是以「言不盡意」爲前提下的學術論爭，不是一般人所見的「言盡意」與「言不盡意」論者之爭，他在此處，頗能深入的見出問題的癥結點，這個見解是可從的。

由上述引文，可見荀粲輕貶物象實比貶言更嚴重，立象只能盡言內之意，而「象外之意，非物象所能舉也。」荀粲雖輕貶經傳之言，但「對經傳外之言，則未加以貶抑。他暗示「繫表之言」正是窮盡「象外之意」的手段，「繫表之言」即爲微言，深究荀粲表達的意旨，可以用「微言盡意」作爲代表。

東漢經注家信守象盡意，言盡象，象數之學之信仰，言象可以盡意，然而荀粲之觀點正與之背反，反應了一種新學風出現的端倪；在何劭《荀粲傳》中的這段引文，集中表現荀粲的理論思路，首先荀粲立足於道家的思想來反省論議儒術，認爲六經中的文字並不能表現出「性與天道」，因此視之爲糠粃。

荀粲認爲有一種「象外之意」與「繫表之言」，外在於六經之外，這是聖

人本來就未在六經之中表達的,他認為「性與天道」不能被六經表現出來,「理
之微者,非物之象所舉也。」微妙的理,不能用易象及繫辭來表現,換言之,
經傳之言是粗糙而淺近的,因此,得出六經之為糠粃這個論點,問題是荀粲
是如何了解到聖人立象所盡之意之外,及繫辭所盡之言之外,還有什麼理之
微者?這理之微是如何認知?荀粲只提出一種主張,還未真正對言意關係作
仔細的思索工作,這工作有待後來的王弼來加以完成〔註2〕;荀粲的論議不免
引起了維護儒術的守舊的家人的論議,認為背離儒家傳統說法,但他的貢獻,
則在於對漢代章句之學唯經是從的僵化學風,發揮了有力的解構作用;如果
細心的來檢討他論議的思路,實有不盡周詳之處,明顯地,他將性與天道與
經籍割裂開來,因而造成本體與現象不相涉,本體的象外之意與言、象的關
係造成隔閡,而呈孤懸狀態,使得兩者之間變成不能逾越的鴻溝,因而失去
彼此相互的作用,這就形成他的理路的不足。

　　綜合上述所論,我們可以說荀粲的論議,凸顯出「性與天道」本體的端
倪,但他忽略了「性與天道」必須靠言、象來表現,否則拋棄言象,則本體
無法顯現,荀粲的缺失就在於割裂了本體與現象關連,因此形成他的理論上
不足之處,這個未能處理好的問題,就有待後起者出來,將未完備的理論加
以克服補足,而何晏、王弼,特別是王弼,正是這理論的完成者。

第二節　蔣濟、傅嘏與鍾會之「言不盡意論」

　　據西晉歐陽建〈言盡意論〉云:

> 世之論者以為言不盡意,由來尚矣,至乎通才達識咸以為然,若夫
> 蔣公之論眸子,鍾、傅之論才性,莫不引此為談證。

魏、晉之際玄學清談有關「言意之辨」的資料,除了王弼、郭象等在自己著
述中保留下來外,大部分多流失,歐陽建這篇〈言盡意論〉則收錄於唐代歐
陽詢所撰《藝文類聚》這部類書中,後來嚴可均輯《全晉文》中也收錄此篇,
故歐陽建這段話,提供後人對當時玄學界「言意之辨」問題了解的線索,這
對後人研究「言意之辨」的問題,就顯得特別具有參考的價值;推敲歐陽建
這段話,指出「言不盡意」似乎成為是當時學界的共識,因此,不論是蔣濟
論眸子,或鍾會、傅嘏論才性,都以「言不盡意」為談證,足見以「言不盡

〔註2〕參見黃宣範著,《語言哲學意義與指涉理論的研究》,頁139,文鶴出版社,1983
　　　年12月初版。

意」爲立論基礎的風行。

一、蔣濟之「眸子論」

　　蔣濟，事蹟具見《三國志卷十四·魏書·蔣濟傳》中，字子通，楚國平阿人，歷仕魏武帝、文帝、明帝、廢帝（齊王芳）諸朝，文帝即王位，爲相國長史，及踐阼出爲東中郎將，上〈萬機論〉，明帝即位，賜爵關內侯、後遷爲中護軍；齊王芳即位，進爵昌陵亭侯、遷太尉，曹爽專政，丁謐、鄧颺等，輕改法度，會有日食變，蔣濟上疏反對，政治立場傾向司馬懿，高平陵政變時，以隨太傅司馬懿屯洛水浮橋，誅曹爽等，進封都鄉侯，邑七百戶，固辭，不許，其中原由，在於司馬懿騙蔣濟說服曹爽投降，僅以免官爲條件，後來司馬懿卻失信，誅了曹爽，使蔣濟忿忿不平，致發病身亡。

　　根據《魏志·鍾會傳》所載云：「中護軍蔣濟著論，謂觀其眸子足以知人。」則知蔣濟確有論眸子的專長〔註3〕，明帝太和三年（西元 229 年），鍾繇曾帶四歲兒子鍾會，來見中護軍蔣濟，要求品鑑兒子才質，蔣濟爲人才鑑識專家，精通經由觀察眼精了解人才性的本領，見到鍾會，蔣濟大加贊賞云：「非常人也」〔註4〕，足見蔣濟從眼神以知人物的本領，早在先秦時代儒家學派如孔子，認爲一般語言不能窮理盡性，因此有「書不盡言，言不盡意」的說法，但是依《易傳》之說法，孔子認爲意可以由著卦符號表達出來，可以通過「設卦觀象」，將聖人之意，盡收眼底；「書不盡言，言不盡意。」是孔子的第一層意思；「卦、爻象可以盡意」則是第二層意思，可見意並不是不能窮知的，重點在於窮知的手段如何，當然，一般的日常語言不行，但依孔子來看卦、爻象是可以的；後來孔子的學生曾子提出的看法，從人的眼神與言論是可以看出他的心意，曾子云：

　　　　目者，心之浮也，言者，行之指也，作於中，則播於外也；故曰：以
　　　　其見者占其隱者，故曰聽其言，可以知其所好矣。（《禮記·曾子立事》）

其後，孟子對曾子的思想有更進步的發揮說：

　　　　存乎人者，莫良於眸子，眸子不能掩其惡，胸中正，則眸子了焉，
　　　　胸中不正，則眸子眊焉；聽其言，觀其眸子，人焉廋哉？（《孟子·
　　　　離婁篇》）

眼神也是一種外在的語言，但不同於日常的語言，借由觀察眼神，則足以使

〔註3〕蔣濟事見，《三國志·卷十四·魏書·蔣濟傳》。
〔註4〕參見，《三國志 卷二十八·魏書·鍾會傳》。

人內心的意念想法，無所遁形；可見先秦的孟子就很重視觀眸子，進而觀察外貌言行以了解內心的想法：

> 徵於色，發於聲，而後喻。〔註5〕

這是說一個人的內心的意念、思想，可以透過眼神、聲音等人形貌表現出來，然後使人明白；言說者藉「言傳意」，通過言辭表達心意，聽者可以藉言以察意，言意之間，體現出一致性。

先秦時代的曾子、孟子的眸子理論，至魏末爲劉劭、蔣濟等所繼承發揮，劉劭著《人物志》一書，是人才學的代表作，在〈九徵〉篇云：「徵神見貌，發性於目」，就相當重視由眼精察人內在的神明，眼神爲內在才性的表現，是鑑識人才不能缺少的要項，「聖人之所美，莫美乎聰明，能知性情，則窮理盡性。」眼精，正是膽識的集中表現；對於眸子論，有深入研究的蔣濟，他在「言不盡意論」的基礎上，來論眸子，認爲眸子可以傳神，以眸子的清、濁，深、淺，作爲識量與否的表徵，眸子是可以盡意，並以此作爲選拔政治的人材的依據。

蔣濟的眸子論，對魏晉當時人物批評又起一定程度的影響，以眼神鑑識人物成爲風尚，如嵇中散語趙景眞：

> 「卿瞳子白黑分明，有白起之風，恨量小狹。」趙云：「尺表能審璣
> 衡之度，寸管能測往復之氣，何必在大，但問識如何耳！」〔註6〕

趙景眞爲趙至，曾追隨嵇康爲師，白起爲戰國時著名大將，有勇略，嵇康以趙景眞類比白起，認爲唯在氣量稍欠，足見嵇康亦善於以眼神來進行人倫鑑賞，竹林時期的另一領袖阮籍，善作「青白眼」，以青眼對待順合自己之人，以白眼對待憎惡的禮法之士，「青白眼」表達正是主觀內心的眞實感受、性情好惡，如同阮籍以嘯抒發內心的感情，這都是以「言不盡意論」爲前提，以「得意忘言」爲旨趣，發言玄遠，不就現實政治批評，口不臧否人物，惟恐觸犯政治禁忌惹來殺身之禍，這是阮籍避禍遠害所採取的策略方法，故嵇叔良作阮嗣宗碑云：「先生承命之美，希達節之度，得意忘言，尋萬物之始，窮理盡性，研機乎幽冥之極。和光同略，羣生莫能屬也，確不可拔，當途莫能

〔註5〕 參見朱子撰，《四書章句集注・孟子集注・萬章下》，頁348，臺北：漢京出版社，1987年10月版。

〔註6〕 參見，《世說新語校箋》，頁57，正文書局，1992年8月。

貴也。」〔註7〕讚美他能得意忘言，尋萬物之始，窮理盡性。

　　竹林名士中，年齡較小的名士王戎（正始九年，山濤四十三歲，阮籍三十八歲，嵇康二十五歲，而王戎只有十四歲），自幼聰明機智，「戎幼而穎悟，神彩秀徹，視日不眩，裴楷見而目之曰：「戎眼爛爛，如巖下電。」裴楷，為正派的禮法之士，但兼通玄學，亦為當時著名玄學名士，他擅長人物品題，如品題幼年的王戎時，用語要言不煩，並作出恰當的品題，以眼睛如巖下電形象的語言，傳達幼年王戎聰明非凡，依據的就是眼神，可見以眼神作為品鑑人物聰明秀出與否的風氣盛行；竹林時期，政治的嚴密恐怖氣氛控制下，使得玄學思潮陷落成為低潮期，「清談」沒落，取而代之是「論著」流行，原因在於政治的緊羅密網，言論不能自由，稍一不慎，觸怒當權者，即引來殺機，嵇康、阮籍處在此種時空下莫不戰戰兢兢，謹言慎行，他們在「言不盡意」方法指導下，代以論文盡意，表現出著述多於口頭清談，筆談勝於口談的特色現象，其中原因與司馬氏嚴酷的政治壓迫是息息相關的。

　　眸子，眼神理論在魏晉實踐與深入運用，其成果影響了詩文藝術理論，如東晉顧愷之的繪畫理論就受到深刻的影響，是顧愷之繪畫理論之由來，顧愷之論畫云：

> 凡畫人最難、次山水、次狗馬，臺榭一定器耳，難成而易好，不待遷想妙得也此以巧歷，不能差其品也。〔註8〕（張彥遠《歷代名畫記》卷五）

顧愷之提出「遷想妙得」是畫好人物畫的先決條件，所謂「遷想妙得」的「遷想」就在於發揮豐富的想像力，而「妙得」即對於「象外之妙」的心領神會。

> 顧長康好寫人形，欲圖殷荊州，殷曰：我形惡，卿不煩耳，顧曰：明府正為眼爾！但明點童子，飛白拂其上，便如輕雲之蔽日。〔註9〕（《世說新語·巧藝篇》）

殷荊州就是殷仲堪，是為東晉中期的名士，他有眇目，故自覺形惡，而顧長康人形畫像對它的處理是但明點童子，飛白拂其上，便如輕雲之蔽日，如何使人物傳神逼真，方法所在就在眼精，通過飛白手法處理好了眼精，就更能傳出名士的神，使得殷荊州名士形象更具特點。

〔註7〕參見嚴可均輯，《全三國文》，卷五十三，頁1351。

〔註8〕收入張彥遠，《歷代名畫記》卷五，頁70，上海：人民出版社，1962第一冊。

〔註9〕《世說新語校箋》，頁542，臺北：正文書局，1992年10月。

顧長康畫人，或數年不點目精，人問其故，顧曰：四體妍蚩，本無
關於妙處，傳神寫照，正在阿堵中。〔註10〕（《世說新語‧巧藝篇》）
由於慎重，故數年不點睛，傳神寫照，由點睛來實踐。顧長康長於人物畫，
所畫人物多爲魏晉名士，如嵇康、阮籍、殷仲堪、裴楷，另有維摩詰像，在
畫嵇康、阮籍等名士時，都不點睛，顧答曰：「那可點睛，點睛即語。」點睛
即語，表示所畫的生動傳神。

足見將眼神理論運用在人物畫上，以眼精作爲傳人物之神的藝術表現
上，顧愷之人物畫像作的很深入也很成功，是爲後代繪畫藝術理論以形寫神
的來源。

二、傅嘏、鍾會之「言不盡意論」

〈才性四本論〉是魏晉之際，玄學的重要論題，主要代表人物有傅嘏論
同，鍾會論合，李豐論異，王廣論離；其中傅嘏論同，傅嘏思想上屬名理派，
善名理，此派強調，因實立名，名實相副，因哲學、政治立場不同，傅嘏不
黨於何晏，並批評何晏「言遠而情近，好辯而無誠，所謂利口覆邦之人。」〔註
11〕足見其對何晏等人之不滿，正始時期，曾遭何晏等人迫害，高平陵政變後，
黨同司馬懿，曾擔任河南尹重要職務〔註12〕；鍾會論合，鍾會爲鍾繇七十四
歲時，所生之幼子，其兄鍾毓，兩人俱以聰明機智著稱，鍾會隨機應變能力
猶過其兄，正始時期，鍾會是何晏王弼玄學的追隨者，以刑名學特長，何晏
以爲聖人無情喜怒哀樂，其論甚精，鍾會等述之，後來王弼超越了何晏提出
「聖人有情」的新論，從本體論高度論證聖人有豐富的感情，但在高超的精
神境界上，體現出中和平淡，因此能順隨萬物變化，而自然流露喜怒哀樂，
卻不被外物所累〔註13〕，王弼新說更符合於情理，而且從本體來論「體用一

〔註10〕《世説新語校箋》，頁543，臺北：正文書局，1992年10月。

〔註11〕參見范曄撰，《三國志‧卷二十一‧魏書‧傅嘏傳》，北京：中華書局，1992
年6月。

〔註12〕參見范曄撰，《三國志 卷十‧荀彧傳》，引何劭〈荀粲傳〉，北京：中華書局，
1992年6月。

〔註13〕王弼主聖人有情論，與何晏聖人無情論不同，何晏之說，今未見，蓋本於漢
人「性善情惡」說法，因情惡，而聖人全然至善，故無情；王弼主聖人有情
論，則代表魏晉人新義，其文云：「聖人茂於人者，神明也，同於人者五情也，
神明茂，故能體沖和以通無，五情同故不能無哀樂以應物，然則，聖人之情，
應物而無累於物者也，今以其無累，便謂不復應物，失之多也。」參見范曄
撰，《三國志‧卷二十八‧魏志‧鍾會傳》，注引何劭〈王弼傳〉，頁795，北

致」的哲學高度更見高超，鍾會後來轉而支持其論點，「會論議以校練爲家，然每服弼之高致。」〔註14〕鍾會曾仿效王弼而注《老子》，其《老子注》亡佚，高平陵政變後，鍾會政治立場轉向司馬氏；李豐與王廣在政治立場採游移觀望，因不表態而被視爲傾向曹魏集團，終爲司馬氏所殺，或因此之故，西晉歐陽堅石在「言盡意論」中，提及才性論只限鍾會與傅嘏二人，而不提李豐，王廣二人。

　　另外鍾繇以善於書法著名，鍾會繼承其父鍾繇家傳，也以書法見稱，鍾會同意言不盡意說，而言不盡意，正是「書法盡意」的前提，這一巧合表明鍾會在採用言不盡意說，並精練書法同時，必然同意書法盡意，鍾會兼言易、老，魏晉書法，靈活生動，因用筆的緣故，由於筆寫文字利於自由的發揮。

　　綜上所論可知，人物品評及才性四本論業已運用「言不盡意」爲談證之依據，由於人物性情，甚爲精微，不似外在形貌容意掌握，因此基於政治上與選舉制度上徵拔人才的須要，作爲政治的要員，就必須具備鑑識人物知人善任的能力。

第三節　正始時期何晏「言不盡意論」與王弼「忘言忘象得意論」

　　正始時期，玄學家代表人物何晏，他在注解《論語》時，也注意到言意關係的這一問題，何晏說：「知者，知意之知也，知者，言未必盡，今我之誠盡。」(《論語集解》)何晏其意是說知是知意之知，而意不必然爲言所能盡的，這就涉及了「言不盡意」的看法。

　　到了玄學正始之音的最具實質代表的人物王弼，鑑於漢末以來，標榜名教所造成詐僞風氣，王弼以本體的高度「無」來救濟，「以無爲本」、「崇本舉末」、「貴無以全有」，以提醒生命不墮落，他將「言意之辨」提昇爲魏晉玄學的新方法與新工具，超越言、象直契本體的「無」，「無」即道，也就是意，會意就必須忘言象，王弼不但清談談座上，享有高譽，而且長於著述，他是實際的運用言意之辨的方法，來建構玄學體系的第一人，王弼不僅將此方法用以解《易》、解《老》、解《論語》、並且擴充到各種經典解釋的普遍方法，

　　京：中華書局，1992年6月。
〔註14〕參見《三國志‧卷十四‧魏書‧鍾會傳》，注引何劭〈王弼傳〉，頁795，北京：中華書局，1992年6月。

此後，魏晉重要玄學家大多涉及言意之辨的方法與談辨的話題，從而形成魏晉玄風重視玄遠、不拘事實材料的新風潮，進而成為判定個人立身處世，言行舉止是否符合名士風流的標準，以下先就正始時期的兩位重要代表何晏與王弼的言意內容進行探討。

一、何晏之「言不盡意」

何晏（207～249）字平叔，何進之孫，為正始時期玄學的重要代表人物，他是曹操的養子，受曹操寵愛，見寵如公子，據《三國志·卷九·魏書·曹爽傳》注引《魏略》云：「每挾將游觀，命與諸子長幼相次。」又據《太平御覽》卷三百九十三·引〈何晏別傳〉稱：魏文帝因何晏服色常擬於諸王，不喜歡何晏，曾稱其為「假子」，可見魏文帝對何晏的不滿與排擠；明帝朝時，對浮華之士一度加以抑制，何晏、丁謐、鄧颺這些浮華之士，都在禁錮的行列中，何晏等人依然不能受朝廷多大重用；直至魏廢帝曹芳即位後，曹爽執政時，引用何晏代替盧毓為吏部尚書，成為權力核心的成員，並使其負責全國選舉制度事務，正始十年，高平陵政變事件中被司馬氏所殺，由於何晏著作多數亡佚，在老學著作方面，如〈無名論〉部分文字，保留《列子·張湛注》中，另外有〈道論〉、〈無為論〉；在論語學著作方面，有《論語集解》；易學方面，則未見有著作留傳下來；下面即就上述著作有關資料，加以探究。

何晏言意觀可以從〈無名論〉中表現推求出來，〈無名論〉收錄於《列子·張湛注》中，引述如下：

> 為民所譽，則有名者也，無譽，無名者也；若夫聖人，名無名，譽無譽，謂無名為道，無譽為大，則夫無名者，可以言有名矣，無譽者，可以言有譽，然與夫可譽可名者，豈同用哉？

> 此比於無所有，故皆有所有矣，而於有所有之中，當與無所有相從，而與有所有不同，同類無遠而不相應，異類無近不相違；譬如陰中之陽，陽中之陰；各以物類，自相求從，夏日為陽，而夕夜遠與冬日共為陰；冬日為陰，而朝晝遠與夏日同為陽；皆異於近而同於遠也，詳此異同，而後無名之論可知矣。」

> 凡所以至此者何哉？夫道者惟無所有也，自天地以來，皆有所有矣，然猶謂之道者，以其能復用有所有也，故雖處有名之域，而沒其無名之象，猶以在陽之遠體，而忘其有陰之遠類。

夏侯玄曰：天地以自然運，聖人以自然用，自然者，道也，道本無
名，故老氏曰：強爲之名，仲尼稱堯蕩蕩無能名焉；下云：巍巍成
功，則強爲之名，取世所知而名稱耳，豈有名而更當名無能名焉者
邪？夫唯無名，故可得遍以天下之名而名之，然豈其名也哉？惟是
喻而終莫悟，是觀泰山崇崛而謂元氣不浩茫者也。

何晏爲正始時期玄學思想的原創者之一，這篇〈無名論〉是他早期對玄學本
體論的表述；他借用了許多的辭彙術語如「無所有」、「道」、「大」、「無名」、
「無譽」、「自然」等等來表述那個思想中體會到的本體，類似一種完全是「言
不盡意」的表達方式，將本體說成「無所有」，無法命名，即無法言說，則
所有言說，都不是道的道；這是以「言不盡意」來表述不能表達道的方式；
何晏借「無所有」與「有所有」來說明本體的道與萬物之間的關係，據王曉
毅先生的研究，他提出一種說法此即「無所有」一辭來源於漢、魏時翻譯佛
經〔註15〕，並指出何晏「貴無論玄學」是受佛學影響的產物；何晏以「無所
有」稱本體的道，可以看出何晏早期貴無論的雛型；其後在王弼玄學理論以
無爲本的本體論更圓融說法的影響下，何晏本體論思想才趨於成熟，可見後
期的何晏受王弼「以無爲本」思想影響，才以「無」取代早期「無所有」。

　　另外，何晏的「言不盡意」還表現在不同的著作中，如《論語集解》，《論
語集解》是否有玄學思想，後代學者看法頗分歧，以爲不帶玄思，事實上不
然；何晏注解《論語》時也注意到這一問題，何晏說：「知者，知意之知也，
知者，言未必盡，今我之誠盡。」《論語集解・子罕》〔註16〕其意是說知是知
意，而意不必然爲言所能盡的。這已開啓「言不盡意」的看法。何晏論及天
道性命時，即以「言不盡意」方法指出人性的來源，在《論語集解・公冶長》
篇下注云：

性、人之所受以生也，天道者，元亨日新之道，深微，故不可得而
聞也〔註17〕。

　　何晏在這裏直接的指出「性、人之所受以生也」，不明說人性受何而生；
可見其有意在簡化漢儒陰陽氣化說性復雜說法，這是玄學化煩爲簡的理論趨
向，以好老莊的何晏來說，人性的本原應即是天道即是自然，因「道」無名

〔註15〕參見王曉毅，〈佛教與何晏玄學關係之探討〉，《中華佛學學報》第六期，1993
　　　　年07月。
〔註16〕《論語注疏》，頁78，《十三經注疏》，藝文印書館，1982年8月。
〔註17〕《論語注疏》，頁43。

無譽，如《論語集解‧述而》「志於道」條下所云：「志慕也，道不可體，但故志之而已」，對於道，何晏以為只能志慕，無法體現，即不能以語言說出，此外，何晏以「言不盡意」說法試圖將儒道加以調和，在何晏所著〈無名論〉中，則以夏侯玄「自然」解釋這個道，所謂「自然者，道也。」（《列子‧張湛注》引），這是以自然詮解人性根源論說法，與告子、荀子說法一致，異於孔孟道德人性；何晏進一步將儒家視為道德人性內容的仁、孝悌等名教之義納入道家自然無為的道的體系中，為調和自然與名教的衝突作出努力，初步建立起名教出於自然的哲學命題，顯明之例，又如《論語集解‧雍也》「仁者樂山」條下，何晏解釋仁時就云：「仁者，樂如山之安固，自然不動，而萬物生焉。」將仁與「自然不動」聯繫起來，「自然寂靜」原是道家對宇宙本體論的說法，如老莊「致虛極，守靜篤」為復本體道的思路，以「仁」為自然不動的道體，是萬物生化的本原，儒、道在此產生了溝通。又如〈學而〉篇「孝悌也者，其為仁之本」條下，何晏解云：「先能事父兄，然後仁道可大成。」以道稱仁，又如〈學而〉篇「本立而道生」條，解云「本，基也，基立而後可大成。」以道為本，涵攝仁與孝悌等人性內容，可見何晏以仁、孝悌等同自然無為的道，將儒家的名教融入道家自然之義中，「以無為本」就是玄學融合儒道，調和兩者衝突的義理命題。

魏晉之際，儒、道的衝突，使人無所適從，故首要之務是如何解決儒、道衝突問題？何晏面對時代思潮的課題，初步建立起玄學「貴無」思想，以會通儒、道，作為解決儒、道衝突的問題，由於好老莊之學，因此將「言不盡意」運用在對人性論的看法上，並接受道家「性靜情動說」的影響，何晏人性論看法上，提出「性靜情動」與「性善情惡」的主張，跟他初步建立起來的「貴無」玄學思想聯繫起來，何晏另一著名的玄學論題就是「聖人無情」論，「聖人無情」論，本於漢儒論人性主「性善情惡」之說而來，因聖人全善，故無情；就儒學之義而言，即以禮制情，使情不流於佚蕩，這是本於「中和」之義，即《中庸》所云：「喜怒哀樂之未發，謂之中，發而皆中節謂之和。」從「未發」層面來立論，故說「聖人無情」，不合於孔子對待顏回之歿時「得之不能無樂，失之不能無哀」的表現；從道家之義來看，無情不是沒有情感，無情是宇宙大情，超越世俗之情，「聖人無情」是直接表現道家自然本體的境界，何晏借此「聖人無情」論，以會通儒、道，作為解決儒、道衝突的問題。可惜何晏「聖人無情」論將聖人孤懸於本體形上世界，未建立起形下、形上

溝通管道，聖人與凡人之情感無法交流以致割裂開來分為兩截，這是何晏聖人無情論理論不足之處，彌補這缺陷則有王弼的聖人有情論。

二、王弼及其「忘言忘象得意論」

「忘言忘象得意論」並不足以概括王言意論主張，原因在於王弼言象意主張，頗為全面而圓融；因其既主存象存言、又主忘象忘言，言象與意，有著不即不離之關係，意既不即言象，意又不離言象，此種主張與其《老子注》「貴無全有」「崇本舉末」的思想若合符節。

（一）王弼及其時代課題

學術思想的表現，恆受個人氣質及所處時代環境等所制約決定；當然，王弼玄學思想的產生與特點，也並不例外，故探討王弼言意理論之前，對王弼生平傳略及其面臨的時代課題稍加考察，則有其必要。

王弼（226～249），生年只有二十四歲，以青年哲學家的身分活躍在魏晉學術思想的歷史舞臺上，為正始玄學貴無理論完成者，卻在日後中國學術思想上佔有著極其崇高的地位，他的才情與智慧早熟、清談論辯的機鋒、理論新穎，令人稱賞，如何晏，當時為吏部尚書，甚奇弼，歎之曰：「仲尼稱後生可畏，若斯人者，可以言天人之際乎！」〔註18〕認為可以同他談論宇宙人生間的最高學問，他的英年早逝，又令人婉惜，如司馬景王（師）聞之，嗟歎者累日，其為高識所惜如此〔註19〕；有關王弼傳略，陳壽《三國志》將他的傳附於〈鍾會傳〉後，以簡略的話介紹說：「初會（鍾會）弱冠，與山陽王弼並知名，弼好論儒道，辭才逸辯，注《易》及《老子》，為尚書郎，年二十餘卒。」短短數語，並不能窺知全貌，欲較全面了解王弼生平，還須參考《三國志》裴松之注所引何劭的《王弼傳》，與《世說新語‧文學篇》有關王弼的言行思想記錄；茲綜合上述資料，將王弼生平略述於下：

王弼，字輔嗣，山陽高平人，生於魏文帝黃初七年，卒於魏廢帝曹芳正始十年（226～249），年二十四，幼而察慧，未弱冠，即為當時清談界的名流何晏、裴徽所稱引；王弼好論儒、道，辭才逸辨，有《老子注》、《周易注》，父王業，為王粲嗣子，東漢末年，天下大亂，王粲與族兄王凱避居荊州，依荊州牧劉表，劉表曾受易於粲祖王暢；王暢與劉表皆東漢易學名家；劉表以

〔註18〕參見《三國志‧魏書》，卷二十八，頁795，北京：中華書局，1992年6月。
〔註19〕參見《三國志‧魏書》，卷二十八，頁796，北京：中華書局，1992年6月。

女妻王凱，生子業，業爲劉表外孫；劉表卒，王粲勸劉表之子劉琮降服曹操；王粲有二子，後來因參與魏諷謀反案，爲曹丕所殺；後曹操以王業嗣粲，王弼即爲王業次子，爲王粲之孫。

由此看來，王弼，他的年紀輕，卻是思想早熟，有夙慧之稱，成爲正始時期，天才型的青年玄學家，能得到當時思想界名流何晏、裴徽的稱賞接引等等，就不難理解了，這實與王弼從小所受文化刺激與家學淵源有關〔註20〕。

王弼所處的時代，正始時期，所面臨的難題是，儒道衝突與如何調合問題，這問題深深困擾的當時的學術界，儒家基本上沒涉及無的內容，而無的內容，卻見於道家著作中，居道家思想核心地位，面對的是儒、道思想衝突的難題，如何從理論上來加以調合，當時何晏初步建立貴無思想，試圖加以解決，但未能使理論貫通圓融，以致無能爲力，也造成當時思想界的困惑；當時思想界的名士裴徽就對此一問題提出來向王弼請教，裴徽云：

> 夫無者，誠萬物之所資也，然聖人莫肯致言，而老子申之無已者何？
> 〔註21〕

王弼則以高度的悟力，適時能夠針對這一問題從理論方面提出圓滿解答，王弼的回答是：

> 聖人體無，無又不可以訓，故不說也，老子是有者也，故恆言無所
> 不足〔註22〕。

所謂「體無」並非是將無看成一認識對象來認識，而是從身體力行，從具體行事中來體現無；故此體無含有「貴無全有」之意，與王弼《老子注》「崇本舉末」同趣；由於王弼的巧妙回答，化解了當時學術思想上時人的疑惑，在儒、道融合前提下，既保住了孔子在當時人心目中聖人的地位，又提高老子的學說的影響力，這很能表現王弼的巧妙玄思，開起玄學玄理無上的法門。

（二）王弼玄學貴無本體論之完成與言意方法之提出

玄學貴無理論建立過程，是經過多人的參與努力的成果，這些人中包括夏侯玄、何晏、裴徽、鍾會、荀融、傅嘏、李豐、王廣等人都曾經致力過，

〔註20〕參見拙著〈儒學玄學化——王弼易學試探〉，《問學》第四期，頁87，2002年3月。

〔註21〕參見《三國志‧魏書》卷二十八，頁795，北京：中華書局，1992年6月11刷。

〔註22〕參見《三國志‧魏書》卷二十八，頁795，北京：中華書局，1992年6月11刷。

而最後不能不以何晏、王弼為正始玄學的代表，特別是以王弼最為首出，這是無疑的。原因就在王弼通過注解《老》、《易》完成「以無為本」貴無思想的本體論理論建設，而且將以「無」為本的原則運用到解《易》、解《論語》等經典問題上面，還普遍地運用到自然宇宙與具體人生社會等問題的解決上，如《南齊書‧張緒傳》中云：「張緒長於周易，言精理奧，見宗一時，常云：何平叔所不解易中七事，諸卦中所有時義，是其一也。」〔註23〕所謂「時義」就是卦義，「時義」的問題在〈易傳〉的〈象傳〉及〈象傳〉中有所說明，何晏不可能不知，何晏對時義的不解之處，應該是不知道如何運用「以無為本」的原則方法來解釋《周易》的卦義的問題上面，而這問題，王弼作到了，這是何以何晏神伏於王弼，說出「若斯人，可與論天人之際！」的原因，何晏神伏於王弼，不在於王弼說出：「凡有皆始於無，故未形無名之時，則為萬物之始。」〔註24〕《道德經‧第一章》，及「天下之物，皆以有為生。有之所始，以無為本。將欲全有，必反於無也。」〔註25〕《道德經‧四十章》，何晏也提出「有之為有，恃無以生，事而為事，由無以成」的說法，何晏本身思想上已確立以無為本的方向，但如何落實並具體的運用，何晏沒有作到，而王弼能運用此原則方法在具體的事例上，完成以無為本的理論建樹，這是王弼的「崇本舉末」或「崇本息末」與「守母存子」的方法原則，理論體系的建立與完善，離不開新方法的運用，方法的使用，可以多種，但必須並行不悖、相融相攝而不相衝突，並且有一個具有主導的方法來完善理論體系的內容，考察王弼貴無思想本體論的建立所使用的方法，除有辨名析理方法外，還有言意之辨的方法，又有本末、一多、守母存子等即體即用的方法，這些方法並不排斥而可相輔相成，其中「言意之辨」方法，被學者視為王弼玄學思想的具有主導意義的新的方法，如湯用彤先生《魏晉玄學論稿》中有論〈言意之辨〉一篇，及湯一介先生在《郭象與魏晉玄學（增訂本）》一書中，都極力的強調「言意之辨」乃為魏晉玄學的新的特殊的方法。

　　魏晉之間言意之辨興起於漢末名理學的人物品鑑相關，主要以「言不盡意論」在學術思想界成為流行主流，這在於漢魏之際人物鑑識的發展已經從外表形貌的掌握趨於內在神情的鑑識，由於重神鑑而輕外形，外形容易察知，神明則不容易鑑識；難以言傳，只有採取「言不盡意論」的方法，來說明難

〔註23〕蕭子顯撰，《南齊書　卷三十三》，頁598，北京：中華書局，1992年7月5版。
〔註24〕參見樓宇烈，《王弼集校釋》，頁1。
〔註25〕參見樓宇烈，《王弼集校釋》，頁110。

以言傳的神鑑，這種超乎語言文字之外，直接契入神妙性情的體悟；性情微妙，只能意會，不能言傳；形成魏晉之際思想界的共識，故流行於漢魏之際的人物品鑑及才性四本論都引「言不盡意論」爲談證；然「言不盡意論」的偏頗，在於既然言不能盡意，則語言文字形同廢物，必然導致廢棄語言文字後果，語言文字廢棄後，經書典籍視爲糠粃，如荀粲「六籍爲聖人糠粃說」就是顯例，如此人類的經驗、智慧無法傳達，思想文化的慧根性命也隨之斷送，由此看來，荀粲的主張只屬於革命性的破壞，欠缺理論方面建設；所以玄學新思想的建立功勞在於王弼而不在荀粲。

　　言、意理論得到全面的論證完成，與普遍的運用於指導具體的人事行爲上，直到了正始時期王弼的出現，才算完成，王弼立足於宇宙本體的高度，來展開對易經意、象、言三者之間關係的全面的理論分析與建構，其思維模式著眼相應於無有、本末、母子、體用一致等的關係，王弼劃分意、象、言三者的關係，意爲形上的本體世界，凸出象作爲意言間的中介橋樑，象、言爲有形、有物的形下名言世界，王弼體悟的意就是道、就是無、就是一、就是本、就是母等宇宙的最高本體，它無形、無象、無名，無狀，卻是眞實存有，是萬物存在所以可能的依據、根源；本體的道自身又必須顯現爲現象，現象上溯即爲道，現象著形於下即爲形物，形物有千變萬化，不同事物有不同形狀，通過名言對物形作出限定，有名則有定形；因道無形無名，必須呈顯於現象事物，否則無形無狀的道，則無法爲人所認識，人如何通過言、象、進而認識、體悟道，這就是王弼言意之辨「忘象忘言得意」的方法，王弼強調沒有言、象，就不能得意，言、象不能先行拋棄，但言、象又不同於意，故不可執言象以爲意，指出經由尋言尋象出發，經過存言存象、得到意後，必須忘言忘象的過程、就可以到達體悟到本體的道，所以「言意之辨」是王弼提出的一種玄學理論高度的窮理盡性的新方法；從而將本、末，有、無與母、子可能導致重本輕末的理論弊病〔註26〕，納歸爲即體即用的體用論，完成玄學貴無本體論的理論建樹；因此，可以說王弼的玄學本體理論建構成功，在於他找到言意之辨的新方法、並且將此新方法，「實際有效地運用於解經，建立學理，以及運用於解釋自然宇宙社會人生，推而廣之，影響所及，人們

〔註26〕　其弊病如王弼所指陳者：「本在無爲，母在無名，棄本捨母適其子，功雖大焉，必在不濟，名雖美焉，僞亦必生。」漢末以來提倡名教導致東漢政權的崩解，造成矯飾詐僞的社會風氣的瀰漫，針對此弊，王弼在《老子注》中提出針砭，以爲必須從病根上解決。

用以作爲指導爲人處世的指導原則，以及指導藝術創作的原則，其對後世的影響可以說是巨大而難以估量的」。

王弼以言意之辨的方法，得以順利引入道家學說，從而建構完成本體論思想，眞正作到了融通儒、道兩家的思想，使玄學既不同於孔子儒學又相異於老子的道學；王弼的成功在於他突破前人片面觀點，比較全面解決言、象、意衝突矛盾，他結合《周易》的「書不盡言，言不盡意，立象以盡意，設卦以盡情僞」的說法，與莊子的得魚忘筌，得兔忘蹄的「得意忘言」的說法，將前人「言盡意論」，「言不盡意論」，加以綜合貫通，作出概括，從而建構成較全面而完善的「忘言忘象得意論」的言意理論體系，並將此方法廣爲運用。

前人評論王弼易學成就，著眼在掃象之功，如《四庫全書總目提要》的作者，開後代易學義理派，其實，就王弼所論的意、象、言關係呈現體用關係來看，體不離用，用不離體，掃象不是其眞正的致力所在，不拘於一固定的象，尋找更適當的傳達意的象以表意，才更適合王弼論易的旨趣，依王弼本體論高度來看問題，體不離用，用不離體，即體即用，象、數是用、而義理爲體，則象數是其新學融合的對象，王弼言、意理論其價值意義，表現在新學本體論的建立，以及對道的體悟如何傳達找到表達交流的方式等，會通儒道的思想的衝突、並對後來佛、玄交融提供了有效的方法。

（三）王弼〈老子注〉中貴無論之建立；對於名號與稱謂之劃分

王弼先注《老子》，後注《易經》，貴無本體論的理論起於《老子注》，成熟於〈周易注〉；王弼注解《老子》，首先運用形名學方法，王弼將老莊的「道」明確規定爲「無」：

> 夫物之所以生，功之所以成，必生乎無形，由乎無名，無形無名者，萬物之宗也，不溫不涼，不宮不商，聽之不可得而聞，視之不可得而彰，體之不可得而知，味之不可得而嘗，故其爲物也則混成，爲象也則無形，爲音也則希聲，爲味也則無呈，故能爲品物之宗主，苞通天地，靡使不經也。（《老子指略》）〔註27〕

從道來看，因爲作爲萬物宗主的「道」是「無」，它無形、無名，所以不可以言說，因爲有言說，就有限定；有限定，就有不足；有不足，就不是眞；不眞，就不能成爲萬物之宗主。

> 名之不能當，稱之不能既，名必有所分，稱必有所由。有分則有不

〔註27〕參見《王弼集校釋》，頁 195。

兼，有由則有不盡，不兼則大殊其眞，不盡則不可以名。此可演而
明也。……然則言之者失其常，名之者離其眞，爲之者則敗其性，
執之者則失期其常，是以聖人不以言爲主，則不違其常，不以名爲
常，則不離其眞。(《老子指略》) 〔註28〕

概念、名稱，一般只表示某種劃分的態度或某種特殊的角度，所以不能反映
事物的全體和本質，故云：「有分則有不兼，有由則有不盡」；但這「得不出
言之者，失其常，名之者，離其眞」〔註29〕的結論，王弼之意以爲執著語言，
就會失去對事物本常的認識，執著概念，反而離開事實的眞實，其實作爲個
別概念而言，也許不能反映出事物的整體，不能窮盡事物的一切，但語言或
概念的整個體系，應能把握住事物本常或眞實，從語言來看，語言不具有獨
立存在之價值，語言只是爲了方便認識「道」，勉強使用的東西。

有物混成……可以爲天下母，吾不知其名，強字之曰道，強爲之名
曰大。」(〈二十五章〉)

與道比起來語言、形、名皆爲次要，因爲語言的目的在於意，而不在語言自
身；擅長形名學的王弼，不論是注老或注易，都能在煩亂的事、象中找到統
系，找出方法，何劭〈王弼傳〉稱賞王弼云：「弼注老子，爲之指略，致有理
統」〔註30〕《老子旨略》是《老子注》的方法歸納，「致有理統」，是對王弼
注老之書，能夠找尋出條理與方法的贊賞之言，王弼深受易、老思辨思想的
影響及其受名學辨名析理的訓練有關，但他不停留在這一層次，而是追求超
越言象，以直覺智悟超越言、象達到的那形上本體的目標繼續前進；「著道略
論，注易，往往有高麗言。〔註31〕」。

　　王弼以智悟契入老子，注解《老子》，對老子義理能有恰當的理解，《老
子》一書中首章，將道分爲可道之道與不可道之道二層次；認爲眞正的道是
不可名的；王弼也借著注解《老子》的同時，吸收《老子》一書思辨的能力
的特長；王弼〈老子注〉則將《老子》一書中的語言作一區分，劃分爲三層
次：即名號，稱謂，及無稱、自然的三層次；王弼在〈老子微旨‧例略〉中
云：

〔註28〕參見《王弼集校釋》，頁196。
〔註29〕參見《王弼集校釋》，頁139。
〔註30〕參見《三國志‧魏書》卷二十八，頁796，北京：中華書局，1992年6月。
〔註31〕參見《三國志‧魏書》卷二十八，頁796，北京：中華書局，1992年6月。

> 名也者，定彼者也，稱也者，從謂者也，名生乎彼，稱出乎我，故
> 涉之乎無物而不由，則稱之曰道，求之乎無妙而不出，則謂之曰玄，
> 妙出乎玄，眾由乎道，故生之畜之，不壅不塞，通物之性，道之謂
> 也，生而不有，爲而不恃，長而不宰，有德而無主，玄之德也，玄
> 謂之深者也，道稱之大者也，名號生乎形狀，稱謂出乎涉求，名號
> 不虛生，稱謂不虛出，故名號則失其旨，稱謂則未盡其極，是以謂
> 之玄，則玄之又玄，稱道則域中有四大也。〔註32〕

引文中，王弼區分名號與稱謂的不同，「名生乎彼」，名號是客觀的，產生於
具體事物的形狀，出於人對客觀具體事物的限定，名號與客觀事物相對應；「稱
出乎我」，稱謂是人主觀的涉求，稱謂是對非具體事物的指涉；但稱謂設立不
是任意的，而是有所由、有所依的；名號對應於具體的事物，稱謂指涉的不
是具體物；兩者有區別；但不論是名號、還是稱謂；兩者都未達到「旨」與
「極」，「故名號則失其旨」「稱謂則未盡其極。」對於形上本體的表述，任何
的稱謂都有限定性，王弼進一步舉例說明：

> 夫道也者，取乎萬物之所由也；玄也者，取乎幽冥之所出也；深也
> 者，取乎探賾而不可究也；大也者，取乎彌綸而不可極也；遠也者，
> 取乎綿邈而不可及也；微也者，取乎幽微而不可覩也；然則道、玄、
> 深、大、遠之言，各有其義，未盡其極者也；然彌綸無極，不可名
> 細，微妙無形，不可名大，是篇云：字之曰道，謂之曰玄，而不名
> 也。然則言之者，失其常。名之者，離其眞。爲之者，敗其性，執
> 之者，失其原矣。是以聖人不以言爲主，則不違其常，不以言爲常，
> 則不離其眞。不以爲爲事，則不敗其性。不以執爲制，則不失其原
> 矣。然則老子之文欲辯而誥者，則失其旨也，欲名而責者，則違其
> 義也〔註33〕。

對形上本體的種種稱謂，都是有所由，有所取的；如「道」爲萬有據以存在
的規律；「玄」神祕奧妙不可知，「深」深不可測，「遠」空間的長遠，「大」
廣大無盡「微」精微等，都表現一方面的特性，各有其義，未盡其極，仍都
是，有限定相；還不是眞正的「極」，從「言不盡意」的角度看，所有對本體
的指涉，都是「言不盡意」的。

〔註32〕《老子指略》，《王弼集校釋》，頁197～198。
〔註33〕《老子指略》，《王弼集校釋》，頁196。

王弼的第三種「無稱之極」如何施立？此即「玄之又玄」、即「域」、即「自然」、即「無」；王弼〈老子注〉云：

> 而言謂之玄者，取於不可得而謂之然也，不可得而謂之然，則不可
> 定乎一玄而已。若定乎一玄，則是名失之遠矣。故曰「玄之又玄」
> 也。（《老子·第一章》王弼注）

凡是稱謂都有定相，只有不斷的蕩相、遣執，才能朗現無限的自身本體，「玄」作為稱謂，容易使人執著於幽冥之相，從而認定無限只有此一面相，這就是死於稱謂而忘了無限的本源，所以進一步言「玄之又玄」，意謂要人不可執著於玄。

這就如同以「道」稱謂本體一樣，然則「道」為稱中之大也，不若「無稱」之大也，無稱不可得而名，故曰「域」也，道、天、地、王，皆是無稱之內，故曰域中有四大者也。

如同「玄」一樣，道是可稱謂中最大者，為了描述無限，必須施設一個稱謂，以道來稱謂這無限，此即「字之曰道」，道雖為可稱謂之大者，但並不是無限之本身，王弼進一步指出域中有四大，道、天、地、王，則道大並不是極大，而只是稱謂的大而已，故「無稱」只能是域，而域，就是自然，就是無。所以王弼又說：

> 自然者，無稱之言，窮極之辭。（《老子·二十五章》王弼注）

對於無限，人所施立的最後語言就是自然，而自然就是無，王弼以辨名析理的方法將語言三分為名號、稱謂、與無稱之辭，對《老子》進行注解，其最大的貢獻凸顯自然即無，在稱謂之中極限。

王弼也以同樣辨析形名的方法來注解《易經》，找出統系，他在《易經注》中，將《易經》內容分成言、象、意三分，言即老子注中名號層次，可以說是名、實的關係，象屬於《老子注》中「稱謂」層次，意在《老子注》中屬於「無稱」的道的層次；本文將在下節中就言意之辨言象意三者的關係進行探討。

綜上所述，王弼通過對於老子語言的劃分，使人對於強為之名、字之曰等有深一層認識，而名號、稱謂之區分，正好指示一條通向體悟不可言說道的途徑。

（四）王弼《周易·明象篇》與《周易注》之忘言忘象得意論

王弼遠汲取先秦諸子言意理論的精華，特別是《老》、《莊》、《周易》言

意理論,「得意忘言」、「立象以盡意」,近則有取玄學家「言不盡意」觀,綜合而創造了言、意、象三者關係的完整理論表述,將言意理論提昇到本體論的高度加以論述,建立起自己完整的玄學本體論的體系,王弼的言意象理論具體的表現在《周易略例·明象篇》中,茲將原文錄於下:

> 夫象者,出意者也。言者,明象者也。盡意莫若象,盡象莫若言。言生於象,故可尋言以觀象。象生於意,故可尋象以觀意。意以象盡,象以言著。

> 故言者所以明象,得象而忘言。象者所以存意,得意而忘象。猶蹄者所以在兔,得兔而忘蹄;筌者所以在魚,得魚而人之忘筌也。然則言者象之蹄也,象者意之筌也。

> 是故存言者,非得象者也,存象者,非得意者也,象生於意而存象焉,則所存者乃非其象也,非其言也。言生於象而存言焉,則所存者乃非其言也,非其言也。

> 然則忘象者,乃得意者也。忘言者,乃得象者也。得意在忘象,得象在忘言。故立象以盡意,而象可忘也,重畫以盡情,而畫可忘也。是故觸類可以爲象,合義可以爲其徵,義苟在健,何必馬乎?類苟在順,何必牛乎?爻苟合順,何必乾乃爲牛?義苟應健,何必乾乃爲馬?而或者定馬於乾,案文責卦,有馬無乾,則僞說滋漫,難可紀矣,互體不足,遂及卦變變又不足,推致五行,一失其原,巧愈彌甚,從復或值,而義无所取,蓋存象忘意之由也,忘象以求其意,義斯見矣。〔註34〕

王弼認爲《周易》首要重點就在義理的掌握上,言、象只是指向義理的工具,但工具論是一種錯誤的類比,得魚可以忘筌,得兔可以忘蹄,但得意卻無法忘象,得象無法忘言,語言對於思想來說,並不只是一種工具,語言本身就是思想的一種形式,語言與思想關係密切,不能只是工具,義理的目的未達到,作爲手段工具的言象不可廢,但絕不可誤以手段爲目的,以工具爲對象,拘執於言象,他有鑑於漢儒解易,拘守象、數,隨意引申,牽強附會,造成周易義理的支離煩瑣,橫生枝節,破壞了人們對《周易》整體思維本眞的理解;王弼則試圖還《周易》整體言象意的本眞,因此撰《周易注》及《周易

〔註34〕參見《周易略例·明象》,《王弼集校釋》,頁609。

略例》，王弼很能針對漢儒解經之弊提出有力的批評，《周易略例·明象》云：

> 案文責卦，有馬無乾，則偽說滋漫，難可紀矣；互體不足，遂及卦
> 變，變又不足，推至五行，一失其原，巧愈彌甚，從復或值，而義
> 无所取。〔註35〕

深刻指出漢儒解經之弊在於過度執守卦象，如乾為馬、坤為牛，卻不知要領
悟卦象背後隱藏的剛健之道或柔順之道的根本義理，因此象數的牽強、附會
就愈演愈烈，煩瑣至極，不得要領；加上互體、卦變、五行等等解經方法，
造成了偽說滋漫，巧愈彌甚，對於《周易》本義不能做作根本的把握，為了
一舉廓清漢儒象數之弊，王弼作出反對漢人一味的「存象忘意」偏差的宣示，
提出「忘言忘象的意論」主張，影響所及，《周易》象數派趨沒落，玄學義理
派成為魏晉南北朝以後學術思想的主流。

（五）王弼言意之辨之實質——是言不盡意論與言盡意論之結合

　　言意之爭的論辨在王弼之前主要流行命題為言不盡意論，其淵源一般學
者都追溯到《易·繫詞傳》與《莊子》，其實最早的源頭還可往上追溯到老子
的無名論，而老子的無名論又與老子的道相關連，老子以為道是無形無名的，
又是創生萬物的根源，不能用名言概念來說明或表述。

　　王弼在注解《老子》時，就認為道無形無名，因此不能以名言表述。無
形無名即是無，而萬物有形有名，即是有，道與萬物的關係，就是無與有的
關係，王弼所說的無，並不是空無一物之義，而是指混而未分的存在；而這
渾而無形的存在，是名之不能當，稱之不能既，言之者失其常，名之者離其
真；道雖渾而無形，但是萬物由之以成。這是王弼對老子道的體會，連係著
道，王弼論及言意關係時，言指名言，概念，意則指向道，即那個無形無名
而內涵又極豐富的存在。

　　王弼如何進一步論證「言不盡意」？這在《老子指略》裡有所體現，他
說：「名必有所分，稱必有所由，有分則不兼，有由則有不盡。」這從名實的
角度來看，他認為概念、名稱只從某方面反映事物，單單一個名稱概念，不
能反映出事物的一切全部，因此「言不盡意」。

　　接著他又論證了「言、象如何盡意」，這種觀點表現在他的《周易略例·
明象》篇中，以下將這段話可析分為四層次來看：

〔註35〕同注34。

其一，象能盡意，言能盡象：王弼與前人不同，在於他先行肯定象能盡意，言能盡象，不先行拋棄言象。「盡意莫若象，盡象莫若言。言生於象，故可尋言以觀象。象生於意，故可尋象以觀意。」

其二，言之作用在明象，得象可以忘言，象之作用在於存意，得意可以忘象。反以不忘言則不能明象，不忘象則不能得意。

其三，意不能脫離言、象。無言象則無從了解意，無言不能了解象，無象不能了解意，意不能以一固定之象代表，象也不是以一固定之言代表。

其四，固定之象與言，為有限，有限即有不足，因而王弼的結論，應該就是「言不盡意」，王弼提出「得意忘象，得象忘言」，並不是不要言象，以言象為基礎，而是通過有限的言象，去體悟無限的意。

由上面分析可以看出，在言意之辨論題中，王弼思想比荀粲深刻的地方，在於他沒有先行的拋棄言、象，而是肯定言、象的中介作用，作為一種工具是絕對必要的，但他認為意超越言、象，但又內在言、象之中。

西晉時期，《周易》官方注釋為王肅注，不是王弼注，故王弼注影響力，並不大。王弼影響力到東晉中期後才開始，王弼影響到東晉中期的韓康伯，康伯為殷浩外甥，所注《易傳》，附於王弼所注《易經》後，在《周易‧繫詞傳》韓注說：

> 夫非忘象者，則無以制象，非遺數者，無以極數。

這與王弼的「忘言忘象得意論」的觀點一致，當時經注的影響，超過個人的論著，韓康伯的出現，使王弼注趨於完整，因而有得立學官的可能，王弼《周易略例》的忘象論，因有韓注出現，而得以光大，成為東晉以後，廣泛流行的思想〔註36〕。

（六）言意理論成熟之體現——王弼之大衍論

王弼本體論思想成熟於〈大衍論〉，〈老子注〉體用思想理論表述不能稱得上圓融，導致有崇本息末，重本輕末之傾向，王弼體用論表述的較成熟圓融之處就在〈大衍義〉中。

〈大衍論〉本文，不見王弼本人著述中，顯然亡佚了，後來由東晉韓康伯加以引用，收錄在韓康伯的補注中而被保留下來，大陸學者樓宇烈先生校釋《王弼集》時，收錄在《周易注》後面，茲據樓宇烈先生《王弼集校釋》引述於下：

〔註36〕參見，《玄學通論》，頁252，王葆玹著，五南圖書出版公司印行。

> 王弼曰：演天地之數，所賴者五十也，其用四十有九，則其一不用
> 也，不用而用以之通，非數而數以之成，斯易之太極也，四十又九，
> 數之極也，夫無不可無明，必因於有，故常於有物之極，而必明其
> 所由之宗也。

一與四十九的關係，就是本體與現象的關係，太極即道即無，屬本體；四十
有九代表紛雜的現象世界，屬有；在體用關係上，用不離體，體發為用，即
體即用；即用即體。「夫無不可以無明，必因於有，故常於有物之極，而必明其
所由之宗也。」無不可以用無來說明，必須借有來說明；所以只有在物的極
處，來說明那萬物的本體。

此段文字之所以重要，在於這是王弼貴無本體思想成熟理論的表現，《老子
注》雖也在說本體論，但由於無有、本末、母子、一多的對舉，不免使人生出
有貴無賤有、重本輕末、取母捨子、等等的誤解，〈大衍論〉的說法，可以彌補
王弼〈老子注〉與〈周易注〉以上的偏頗，使人了解王弼體用論的高度，貴無
理論的實質在於「貴無而不賤有」，無與有的關係呈現圓融的體用關係。

綜上所述可知為適應魏晉新時代新課題的須要，面對儒道衝突，聖人孔
子不談無，而老子卻說無，名教與自然如何調和的問題，不斷困擾當時思想
界，王弼建立玄學貴無思想，才算是有效的解決這些問題；玄學的本質重在
超越的智悟，不是重在邏輯推論上面，但並不是說，就沒有方法可言，關於
王弼建構的玄學思想，所運用的方法，據後人研究，可歸為三項，其一為辨
名析理說者，其二為本末體用說者，其三為得意忘言說者；而三種方法並不
互相排斥，而是可以互相融通，在王弼玄學體系中各自發揮不一樣的作用，
一辨名析理，是王弼的思維方式；二本末體用說，為王解釋本質與現象兩者
關係的哲學思路；三得意忘言說，則為王解釋經典的工具；這些方法，並不
都是王弼所獨有，而是魏晉玄學家所共享的方法，其中「得意忘言忘象」的
方法，正為王弼玄學方法上的具有主導意義的創發，針對時代與學術課題而
提出，正始時期，所面臨的問題是，儒家基本上沒涉及無的內容，而無的內
容，卻見於道家著作中，居道家思想核心地位，為了解決儒、道的衝突，王
弼成功的融合了〈易傳〉「書不盡言、言不盡意」、「立象以盡意」的理論說法，
並與莊子「得意忘言」理論，融為一爐，把幾個理論結合起來，構成了新的
玄學言意觀，開闢了新的自由解釋經典的新學風，既維護儒家的傳統的地位，
又將道家學說著作提升到與六經相同的地位，使其得以超越漢儒，進而開創

了以玄學思想注經的新時代的來臨〔註37〕。

王弼玄學特徵，理性思辨很強，言意之辨是玄學對於宇宙存在之本源進行理性思辨的方法，作為魏晉玄學的方法論，王弼「忘象忘言得意」論代表中國學術思想流變與思辨水準，前所未有的提高，這種方法，借用湯用彤先生說法，「論天道，則不拘於構成質料而直探宇宙本體的存在，論人事，則忘形骸而專期神理之妙用」，具體迹象形態可以道、可以言、有名，抽象本體不可道、不可言、無名，所以言意之辨成為了玄學重要的命題，由此建立起玄學的理論體系，王弼「忘象忘言得意」的新方法，開示學者悟道之門徑，從而使人領會其中的玄趣，以本體的無來提醒生命而不墮落世俗禮教的惡趣中；順利完成玄學「貴無」本體論的體系建設。

因此，學者論及此一理論之意義時，都持肯定之評論的態度，如湯用彤先生《魏晉玄學論稿》中，就說：「王弼首倡得意忘言，雖以解易，然實則無論天道、人事之任何方面，悉以之為權衡。」〔註38〕我們更應指出，王弼「忘象忘言得意」貴無思想的建立，使得其時代精神生命提昇到本體的高度意義在，而不墮落於虛偽而扭曲的名教中。

第四節　正始時期管輅之「妙象盡意論」

與何晏同時的為漢象術學者的管輅，在當時名士裴徽的舉薦下，至京師洛陽與何晏論《易》，得到何晏高度的讚揚，因受玄學義理派的影響下，對自己漢代的象術易學作修正，以迎合魏晉新時代的須要，在「言不盡意」前題下，主張「妙象盡意論」；管輅《易》學已能擺落對漢代象術學者拘執卦象的缺失，深化象數的義理性的發揮，可視為漢象術易在魏晉之新發展。

管輅字公明，平原人，陳壽將其載入《三國志・魏書・方技傳》〔註39〕中，管輅與安平趙孔曜交好，推薦給當時正始清談領袖之一的裴徽，裴徽時任冀州刺史，即檄召為文學從事，一相見，清論終日，不覺罷倦，天時大熱，移床在庭前樹下，乃至雞向晨，然後出，可見管輅具有堅強的清談實力。再

〔註37〕 參見，《儒釋道與魏晉玄學的形成》，頁 6，王曉毅撰，北京：中華書局，2003年 9 月 1 版。

〔註38〕 《魏晉玄學論稿・言意之辨》，頁 24，收入《魏晉思想》甲編五種，里仁書局，1984 年 1 月。

〔註39〕 見，《三國志・魏書・管輅傳》，頁 811～829，北京：中華書局，1992 年 6 月 11 刷。

相見，便轉爲鉅鹿從事。三見轉爲治中。四見轉爲別駕。至十月舉爲秀才，裴徽對管輅之賞識與拔擢的不遺餘力。輅辭裴使君，使君言丁（何）、鄧二尚書，有經國才略，於物理無不精也，何尚書神明精微，言皆巧妙，巧妙之志，殆破秋毫，君當愼之！自言不解易九事，必當以相問，比至洛，宜善精其理〔註40〕；正元三年卒，年四十八，裴松之載稱：

> 輅自說，云「本命在寅」，則建安十五年生也，至正始九年，應爲三
> 十九，而傳云，三十六，以正元三年卒，應爲四十七，傳云四十八，
> 皆爲不相應也。〔註41〕

引文中，有關管輅生卒年，裴松之加以辨明，以爲生於建安十五年，卒於正元三年，則管輅年確定爲四十七；管輅於正始九年，十二月二十八日爲何晏所請，共論易九事，九事皆明。何晏稱贊他說：「君論陰陽，此世無雙。」何晏推服於管輅有兩點，其一爲九事之一的時義問題，其二爲妙象盡義之問題。在未見何晏之前，管輅對何晏已有評論云：

> 何晏若巧妙，以攻難之才，游形之表，未入於神，夫入神者，當不
> 步天元，推陰陽，探玄虛，極幽明，然後覽道無窮，未暇細言，若
> 欲差次老、莊，而參爻、象，愛微辯而興浮辭藻，可謂射侯之巧，
> 非能破秋毫之妙也。〔註42〕

見面之後，應裴徽之問，而表達對其與何晏會面後觀感，他又有評論說：

> 輅曰：其才若盆瓮之水，所見者清，所不見者濁，神在廣博，志不
> 務學，弗能成才，欲以盆瓮之水，求一山之形，形不可得，則智由
> 此惑，故說老、莊則巧而多華，說易生義，則美而多偏，華則道浮，
> 偏則神虛，得上才則淺而流絕，得中才則游精而獨出，輅以爲少功
> 之才。〔註43〕

由上引文，可以見出何晏玄學的特點，何晏將老、莊置於爻象之上，而不管爻象，亦即棄爻象於不顧，管輅認爲何晏言雖微妙，卻是道理不明，表現出管輅對何晏以巧義說《易》的不滿；而管輅自己則每開變化之象，演吉凶之

〔註40〕 見，《三國志·魏書·管輅傳》，注引管辰著《管輅別傳》，頁819，北京：中華書局，1992年6月。

〔註41〕 見，《三國志》，頁828，北京：中華書局，1992年6月。

〔註42〕 見，《魏志·管輅傳》，注引管辰著《管輅別傳》，頁819，北京：中華書局。

〔註43〕 見，《魏志·管輅傳》，注引管辰著《管輅別傳》，頁819，北京：中華書局，1992年6月。

兆，未嘗不纖微委曲，盡其精神。

> 君往者爲王府君論怪云：老書佐阤，……爲見爻象？出君意乎？苟
> 非性與天道何由背爻象，而任胸心者乎〔註44〕

由此可見，管輅論《易》特點在任心胸而去發揮妙象，他的背爻象，不是棄
而不顧，而是要超越《周易》的經傳中的象，去發明妙象；足見正始九年，
他所折服於何晏者，正是妙象盡意，對微言盡意的勝利。

　　管輅主張的「象盡意論」，曾折服於何晏的「言不盡意、微言盡意論」，
後代許多學者將管輅歸爲漢代象術學派在魏晉之際的代表，平心而論，實際
的情況應該是管輅之易學，已經逐漸從漢代象術學派向義理學解《易》靠攏，
明顯的受正始何晏與王弼、義理學解《易》的時代風潮的影響，這可從〈管
輅別傳〉一段話推敲出，「（管）輅爲何晏所請，果共論易九事，九事皆明，
晏曰：「君論陰陽，此世無雙」。時鄧颺與晏共坐，颺言：「君見謂善易，而語
初不及易中詞義，何故也？」輅尋聲答之曰：「夫善易者，不論易也」，晏含
笑而贊之，「可謂「要言不煩」。」（管輅別傳）。表面上看這段話，似以何晏
向術數陰陽五行學說回歸，然而事實上，是管輅爲適應時代清談風尚，必須
修正傳統漢儒象數煩瑣而代以「要言不煩」，「忘言離象」，說那清新義理以迎
合時代的須要；再從歷史上另一段話來看，何晏曾經要求管輅替他占卜數十
青蠅集鼻上之夢，及請管輅幫其預測自己的政治生命可否位至三公？管輅在
回答何晏問題的對話中勸何晏云：

> 昔元、凱之弼重華，宣惠慈和，周公之翼成王，坐而待旦，故能流
> 光六合，萬國咸寧，此乃履道休應，非卜筮所能明也，今君侯位重
> 山岳，勢若雷電而懷德者鮮，畏威者眾，殆非小心翼翼多福之仁……
> 願君侯上追文王六爻之旨，下思尼父象象之義，然後三公可決，青
> 蠅可驅也。〔註45〕

（鄧）颺曰：「此老生常譚也」；輅答曰：「夫老生者，見不生；長譚者，見不
譚。」擅長算命卜筮的管輅，變成義理爲優先的義理派易學的愛好者，而義
理派的何晏，反而變成對象數派易學產生興趣的人；兩者間互相容互應，角
色立場互換。

〔註44〕　見，《魏志・管輅傳》，注引管辰著《管輅別傳》，頁819，北京：中華書局，
　　　　　1992年6月。
〔註45〕　《魏志・管輅傳》，注引管辰著，《管輅別傳》，頁819，北京：中華書局，1992
　　　　　年6月。

綜合以上所述可知，管輅易學，歷來學者將其劃歸於漢代象數學派的範圍，早期他善於以術數說易，認爲爻象的變化皆取決於卜之數，因此掌握著龜之數，就能掌握爻象之意，也就能掌握周易的意義；後來見何晏時，又說出「善易者不論易」之說法，以「言不盡意」的方法，突破了漢易系統的限制〔註46〕，因此我們可以說，管輅易學是在修正了漢象術學以爲適應新風潮，在魏晉時代的新發展。

第五節　竹林時期阮籍、嵇康之「言不盡意論」

一、阮籍之「發言玄遠」

阮籍（210～263）字嗣宗，陳留尉氏人，父阮瑀，爲建安七子之一，與嵇康同爲竹林時期名士領袖，其思想依司馬氏當政前後，約可分前後二期，前期懷救世志，倡禮樂教化，合自然名教爲一，旨在救曹魏名法之治之弊，表現儒道兼容的思想，言意觀看法上，接受儒家言意一致的說法；後期則棄儒揚道，以「莊學」之精神來反抗禮法名教；在言意觀上面，以言不盡意論爲前題，故發言玄遠，口不臧否人物，故未引起司馬氏殺機，遠離禍害，但其身心也受痛苦煎熬最烈。著作有〈樂論〉、〈通易論〉、〈通老論〉、〈達莊論〉、〈大人先生傳〉、《阮嗣宗集》等。

阮籍以言不盡意爲前題，不重口談，而以論著盡意，以詩歌盡意，將意寄託在論著中，表現在富於哲理性與感性結合的〈詠懷詩〉中，以及發言玄遠不臧否人物的言行上。

阮籍以言不盡意爲前題，則著論以盡意，論及人性，如〈通易論〉〈達莊論〉偏重以氣的陰陽論性，並接受漢儒氣化論性傳統，與何、王從本體論高度以理論性，有所不同，但阮籍則不雜漢儒神祕迷信的色彩。

> 陰陽性生，性故有剛柔，剛柔情生，情故有愛惡。（〈通易論〉）〔註47〕

> 人生天地之中，體自然之形。身者，陰陽之積氣也，性者，五行之
> 正性也。（〈達莊論〉）〔註48〕

〔註46〕管輅運用風角占候等以詮釋易，謝大寧先生說他是一思想家型態的術數家，此說法見其所撰《從災異到玄學》，師大國研所七十八年博士論文。

〔註47〕參見，《全晉文》卷四十五，頁1310，北京：中華書局。

〔註48〕參見，《全晉文》卷四十六，頁1313，北京：中華書局。

阮籍〈通易論〉爲屬前期有意張揚儒家思想的著作,試圖通過對《易》的解釋來建立一個理想的客觀世界,引文中以人之性之陰柔,情之愛惡生自陰陽之氣;〈達莊論〉爲屬後期之作,借追求莊學玄遠自由精神,來作爲對虛僞禮法抗爭的武器,追求一個理想的精神世界,屬於後期揚道棄儒的作品;引文中,首先肯定自然爲人性的內容,但認爲人之形軀由陰陽化成,人性爲五行的正性,這是肯定人與萬物同源又有區別的說法。

不論前後期思想差異,阮籍都從陰陽五行來論人性,足見阮籍更多是沿漢人陰陽說性以氣論性的思路而來,

> 至道之極,混一不分,同爲一體,得失無聞。(〈達莊論〉)〔註49〕。

阮籍〈達莊論〉中以爲,在自然本源中,萬物同爲一體,人性混一不分,這時人性體現的只是天地與萬物的整體和諧;再看其另一作品〈樂論〉所論:

> 夫樂者,天地之體,萬物之性也;合其體、得其性,則和,離其體、
> 失其性,則乖。(〈樂論〉)

阮籍〈樂論〉與〈通易論〉同屬前期儒道兼綜之作,試圖通過對音樂的解釋,建立一個理想的客觀世界,體現傳統儒家樂教主張;〈樂論〉以宇宙整體的和諧來規定樂的本質,這亦即是說樂本質體現宇宙整體的和諧,體現了天地整體的和諧本質,更是的體現萬物整體的和諧本性。〈樂論〉從傳統儒家以來天人互相類比關係來立論,旨趣重在論樂的本質特徵與功用,認爲聖人制定聖(雅),體現宇宙整體的和諧,只要推大和之樂於天下,就可以收到淨化人心、整齊風俗的效果;其中觸及萬物之性及包括人性本質的問題;阮籍以爲自然界的本質是一大和諧,則天地陰陽及群生萬物的本然狀態都是和諧的,人性的本然狀態也是純樸自然而和諧的,所以人性是自無善惡可分的。〈樂論〉中另外涉及「至樂無欲」的命題:

> 故孔子在齊聞韶,三月不知肉味,言至樂使人無欲,心平氣定,不
> 以肉爲滋味也,以此觀之,知聖人之樂和而已矣。」(〈樂論〉,《全
> 晉文》卷46,頁1314)

這是以道家玄學角度來解釋孔子對韶樂的看法,孔子本意是說音樂感人之深,讓人忘了肉爲滋味,不在否定欲望存在的合理性;阮籍的解釋認爲聖人使人心所獲得的和,只能是在完全擯棄感性欲望存在後才得到的精神狀態,這個觀念來自於道家老子的無欲虛極觀點,而不是來自於儒家承認人有欲望

〔註49〕參見,《全晉文》卷四十五,頁1313,北京:中華書局。

的合理性的存在、人有感性生命的觀點;「至樂無欲」並不是〈樂論〉論和的要點,阮籍論和的要點在於「精神平和,衰氣不入,天地交泰。」(〈樂論〉)天人整體和諧,這才是至樂的理想狀態,這種思想主要承自對儒家傳統樂教觀點的發揮,這才是阮籍〈樂論〉重心所在。

阮籍的「言不盡意論」除以論文以盡意外,更多是寄意在現實生活行為上;「任情越禮」,足以概括阮籍一生生活行為的表現,在阮籍看來,名教禮法必須建立在自然真情流露的基礎上,否則,名教禮法就該受到背棄,因此,任情越禮代表的意義,就是阮籍重視真實感情流露,不受虛偽禮法束縛的態度與主張;顯明的例子,如:當兄嫂歸寧,阮籍相見以別,違反叔嫂不通問的禮制,禮法之士非議他,他卻說出「禮豈為我輩設耶?」當阮籍遭母喪時,竟飲酒食肉,當哀戚情起時,竟又號血數升;他又善作青白眼來表現自己情感的好惡,對順眼人如嵇康作青眼,對一些禮俗之士不順眼人作白眼;又當兵家女,有才色,未嫁而死,他卻徑往哭之,盡哀而還,表現出對才情的賞識與不幸遭遇的哀情;經常自己獨自駕車,不由路徑,車跡所窮,輒痛哭而反;這種種表現,都是以任情來衝決禮法的行動表現,日後「八伯」「八達」放浪形骸、裸露形體,變本加屬的自放,受他影響最深;由此看來,阮籍任情來衝決禮法行為作風對魏晉社會當時風氣是有極大示範作用,這也是探討阮籍論人性不能不加以正視的問題。

阮籍成名,不表現在玄談上;就玄學的特定意義而言,清言、清談與玄理並無本質差異,清言清談為形式,而玄理為內容,玄理可以用清言清談形式表達出來,也可以用論、注的形式表達出來,清言名士與玄學名士,在特定意義下可以為一,曠達名士則重在行,而不是言,但這些名士都有一股清逸之氣,或由言或由行表現,以此標準衡量阮籍,阮籍是典型的名士。

阮籍對現實有強烈的責任感,因對現實不滿,為避害遠禍,而有玄遠之談,迴避世事,乃至對現實的批判與超越。

他任性不羈的表現,誠如戴逵認為:「竹林之放,有為而為聾者也」〔註50〕,有疾而放,就是有玄心而放。

阮籍寫〈詠懷詩〉以寄慨,人稱歸趣難求,劉勰《文心雕龍·才略》篇云:「阮籍使氣以命詩。」〈詠懷詩〉正是阮籍內心失衡的宣洩感情的產物,顏延之也說:「阮籍在晉代常慮禍患,故發此詠耳。」阮籍的八十二首〈詠懷

〔註50〕戴逵,〈放達非道論〉,見嚴可均輯,《全晉文》,卷一三七。

詩〉，素來被認為是中國文學史上詩作的精品，但同時也被認為隱誨難懂，歸趣難求，這種隱誨，或歸趣難求，其原因，其一：就在魏晉之際、天下多故的險惡事實，其二：就在它體現出玄學得意忘言的原則，有了這原則的指導，使得阮詩言約旨遠，言約則隱誨，旨遠則歸趣難求。

綜合以上的論述看來，竹林時期的阮籍，身當禮法名教受扭曲而流為虛偽，成為政治野心家壓榨控制人的工具時，世俗禮法失去自然真情；從世俗的眼光來看阮籍，其行為表現可謂背離傳統禮法名教，但從道的玄心來看，阮籍流露出來的卻是最自然的真情，這正適足以說明他是最為維護傳統禮法者，他之所以反經，其旨正是在於合道。

二、嵇康之「言不盡意」

嵇康（224～263）字叔夜，為魏宗室姻親，竹林時期名士領袖，主越名教任自然，嵇康以言不盡意為立論基礎，不重在口頭清談，他的玄學思想大都以論著的形式出現，著作有〈釋私論〉、〈聲無哀樂論〉、〈養生論〉、〈言不盡意論〉等，其中〈聲無哀樂論〉、〈養生論〉為渡江後，東晉名相王導重開談坐所標「三理」所本，有《嵇康集》傳世。

嵇康論言意觀也以「言不盡意」為出發點，置身在名士多故的時代氛圍中，著論以盡意，及寄慨以發為歌詠，竹林時期代表嵇康、阮籍的玄學思想在表現上並無不同，但因個人氣質、生活遭遇差異，思想內涵表現自然有所不同，如對人性看法上，嵇康與阮籍同中有異，相同者兩人仍不能免漢人氣化論的路向，但嵇康更重在論理性情，較多繼承正始王弼論人性思路，以形上之理為性情根源，則情性皆理，就形上本體而言，性情都涵融於理中，無分善惡、這就是自然，就是無為；就形下世界而言，情欲因氣稟之故，而有善惡之別，這在〈明膽論〉有具有的表現，〈明膽論〉討論智慧（明）與勇敢（膽）的關係，嵇康主張明膽殊用，不能相生，反對呂安的「有明必有膽，有膽不必有明」的說法。

> 元氣陶鑠，眾生稟焉，賦受有多少，故才性有昏明。（〈明膽論〉）

以元氣論人性，這承自漢人氣化論的路向，但漢人講氣化感應，充滿迷化信色彩，嵇康則從道家自然來講氣化，故蛻去迷信色彩，指出才性昏明來自氣稟所受。

> 五才存體，各有所生，明以陽曜，（要）。膽以陰凝（寧），……雖相須以合德，要自異氣也。」（〈明膽論〉）

嵇康〈明膽論〉中，只說明「明」「膽」受氣不同，未進一步指明陰、陽之氣與情、性的關係，明受自陽氣，膽受之陰氣，一般人因受陰陽之氣不同，所以明、膽有差異，專明無膽，有智慧而沒有決斷，專膽無明，魯莽輕率，只有至人受氣最淳美，故明膽兼備，智勇雙全。

> 夫論理性情，折引異同，固尋所受之終始，推氣分之所由，順端極
> 末，乃不悖也。（〈明膽論〉）

引文中，指出以氣論人性中的「明」、「膽」的必要性。〈明膽論〉所論「明以陽曜，膽以陰凝」，顯然本體論中摻雜有氣化宇宙論成分；且就〈明膽論〉所論，可見出對人性及生理與心理已經都有深入的認識。

此外，在〈答難養生論〉中則進一步論及人性中情性與理智的關係：嵇康〈答難養生論〉是由向秀〈難養生論〉引發的高致：

> 不慮而欲，性之動也，識而後感，智之用也，性動者遇物而當，足
> 而無餘，智用者，從感而來，倦而不已，故世之所患，禍之所由，
> 常在智用，不在性動。（〈答難養生論〉）

嵇康在（答難養生論）中，強調患禍之所由，常在智用，不在性動，（答難養生論）中將「不慮而欲，性之動也」與「識而後感，智之用也」對舉，一面強調以恬淡養欲，使欲在內，不發於外，對個體一己基本的本能需求的情、欲，加以肯定，另一面對智用之識，心知造作引發的情欲追逐，貪求無厭，無法滿足，如求滿足，只更會疲於應付，這種智用之識，因違背自然本性的情欲，是禍患災害的起因，故應有正確的思想來認識。

〈答難養生論〉所論，一方面不贊成向秀「順從情欲，就是自然」觀點，「夫嗜欲雖出於人，而非道之正，猶如蛀蟲為樹木所生，而非木之宜。」但他不像宋儒主張「存天理，滅人欲」的偏頗，棄絕人欲；嵇康只是認為任情縱欲有損身體，不利養生之道；另一方面對基本情欲和生理要求也認為合理，這與向秀觀點無大差異，難曰：

> 感而思室，飢而求食，自然之理也，誠哉是言！今不使不室不食，
> 欲令室食得理。（〈答難養生論〉）

基本情欲和生理要求是合理的，只是強調「欲令室食得理」，此「理」是生理的理，也是自然的理。另外嵇康在〈難自然好學論〉則進一步肯定從欲是合理的，壓抑情欲則違背自然天理。

> 六經以抑引為主，人情以從欲為歡，抑引則違其願，從欲則得自然。
> （〈難自然好學論〉）

〈難自然好學論〉這篇論文是嵇康答張邈（叔遼）〈自然好學論〉的駁論，〈難自然好學論〉中，再申以自然論人性情欲，不以善惡爲價值，肯定順從自然本性的情欲需求，以其合於自然本性，同時對那些禮法之士，拘守儒家以名教爲內容的六經，違背自然，束縛扭曲人情，作出的抨擊，「以明堂爲丙舍，以誦諷爲鬼語，以六經爲蕪穢，以仁義爲臭腐。」預示後來嵇康必須走向「越名教任自然」〈釋私論〉與「非湯武薄周孔」〈與山巨源絕交書〉的激越思想言行的去路。

〈釋私論〉中，他以名理對公私善非作一界說，借第五倫的故事來辨別「公私善非」的意義，他認爲性命自然，還包括不存矜尚，與無措是非之心，故〈釋私論〉云：

> 矜尚不存乎心，故能越名教而任自然，情不繫於所欲，故能審貴賤
>
> 而通物情，物情順通，故大道無違，越名任心，故是非無措。

嵇康強調人的原始生命來自氣化本然，本來就是自然整體的和諧、就是與道闇合的；但由於人之有身，有私欲，私智自用，故有矜尚，有是非，導致自然和諧的破壞，背離大道；因此人必須作到「矜尚不存乎心，情不繫於所欲」乃可物情順通，與道契合，嵇康心目中理想的人格，就在於無私，無措，越名任心；由於對那些禮法之士不滿，與自然情欲的肯定，促使嵇康生命安放在養生上，對養生的重視，養生即養性、情、欲，即包括形（情、欲）、神（性）兼養，而且更強調以養神重於養形，精神涵養以音樂追尋精神的絕對自由；形軀涵養除生理上以服藥，求神仙、飲酒爲主，以使生命延長外，也強調在心上作工夫「清虛靜泰，少私寡欲。」這對魏晉文化影響可說很深遠的。

據《玉海》卷三十六〈晉易象論〉條載稱：「嵇康著有《周易·言不盡意論》，殷融作〈象不盡意論〉，何城襄有〈六爻之論〉，嵇康《周易·言不盡意論》，今不傳，但從他的〈聲無哀樂論〉，及〈養生論〉，〈明膽論〉，〈宅無吉凶攝生論〉等著述中，多少可以推知嵇康主「言不盡意論」訊息，並且運用「言不盡意」的方法來建立理論。

嵇康〈聲無哀樂論〉中稱「吾謂能反三隅者，得意而言者」；爲了說明表達思想的意義，而列舉寓言、比喻；但寓言、比喻非思想本身，而是爲了領悟思想意義所替代的一種形式與方法，獲得意義，語言形式，就要忘掉；這是因爲語言符號本身是沒有意義的外殼，它是人們給與事象物象的標誌，由於各民族的風俗習慣，方言殊異，「事異號」的情況十分普遍，但亦不能否認

語言符號作爲一約定俗成之物，在一定民族一定地域內的普遍認同性和確定性，它並非人主觀任意賦予的標誌；對語言符號具有標識事物的功能，是無可否認的，但在嵇康看來，這種功能是有限的，譬如聖人突然到胡域，不懂當地的語言，那將如何交換訊息呢？「或當與關接，識其言耶？將吹律鳴管校其音耶？觀氣探（察）色，知其心耶？此爲知心，自由氣色；雖自不言，猶將知之，知之之道，可不待言也。」〔註51〕

知心可借由觀氣、察色，即從人的外在表情觀察得知，而不需要語言，嵇康通過各民族語言差異不同的社會現象，來說明與語言與物象、語言與意義不存在必然的關聯；語言符號作爲一種標誌，雖然有一定的社會內涵與認識意義世界的功用，但言非自然一定之物，異俗之言，無共同的標準，無內在必然的聯係；所以說「心不待言」「言不證心」「心不係于所言」「言或不足以證心」語言不能盡心意，即心靈世界的意義是超越言語的。

「聲無哀樂論」，以道家自然思想出發，主和聲無象，聲音無常，即聲音與感情沒有對應之關係，心、聲兩離；反對儒家認爲音樂可以移風易俗的傳統觀點，適足以推知嵇康「言不盡意」的主張。

除了論文外，嵇康四言詩的佳作中，也很能夠表達這種「言不盡意」的境界：

> 目送歸鴻，手揮五弦。俯仰自得，游心太玄。嘉彼釣叟，得魚忘筌。
> 郢人逝矣，誰可盡言。（兄秀才公穆入軍贈詩 三十九首）

這是嵇康四言詩之佳作，引用莊子「忘言得意」的典故，說明嵇康兄弟二人的相知相契之情，這表現超越言、象直接契入自然本體體悟的描述，亦是從言不盡意論來說他所悟到的自然玄心。

嵇康與魏宗室有姻親關係，政治感情傾向曹魏，思想上主張「越名教任自然」、「非湯武而薄周孔」，而由於個性「剛腸疾惡」太過激切，與司馬氏決裂太直接明顯，嵇康之思想言行，形成對司馬氏政權的威脅與挑戰，終於在禮法之士鍾會的讒毀下，被捕下獄，雖有洛陽三千名太學生爲其請命，求爲老師，終於被司馬氏所殺；嵇康之死，對於當時玄學名士思想言論，自然變成一股強大壓力，受到打壓；嵇康的玄學思想，也變成政治禁忌，在西晉朝統治下頗受冷落；直到晉惠帝朝以後，郭象曾指責嵇紹保護惠帝而死，死昏主「義不足多」，對於嵇康的冤枉，有意的加以平反，指出嵇康「死於非罪」

〔註51〕《嵇中散集》卷第五，頁39，臺灣商務印書館，1972年3月1版。

〔註52〕，似有解禁的意味，郭象此種意見，提出的時間，因已逼近永嘉之禍、離西晉滅亡不遠，當時政局動蕩，人心浮動，士林驚恐、惶惑不安、已無暇顧及之際，故未引起士林的重視；晉室東渡後，嵇康之事，不再是禁忌話題，形同解禁，王導有意將嵇康學說發揚，作為統貫各家玄學思想的基礎，據《世說新語‧文學》第二十一條云：

> 舊云：王承相過江左，止道聲無哀樂、養生、言盡意論三理而已，
> 然宛轉關生，無所不入〔註53〕。

王導過江，身繫國家安危之重責大任，他之倡導玄學，意在收安定人心，以「三理」作為統貫其玄學思想的中心，三理中的前二理，「聲無哀樂」，「養生」，都是嵇康論文題目；最後一理，言盡意主張，為歐陽建所立；足見王導對嵇康的看重；然而，三理的邏輯，似有矛盾；王導又如何通貫統一？因乏史料記載，難以詳知，大陸學者王葆玹則推定三理論題，皆出自嵇康，以《世說新語》似有誤記，因嵇康著有「言不盡意論」，若三理之一為歐陽建「言盡意論」則與前二理命題不能相通，這點王葆玹於《玄學通論》一書中指出說：

> 可見王導所講的本來是言不盡意，或微言盡意，言盡意句，可能有
> 是脫字而誤，王導的三理多是出於嵇康，可說是嵇康學說首次傳揚，
> 在玄學史上有重大意義，當然，三理還不是王導學說全部，王導看
> 重三理，是由於玄學各派思可由三理來加以統貫，或者說由三理出
> 發，可宛轉關生，無所不入。〔註54〕

王葆玹的說法，姑且不論其對錯〔註55〕，可以說別有所見，至少他看到王導對於嵇康玄理的首次傳揚，而且能從學說思想一貫的角度出發，指出「言盡意論」對「言不盡意論」的誤謬與對立，必以嵇康的「言不盡意論」代替歐陽建「言盡意論」的可能性。

三、向秀之「言不盡意論」

　　與嵇、阮同為竹林之遊，而最與嵇康要好，堪稱嵇康最忠實的朋友者，

〔註52〕見李昉等撰，《太平御覽》卷四四五，引王隱《晉書》，河北：教育出版社，
　　　　2000年3月2版。
〔註53〕見楊勇撰，《世說新語校箋》，頁162，臺北：正文書局，1992年10月。
〔註54〕參見王葆玹著，《玄學通論》，頁385。
〔註55〕王葆玹的《玄學通論》說法，本文於第六章第二節二東晉初期王導言盡意論
　　　　中，有進一步論述。

就是向秀，向秀（227～280）字子期，參與竹林之遊，曾與嵇康鍛鐵、呂安灌園，後來嵇康、呂安被殺後，始應舉入京，結束隱逸生活。

約在嵇康與呂安被殺害的第二年，即景元四年元月，向秀結束隱居生活，以本郡計吏身分，赴洛陽，被任命為散騎侍郎，在準備赴任途中，向秀故意繞道去嵇康的故居，寫下了千古絕唱的〈舊思賦〉，這篇不滿兩百字的短賦中，以言不盡意的方法，欲言又止，透露出他與呂安、嵇康的交往的情宜，表達對摯友的懷念深情：魯迅評說：「年青時，讀向子期〈思舊賦〉，很怪他為什麼只有寥寥的幾行，剛開頭，又煞了尾。」茲錄其文於下：

> 余與嵇康、呂安居止接近，其人並有不羈之才，然嵇志遠而疏，呂心曠而放，其後各以事見法，嵇博綜技藝，於絲竹特妙，臨當就命，顧視日影，索琴而彈之，余逝將西邁，經其舊廬，于時日暮，虞淵寒冰淒然，鄰人有吹笛者，發聲寥亮，追思囊昔遊宴之好，感音而歎，故作賦云：

> 將命逝於遠京兮，遂旋反而北徂，濟黃河以汎舟兮，經山陽之舊居，瞻曠野之蕭條兮，息余駕乎城隅，踐二子之遺跡兮，立窮巷之空廬，歎黍離之愍周兮，悲麥秀於殷墟，惟古昔以懷今兮，心徘徊以躊躇，棟宇存而弗毀兮，形神逝其焉如，昔李斯之受罪兮，歎黃犬而長吟，悼嵇生之永辭兮，顧日影而彈琴，託運遇於領會兮，寄餘命於寸陰，聽鳴笛之慷慨兮，妙聲絕而復尋，停駕言其將邁兮，遂援翰而寫心。

〔註56〕

字裏行間，流露出的是政治氣候嚴酷的氣氛，與向秀近於心死的悲哀，真摯情感、意遠而悲，為名士處身肅殺，生命受威脅不自由的政治環境，作出千古以來的見證，可謂無聲勝有聲。

向秀為引發嵇康高致作〈難養生論〉，另有〈莊子注〉〈思舊賦〉，前人研究，將重點擺在〈莊子注〉本體論的「不生不化，為生化之本。」啓導郭象自生獨化說上面，近來研究者對其〈難養生論〉日益看重，以為與魏、晉社會縱欲樂生的風氣形成與此相關聯。

身為嵇康的好友的向秀論及養生與人性問題時，更多從世俗的自然論出發，如果說嵇康談養生、論人性偏重於精神層次的，向秀談養生、論人性則偏重於生理本能層面，以感官物質滿足為主；此可由〈難養生論〉見出：

〔註56〕參見，《文選》卷十六，頁235，臺北：藝文印書館，1779年03月9版。

> 燕婉娛心，榮華悅志，服饗滋味，以宣五情，納御聲色，以達氣性，
> 此天理自然，三王所不易也。（〈難養生論〉）

向秀以官能享樂、美食、華服、榮華、富貴、聲色等愛好，都屬於本能感官的需求，卻可宣洩五情、通達氣性，也都符合天理自然。這是連古代的賢君都贊成的，向秀從自然生理層面來看，情、氣、性相通，尤其從存在的事實來肯定生理本能的情、欲，足見向秀正視到自然的情、欲對存在的事實的重要性。

> 有生則有情，稱情則自然，若絕而外之，則與無生同，何貴於有生
> 哉？（〈難養生論〉）

引文中向秀認為「情」「欲」是生命存在的本質，絕棄情感，就失去生命存在的價值與意義，將情欲視為養生最重要的內容，自然人性來看重肯定生理本能，向秀在〈難養生論〉中強調生理感官欲望的滿足合理性。

> 夫人含五行而生，口思五味，目思五色，感而思室，飢而求食，自
> 然之理也，但當節之以禮耳。（〈難養生論〉）

當然，向秀所以作〈難養生論〉，所持之觀點正是世俗之觀點，就嵇康〈養生論〉提出質疑，其目的與用意正是要發嵇康高致。

　　綜合來看，竹林期的「言不盡意論」，與正始時期「言不盡意論」，又有不同，正始時期「言不盡意論」、「得意忘言」的方法，旨在論證體「無」用「有」的「貴無本體論」、以「名教出於自然」，來會通孔、老之衝突；明顯地，有清談與著述並重的傾向，而竹林時期則處在禪代之際，因政治羅網愈益嚴密，名士遭受殺戮而減半，司馬氏兄弟利用名教遂行於政治野心，名教禮法嚴重地受到扭曲而異化，又因言談易惹禍，故嵇、阮退隱山陽竹林，發言玄遠，口不臧否人物，明顯地以筆談論著為主，或寄情於琴音，或寄傲於嘯歌，自然與名教明顯激烈衝突；故嵇、阮倡「言不盡意」主張「越名教而任自然」，以自然人性以對抗世俗的虛偽禮法。

第六節　西晉中朝時期之「言不盡意論」
「言盡意論」及「寄言出意」

　　歷史上所稱「中朝」，是指建都中原的西晉政權，中朝承「太康」治世而來，這一時期是西晉短暫的承平景象，「中朝時期」又稱「元康時期」，這是繼正始玄學之後，又一玄學興盛之一時期，促成這一期玄學再度興盛，實與時代背景

相配合，此時社會奢汰，在滅蜀平吳後，蜀、吳豐厚物質資源挹注下，使得經濟基礎較豐厚，士人不再有建功立業的機會，加以九品中正制度的實施，加速士族門閥的形成，士族門閥壟斷政治、經濟的特權，「上品無寒門，下品無勢世族」，士族與、寒素及庶民間社會地位的差異加大，形成階級不公平的現象，社會上層彌漫著豪奢鬥富的氣氛，士人浮華相尚，士族門閥則鑽營一己私利，只為個人計為家族計，而不顧國家社會，便變成一種社會習尚；此時玄風分為兩支，其一何晏王弼的玄學貴無思想再度盛行，此為王衍傳所述。其二為竹林阮籍等人有激而發的放逸至此更為變本加厲，為王澄、謝鯤等八達、八伯等無為而著巾、散髮裸裎、與豬共飲、停客獨飲、言笑忘宜等等行徑，放蕩之風，蔚為流俗，禮教秩序、蕩然無存，有一部分人士，鑑於世俗流蕩、禮制不存，如裴頠遂倡「崇有之論」，以釋其蔽，歐陽建主「言盡意論」以相呼應，以破斥玄虛之弊；郭象則在「崇有論」基礎上，以寄言出意為方法，注解莊子以論證倡自生、獨化之說，並進一步調合名教與自然的衝突，為世族社會找到合理的理論出路，統治階層的內部在權勢競逐中，八王之亂為權力彼此傾軋的禍害，國力不斷內耗，終於五胡亂華，國家命脈因此斷送，西晉覆亡；這種時代環境下的名士可以王衍與樂廣等為代表，其重要的言意主張，有王衍的「口中雌黃」與樂廣「約言簡至」，兩者皆屬於「言不盡意論」者，另有歐陽建之言盡意論，及稍後的郭象「寄言出意」與「言意兩忘」論等，茲分述於下：

一、王衍之「口中雌黃」

王衍（256 年～311 年）字夷甫，為元康時期重要的玄學家領袖，談辯口才極佳，風神瀟灑，社會地位崇高，屢居顯職；長於口談，疏於著述，後代只見口談紀錄，未見有著述流傳；符合此時期的玄風重視口談，是否能著書，並不甚重要。

王衍的為人與玄學的成就，《晉書・王衍傳》有較全面的敘述與概括，據《晉書・王衍傳》云：

> 魏正始中，何晏、王弼等祖述老、莊，立論以為：「天地萬物皆以無
> 為本，無也者，開物成務，無往不存者也，陰陽恃以成化生，萬物恃
> 以成形，賢者恃以成德，不肖者恃以免身，故無之用，無爵而貴矣。」
> 衍甚重之，惟裴頠以為非，著論以譏之，而衍處之自若；衍既有盛才
> 美貌，明悟若神，常自比於子貢，兼聲名籍甚，傾（清）動當世，妙
> 善玄言，惟談老莊為事，每捉玉柄麈尾，與手同色，義理有所不安，

隨即更改，世號「口中雌黃」，朝野翕（夕）然，謂之一世龍門矣，
累居顯職，後進之士，莫不景慕放效，選舉登朝，皆以爲稱首，矜高
浮誕，遂成風俗焉。〔註57〕

王衍在玄學義理上，發揮王弼貴意輕言象的思想，重意而不重言、象，隨立隨
掃，以求義理的掌握，故有「口中雌黃」之稱，雌黃，礦物名，與雄黃同類，
色黃赤，道家用以合丹藥，畫家以供繪事，古人寫字用黃紙，有誤，則塗以雌
黃，所謂「義理有所不安，則隨時更改」，王衍清談的理論來源主要是祖述何晏、
王弼的貴無思想而來，自正始時期何晏、王弼以貴無思想建立起玄學體系，歷
竹林時期玄學中衰，至中朝（元康）由王衍等人發揚，貴無學風再度盛行起來，
惟據《晉書·王衍傳》中的敘述何、王貴無思想內容，「天地萬物皆以無爲本，
無也者，開物成務，無往不存者也，陰陽恃以成化生，萬物恃以成形，賢者恃
以成德，不肖者恃以免身，故無之用，無爵而貴矣」似與王弼實際思想不合；
何晏、王弼，尤其是王弼貴無論中，並不論及陰、陽之問題，即不重視陰、陽
恃以成形的問題，這或出於《晉書》作者的概括。

王衍祖述何晏、王弼貴無思想，在理論上並無新的開創性，其玄學的修養
如何高超？因無著述流傳，難以評斷，由於中朝名士的清談之特色是長於口談、
短於著述，但《晉書》、《世說新語》二書，對王衍風姿美貌、清談才能，及對
時風的影響，是多所著墨，並大加宣染的，如云：

衍既有盛才美貌，明悟若神，常自比於子貢，兼聲名籍甚，傾（清）
動當世，妙善玄言，惟談老、莊爲事，每捉玉柄塵尾，與手同色，義
理有所不安，隨即更改，世號「口中雌黃」，朝野翕（夕）然，謂之
一世龍門矣。〔註58〕

王衍屬於玄學義理派；對於義理有所不安，可以隨即改更，使說理確當，可見
王衍的能夠隨機應變，理論上僅止對貴無思想傳揚而已，因身分地位高，造成
玄風盛行，可見王衍對於何晏、王弼思想流傳，是大有功勞的。

貴無思想，在當時玄學界的主流，爲大多數學者所認同，但仍有一些人看
到貴無之弊所引起的不良風氣，因此想從理論面來謀求解決之道，其中以裴頠
最凸出，裴頠著有〈崇有論〉與〈貴無論〉兩論，因〈貴無論〉後世不傳，內

〔註57〕參見房玄齡撰，《晉書·卷四十三·王衍傳》，頁1236，北京：中華書局，1993
年10月。
〔註58〕參見房玄齡撰，《晉書·卷四十三·王衍傳》，頁1236，北京：中華書局，1993
年10月。

容無法得知，對於正始竹林以來貴無學說偏頗尋求補救，「貴無必然賤有，賤有必然遺形、遺形必然忽防、忽防必然忘禮，禮制無存，則無以為政矣。」因此強調自生而體有，裴頠著有〈崇有論〉攻擊的矛頭指向正是王衍所述王、何貴無的觀點，但王衍面對批評時卻能表現出玄學名士的風度，處之自若。

對於王衍為人及其學風，後人上存在正、反兩面的評價，有人認為清談誤國的罪魁禍首，晉之滅亡王衍要負全責；也有人從同情的立場為其辯解者，認為西晉滅亡在於政治風氣的敗壞與軍事的敗壞，不在於玄學清談的學術風氣，如此是適可見玄學發展在各時期的有其複雜性與豐富性。

如《晉書》本傳對於王衍為人就存在著兩面矛盾的看法，先看其負面之記載：

> 女為愍懷太子妃，太子為賈后所誣，衍懼禍，自表離婚，賈后既廢，有司奏衍曰：「衍備位大臣，應以義責也，太子被誣以罪衍，不能守死善道，即求離婚，得太子手書，隱蔽不出，志在苟免，無忠蹇之操，宜加顯責，以屬臣節，可禁錮終身。〔註59〕

王衍雖居宰輔之重，不以經國為念，而思自全之計，曾說東海王越曰：中國已亂，當賴方伯，宜得文武兼資以任之。」乃以弟澄為荊州，族弟敦為青州，因謂澄敦曰：

> 荊州有江漢之固，青州有負海之險，卿二人在外，而吾留此，足以為三窟矣。識者鄙之〔註60〕。

身居宰輔之重，本當肩擔國家重責大任，以蒼生百姓國家社稷為念，但他卻思自全，私營狡兔三窟之計，這是王衍為人最使人詬病的地方。再看《晉書》對王衍有正面評價：

> 及石勒、王彌寇京師，……時洛陽危逼，多欲遷都，以避其難，而衍獨賣車牛以安眾心。〔註61〕

令人疑惑的是，更有如下一段記載云：

> 王衍為石勒所破，勒呼王公，與之相見，問衍以晉故，衍為陳禍敗之由，云：計不在己，勒甚悅之，與語移日，衍自說少不豫事，欲

〔註59〕房玄齡撰，《晉書‧卷四十三‧王衍傳》，頁1237，北京：中華書局，1993年10月。

〔註60〕房玄齡撰，《晉書‧卷四十三‧王衍傳》，頁1238，北京：中華書局。1993年10月。

〔註61〕房玄齡撰，《晉書》，頁1238，北京：中華書局，1993年10月。

求自免，因勸勒稱尊號，勒怒曰：「君名蓋天下，身居重任，少壯
登朝，至於白首，何得言不豫世事邪？破壞天下，正是君罪。」使
左右扶出，謂其黨孔萇曰：「吾行天下多矣，未嘗見如此人，當可
活不？萇曰：「彼晉之三公，必不爲我盡力，又何足貴也。」勒曰：
「要不加以鋒刃也，」使人夜排牆填殺之；衍將死，顧而言曰：「嗚
呼！吾曹雖不如古人，向若不祖尚浮虛，戮力以匡天下，猶不至於
今日」，時年五十六。〔註62〕

　　從王衍與石勒相見對話中，可以見出石勒想拉攏王衍爲其效力意圖，卻爲王
衍拒絕，而王衍的名士言談風範，卻能得到石勒贊賞；但自「勸勒稱尊號」「衍
自說少不豫事，欲求自免」，王衍的形象變得無擔當與不負責任，這段文字敘
述其眞實性不少學者存疑，是否爲史官欲加之罪，則不得而知，但其眞實性
確實是值得懷疑的，對他悔過自責之言，恐怕也是史家的想當然耳，衍將死，
顧而言曰：「嗚呼！吾曹雖不如古人，向若不祖尚浮虛，戮力以匡天下，猶不
至於今日。」這是王衍「鳥之將死，其鳴也哀」的自述；這是後代如顧炎武
激於明朝滅亡之歷史教訓，以「清談誤國」咎王衍的源由；西晉之亡，亡於
國君昏暗不明，賈后的跋扈，宗室爭權內鬥、自相殘殺，政治不修，軍務不
備，將西晉滅亡完全歸咎於清談玄風，未免獨斷，西晉滅亡與清談玄風未有
必然的關係，東晉王導、謝安同是清談玄學之士，王導團結南北士族，戮力
上國，開東晉百年之基業；謝安沉穩持重，肥水一役，從容破敵，穩定東晉
中後期岌岌可危局勢，故後人細數東晉風流人物非王、謝莫屬；若說王衍有
罪，其罪在於其居高位，不以政務爲念，以「清談亡國」之罪名，加諸其身，
不免罪責太重了。

　　王衍爲元康時代玄學的代表，清談活動時間在歐陽建之前，是歐陽建「言
盡意論」中所稱的「雷同先生」之列，由此可以推知王衍也是「言不盡意論」
的支持者，只是沒有相關資料來證明。以下將論及元康時期另一重要玄學代
表樂廣。

二、樂廣之「約言簡至」

　　樂廣（？～304）《晉書·卷四十三》有傳，（頁1243），少時得到夏侯玄的
稱賞，性沖約，有遠識，寡嗜欲，與物無競，出身寒素家庭，擠身名士之列，

〔註62〕房玄齡撰，《晉書》，頁1238，北京：中華書局，1993年10月。

樂廣成為名士，在門閥世族的世代社會中誠然屬於少數的特例，這或因晉初門閥制度尚未嚴格的關係。

樂廣以寒素列名寒素之首，在清談上很受人贊賞，如出身不凡的裴楷就曾與他共談，自夕申旦，雅相欽挹，嘆曰「我所不如也」，又當時的尚書令衛瓘，見廣而奇之曰：「自當年諸賢去世後來，常恐精妙言論將絕，而今乃復聞斯言於君矣。」可見樂廣清談使「微言衰而復續」，成就非凡，以及在名士中聲譽的崇高；王廣清談表現的特點，就在簡至、辭約旨遠，要言不煩上面，能真正作到了以約言厭服人心，這從以下的引文可證：

> 樂廣善於以約言厭人心，其所不知，默如也。〔註63〕

樂廣語言簡至，對照太尉王夷甫、光祿大夫裴叔則，這些能清言人名士，當他們與樂廣君言談時，都感覺樂廣言語的簡至，而覺自己言語太煩。

樂廣能以清醒的頭腦，來觀察事物理、剖析事理，解答疑難，作到了要言不煩，受到王衍、裴楷等人的推崇。

> 衛玠總角時，問樂令夢，樂云：「是想」，衛曰：「形神所不接而夢，豈是想邪？」樂云：「因也，未嘗夢乘車入鼠穴，搗虀噉鐵杵，皆無想、無因也」，衛思「因」，經月不得，遂成病，樂聞，故命駕為剖析之，衛病即小差，樂歎曰：「此兒胸中當必無膏肓之疾！」〔註64〕

對夢的看法，樂廣認為是意識清醒下的產物，而衛玠認為是無意識的產物，後來樂廣又補充說，是界於意識清醒與不清醒之間的產物，衛玠因思索過度而生病。

由上所述，我們可見出，衛玠對於問題的專注與認真探索的態度，以及樂廣樂於為人解答疑難的熱情。

> 客問樂令「旨不至」者，樂亦不復剖析文句，直以塵尾柄确几曰：「至不」，客曰：「至」，樂因又舉塵尾曰：「若至者，那得去」，於是客乃悟服，樂辭約而旨達，皆此類。」〔註65〕

樂廣為義理的簡約派，樂廣在談辯中重在意旨的觸發，使人借由其所開示的門徑，領會其中的玄趣，「旨不至」本為先秦名家公孫龍、惠施熱烈討論的命題，可與「言意之辨」的「言盡意」與「言不盡意論」的論題相通，而樂廣

〔註63〕房玄齡撰，《晉書》卷四十三，頁 1243，北京：中華書局，1993 年 10 月 5 刷。
〔註64〕《世說新語‧文學》，頁 155，臺北：正文書局，1992 年 10 月。
〔註65〕《世說新語‧文學》，頁 156，臺北：正文書局，1992 年 10 月。

論的「旨不至」之旨，同樣具有表現要言不煩，「旨不至」的觀點，正是與玄學義理派的「言不盡意」論者相通。

樂廣為人清虛寬厚，他有見玄學放蕩之風，有所思省，曾說：「名教中自有樂地，何必乃耳。」表現了樂廣玄學態度是儒、道融合，名教與自然並不衝突，這正代表著樂廣的一種「玄心」顯現出來寬容的氣度、開擴的胸襟。

綜上所述，樂廣與王衍一樣，是西晉元康時期重要的玄學家與清談家，兩人均成名於歐陽建之前，故都可歸入「言盡意論」中所指稱的「雷同先生」的行列，即所謂的世之論者，咸以為然的「言不盡意」論的主張者；王衍是王何「貴無」思想的追隨者，其特點在於信口雌黃，義理有所不安，則隨意更改，視言象如落葉，隨落隨掃，不留遺跡，這是其玄心玄同彼我的表現；至於樂廣，「得意忘言之旨」表現在「言約旨遠，要言不煩」則玄同了名教與自然，「名教中自有樂地」。

除王衍樂廣外，在玄學「言不盡意」論風潮流行下，與此風潮思想一致者，有庾敳作〈意賦〉及張韓作〈不用舌論〉，故將庾敳、張韓附在歐陽建及郭象後面，加以論述。

三、歐陽建及其「言盡意論」

「言意之辨」爭論中，「言不盡意論」一直居於主流，而為玄學家之共識，與元康時期王衍、樂廣等玄學家論點不同者，則是稍後的西晉人歐陽建，歐陽建（生卒年約為西元 267～300）他所著「言盡意論」一文，今人所見，收存於《藝文類聚》一書中〔註66〕，歐陽建，《晉書》（卷三十三）將他附在〈石苞傳〉後，並載稱：「歐陽建，字堅石，世為冀方右族，雅有理思，才藻美贍，擅名北州，時人為之語曰：渤海赫赫，歐陽堅石，辟歷山陽令，尚書郎，馮翊太守，甚得時譽，及遇禍，莫不悼惜之，年三十餘，臨命作詩，文甚哀楚。」

歐陽建為石崇外甥，曾與司馬倫有隙，因孫秀與石崇結怨，孫秀欲奪石崇寵妾綠珠不成，勸司馬倫殺石崇及歐陽建、潘岳等人，遂被害；石崇卒時，年五十二〔註67〕；歐陽建則於晉惠帝永康元年（西元 300 年）遇害，享年三十餘。

〈言盡意論〉約作於晉惠帝元康後期，此時樂廣與王衍等人已經成名，歐陽建〈言盡意論〉創作的時代背景，與西晉裴頠〈崇有論〉前後相呼應，裴頠

〔註66〕 參見歐陽詢撰，《藝文類聚》卷十九，頁 348，上海：古籍出版社，1999 年 5 月。

〔註67〕 房玄齡撰，《晉書》，頁 1007，北京：中華書局，1993 年 10 月。

〈崇有論〉創作動機，在於深患時俗放蕩，不尊儒術，何晏、阮籍素有高名於世，口談浮虛，不遵禮法，尸祿耽寵，仕不事事，至王衍之徒，聲譽太盛，位高勢重，不以物務自嬰，遂相放效，風教陵遲，乃著「崇有之論」以釋其蔽。

　　〈崇有論〉的作者裴頠，與張華、石崇、潘岳、歐陽建等人，同死於趙王司馬倫之手，據《晉書・裴秀傳附裴頠傳》之記載云：

> 初，趙王倫諂事賈后，頠甚惡之，倫數求官，委與張華，復固執不
> 許，由是深爲倫所怨，倫又潛懷篡逆，欲先除朝望，因廢賈后之際，
> 遂株之，時年三十四〔註68〕。

歐陽建〈言盡意論〉與裴頠〈崇有論〉二文，同出一樞軸，旨意則有同工異曲之妙，即針對時弊而發，矯玄虛以務實，茲述〈言盡意論〉原文，並析論於下：

> 有雷同君子問於違眾先生曰：世之論者，以爲言不盡意，由來尚矣，
> 至乎通才達識，咸以爲然，若夫蔣公之論眸子，鍾、傅之言才性，
> 莫不引以爲談證，而先生以爲不然，何哉？〔註69〕

引文中，假借雷同君子與違眾先生對答，雷同君子的意見，指的是蔣濟之論眸子，鍾、傅之言才性，實際上代表當時流行學界流行的說法；而違眾先生的意見，異於流俗見解，正代表了歐陽建自己觀點主張。

> 先生曰：「夫天不言而四時行焉，聖人不言而鑑識存焉，形不待名而
> 方圓已著，色不俟稱，而黑白已彰；然則，名之於物，無施者也；
> 言之於理，無爲者也；而古今務於正名，聖賢不能去言，其故何也？」
> 〔註70〕

有天四時自然運行之理，有聖人識鑑之理；有形的方圓，有色的黑白；名稱來分辨，名對應於物，言對應於理；「名之於物，無施者也，言之於理，無爲者也。」古今所以要正名，聖人何以不能去名，其原因何在？理由就在於下：

> 誠以理得於心，非言不暢；物定於彼，非言不辨。言不暢志，則無
> 物以相接；名不辨物，則鑑識不顯；鑑識顯而名品殊，言稱接而情
> 志暢，原其所以，本其所由。

〔註68〕見房玄齡撰，《晉書》，頁 1047，北京：中華書局，1993 年 10 月。
〔註69〕參見歐陽詢撰，《藝文類聚》卷十九，頁 348，上海：古籍出版社，1999 年 5月。
〔註70〕參見歐陽詢撰，《藝文類聚》卷十九，頁 348，上海：古籍出版社，1999 年 5月。

非物有自然之名，理有必定之稱也。欲辨其實，則殊其名；欲宣其志，
則立其稱。名逐物而遷，言因理而變。此猶聲發響應，形存影附，不
得相與為二矣。苟其不二，則言無不盡矣，吾故以為盡矣〔註71〕。

「言盡意論」顯然是在名實言理的基礎上，加以發揮，首先，強調世間一切
事物，都是客觀的存在，形、實為第一性，先於名稱、言而存在；因此「名
之於物，無施者也，言之於理，無為者也。」意思是說，形、實不論名言與
否，都不影響其實際存在，名言對物的存在不能增減甚麼；名只能忠實反映
事物，言只能忠實反映事物的理，不能有附加任何東西，也不應隨人的主觀
而有轉移。

其次「理得於心，非言不暢；物定於彼，非言不辨。」雖說名言只能如
實反應形實之物，但並不是說名言不重要，因此這裡強調了名言在日常生活
中不僅必需而且非常重要，因為語言為社會性的交際工具，沒有語言，人不
能有思想交流，名稱是用來以分辨外界的事物的，沒有了名稱，也就無法辨
認外在的事物。

其三「名逐物而遷，言因理而變。」，名稱與語言並不是先天存在的東西，
而是人根據事物的不同來加以命名的，所以當事物與思想改變了，名稱與語
言也隨之改變而有不同，兩者屬於對等的關係，不可分裂。

其四「苟其不二，則言無不盡矣。」兩者統一，不可分割，如同聲發響
應、形從影附一樣，名並沒有不能盡物、言也並沒有不能稱理，所以說「言
無不盡」，語言是能盡意的。

歐陽建「言盡意論」堅持形、物第一，名、言其次的思想出發，對魏晉
以來玄學的主流思潮言不盡意論提出了有力的批判，使得「言不盡意論」者，
必須改變先前的策略，並深化自己理論深度來迎接挑戰。

但「言盡意論」本身存在著理論的矛盾，因為他未見到語言與思想之間
先天存在的矛盾，言意即使一致，歐陽建也不能輕率的推出「言無不盡」的
結論。因為名言只能把握事物外在的形跡，對於事物的存在本質，名言是無
能為力的；故從這裡來看，理論價值比不上王弼「得意忘象」、嵇康的「言不
盡意論」、及後來的郭象「迹冥論」。

「言盡意論」代表玄學務實派對玄虛派貴無造成放蕩俗風的反省與批

〔註71〕參見歐陽詢編撰，《藝文類聚》卷十九，頁348，上海：古籍出版社，1999年
5月1刷。

判，由於歐陽建、裴頠、張華等人被趙王倫所殺，「言盡意論」的主張，也隨政局的多變紛擾之中挫，玄虛派貴無論復盛，王衍、王澄等人的玄風復熾，待西晉滅亡，東晉王導為了重拾士族信心，引「言盡意論」入三理，作為談座的理論基礎，可以說是言盡意論在東晉的復興。

較值得注意的是，「言盡意論」理論的內在意義的理解與評斷問題，前人研究中，難有一個令人覺得滿意的答案與評價；近年來關於此一問題研究的學者中，則以鄭良運先生較能深入的進行研究，鄭良運先生於《周易與中國文學》一書中有很好的解釋，頗具參考價值，引述於下；鄭良運先生說：

> 為了將言盡意的道理，講得明白，我們權且將名、言、稱看作一個符號系統，將形、色、理、志看作一個信息系統，兩個系統之間，並沒有必然的聯系，非物有自然之名，理有必定之稱也，種種符號與信息只是一種對位關系，載體與被載的關系，人們之所以創造這

> 個符號系統，是為了傳導、外化信息系統，使無名的信息，轉化為有名的符號，而得以輸出全過程由信息儲存，信符對位、運載、外化，四個階段組合，亦可圖示如下：
>
> 作為信息載體的符號，既可使全過程流暢，也可造成阻塞，其關鍵在信、符對位階段，不同信息，選擇不同的符號，不同的符號，負載不同的信息，其對位關系，猶聲發響應，形成影附，則全程流暢，反之，名不辯物，則全程阻塞，這是盡意與不盡意的關鍵所在〔註72〕。

如何看待「言盡意論」的價值，此一問題，鄭良運先生於《周易與中國文學》一書中則指出說：

> 「言盡意論」向玄學家發起的「言意之辨」，投射了理性的光輝，照亮明白哲學與模糊哲學的界限，也從此劃分清楚了「文學」與「哲學」的界限，自此以後，「言不盡意」，移居文學領域而飛躍，「象外之意」進入美學領域升華。

〔註72〕參見鄭良運，《周易與中國文學》，頁296，百花洲文藝出版社，1999年11月1版。

明確的指出「言盡意論」在哲學領域與言不盡意在文學領域各自的價值意義，這意見是可取的，這可與義大利美學家，克羅齊一段說法相聯係，克羅齊認為知識有兩種形式，即直覺與理智，直覺知識可以離開理智而獨立存在，克羅齊特別舉出哲學與藝術來說明不同的思維方式，對整體學科的影響，哲學儘管裏面充斥著直覺品，就哲學本身來說，還是概念的，藝術作品儘管用了大量的概念，其本身還是直覺的，強調哲學與藝術的差別〔註73〕。「言盡意論」，限定在玄學領域中的看法，與義大利美學家克羅齊認知相合。

當然「言盡意論」作為「言不盡意論」的駁論，兩者並不能對應問題，歐陽建首先將王弼諸人「言不盡意」的意，理解為物為理，這與王弼所說的意的內在涵意義是有所區別的，在王弼那裏「言不盡意」的意，是無形無名，無限性的宇宙本體，也就是道；道不是逐物而遷的，更不是名所能盡的，而歐陽建所說的理，是日常生活中現實「物理的理」，日常語言可以表達出一般的觀念思想，但日常語言卻無法表達形上本體的體悟；從這一角度來看，足見歐陽建「言盡意論」並未對應於王弼等「言不盡意論」者之問題。

四、郭象之「寄言出意」

玄學發展到郭象，被後代的研究者視為魏晉玄學的高峰，郭象之後東晉玄學的發展，理論高度難有再超越郭象者，最多僅能援引其學思想發揮而已，並無新創之意，郭象玄學，據《世說新語》所說竊自於向秀《莊子注》，《晉書》則有不同說法認為〈郭象注〉是在向秀注《莊》的基礎上，更述而廣之，相信《世說新語》說法者，對他竊取行為加以質疑，相信《晉書》說法者，又為其辯護；平心而論，從郭象清談上的才能，議論如懸河瀉水來看，郭向確實有能力注解《莊子》，殆無疑義，而且後代研究者也漸釐定出郭象玄學實有異於向秀注《莊》的義理思路，郭象對於莊子的貢獻除注《莊》外，可以說是將莊學引入談座的第一人，他玄學成就，除了創造自生、無待、獨化於玄冥之境等概念豐富了玄學內容外，在方法上，創造了寄言出意的方法，賦予了莊學以新意，使莊學成為應世之作，郭象通過〈莊子注〉完成了名教即自然的論證。

兩漢經注，重一字一句的訓解，自「言不盡意」論流行，經學權威性受質疑，「言不盡意」論的提出流行，與漢末人物品評有密切關係，漢朝人物品評由外貌差異，推之知內在精神、性情的不同，此外相術在東漢學術界也甚

〔註73〕朱光潛譯，《美學原理》，頁8，外國文學出版社，1983年。

為流行，王充《論衡》有〈骨相〉一篇云：

> 人命稟乎天，則有表候見於體，察表候以知命，由猶察斗斛以知容矣，
> 表候者，骨法之謂也，非徒富貴貧賤省骨體也，而操性清濁亦有法理，
> 貴賤貧富命也，操性清濁性也，非徒命有骨法，性亦有骨法。

王符《潛夫論・相列》篇云：

> 人身體形貌，皆有象類，骨法角肉，各有分部，以著生性命之期，
> 顯貴賤之表。

由上述引文，可見相術之學在東漢時代頗為流行，故王充、王符等子書家特闢專章論述，從骨象可以推知一個人富貴貧賤，也可以推知一個人內在性情，其理與人物鑑識相通，漢末汝南許劭有月旦評，由人外貌評論人物優劣，如郭林宗評黃憲：「汪汪如萬頃之波，澄之不清，擾之不濁」；評袁閎云：「譬之氾泛濫，雖清易挹」，可見二人才性高下；魏明帝朝，劉劭《人物志》認為人物高下由性情決定，而內在性情，難以認識，但由於人有形質，故可通過外在形質而察知內在精神，「能知精神，則窮理盡性。」〈九徵〉到漢魏之際，人物品鑑，逐漸重視神氣，而人之神氣，往往由眼神表現，蔣濟有觀眸子之論，認為觀人眼精，可以知人內在神氣，後來顧愷之有「凡畫人眸子最難」之歎，就在眼精會傳神《世說新語・巧藝》篇云：

> 顧長康畫人，或數年不點目精，人問其故，顧曰：「四體妍蚩，本無
> 關妙處，傳神寫照，正在阿堵物。」〔註74〕

《世說新語・言語》篇又載云：

> 嵇中散語趙景真：「卿瞳子白黑分明，有白起之風，恨量小狹。」趙
> 云：「尺表能審璣衡之度，寸管能測往復之氣，何必在大，但問識如
> 何耳！」〔註75〕

足見人物品鑑，由形貌發展到認識內在精神的體察，反映出由可知到不可知難言之域的過程，因此到魏晉，言不盡意的思想大為流行，歐陽建「言盡意論」一文中提及「言不盡意」在人才學的運用說：

> 世之論者，以為言不盡意，由來尚矣，至乎通才達識，咸以為然，
> 若夫蔣公之論眸子，鍾、傅之論才性，莫不引以為談證。

引文中的鍾傅，有學者認為是鍾繇，因其曾為太傅之職，繇即鍾會之父，照

〔註74〕參見楊勇，《世說新語校箋》，頁 543，臺北：正文書局，1992 年 10 月。
〔註75〕參見楊勇，《世說新語校箋》，頁 57，臺北：正文書局，1992 年 10 月。

歐陽建看，蔣濟論眸子，鍾會、傅嘏言才性，均以言不盡意爲根據，魏晉人以爲觀人，必須觀察全體，觀察神氣，而一般人只觀察形貌，唯有聖人注重人的神器，而神器只可意會、不可言傳，所謂「天不言而四時行焉，聖人不言而識鑑存焉。」（歐陽建‧言盡意論）語言難以掌握的神氣，是聖人識鑑的依據，足見當時講言不盡意，多就人物品鑑提出。〔註76〕

　　「言不盡意論」，漢人僅有零星的討論者：如桓譚說：「蓋天道、性命，聖人所難言，自子貢以下，不可得而聞。」《新論》如任彥升：「性與天道，事絕言稱。」至魏晉言不盡意論，則大爲風行，荀粲有六經爲聖人糠秕說，如傅玄有（相風賦）「若之造相風者，其達變通之理乎！」庾闡有：「蓍龜論」謂：「是以象以求妙，邈妙得而忘象，失以求神神窮」，嵇康作有「言不盡意」，殷融有「象不盡意」，殷浩、劉惔，倡導「言不盡意」，張韓有「不用舌論」：

> 論者以爲心、氣相驅，因舌而言卷，舌歆禽氣安得理暢，余以爲留
> 意於言，不如留意於不言，徒知無舌以通心，未盡有舌之必通也，
> 得而失廢。

張韓，嚴可均《全晉文》中疑即張翰，不用舌則不用言之意，可見言不盡意，開始時僅用於人倫品鑑，到了荀粲用於探討性與天道，張韓則用於人生際遇之問題，但此兩者觀點近於消極，意義作用不大，言、象幾乎近於無用；情況大不相同，則是王弼以言不盡意爲基礎建立貴無本體論，形成一套玄學體系，王弼在方法上，將「言不盡意」加以運用，並發展了「得意忘言，得意忘象」的玄學方法，從而能開啟魏晉時代的玄學新學風，王弼言意理論內容完整的見於《周易‧明象》篇中，其大要在強調：言生於象，象生於意，故可尋言以觀意，尋象觀意，言象爲意之代表，但言象非爲意之本身，故不可以言象爲意，代表可以多種，而意只能爲一，此一爲本體，如果執著於言象，以言象爲意，則反爲失去意，故得意在忘言，王弼得意忘言論，與言不盡意論者有一之最大差異，此即「言不盡意論」者的言幾乎無用，而王弼的得意忘言論不先行拋棄言象。

（一）郭象及其玄學體系

　　郭象（252～312），字子玄，《晉書》卷五十〈本傳〉云：「州郡辟召，不就，常閑居以文論自娛，後辟司徒掾，稍至黃門侍郎，東海王越引爲主簿，甚見親委，遂任職當權，熏灼內外，由是素論去之，永嘉末，病卒」，人稱「王

〔註76〕參見湯一介，《郭象與魏晉玄學》，頁199，北京：大學出版社，2000年7月。

弼之亞」，西晉元康到永嘉時期的清談高手，將莊學引入談座的第一人，議論如懸河流水，注而不竭，卒於永嘉亂後，郭象玄學是魏晉玄學發展的高峰，但因「操弄天權，刑賞由己」，（《晉書・卷六十一・苟晞傳》）「任事用事，傾動一府」（《世說新語・賞譽》注引《文士傳》），又有竊取向秀《莊子注》以爲己注等事，引起後人對其人品瑕疵問題的質疑，連帶地影響後人對郭象思想學說的誤解，郭象著作除了《莊子注》外，在論語學著作方面：還有《論語體略》，（見《隋書・卷三十二・經籍志》，《新唐書・藝文志》），關於郭象竊取向秀《莊子注》的學術公案，聚訟紛紛，惟近來學者從研究中，已獲初步的澄清，得到一定程度的共識，即郭象思想與向秀思想表現在《莊子注》中基本上有差異，郭象《莊子注》實不是竊取〈向秀義〉，而是在〈向秀義〉的基礎上，更述而廣之，如前輩學者王叔岷有《莊子向郭注異同考》就說：今據〈莊子釋文〉〈列子注〉及他書所引詳加纂輯，得向有注郭無注者，四十八條；向郭注全異者三十條；向郭注相近者三十二條；向郭注相同者二十八條。〔註77〕。又如許抗生《魏晉玄學史》說向、郭兩注，詞義相近者三十七條，詞義全不相同者三十一條，餘同王說〔註78〕。

郭象在有意誤讀《莊子》一書的情況下，發揮莊子道在萬物的一面思想，運用寄言出意的方法，改造《莊子》一書的舊義，將莊子批判名教詮釋爲肯定名教，將莊子避世消極思想一變爲積極入世思想，使《莊子》一書變成爲明內聖外王的應世著作。

郭象的玄學思想體系的建立，主要表現在他的《莊子注》中，近代研究的學者初步判定郭象注莊雖有取於向秀注，但不在竊取，重在述而廣之，益以己意，改造了莊子，借以發揮自己的玄學觀點，以適應西晉門閥士族社會之須要，《莊子注》其中的新義，出自於郭象獨創，其理論的高度，已達玄學的最高水平，因此，後人認爲是莊子注郭象，而不是郭象注莊子；前面論及王弼部分說過，新的學說的產生，有賴於新方法的提出，郭象之前，如王弼、何晏雖有好老莊之記載，但未見出對莊學發揮，其後竹林的阮籍嵇康，始有莊學著論如〈達莊論〉、〈大人先生傳〉，嵇康〈養生論〉，〈聲無哀樂論〉等一部分發揮莊學義理，然只限於著論上，向秀始專門研究莊學，注解《莊子》，譽爲隱莊之絕倫，創自生說，以「不生不化」爲生物之本，至元康時期郭象

〔註77〕見王叔岷撰，《莊學管闚》，頁114，臺北：藝文印書館，1978年。
〔註78〕見許抗生撰，《魏晉玄學史》，頁313，陝西：師範大學出版社，1989年。

取〈向秀注〉，更述而廣之，一方面注《莊》，一方面將莊學引入談座，完成「三玄」的玄學內容，郭象玄學理論體系的建立，來自於對莊子思想的改造，而其所使用的方法，即是「寄言出意」；通過訓釋古書、或借注解前人的書籍以表現自己的思想，這是中國傳統以來普遍使用方法，通過著注解經書表達自己的思想，將自己的思想寄託在經注中。

郭象自覺的吸取言意理論的成果，在王弼等前人的基礎上，郭象明確的提出「寄言出意」的理論方法，用此一方法注解了《莊子》，妙暢玄風，為之「隱解」，「隱解」即運用「忘言得意」方法，超越一般人文字語言的認知，直接掌握《莊子》的眞義，取得很好的成績，完成了玄學理論的高度，故郭象被稱爲「王弼之亞」。

郭象的《莊子注》，不僅能夠適應西晉門閥世族社會時代的需要，而且也能隨著玄學內在邏輯的發展，郭象透過注解《莊子》，完成了建構一套玄學體系內容，自生、相因、無待、獨化玄冥之境等玄學體系的內涵，特別是在本體論倡無無，不僅是對何晏、王弼「貴無論」形上學的消解，扭轉抽象虛無爲現實的存在，同時也是對竹林名士嵇、阮「越名教任自然」所造成片面性偏頗的思想方發展的揚棄與糾正：並且發展了向秀「自生而體無」、「不生不化爲生化之本」及「儒道爲一」的思想，及裴頠「崇有論」中「自生而必體有」的思想，進一步完成玄學體用一如的理論建設，如果說郭象玄學以自生說出發，否定造物主的存在，否定無的本體實存性，其生只能自生，則其工夫論就是獨化說，玄冥之境就是本體道的境界，這也是對裴頠的崇有論，「有能生有」及「偏無自足」「外資」互相憑藉的理論薄弱，重新進行思索而形成自己的體系理論建設，自生、逍遙、獨化玄冥之境、 迹冥說、相因說等、無待等；諸命題中，既建立在原始道家的基礎上，而且都賦與了魏晉玄學的時代新義，如果以「獨化說」爲郭象玄學的核心命題，獨化之義，獨者，個體也，化者，變化、發展也，使個體的變化發展達到精微玄妙的境界，即獨化於玄冥之境，則「獨化」其義蘊包括自生、性分、無待、玄冥、無心等；另外，對於合理的政治社會的要求，郭象主張「名教即自然」、「自然無爲」論的主張，認爲名教是必須的，但必須不可背離於自然；在認識論與方法論上提出「寄言出意」，「冥而忘迹」等方法論，既有理論高度、又有認識方法的新莊學，形成一套嚴密的玄學理論體系，從學術發展的角度來看，郭象的確是一個有魏晉玄學思想發展的高峰與總結；東晉以後玄學的發展只有繼承與

綜合，而未能開創新的理論，直到佛學出現，由於佛學與玄學相互滲透中，佛學在理論高度優勢上取代玄學，成爲另一新思想的發展。

（二）郭象玄學之方法「寄言出意」

學術體系的建立必有一套方法加以配合以提供運用，魏晉玄學家，對於漢人章句訓詁，煩瑣之弊，一去不返，反而造成妨害作出了深刻反省，義理的掌握，所以郭象注莊之基本方法，一開始就不在字句訓詁，生吞活剝，曲與生說，而是重在「遺其所寄，要其會歸」的玄理會通。

郭象明確的說明其注《莊子》一書具體的作法，就是要「遺其所寄，要其會歸」，具體的作法表述如下：

> 鯤鵬之實，吾未能詳也，夫莊子之大意，在乎逍遙遊放（達），無爲而自得，故極大小之致，以明性分之適。達觀之士，宜要其會歸，而遺其所寄，不足事事曲與生說，自不害宏旨，皆可略之耳。（《莊子·逍遙遊注》）

> 此皆寄言耳，夫神人即今所謂聖人也……今言王德之人而寄之此山，將明世所無由識，故乃托之于無絕痕之外，而推之於視聽之表耳。（《莊子·逍遙遊注》）

> 四子者，蓋寄言以明堯之不一於堯耳，夫堯實冥矣，其迹則堯也，自迹觀冥，内外異域，未足怪也。（《莊子·逍遙遊注》）

> 夫莊子推平天下，故每寄言出意，乃毀仲尼，賤老聃，上剖？擊三皇，下痛病於一身也。（《莊子·山木注》）

> 故夫昭昭者，乃冥冥之迹也，將寄言以遺迹，故因陳蔡而托患。（《莊子·山木注》）

郭象提出讀《莊子》要明了莊子的「寄言出意」，重在大旨所關，這就必須，融會貫通，以了解其精神所在及其中根本的道理，至於細爲末節，大可不詳論者，例如鯤、鵬之實如何，不必拘泥於表面字句作生硬解釋，因此必須放開，只要掌握莊子要表達的主要意思，在於逍遙游放無爲自得，所謂大、小只在說明個體本身的存在，都有「性分」的不同，只要適應自己的性分要求，「適性」即可逍遙，所以對於《莊子》的那些寄托之辭，重在不妨害對其基本意義的掌握，不必每字每句都要詳加生硬的解說；「寄言出意」，首先強調不能沒有語言文字，否則隱身於語言文字中的意，就會失去

了載體，唯有通語言文字，才有找到意的可能，問題在於到底「意」是文本之原意，或是詮釋者之創意？是莊子體悟到而要傳達的嗎，還是郭象自己所創的新意？答案顯然不是莊子於文本中所表達的意，則此意是郭象通過讀莊子的了解與體悟，所以「寄言出意」所要出的「意」，正確的說，就是郭象自己通過對《莊子注》所開創出來的新意，所以與原來《莊子》書中莊子的意有所差異，這種差異因時空背景不同、文化差異不同，面對時代課題不同，必然形成的結果，因此郭象所見到、悟到的意，也就與莊子文本呈現的意就有差異，這是思想發展的必然結果；下列便舉數例，比較〈郭象注〉與《莊子》文本兩者之間的差異，期以見出郭象如何以寄言出意方法改造《莊子》。

其一，對「本性」問題看法上，在莊子文本中所說的「本性」之意，是指事物依自然去從事發展，即為本性，而郭象注卻增入社會、人為性的內容，擴大了本性的解釋面，以馬為例來說，莊子以為馬的本性、真性是「蹄可以踐霜雪，毛可以禦風寒，齕草飲水，翹足而陸，此馬之真性也。」（〈馬蹄〉，《莊子集釋》，頁 330）至於伯樂訓練馬，作出種種作為，都屬人為，由於人為刻意的作法，必然對馬生出傷害；郭象則以為真正了解馬本性的人，是必需能按馬的駑鈍良驪本能任其發展，馬力短者行短，能長者則日行千里，就必須使馬日行千里，馬的本性還包括在「為人所乘」，而不是「放而不乘」，如果「放而不乘」，反而有傷馬性了；又如莊子以「牛、馬四足是謂天；落馬首、穿牛鼻是謂人。」（〈秋水〉，《莊子集釋》，頁 590）天即天然、天生如此，亦即本性，而穿、落則是人為，可是郭象認為「穿牛鼻，落馬首。」雖然通過人為來實現，但這依然是牛、馬之本性、真性所要求的，如果順應牛、馬本性所要求的，借人為來實現，雖屬有為，這種有為仍然是無為的，問題在牛馬所要求的，如何論定，顯然這種認定是郭象自己所決定的。

其二，在對待「無為」問題看法上，莊子以為「有為」會傷害事物本性，所以主張「無為」；郭象則認為真正的「無為」並不是甚麼都不用做，而是根據事物本性去做，此種「有為」也叫「無為」，如《莊子‧大宗師》「芒乎彷徨乎塵垢之外，逍遙乎無為之業。」郭象注此條云：「所謂無為之業，非拱默而已，所謂塵垢之外，非伏於山林也」（《莊子‧大宗師注》），此外郭象注《莊子‧逍遙遊》中云：

> 若謂拱默乎山林之中，而後得稱無為者，此莊老之談，所以見棄於當途，當途者自必於有為之域而不反者，斯之由也。」（《莊子‧逍

逍遙遊注》）〔註79〕

足見郭象所謂「無爲」，並不是拱默乎山林之中，如果拱默乎山林之中才稱無爲，這樣，當途者就無法用無爲，只能用有爲了；因此，就必須給予「無爲」新的解釋，「無爲」就是萬物依自己本性作自己該作的事，盡應盡的責任，「夫工人無爲於刻木，而有爲於用斧，主上無爲於親事，而有爲於用臣，臣能親事，主能用臣，斧能刻木，而工能用斧，各當其能，則天理自然，非有爲也」〈天道篇注〉，郭象更強調聖人無爲，在討論聖人無爲時，莊子看來「許由高於帝堯」，因爲許由無爲，而帝堯有爲；郭象則認爲帝堯高過許由，原因是帝堯治天下是以「不治來治天下」，不治就是無心，故雖治之，只是順任外物自己來治理自己，無心以順有，實際上是無爲；郭象的圓融解釋，改造了莊子的避世成爲應世，更適合於「內聖外王」之道的要求。

其三，對於聖人問題看法上，莊子以爲聖人是遊方之外的人，而否定遊方之內的人，將方外與方內對立，如《莊子・大宗師》篇云：

> 彼遊方之外者也，丘遊方之內者也，內外不相及，而丘使汝往弔之，丘之陋矣。（《莊子集釋》，頁 268）

莊子本意以遊外者爲聖人，而貶孔子；郭象注則將遊方之外與遊方之內相統一，認爲未有能遊內者不能弘外，並以爲孔子才是眞正的聖人，因爲孔子眞正作到了遊外弘內，在這裏，郭象發揮了一段他的玄理：

> 夫理有至極，外內相冥，未有極遊外之致，而不冥於內者也，未有能冥於內，而不遊於外者也，故聖人常遊外以弘內，無心而順有，故雖終日揮形，而神氣無變；俯仰萬機，而淡然自若；夫見形而不及神者，天下之常累也，是故睹其與群物並行，則莫能謂之遺物而離人矣，睹其體化而應務，則莫能謂之坐忘而自得矣。〔註80〕

眞正的聖人在於終日揮形，而神氣無變，俯仰萬機，而淡然自若，作到無心以順物，心無異於山林之中，一面能載黃屋，佩玉璽，另一面又能歷山川，同民事，如此的聖人，可以結出郭象注的新意是說只要無心即可順有、即入間即超世間，即名教即自然的。

〔註79〕 《莊子・大宗師》郭象注見《莊子集釋》，頁 270；《莊子・逍遙遊》堯讓天下於許由一段郭象注見《莊子集釋》，頁 24，臺北：漢京，1983 年 9 月初版。

〔註80〕 《莊子・大宗師》，郭象注見《莊子集釋》，頁 268，臺北：漢京，1983 年 9 月初版。

其四，對於無的看法上，《莊子》文本對於對於「造物者」之問題，並無明確的統一說法，如《莊子·齊物論》中論到天籟「夫吹萬不同，而使其自己也，咸其自取，怒者其誰耶？」(《莊子集釋》，頁 50) 似未肯定有造物者在，但於《莊子》他文，在論及於「有生於無」的問題，卻認為萬有之上有一造物者，對「有生於無」持肯定的說法，如〈庚桑楚〉篇，莊子文本說：「天門者，無有也，萬物出乎無有，有不能以有為有，必出乎無有」(《莊子集釋》，頁 800)；而在郭象注《莊子·齊物論》則云：「無既無矣，則不能生有，有之為未生，又不能為生，然則生生者誰哉？塊然自生耳。」(《莊子集釋》，頁 50)〈在宥〉篇中，郭象注云「夫老莊所以屢稱無者，何哉？明生物者無物，而物自生耳，自生耳，非為生也，又何有於已生乎？」(《莊子集釋》，頁 381) 郭象與王弼何晏貴無派，最大的不同在於郭象有意消融形上本體實體性義，使無回到文字學上的原有意義，無是有的對立，無就是甚麼都沒有，就是零；這與裴頠〈崇有論〉所說的無是有消失後的狀態一樣；既然無是甚麼都沒有，就不能生有；萬有所以存在，都是自然而生，沒有一創生萬有的主宰或造物者，來作為萬有所以存在的超越依據，故有只能自生，自生就是自自然然的產生，由此點來看郭象，郭象與裴頠相似，都屬於崇有論者，但郭象還進一步提出自性，個體本身皆有性分、獨化，萬有都在獨自生存變化之中，不假外求，故不同於裴頠認為萬物皆「偏無自足」，故須憑借外資的說法，裴頠由此推出名教的必要性，肯定名教對社會秩序隱定的須要，「相因之功，莫如獨化之至」，所謂「相因」即隨順因任之意，無心以順有之意，萬物都是獨自變化，如行、影與罔兩，一般以為罔兩有待影、影有待形、形有待造物者，不斷推求存在條件，則萬物皆有待；則不能逍遙，玄冥，所以郭象以獨化說明萬有是當下即是、獨立自足的，因此都是無因、無待的，進而論證名教與自然一致性，裴頠則以名教對立自然，郭象卻論證了名教就是自然。

其五，在對於天的看法上，莊子將天、人對舉如以道、物對舉一般，常有將天、人對立，則天有創生、本體之意；而郭象注《莊》運用體用一如的方法，認為天外無道、人外無天的觀點，「天者，萬物之總名。」《莊子·齊物論注》將天下降到與萬物同一級層次，郭象注《莊》又云：

> 天門者，萬物之都名也。(〈庚桑楚第二十三〉，《莊子集釋》，頁 801)

> 夫有之未生，以何為生乎？故必自有耳，豈有之所能有乎，此所以明有之不能為有，而自有耳，非謂無能為有，若無能為有，何謂無

乎？（〈庚桑楚第二十三〉，《莊子集釋》，頁 802）

郭象只承認有，不認為無能生有，有是唯一真實的存在，在有之外，就沒有其他東西存在；這都可見郭象有意改造莊子，發揮莊子「道在萬物」「道不離物」的學說，這種說法，當然與莊子原義不同。

由以上諸例，可以看出郭象注《莊》，運用寄言出意的方法，文本是莊子的，但所出的意卻是郭象自己新創的意，郭象結合了自己處身環境與思想來解讀改造《莊子》一書所得的新意，所以我們可以說，表面上是郭象注《莊子》，而事實上則是《莊子》注郭象，這是對研究郭象思想必須對其「寄言出意」方法運用，該有充分的把握與認識。

為了表出郭象自己的玄學新意，郭象融會了「言、意理論」「言不盡意」、「得意忘言」等方法成果，提出「寄言出意」的方法來；所謂「寄言出意」強調的是以意為主，言是為出意，但不可執著於言，以致以言為意，而是要通過言以通達其意，故郭象說：「不能忘言，而存意者為不足。」〈則陽注〉《莊子集釋》，頁 919〔註 81〕，郭象的「寄言出意」的思路，又與王弼的「忘象忘言得意論」方法相近，但兩者又有所差異，郭象的「寄言出意」旨在論證自生、獨化、玄冥等逍遙無待的思想，「上知造物無物，下知有物之自造。」《莊子注‧序》否定萬有之上有一造物者的存在，肯定名教就是自然；王弼則以「忘象忘言得意論」來論證「以無為本」、「崇本舉末」，「名教出於自然」的貴無的本體論〔註 82〕。

（三）郭象之「冥而忘迹論」

郭象玄學體系消融王弼貴無本體論的實體性思想，將本體落實於具體存在事物本身，萬物所以存在的根據就在存在者自身，不須要再到存在者自身之外去找根據，如果存在者之外找根據，即表示存在之外有一個主宰者、造物者在生化萬物，「無既無矣，則不能生有，有之未生，又不能為生，然則生生者誰哉？塊然自生耳，自生耳，非我生也，我既不能生物，物亦不能生我，則我自然矣。」（〈齊物論注〉，《莊子集釋》，頁 50）郭象認為萬物都是自生的，取消造物者所生，既不是無所生，也不是有所生，更不是我所生，而是自生，

〔註 81〕 參見湯一介，《郭象與魏晉玄學》增訂本，第十章，郭象的哲學方法，北京：大學出版社，2000 年 7 月。

〔註 82〕 參見湯一介，《郭象與魏晉玄學》增訂本，第十章，郭象的哲學方法，北京：大學出版社，2000 年 7 月。

所謂自生就是無目的生，無意志的生、亦即、忽然而生欻然、塊然而生，自然而生，故「自生」為郭象玄學體系的起點，說明萬物的產生，郭象進而創造出「獨化」的說法，來說明萬物的各自獨力變化，「獨化」有別於老、莊道家講的「自化」，能否「自化」由於無為的道所決定，郭象自化強調各自事物獨立變化的決定作用在於自然的本性，而不在於外在的因素；郭象進而推出「獨化於玄冥之境」以作為自己玄學體系的歸宿，郭象將道家的玄、冥分別指道深奧微妙，老子分開的說法，莊子已有將二字連用成「玄冥」一辭，如〈秋水〉篇云：「始於玄冥，反於大通」，郭象以「玄冥」作為獨化的動力依據，賦予「玄冥」一辭玄學理論新意，「是以涉有物之域，雖復罔兩，未有不獨化於玄冥者。」（《莊子集釋》，頁 111）玄冥為一切無形的存在，「玄冥者，所以名無而非無也。」玄冥不是萬物的本根，為了與貴無的無相區別，郭象不用無，一般的無，表示無形事物，而是選用了「玄冥」〔註83〕，所謂玄冥，自生、自然而生，不知其所以然而生，萬物依本性這樣的生，卻不那樣的生，事物與事物間不為彼此才存在，也不為彼此相互依恃，此謂「相因」，「相因之功，莫如獨化之至」，如形影與罔兩，表面上是形生影、影生罔兩，實際上是三者俱生，非待的，肝、膽、如唇、齒、如鬚、眉彼此不相為，卻又相因，性分、無待、獨化、玄冥、無心等義蘊相關。

可見「獨化玄冥之境」，而「獨化」是「玄冥之境」工夫進徑，即工夫即本體，「玄冥」即本體即工夫，是郭象玄學的最高境界，而此種境界只可以「無心」「無知」去把握，一般的邏輯概念、名理分析，至此必須止步，讓位於直覺、體悟。

郭象在此提示了一個工夫進徑，就是自生、獨化、無心、玄冥；由此可見郭象注《莊》，此處並不背離原始到道家境界之義。

郭象認為人的知有限，受性分所限，不必求性分外，事物皆是有待的，只要依性分，至小未為不足，至大未為有餘，大鵬、小鳥因適性，故都可無待，都可逍遙。

郭象認識論強調以「不知為宗」，本體論、工夫論講獨化論，獨化於玄冥之境，凡存在都是個體自身之存在，生生化化，有生生不息，個體只有不停的變化，其變化的動因，並非導向神秘不可知的境界，而是依據本性這個被稱為玄冥之境的境界；這自生、獨化的觀點表現的天地萬物變化上，萬物都

〔註83〕參見王曉毅撰，《儒釋道與魏晉玄學的形成》，頁 295，北京：中華書局。

是變化日新的，表現在人類歷史上面，認為人類歷史也是變化日新，古事不
能延續至今日，今事不同於古事，兩者截然不同，對於禮儀制度，死守不放，
不但無益，而且受害，郭象注莊子天運篇「廢棄之物，於時無用，則更致它
妖也。」因此將先王的教化，拿到孔子的時代來用，不但無益，而且導至禍
害；因為它只是跡，不是所以跡，何謂「跡與所以跡」，關於「跡」與「所以
跡」也是郭象玄學思想的重要命題，對此的問題，郭象看法以為所謂跡就是
歷史的陳迹，所以跡是歷史本身的真實，故「所以跡」是跡的本體，陳迹事
過境遷、所以為死物，所以跡為真性，它是活的，與時俱進，隨時代變化而
變化；莊子〈秋水〉篇云：

> 昔者堯舜讓而帝，之噲讓而絕，湯武爭而王，白公爭而滅。(〈秋水〉，
> 《莊子集釋》，頁 580)

郭象注云：「夫順天應人而受天下者，其迹則爭讓之迹也，尋其迹者，失其所
以迹矣，故絕滅也。」(《莊子集釋》，頁 580) 爭、讓之道，不是一成不變，
有其歷史背景，與歷史條件，故後代如果照搬仿效，所仿效的不過是死物、
陳跡而已，不但無用，而且有害；如「之噲讓、白公爭」就是顯例，子之為
燕相，燕王學堯舜讓位於宰相子之，結果三年國亂，被齊國乘機滅掉；白公，
楚平王之孫，其名勝，為了私人恩怨，效法湯、武，舉兵反楚，結果失敗被
殺，因此學習歷史經驗，不在學習陳迹，而是要學習其陳迹背後的「所以迹」，
如果只有學習迹，而忘其背後的「所以迹」，必然導致失敗，所以郭象說：

> 夫迹者，已去之物，非應變之具也，奚足尚而執之哉？執成迹以御
> 乎無方，無方至，而迹滯矣。(〈胠篋注〉，《莊子集釋》，頁 344)

對於迂腐儒者，想以迹治迹，猶如守株待兔，郭象認為執成跡者的行徑實屬
可笑；由此可知郭象所重在「所以迹」。

> 所以迹者，真性也，夫任物之真性者，其迹則六經也。(《莊子·天
> 運篇注》)
>
> 夫有虞氏之與泰氏，皆世事之迹耳，非所以迹也，所以者迹，無迹
> 也，然無迹者，乘羣變，履萬世，世有險夷，故迹有不及者。(《莊
> 子·應帝王注》)

郭象認為「所以迹」可以乘羣變，履萬世，這是活的歷史，本質的歷史，至
於迹為死物，包括六經，這些語言文字的構造物，以及堯舜所標榜的所施行
仁義之行等，都不過是歷史的陳跡，並不能對治理天下有幫助，聖王必須能

因勢利導,順應時代變化,撥亂反之正,而不一味的模仿古人之跡。

　　迹是所以迹外在表現,終成死物,所以迹為本體、為真性,故能歷久彌新,生生不息,郭象除重「所以迹」外,還要更進一步推演,連「所以迹」都要超越,達到冥合忘迹的境界,也就是獨化於玄冥之境的境界。

> 既忘其迹,又忘其所以迹者,內不覺其一身,外不識有天地,然後曠然與變化為體,而無不通也。(《莊子·大宗師注》)

> 故夫昭昭者,乃冥冥之迹也,將寄言以遺迹。(《莊子·山木注》)

> 夫堯實冥矣,其迹則堯也,自迹觀冥,內外異域,未足怪也。(《莊子·逍遙遊注》)

郭象強調達到冥合忘迹的境界,才是真知,如何把握真知,要以「以不知為知」,的方法,才可能把握真知;這也是對「獨化玄冥之境」進行認識的致思途徑,這就必須「冥而忘迹」,郭象云:

> 今且有言於此,不知其與是類乎,其與是不類乎,類與不類相與為類,則與彼無與異矣。(《莊子·齊物論注》)

> 今以言無是非,則不知其與言有者,類乎?不類乎?欲謂之類,則我以無為是,而彼以無為非,斯不類矣,然此雖是非不同,亦固示免於有是非也,則與彼為類矣,故曰,類與不類,又相與為類,則與彼無以異也,然則將大不類,莫若無心。既遣其遣,遣之又遣之,以至於無遣,然後無遣、無不遣,而是非自去矣。(《莊子·齊物論注》)

上述引文,郭象以為是非的爭辨在於成心的認知,以是非非,以非非是,是物論不齊的原因,而有彼此是非之爭,因此是非在於有心有執,其實是非都是一偏之見,因此,只有遣去是非,遣去是非後,還有一個認識之心,必須連此認識之心也一并遣去,就可達到無心無執,此即「又遣其遣」,即否定之否定,在否定忘懷是非中,使得道的真理才會自然顯現。

> 人之所不能忘者,己也,己猶忘之,又奚識哉,斯乃不識不知,而冥於自然。(《莊子·天地注》)

> 夫坐忘者,奚所不忘哉,既忘其迹,又忘其所以迹者,內不覺其一身,外不識有天地,然後曠然與變化為體,而無不通也。(《莊子·大宗師注》)

郭象通過獨化的功夫得到玄冥的境界，這境界是自然、是與物無對，如果以邏輯思維的方法，是難以了解的，故只有通過「不知」「無」「忘」與「因」「任」方法，不是訴諸理智，不訴諸邏輯分析，而是一種反復工夫，以直覺體悟去把握，而直覺只能體悟不可言說，因此總令人覺得其獨化境界為神秘不可知，郭象提示出「無心」「忘」「因」「任」等工夫方法，作為契入境界的方法，這在後來是唐代道教學者成玄英有所體悟，他在注解此意時云：「夫至道不絕，非有、非無，故執有、執無，二俱不可。」《莊子・則陽》篇，成玄英疏此文以為道是有、無的統一體，既非有非無，又亦有亦無，因此把握道，只能用「重玄法」；成玄英疏說：「有欲之人，唯滯於有；無欲之人，又滯於無，故說一玄，以遣雙執，又恐學者滯於此玄，更袪後病計，既而非但不滯於滯，亦乃不滯於不滯，此乃遣之又遣，故日：玄之又玄」（成玄英・《老子義疏》）。

（四）郭象之「言意兩忘」

　　言意之辨發展至最後，走向言意兼忘得必歸的趨向，東晉以後，受佛學廣範的傳播影響，佛學思想方法，主張言意兩忘，或言意雙遣，在此前提下，盡意不再是認知的主要目的，故東晉以後言意之辨嚴謹說來已不存在，言意兩忘的命題緣起，可上溯源《莊子》，在《莊子・秋水》篇中云：

> 可以言論者，物之粗也，可以意致者，物之精也，言之所不能論，
>
> 意之所不能察致者，不期精粗焉。

在此，言論與意致並列，言、意、象三者地位相當，意的地位下降，提供理論前提。魏晉之際，向秀注《莊子》，獲得極大的學術成就，但向秀生前未注〈秋水〉、及〈至樂〉二篇，故此段文字未引起注著意，到西晉元康時期，郭象注〈秋水〉才開始意識到這段話的意義：

> 唯無而已，何精粗之有哉，夫言意者有也，而所言所意者，無也，
>
> 故求之於言意之表，而入乎無言無意之域，而後至。

可見「言意兩忘」是郭象特有的見解，故求之於言意之表，而入乎無言無意之域，本可導致言意之辨的終結，但因郭象理論被埋沒，又因西晉的滅亡，使得此一命題被掩蓋。

　　至東晉初期王導為學術界的領袖，以三理為談，標舉正始之音，玄學復興，言不盡意、言盡意論兩派各有堅持，也各有市場擁護者，言意之辨於玄學界還有熱點。言意之辨終於何時，並沒有正確的答案，但以下的例證，或者可以作為言意之辨不再是玄學討論的重大議題，在南齊時期王僧虔作〈誡子書〉云：

又才性四本，聲無哀樂，皆言家口實，如客之有設也。〔註84〕

王僧虔作〈誡子書〉，在這裡，只言及言家口實〈才性四本〉，與聲無哀樂，而不提到言意之辨，這似乎不是有意的遺忘，而是說言意之辨，在此時不在是玄學爭論的焦點，可以推定的說，言意之辨，晉、宋之際，已趨尾聲，隨著佛學的興盛，佛理的深入及滲透，言意之爭，趨於轉向佛學領域中，成為佛學重要的方法論。

五、庾敳之「有意、無意之間」

庾敳《晉書》有傳，晉惠帝永嘉中為石勒所害，據《世說新語・文學》篇云：

庾子嵩作意賦成，從子文康見，問曰：「若有意邪？非賦所能盡，若無意邪？復何所賦？答曰：正在有意、無意之間！〔註85〕

庾凱〈意賦〉創作的動機，在於見王室多難，知終嬰其禍，乃作〈意賦〉以寄懷，〈意賦〉強調言在有意無意之間，正是得意忘言的進一步發展，係對言、意的一種超越，是言意雙遣的說法。

六、張韓之「不用舌論」

張韓，生平未詳，《藝文類聚・卷十七》載有他的「不用舌論」，作者題為晉張韓，但察考《晉書》及《世說新語》記載，都未見張韓之名者，張韓為何許人，由於目前有關張韓的時代生平、資料，尚未有翔實的資料出現，故無定論，有些學者，如嚴可均即懷疑張韓就是張翰之誤，張翰，入《晉書・文苑傳》，早年為齊王冏所辟，有感天下將亂，見秋風起，思念故鄉之鱸魚膾與蓴菜羹，遂命駕而歸，不久，齊王冏被長沙王乂所殺，時人稱許他有見機之明，年五十七卒，為兩晉之際的隱者，至於不用舌論文字內容，也因殘缺不全，只能據有限資料推論其大概。

張韓的不用舌論，將人的際遇命運結合以論言意；可說是「言不盡意論」玄學思潮流行下的產物，張韓以不用舌論來論證「言不盡意」，張韓云：

論者以為心氣相驅，因舌而言，卷舌翕氣，安得暢理。余以為留意於言，不如留意於不言；徒知無舌之通心，未盡有舌之必通心也，仲尼云：天何言哉四時行焉，夫子之文章可得而聞也，夫子之言性

〔註84〕參見蕭子顯撰，《南齊書》卷三十三，頁598。
〔註85〕參見楊勇撰，《世說新語校箋》，頁200，臺北：正文書局，1992年10月。

> 與天道，不可得而聞也，是謂主精愈不可聞，樞機之發，主乎榮辱，
> 禍言相尋，召福甚希，喪元滅族，沒有餘哀，三緘告慎，銘在金人，
> 留侯不得已而掉三寸，亦反初服而效神仙，靈龜啓兆于有識，前卻
> 可通於千年；鸚鵡猩猩，鼓弄於籠羅，財無一介之存，普天地之與
> 人物，亦何屑於有言哉？（《藝文類聚・卷十七》、《全晉文・卷一百
> 七》）〔註86〕。

他認為舌是用來說話的，不用舌，就不能說話，無舌而不說話，就可以不用
語言表達思想和意義；語言符號不能通理，即不能說明如孔子所說的性與天
道，所謂「是謂至精，愈不可聞」；這樣精微之理，言既不能通理，就只能用
心來通理，引文中不用舌論，認為離開語言系統，直接以心意來交流；這是
否定「言盡意論」，而與「言不盡意」論相一致。

〔註86〕 參見歐陽詢撰，《藝文類聚》卷十七，頁318，上海：古籍出版社，1999年5
月1刷，又嚴可均輯，《全晉文》卷一百七，頁2077，北京：中華書局。

第五章　東晉玄學言意之辨之發展

　　晉室東渡，王導輔佐晉元帝在建業即位，面對大批的北人渡過長江，到江左尋求避難所，局勢處在不穩定的狀態中，為了立足江左，奠立基業，必須化解南北文化與政治隔閡所造成的矛盾衝突，於是王導在政治上採行落網吞舟、清靜寬容的綏靖政策；在玄學思想大方針指導下，修正西晉以來不良玄風影響下的一些錯誤政治作為，一方面積極的拉攏吳地的士族，禮賢下士，寬容以收服人心；一方面為了消除南來北人士人的精神空虛，於是在南方重開談座；東晉初期在王導的積極用心經營下，作到了糾合南北人心一致對外的效果；從此沿續東晉南朝二、三百年的基業；故東晉玄學可說是斷而復續，東晉前期的這一批中興名士，實以王導為中心，在王導的組織倡導下，積極進行接班人的培養，殷浩、王濛、劉惔等人表現得最凸出，據《世說新語·文學》篇云：

　　舊云：王丞相過江左，止道聲無哀樂，養生、言盡意論三理而已，
　　然宛轉關生，無所不入。〔註1〕

王導主持江左清談談座時，立論的根據，止標「三理」，所謂「三理」，分別取自於嵇康〈聲無哀樂論〉及〈養生論〉外，還取自於歐陽建的〈言盡意論〉；王導標舉「三理」的用意，主要在於收安定人心的效果；並不是將清談限定在談「三理」上面而已，他是以「三理」為基礎，擴及到所有的玄學議題上，因為無所不入，所以王導清談內容沒有紀錄下來；而其中「宛轉關生」，指涉的涵義可能是對生活現實的關注，這可能是為了因應東晉政治現實趨勢，鑑於西晉覆亡，引導學術風氣走向重實際事務上來，避免陷入不切實際的本體抽象玄虛的

〔註1〕參見楊勇撰，《世說新語校箋》，頁162，臺北：正文書局，1992年10月。

義理討論；這是王導標舉「三理」的最大原因；東晉在王導重開談座後，玄學一直處在興盛之中，東晉玄學家所作的貢獻在於兼綜儒道；將西晉的玄學加以全面的繼承與綜合的運用，雖然沒有獨創出新理來，卻可以收到撫慰人心、安頓戰亂後精神空虛的效果，尤其以玄學作為政治施政的指導原則，只要收拾頹廢，重新振起，證明玄學思想對於名士成就功業還是有所助益的，前有王導，後有謝安，這說明了名士只要有清醒的頭腦與實際的才幹，不要好高鶩遠，能適時發揮才幹而務實作為，玄學仍是有其積極意義與價值的。

隨著東晉政、經情勢的變化，東晉玄學的言意之辨也有不同的發展，東晉王朝是在門閥士族擁護下建立起來的，皇權力量薄弱，無力主持政局，東晉計有十一位君主，大多年幼即位或才能平庸者，因此由家族輪流執政，與司馬氏共天下者有四大家族，這是歷史上其他各代少見的現象，他們既是權臣又是名士，分別為王導、庾亮、桓溫與謝安，皇室與家族兩者相輔相成、利害共生；支撐了東晉政權得以延續百年之久。

居東晉思想主流的玄學，在言意之辨議題上，從王導標舉「三理」重「言盡意論」後；有關「言意之辨」的議題再次激烈論辨，要到東晉中期才再度被提出，據文獻所載，東晉中期清談場上的一次「言意之辨」的論爭，雙方代表分別為孫盛與殷浩，論辯的焦點集中在《周易》象、意關係的議題上，針對孫盛所持「易象妙於見形論」展開，這次清談盛會由司馬昱（即後來的簡文帝）為相時所發起，論爭規模頗大，參與的人數非常之多，幾乎包括東晉中期重要的清談名家都來加入，但持象數論派的學者僅有孫盛，玄學義理派的人數眾多，義理派在不斷的奧援下，最後，勢單力薄象術派代表孫盛，因眾人圍攻下才敗下陣來，玄論義理派取得最後勝利；玄學言意之辨經這次論爭後，似乎已不再成為爭論的焦點，所有爭論已然平息；東晉中後期，殷浩外甥韓康伯，繼承了王弼，運用言意理論來注解王弼未注的《易經》部分，使得王弼《易經・注》內容趨於完善，王弼《易經注》，從此成為日後各代官方《易注》權威，韓康伯補注《易經》，可說於王弼有大大的功勞；南齊王僧虔〈誡子書〉中曾提及當時玄學流行的概況有一段話說：

> 又才性四本，聲無哀樂，皆言家口實，如客之有設也。〔註2〕

「言意之辨」不再列名其中，這說明玄學「言意之辨」再作為言家口實上，當時已近於尾聲；言意之辨的不再是清談場上的熱點，其實這也是正式宣告玄學

〔註2〕 蕭子顯撰，《南齊書》卷三十三，頁598，北京：中華書局，1992年7月5版。

作為魏晉學術生命因無創造新理論結束；以上所述是東晉約百年左右，玄學言意理論在玄學歷史中發展的全程；此後，玄學言意理論在雖不在玄學領域中論辨場上為人注意與提起，但並不是說言意之辨作為方法理論重要性就因此消失，言意理論在東晉中後期逐漸轉移其他領域中發揮著無比的影響力，如轉進入佛學領域中逐漸與佛學思維方法合流，使得佛學從依附玄學到取代玄學，進而成為東晉南北朝以後的學術主流思想，佛學以其理論的深度吸引名士的眼光，與言意理論融入佛學思維的方法論中的作用有關，玄學言意理論的「言不盡意論」、「得意忘言忘象」、「言意雙遣」等，其思維方法起了接引佛學進入中國起了很大的方便，佛學緣起觀講性空、法空、我空、空、假、中道等等之義與玄學可說一脈相承；在玄學言意之辨影響下使得佛學漸漸從「格義」粗疏比附中脫離出來，達到了純粹的獨立的佛學義理學的探討；可見玄學言意之辨成為引進佛學進入中國生根起了很大的作用；除此之外，魏晉玄學的言意之辨的理論在此時期早已轉進入中國詩學領域中，悄悄地在詩學之領域中開花結果，促使中國古典詩學理論內容更為豐富，從漢代重比興之義與政教實用功能而開創出魏晉以後重審美的意象、意境理論範疇，豐富了詩學理論的內涵與深度；足見言意理論除玄學之外，仍然不斷地在發揮他的作用；這段歷程是本文下面所要探討考察的重點。

第一節　東晉之崇實作風與東晉初期玄學言意之辨之發展

一、東晉之崇實作風

　　東晉鑒於西晉永嘉之禍中原覆滅的前車之鑑，中興名士不得不在思想言行上有所反省，對西晉放達玄虛任誕之風作出調整，其實這種反省能力早在西晉未亡前夕，已經在玄學人士本身開始展開，如裴頠著〈崇有論〉，對王衍貴無玄虛思想作出攻擊，歐陽建作〈言盡意論〉，重在切身所關的客觀現實存在的理，不必追求現實存在以外，不切實際玄虛空無的理，樂廣也說過：「名教中自有樂地」，甚至王衍自己臨亡前都感歎云：「嗚呼！吾曹雖不如古人，向若不主尚浮虛，戮力以匡天下，猶可不至於今日。」〔註3〕另外，如劉琨在

─────────────────

〔註 3〕 參見，《晉書・卷四十三・王衍傳》，頁 1235，北京：中華書局，1993 年 10月。

〈答盧諶書〉中說自己年輕時「未嘗檢括，遠慕老莊之齊物，近嘉阮生之放曠，怪厚薄何從而生，哀樂何由而至。」到了國破家亡，才知虛無放曠、齊物達觀，實際上是作不到的，而後知道聃周之為虛誕，嗣宗之為妄作，劉琨從親身經歷說明玄虛之風不可取，他們這些人思想的轉變，說明西晉之際，對於玄學異化的省思，一批名士內部具有代表性的的想法。

此外，東晉初期，還有一批史學家著文反對當時的浮華虛誕的風氣，如干寶、虞預、李充等人；如虞預，「雅好經史，憎疾玄虛，其論阮籍裸袒，（坦）比之伊川披髮，所以胡虜遍于中國，以為過於衰周之時。」〔註4〕，又李充「幼好刑名之學，深抑虛浮之士。」〔註5〕他著有〈學箴〉，強調「聖教救其末，老莊明其本，本末之途殊而為教一也。」老莊、雖然說明了事物與世界的根本原理，但不能拿來實際的運用，想要治理世界，救治衰危，還是須要依靠儒家的名教，所以認為禮教不可廢。

干寶《晉紀·總論》對西晉虛誕玄風，就有更為激烈的批評，然而干寶的分析是頗具用心的，干寶不從老莊學玄虛之弊，來解釋風俗衰弊，而是從治道不良，來解釋老莊之學玄學盛行的原因，他認為西晉建立之初，並不是本儒家的王道原則來施政，這是後來晉室覆亡的潛在因素，晉室的滅亡在於儒家的道德敗壞，其首要原因在於治道的不純，以致於形成玄虛浮華、爭競逐利的士風，及生出種種腐敗的現象；這種分析是比較深刻的。值得注意的是干寶的《晉紀》〔註6〕是官方性質的書，修成之後，曾奏於朝廷，他的見解雖然不能完全代表朝廷的意見，但至少是朝廷認可的見解，而推薦干寶擔任史官的人，就是東晉的著名宰相王導，王導倡導修史對西晉的興衰治亂的原因必然詳加探討，以作為東晉政權的借鏡，由此可見干寶的意見，在一定程度上可以代表王導的意見，《晉書·卷一·宣帝紀》載云：

> 明帝時，王導侍坐，帝問前世所以得天下，導乃陳帝創業之始，及
> 文帝末高貴鄉公事，明帝以面覆床曰：若如公言，晉祚安得長遠，
> 迹其猜忍，蓋有符於狼顧。

王導陳述西晉得天下的歷史，使明帝以面覆床，說出了若如公言，晉祚安得長遠的話，王導陳述內容當然是不光彩的事，連明帝都感到羞愧，東晉人面對著西晉的滅亡，對西晉必然評價甚低，連帶對西晉創業之君必然都有微詞，

〔註4〕見，《晉書·卷八十二·虞預傳》，頁2143，北京：中華書局，1993年10月。
〔註5〕見，《晉書·卷九十二·李充傳》，頁2389，北京：中華書局，1993年10月。
〔註6〕見，《晉書·卷八十二·干寶傳》，頁2150，北京：中華書局，1993年10月。

東晉的政治文化，繼承西晉，但對於西晉的種種缺失，必然思想出以矯正爲考量的重點，對西晉不切實務，存在著有更多的警覺。

當王導輔佐元帝，除了一面維護清談活動進行，以確保士人的精神自由外，一方面也不忘要興修儒學，興復名教，雖然王導的學術思想的根本在於玄學，不在儒學，儒學提倡功效不大，但不可輕忽的是東晉官方興修儒學對學風的影響，這是奠定日後儒、道合一從思想落實到行爲上的起點。

東晉談座，可以分前後兩期說明，言意之辨仍然有其熱點，故爲東晉重要玄學各家涉及，可依此劃分前後，前期代表，重要人物有王導，東晉的清談玄學帶動，居首功地位者，就是王導，標三理，倡「言盡意論」，言意之辨後期以殷浩、殷融叔姪所主〈象不盡意論〉，及孫盛主〈易象妙於見形論〉，可爲代表；此後，有韓康伯運用以注《易經》；過此以往，東晉學術重心轉移至佛玄交涉的問題，有關玄、佛交涉情形也一并列入，以作爲本文考察重點，以下先考察東晉初期的言意之辨。

二、東晉初期王導之「言盡意論」

東晉渡江初期，清談座上以王導爲中心，圍繞王導旁邊的清談名士，負有盛名者，如衛玠、王濛、謝琨等人多屬之，《世說新語・文學》二十二條，載有王導主導的一次清談盛會說：

> 殷中軍爲庾公（亮）長史，下都王丞相爲之集，桓公、王長史、王藍田、謝鎭西並在，丞相自起解帳帶麈尾，語殷曰：身今日當與君共談析理，既共清言，遂達三更，丞相與殷共相往反，其餘諸賢略無所關，既彼我相盡，丞相乃歎曰：向來語，乃竟未知理源所歸，至於辭喻不相負，正始之音正當爾耳，明旦，桓宣武語人曰：昨夜聽殷王清言，甚佳，仁祖亦不寂寞，我亦時復造心，顧看兩王掾，輒翣如生母狗馨。

《世說新語・文學》篇的這條資料，對我們了解東晉玄學清談的情況是很有幫助的，引文資料指出，東晉初期曾舉辦一場規模盛大的清談盛會，此盛會的發起人，就是東晉初期身繫朝廷安危的名相王導，參與盛會者，俱爲當時知名之清談玄學名士，其中殷浩是主要的對手，算是重要的來賓，作陪者有桓溫、王濛、王述、謝尚等人；這場辯論盛會，辯論雙方，清言論辨是極激烈的，結果是旗鼓相當不分勝負，沒有得出勝理，但雙方論證極佳、言辭也極美，可以比美正始之音，參與者對這場盛會記憶深刻，難得的經驗。

　　根據唐翼明先生研究指出，王導發起這場盛會的目的，可以說「是給年輕的玄學家樹立標準與榜樣」〔註7〕，至於王導的玄學造詣如何，由於文獻紀錄有限，並不甚清楚，但東晉玄學有所謂著名的「三理」，即來自王導的倡導，所謂「三理」，即〈聲無哀樂〉、〈養生〉、〈言盡意論〉，關於此三理，《世說新語・文學》篇云：

　　　舊云：王丞相過江左，止道聲無哀樂，養生，言盡意論，三理而已，

　　　然宛轉關生，無所不入。〔註8〕

究竟何以王導要標特標「三理」？「三理」之理所關，都以切身生命有關，如「聲無哀樂論」，其主旨對傳統儒家音樂觀音樂有政教之作用，聲音與感情的關係問題；「養生論」，則對生命涵養問題，從形、神兼養，內心少私寡欲，內心和泰，在輔以靈芝，潤以醴泉，調和音樂，則長生可得，神仙可期，「言盡意論」，則是對「言不盡意論」的駁論，著重在實理探求〔註9〕。

　　「三理」前二條，理論出於嵇康論文題目，後一條題目與嵇康「言不盡意論」意思相反，大陸學者王葆玹先生於《玄學通論》一書中，大膽的對劉義慶《世說新語》一書這條記載提出懷疑，進一步指出王導所標「三理」的「言盡意論」可能是「言不盡意論」的誤脫，原因是嵇康著有〈周易・言不盡意論〉；因為王導有意在宣揚嵇康思想，身為竹林名士嵇康，有崇高的聲譽，卻死於非命；身為參與竹林交游的七賢之一王戎家族的後輩的王導，渡江後替嵇康之冤平反，借此舉也可抬高家族聲勢的用意在，刻意宣揚三理，由這些理由可推知認為都出於嵇康，而且嵇康另著有「言不盡意論」，已亡佚〔註10〕。

　　所謂「三理」：即嵇康〈聲無哀樂論〉，從其中的內容來看，談到的理想政治是無為而治，簡易之教，玄化潛道，天人交泰，蕩滌塵垢，群生安逸。〈養生論〉的內容認為導養得理，以盡生命，則長壽可以善求之，而自厚者所以善其所生，其求益者必失其性；故萬物皆得順應自然；歐陽建的言盡意論與王弼言不盡意論對立，反對先驗論與不可知論，有一種強烈的務實精神，王導於眾多的玄學理論著述中，特好此三者，這正是他一生政績中，將清談與政治完美結合的理論〔註11〕；成大教授江建俊在〈論四玄〉一文中曾對王葆

〔註7〕　參見《魏晉清談》，頁254，唐翼明著，臺北：東大圖書，1992年10月。

〔註8〕　參見楊勇撰，《世說新語校釋》，頁162，臺北：正文書局，1992年10月。

〔註9〕　參見孔毅著，《魏晉名士》，頁143。

〔註10〕　參見王葆玹先生，《玄學通論》，，頁385。

〔註11〕　參見江建俊先生著，〈論四玄〉，《成大學報》第八期，2000年6月。

玹先生於《玄學通論》說法提出有力的反駁，值得引借：

> 若如今人所考，言盡意論當為嵇康的言不盡意論，則必數屬形上玄
> 虛之道，那就與王導重視當下真實人生不契，因為其他二理，養生
> 論、聲無哀樂論，皆以宣和情志為訴求，無不貼切人生，其言宛轉
> 關生（關涉人生各層面問題），正可呼應三理循還相生，皆與現實人
> 生離不開關係。（〈論四玄〉）

江建俊〈論四玄〉一文中的說法，是更符合於東晉初期歷史事實，以及江左
名士心態，原因如下：

其一，是王導經營江東用心良苦，西晉覆滅一部分原因歸究於玄虛之弊，
王導必然有所警惕，所謂殷鑑不遠，故以言盡意論的崇實作風矯玄虛之弊。

其二，干寶《晉紀·總論》對於前朝興衰存亡，探究原由，作出深入分
析，對於禮教蕩然無存，祖尚玄虛多所批評，干寶為史官，由王導一手提拔，
而干寶的史觀，極可能足以代表王導的史觀。

王導宣揚「三理」，開玄學新局，積極培養下一代新名士如衛玠、殷浩、
謝尚、王濛，劉惔等人成為新名士，使得玄學清談等學術思想得以在江東生
根延續下去；而王導刻意培植的新秀，的確在東晉中後期嶄露頭角，成為中
後期清談領袖；從這裏，可以看到王導的積極苦心。

其三，王導倡導的江東新玄學，旨在調合各方的矛盾，容儒家的名教與
道家的自然為一，成為東晉名士的人格典型模式，名士們言行的指導原則，
王導的根柢思想仍在於玄學思想；這種兼容並蓄的玄學思潮，體現在東晉名
士的實際言行作為上，自然名教的合而為一，對促成日後東晉思想界的玄禮
兼修、與玄佛的交融起了很大的作用。

其四，言盡意與言不盡意，明顯對立，如果說真是古書誤記，真如王葆
玹說法這關節處走了樣，雖不無可能，但歷來不乏洞見高明之士，卻未曾有
人發現，提出異議，今人研究單從邏輯統一性推理而斷定這種可能，但言盡
意論與言不盡意論並不是絕對的對立，兩者差異僅是立論角度不同而已，這
種推理雖一定的有邏輯統一性，卻似乎忽略西晉滅亡的慘痛歷史經驗對東晉
時代政治環境的影響，玄學之士對於玄學浮虛之弊必有深刻的反醒，王衍臨
難的悔語，以及渡江後「新亭對泣」的一幕，不正是清談名士面對政治變局
所作出的痛切反省的例子。其五：再據《世說新語·文學》篇所載王導評殷
浩語云：

　　向來語，乃未知理源所歸，至於辭喻我不相負，正始之音，正當爾
　　耳。〔註12〕

足見王導的玄學造詣是頗高的，對於王、何「正始之音」也有極清楚的了解，
言意理論，有兩個層次，其一為言不盡意論，這是漢魏以來，從人物品評、
才性論以及玄論派皆加以運用，故可知為玄學家共同的主張，太和談座荀粲
以言不盡意論，作為「六經為聖人糠秕」說立論的根據，正始時期何晏、王
弼運用「言不盡意論」成為玄學家領悟真理、窮理盡性（體道）的方法，並
用以注解經典，會通儒道；竹林名士嵇康等人，用「言不盡意」的方法，來
越名教而任自然，反經合道，追求自然之玄心；由此可見「言不盡意」普遍
成為玄學的表達方式，與解經著論等的工具，進而為立身處事的準式，其影
響之層面之廣大可知。其二，為「言盡意論」，為元康時期歐陽建之新說，自
元康時期裴頠〈崇有論〉破斥何王貴無、阮籍之末流玄虛放蕩之弊，其藥治
的對象主要是王衍；王衍為王戎堂弟，中朝名士的首出人物，為公認的領袖，
因門第顯貴，又居高位，以清談浮虛為務後進之士，莫不景仰，爭相仿效，
在其影響下，矜高浮誕，遂成風俗；鑑於王衍，尸位素餐，玄虛放蕩、不遵
禮法，裴頠建崇有之論以矯其弊；而歐陽堅石（建）則立「言盡意論」，似有
意與裴頠建〈崇有論〉相呼應，以破斥「言不盡意論」；對「言不盡意論」的
玄虛之弊起了壓抑作用；「言盡意論」在方法論上也有一定的意義，「言盡意
論」的實質就是名實論，以邏輯分析認識客體對象的認識方法，屬於名理學，
對辨名析理，有一定的理論價值；在裴頠建〈崇有論〉，與歐陽建「言盡意論」
出現的衝擊下，玄論派貴無與言不盡意論確有消聲收斂的現象；「言盡意論」
似有取代「言不盡意論」之勢，此後由於社會的動蕩，玄風稍戢；東晉王導
立足江左，標舉「三理」，歐陽堅石之「言盡意論」為其中之一，其用意即在
以務實代虛浮；這是王導的卓識，也是苦心，可以見知「言盡意論」對東晉
中興名士都能以務實代玄虛放蕩，起過一定影響。

〔註12〕 參見楊勇撰，《世說新語校釋》，頁 163，臺北：正文書局，1992 年 10 月。

第二節　東晉中期之「言不盡意論」與「妙象見形論」之爭

一、殷浩之「言不盡意論」

　　殷浩，字淵源，陳郡長平人，識度清遠，弱冠有美名，與叔父殷融俱好《老子》、《周易》；殷融善長著作，殷浩長於口談，魏晉時代重在清談，清談爲主、著述爲輔，殷浩名聲超過其叔殷融，爲當時玄談所宗，長於《老》、《易》，又精於〈才性四本〉，這些專長，使他在玄談界無往不利，《世說新語・文學》篇云：

> 殷中軍雖思慮通長，然於才性偏精，忽言及四本，便若湯池鐵城，無可攻之勢。

〈才性四本論〉爲殷浩之專長，東晉時期給乎無人可以抗衡，史載名僧支道林能標新義於眾名賢之外，卻敗在殷浩〈才性四本論〉上，據《世說新語・文學》所載，支道林與殷浩到簡文帝之處的清談，簡文帝對支道林說，可試交一言，並提醒他說，才性殆是淵源骰函之固，君其愼之，兩人開始清談，並避免陷入〈才性四本〉的陷阱中，在談四回後，竟又不覺掉到他的陷阱中而敗下陣來，簡文安慰支道林說，「此自是其勝場，安可爭鋒」〔註13〕，可見殷浩清談場上對〈才性四本論〉的專精，就連名僧支道林也非敵手。

　　〈才性四本論〉在魏、晉時，本是言家口實；但東晉後，已經少有人精通，殷浩精於〈才性四本論〉，使他在清談場中常立於不敗之地。

　　殷浩雖說是清談場上的常勝軍，但卻遇到了兩位勁敵，他們分別是孫盛與劉惔二人；孫盛爲渡江後，成爲東晉象術派易學之傑出代表，殷浩則爲玄學義理派代表，從《世說新語》的記載中，可以看到此兩人在清談場上彼此爭強鬥氣，互爭勝負。

> 賓主廢寢忘食，殷嘗乃與語孫曰：卿莫作強口馬，我當穿卿鼻。孫
> 曰：卿不見決牛鼻人當穿卿頰。〔註14〕（《世說新語・文學》）

兩人彼此不相謙讓可知，其論辯的激烈，以屈服對方爲已足，殷浩與劉惔同屬義理派，殷浩繁辭派，與簡約派不同，除與孫盛論爭外，殷浩又遇一論辯之強敵劉惔，據《世說》所載稱說殷浩又與劉惔二人清談良久，殷理小屈，

〔註13〕參見楊勇撰，《世說新語校釋》，頁182，臺北：正文書局，1992年10月。
〔註14〕參見楊勇撰，《世說新語校釋》，頁172，臺北：正文書局，1992年10月。

遊辭不已，劉惔不理會他，等到殷離開後，劉惔說：「田舍兒，強學人作爾馨語。」意即鄉下人，卻學人這般談論，簡文帝的朝廷，爲了抑制桓溫野心，起用殷浩以爲抗衡，拜爲建武將軍揚州刺史，出鎮揚州，在任，治政頗嚴；可見殷浩確有實才。

北方石季龍死，中原大亂，殷浩乘機北伐，因處置不當，晉師敗績，桓溫上書歸罪殷浩，朝廷遂廢爲庶人，徙於東陽信安縣；爲了排遣內心的鬱悶，開始讀佛經。

> 殷中軍被廢，徙東陽大讀佛經，皆精解，唯至事數處不解。遇見一
> 道人問所籤，便釋然。〔註15〕（《世說新語 文學》）

殷浩始讀佛經表現出來的意義，除了維護玄學清談地位不敗外，另一重要原因是佛學比玄學更能撫慰人心，義理深度高於玄學，故殷浩被吸引，這是東晉佛學勢力逐漸取代玄學的開始的顯明例證，殷浩一接觸佛經後，其思想表現是「及讀小品，便一往參詣」。

殷浩兵敗被廢後，失志而讀佛經，初讀《維摩詰》後，見小品，便能開發小品之精微幽滯，足可與一代高僧支遁相抗衡，他認爲佛理才是眞正理之所在，超出其他名理之外，從殷浩的研讀佛理，適足以見到玄學有漸被佛學取代的趨勢。

二、孫盛及其「易象妙於見形論」

東晉中期，穆帝以一歲幼年即位，崇德后聽政，由簡文作相輔政，此時曾舉行有一場清談盛會，由簡文發起，參與者爲王導當年提拔的後輩，此時已成爲清談界的高手，這些人除了桓溫在武昌，支遁、許詢在會稽外，出席者孫盛、殷浩、劉惔、王濛、謝尚等人，都是當時清談界的高手。

孫盛（307～378）字安國，晉大原中都人，祖孫楚曾爲馮太守，父孫恂曾任穎川太守，出身官宦家庭，自幼受良好的教育，晉書本傳稱「篤學不倦，自少至老，手不釋卷。」

孫盛曾任職陶侃、庾亮、庾翼及桓溫等人幕僚，東晉歷史家，玄學家；史學著作有《魏氏春秋》二十卷，《晉陽秋》三十二卷，有良史之稱，可惜二書俱亡佚；玄學思想上，他站在以儒融道的立場，對王弼以來貴無玄學提出反批評，著作有〈老聃非大賢論〉、〈老子疑問反訊〉及〈易象妙於見形論〉。

〔註15〕參見楊勇撰，《世說新語校釋》，頁188，臺北：正文書局，1992年10月頁188。

　　東晉玄學界的這場盛況空前的大論爭，圍繞著正是易學中言意之辨論題展開的，換言之，東晉玄學清談的這一場激烈的論爭，就是「微言盡意」與「妙象盡形論」之爭，據《世說新語・文學》篇載云：

> 殷中軍、孫安國、王、謝能言諸賢，悉在會稽王許，殷與孫共論「易象妙於見形」孫與道合，意氣干雲，一坐咸不安孫理，而辭不能屈，會稽王慨然歎曰：「使眞長來，故應有以制彼。」既迎眞長，孫意已不如。眞長既至，先令孫自敘本理，孫麤說己語，亦覺殊不及向，劉便作二百許，語辭簡切，孫理遂屈，一坐同時拊（撫）掌而笑，稱美良久。〔註16〕

引文中，殷中軍即殷浩，孫安國即孫盛，王、謝即王濛、謝尚，眞長即劉惔，會稽王許即簡文帝司馬昱，他是司馬睿少子，初封琅邪王，咸和元年，徙封會稽王，即位後，止作二年皇帝，其子爲孝武帝司馬曜，然執政二十八年之久，大權實落入桓溫之手，政治上雖無建樹 但他是東晉中期清談活動的組織者，如劉惔、王濛、孫盛、支遁、許詢、韓伯等人都是他的座上賓客，這些人是當時談場中的最負盛名的人物；諸人中，除了孫安國即孫盛，主張易象妙於見形，重視六爻圓通無礙之外，屬象數派；其餘諸人都屬微言義理派，關於此場辯論，另據《晉書・劉惔傳》載云：

> 時孫盛作易象妙於見形論，帝使殷浩難之，不能屈，帝曰：「使眞長至來，故應有以制之」，乃命迎惔，及至，便與抗答，辭甚簡至，盛理遂屈。〔註17〕

孫盛所持觀點「易象妙於見形」論，內容已經亡佚，部分文字保留在《三國志・魏書・鍾會傳・裴松之注》中，另外《世說新語・劉孝標注》引殷浩的駁論中，也可以據以推知其持論的主要觀點；先看《三國志・魏書・鍾會傳・裴松之注》中云：

> 孫盛曰：「易之爲書，窮神知化，非天下之至精，其孰能與於此？世之注解，殆皆妄也，況弼以傅會之辨，而欲籠統玄旨者乎，故其敘浮義則麗辭溢目，造陰陽則妙賾無間，至於六爻變化，羣象所效，日時歲月，五氣相推，弼皆擯落，多所不關，雖有可觀者焉，恐將

〔註16〕參見楊勇撰，《世說新語校釋》，頁186，臺北：正文書局，1992年10月頁188。

〔註17〕見，《晉書・卷七十五・劉惔傳》，頁1991，北京：中華書局，1993年10月。

泥夫大道。」〔註18〕

孫盛本漢易學象術派觀點，反對王弼以來玄學義理派，認爲王弼等以義理爲主，棄陰陽、五行於不顧的謬誤，又據《世說新語》劉孝標注所引「殷與孫共論〈易象妙於見形〉」條下注云：

> 其論略曰：聖人知觀器不足以達變，故表圓應於著（詩）龜，圓應不足爲典要，故寄妙跡於六爻，六爻周流，唯化所適，故雖一畫而吉凶並彰，微一則失之矣，擬器托象而慶咎交著，繫器則失之矣，故設六卦者，蓋緣化之影跡也；天下者，寄見之一形也，圓影備未備之象，一形兼未形之形，故盡二儀之道，不與乾坤同齊妙，風雨之變，不與巽坎同體矣。

由於孫盛「易象妙於見形」論，內容已經亡佚，本段文字經學者專家考定，認爲是殷浩對孫盛〈易象妙於見形〉的駁論〔註19〕；但可據此留存文字，略推孫盛之持論觀點；孫盛則認爲《易象》備位未備之形，兼未形之形，故可以盡意，這與西晉管輅說法相似；其分別只在管輅以爲象在經傳之外，孫盛則認爲象在《易傳》之中；以殷浩爲代表的諸人，顯然是繼承王弼玄學義理派而來，所持的觀點以爲「言、象不盡意」而「微言盡意論」者，兩派持論立場鮮明，針鋒相對。

在這次論爭之中，孫盛受到微言義理派的圍攻，卻贏了殷浩，在微言義理派增援下，才輸給劉惔；關於劉惔，他是明帝女婿，謝安內兄；東晉玄學談場上有崇高地位，仕至丹陽尹，卒年三十六；在東晉中期的清談界，享有極崇高聲譽，劉惔，據《世說新語・賞譽》篇注引〈王濛別傳〉載說，東晉時人以劉惔比荀粲，他與殷浩談辨，互有勝負；曾推薦張憑給司馬昱，是爲微言盡意論者；殷浩玄學造詣，由下列時人對於批評的記載可以看出，據《世說新語・品藻》篇曾載有謝安評殷浩、支遁二人優劣云：

> 正爾有超拔，支乃過殷，然爲薈薈論辯，恐口（殷）欲制支〔註20〕

〔註18〕 參見，《三國志・卷二十八・鍾會傳》，頁796。
〔註19〕 朱伯崑所著《易經哲學史》即主此說，其論據有四：其一劉孝標注此段文字，置於殷皓與孫盛論易象妙於見形論下。其二此文論旨反對取象說。其三此段文字強調卦爻象只是表達義理之工具或變化之影子而已。其四孫盛肯定卦爻象表現周易之妙道，即道寓於形器中；殷皓對此，則持否定的態度。詳參，《易經哲學史》，第一卷，頁335～337。
〔註20〕 參見楊勇撰，《世說新語校釋》，頁404，臺北：正文書局，1992年10月。

殷浩爲東晉初期玄學清談界數一數二之佼佼者，支道林則爲名僧兼名士，兩者可說是論辯場上的棋逢對手；兩人表現可說是各有擅長，又引司馬昱（簡文帝），評殷浩語說：「不可勝人，差可獻酬羣心。」都給與殷浩崇高的評價。

與殷浩持論立場相同者，又有殷融，殷融爲殷浩叔父，據《世說新語・賞譽》篇注說殷融撰有〈象不盡意論〉，與孫盛〈易象妙於見形論〉不同，而持論應與殷浩論點相同。

與殷浩持論立場相同者，另外有孫綽，孫綽作有〈遊天臺山賦〉，主張散以象外之說，孫綽支持支遁，而《世說新語・輕詆篇》注引《支遁傳》說：「遁每標舉會宗，而不留心於象喻」，可見孫綽、支遁等人屬於微言盡意論者的典型，據王葆玹所著《玄學通論》所說，東晉王羲之的書法，與顧愷之的繪畫，都是盡意的妙象，則王、顧等人，似乎與孫盛〈易象妙於見形論〉有所聯繫〔註21〕。

三、庾闡之「蓍龜爲影跡論」

〈蓍龜論〉（《藝文類聚・卷七十五》），東晉初期庾闡的論《易》之作，旨在論辯象數與神妙之道的關係，〈蓍龜論〉云：

> 物生而後有象，有象而後有數，有數而後吉凶存焉，蓍者尋數之主，非神明之主所存，龜者啓兆之質，非靈照之所生。何以明之，夫求物之於闇室，夜鑒者得之，無夜鑒之朗，又以火得之，得之之功同也；致功之迹異也，不可見目因火鑒，便謂火爲目、神憑蓍通，又謂蓍爲神也。

神明之道，借、龜、蓍顯作用，但龜、蓍只是影跡，只是工具，不是妙道的本身；他進一步論證云：

> 且殊方之卜，或責象草木，或取類瓦石，而吉凶之應，不異蓍龜；此爲神明之主自有妙會，不由形器，尋理之器，或因他方，不繫蓍龜；然經有天生神物，又載圓神之說，言者所由也，直稱神之美，以及其迹，亦猶筌雖得魚，筌非魚也，蹄雖得兔，蹄非兔也，是以象以求妙，妙得而象忘，蓍以求神，神窮而蓍廢。

〔註21〕參見王葆玹著，《玄學通論》，頁241。東晉王羲之的書法，與顧愷之的繪畫，都是盡意的妙象。

卜的工具形器不同，但吉、凶靈應與蓍、龜並無差異，《易·繫辭》所說的「蓍之德圓而神」是在贊美蓍龜背後德義的神妙，並引王弼筌魚之喻以結出「象以求妙，妙得而象忘，蓍以求神，神窮而蓍廢」之義，這是「得意忘言忘象論」的觀點。

庾闡《蓍龜論》將此觀點推廣至繪畫領域上，認為繪畫形象不足傳神，則與妙象見形論所主「爻象可傳道之妙」對反；庾闡《蓍龜論》主張，與殷浩、殷融叔姪屬於同一派別，而與孫盛「妙象見形論」明顯的對立。

第三節　東晉佛玄交涉時期言意之辨之發展

東晉有佛學玄學化，佛學玄學化是佛學進入中國後，佛學為適應中國學術思想的根土，名僧與名士交遊，名僧化身為名士，進行思想的會通，採用的方法，魏晉尤其是東晉南北朝，是中國思想界上如何消化佛學的一個重要階段，此時稱為格義佛學，所謂「格義」即以經中術數擬配外書，其後越明瞭有特異之處，兼以佛理大明，不必借俗說理，遂廢棄不用，代之而起者，有所謂新方法，這就是的言意之辨的方法，故「言意之辨」在此可謂為玄學與佛學的交會期的聯結點與新方法，由於玄學佛學互相依傍，玄學才得以順利接引佛學，造成佛學在中國由附庸而成大國，因而有隋唐時期佛學的大盛，茲舉此時期代表人物有支遁、僧肇與道生為例，略述其與言意之辨之關係。

一、支道林「言不盡意」及其在佛玄思想之運用

（一）支道林之事略

支遁，字道林，本姓關氏，陳留人，或云，河東林慮人，年五十三，幼有神理，聰明秀徹，初至京師，太原王濛甚重之曰：「造微之功，不減輔嗣（音似）」，陳郡殷融嘗與衛玠交，謂其神情俊徹，後進莫有繼之者，及見遁，歡息以為重見若人。〔註22〕年二十五出家，每至講肆，善標宗會，而章句或有所遺，時為守文者所陋，謝安聞而善之曰：此乃九方堙之相馬也，略其玄黃，而取其駿逸。（頁 159，高僧傳，梁，釋慧皎撰，北京中華書局）一代名流如許詢、殷浩、孫綽、王文度、袁彥伯等，皆著塵外之遊。注有〈逍遙篇〉、《安般》、《四禪》諸經，〈即色游玄論〉、〈聖不辯知論〉，〈道行旨歸〉，〈學道誡〉等。

〔註22〕參見梁釋慧皎撰，《高僧傳·卷四·支遁傳》，頁 159，北京：中華書局。

支遁嘗在白馬寺，與劉系之等談莊子〈逍遙篇〉云：「各適性爲逍遙」。
遁曰：「不然，夫桀跖殘害爲性，若適性爲得者，彼亦逍遙矣。」於是退而著
注〈逍遙篇〉，群儒舊學，莫不歎服〔註23〕；王羲之時在會稽，素聞遁名，未
之信，謂人曰：「一往之氣，何足言。」後遁既還剡，經由于郡，王故詣遁，
觀其風力。既至，王謂遁曰：「逍遙篇可得而聞乎？」遁乃作數千言，標揭新
理，才藻驚絕，王遂披衿（襟）解帶，流連不能已，乃請住靈嘉寺，意存相
近。〔註24〕

太原王濛宿構精理，撰其才藻，往詣遁，作數百語，自謂遁莫能抗。遁
乃徐曰：「貧道與君別來多年，君語了不長進。」濛慚而退焉，乃歎曰：「實
緇鉢之王何也。」郗超問謝安：「林公談何如嵇中散？」安曰：「嵇努力才得
去耳。」又問「何如殷浩」安曰：「亹亹論辯，恐殷制支，超拔直上淵源，浩
實有慚德。」另據郗超〈與親友書〉云：

> 林法師神理所通，玄拔獨悟，實數百年來，紹明大法，令眞理不絕，
>
> 一人而已。〔註25〕

郗超爲支公的信徒，二人言論，互相契合，既而收迹剡山，畢命林澤。人嘗
有遺遁馬者，遁愛而養之，時或有譏之者，遁曰：「愛其神駿，聊復蓄耳。」
後有餉鶴者，遁曰：「爾沖天之物，寧爲耳目之翫乎？」

綜上所述，可見支公本爲名僧，所交遊者大多爲名士，其本人又兼名士
的習尚。

（二）支道林之「得意忘言」及其在玄佛思想之運用

支公對天人之學義理有獨到的體悟，表現在〈上晉帝書〉中：「眞靈各一，
人神相忘，君君而下無親舉，神神而呪不加靈，玄德交被，民荷冥祐。」所
謂「眞靈各一」，指個體生命皆有眞我靈性，所謂「人神相忘」，指人神感潤
通貫，相冥相契，此即生命本體與現象互通而爲一即天人一體的境界，天人
境界的徹悟不是由邏輯推論而得，不是由思維辨證而得，唯賴自身的切實體
悟，亦即通過自身直覺的功夫，於身心行爲中體驗、省察而來，可見，支遁
對天人義理的感通與體悟，故能從佛家立場對天人義理境界有所揭示。而對
於天人義理的會歸統攝，正是玄學的本質與言意之辨所欲解決的中心問題，

〔註23〕參見梁釋慧皎撰，《高僧傳》，頁 160，北京：中華書局。
〔註24〕參見梁釋慧皎撰，《高僧傳》，頁 160，北京：中華書局。
〔註25〕參見梁釋慧皎撰，《高僧傳》，頁 161，北京：中華書局。

《世說新語‧文學》篇稱：

> 支道林造即色論，論成之後，示王中郎（坦之），中郎無言，支曰：
> 默而識之乎？王曰：既無文殊，誰能見賞。

「默而識之乎？」語出《論語》，「既無文殊，誰能見賞。」典故出自《維摩詰經》，《維摩詰經》記稱：「文殊大士問維摩詰居士，何者菩薩入不二法門？維摩詰卻默然無語，文殊大士乃歎曰：「是眞入不二法門者也。」佛教經典此段問答，類似玄學得意忘言的思想；又《世說新語‧文學》篇載稱支公聞褚季野與孫安國論南人北人之爲學云：

> 褚季野語孫安國云「北人學問淵綜廣博。」孫答曰：「南人學問，清
> 通簡要。」支道林聞之曰：「聖賢固所忘言，自中人以還，北人看書，
> 如顯處視月，南人學問，如牖中窺日。」（頁165）

由此可見，支遁論學乃歸宗於忘言得意；前面引文曾論及支道林說：

> 每至講肆，善標宗會，而章句或有所遺，時爲守文者所陋，謝安聞
> 而善之曰：此乃九方堙之相馬也，略其玄黃，而取其駿逸。〔註26〕

九方皋相馬，只重天機，不顧毛色，得其精而忘其麤，在其內而忘其外，這則記載，又見於《列子‧說符》篇中，支公講經說法，只求會通神意，而略其章句，這明顯的就是玄學言意之辨「得意忘言忘象論」的運用；又支道林注解《莊子‧逍遙義》時，就採用寄言出意的方法，指出寄言鵬鷃而顯大道之狀，鵬鷃之狀，無須明言，並認爲只要取其大意，則不致害其要旨，支道林有詩云：「踟躕觀物象，未始見全牛。毛鱗有所貴，所貴在忘筌。」（〈詠懷詩五首〉其一）〔註27〕。「寓言豈所託，得意筌自喪。」（〈五月長齋詩〉）〔註28〕「不爲故爲貴，忘奇故奇神。」（〈詠八日詩三首〉其二）〔註29〕也都是得意忘言的表現，可見支道林受玄學言意之辨的言不盡意、得意忘言的影響是極其顯然的。

支道林標有即色空義，其所特標出即色者，僧肇曾破云：「夫言色者，但當色即色，豈待色而後有爲色哉。」直語色不自色（此指色果），爲未領色之非色。

〔註26〕參見梁釋慧皎撰，《高僧傳‧卷四‧支遁傳》，頁159，北京：中華書局，1997年10月3版。

〔註27〕逯欽立輯校，《先秦漢魏晉南北朝詩‧晉詩》卷二十，頁1080，北京：中華書局。

〔註28〕逯欽立輯校，《先秦漢魏晉南北朝詩‧晉詩》卷二十，頁1079，北京：中華書局。

〔註29〕逯欽立輯校，《先秦漢魏晉南北朝詩‧晉詩》卷二十，頁1078，北京：中華書局。

此指色因），僧肇以為即色空之失，既未領會即色是空，又忽略「假名有」的缺失，因為「假名有」有破除頑空之效，湯用彤先生則以為支公持存神之義。

　　支道林之理想人格，常在曰至人，而至人也者，在乎能凝守精神，其神逍遙至足，如《世說新語》注引支氏〈逍遙篇〉曰：

> 夫逍遙者，明至人之心也，……至人乘天正而高興，遊無窮於放浪，物物而不物於物，則遙然不我得，玄感不為，不疾而速，則逍然靡不適，此所以為逍遙。

湯用彤先生論及此段話之意云：

> 蓋心神本不動，自得其得，自適其適，苟能自得自適，則應變無窮，自人方面言之，則謂之聖，自理方面言之，則名曰道，道乃無名無始，聖曰：無可無不可，無可不可，亦逍遙論自適自足，……然苟能凝此冥寂之心知，則神朗，神朗則逆鑑，是真無所不知矣，是抑應變無窮也，苟能神朗忘玄無心，則智全言廢，即所謂還群靈於本無也。〔註30〕

湯用彤先生又說：「而支公蓋亦兼通老、莊之人，因此而六朝之初，佛教性空本無之說，憑借老莊清談，吸引一代文人名士，於是天下學術之大柄，蓋漸為釋子所奪。」〔註31〕

　　由上述諸例，可見支遁借玄學言意之辨與得意忘言的方法以溝通佛理，實則般若義理，深入玄微，不落言詮，正與玄學的超越物象，意在言外，玄學精神相合契，因此促成玄學與佛學兩者的相互合流，基於此，故湯用彤先生《魏晉玄學論稿》中說：「般若方便之義，法華權教之說，均合乎寄言出意之旨。」

二、僧肇「言不盡意論」及其在般若之運用

　　僧肇，本姓張，京兆人（陝西‧西安），生於東晉武帝太元九年（384 年），卒於東晉安帝義熙十年（414 年），年三十一。〔註32〕家貧以佣書為業，因此

〔註30〕見，《湯用彤全集》三《理學‧佛學‧印度學‧論格義》，頁239，佛光文化事業公司，2001 年 4 月。

〔註31〕見《湯用彤全集》三《理學‧佛學‧印度學‧論格義》，頁239，佛光文化事業公司，2001 年 4 月。

〔註32〕據釋慧皎撰湯用彤校注《高僧傳》卷六〈僧肇傳〉，北京：中華，1997 年 10 月 3 版；又據許抗生《僧肇年譜》收入《僧肇評傳》，頁 368，南京大學出版社，1998 年 12 月 1 刷。

有機會覽觀經史，盡備墳籍，後讀佛經《維摩詰經》，歡喜頂受，使知所歸，以此出家為僧，學善《方等》，曾入長安師事鳩摩羅什，兼通三藏，成為佛學中知識淵博的年青學者，與道生、廬山慧遠、及劉遺民俱有思想上交往，著有〈般若無知論〉、〈涅槃無名論〉、〈不真空〉、〈物不遷〉等論，並為其師鳩摩羅什所譯《維摩詰經》、〈百論〉等作注及序。

佛學以為對道的體悟要靠智慧，即般若，言意之辨表現於佛學即為語言與般若之關係。

僧肇認為名言概念只是假號，只是施設，而般若法性，卻是無名無相，故非言象可得，言象不能達到真如法性，但他又意識到如果言不達意，意又如何可傳？因此他認為佛教八不方法，主張不斷的破除邊見，以得真如；僧肇將知識看作是惑知，以般若為聖智，聖智幽微，深隱難測，無相無名，乃非言象之所得，而聖智即般若，它不同於知識，但僧肇又以為聖智與言象是統一的，他說：

> 夫智以所知，取相故名知，真諦自無相，真智何由知，所以然者，夫所知非所知也，所知生於知，所知即生知，知亦生所知，所知既相生，相生即緣法，緣法故非真，非真故非真諦也，故中觀云：物從因緣有，故不真，不從因緣，故即真，⋯⋯是以真智觀真諦，未嘗取所知；智不取所知，此智何由知？然智非無知，但真諦非所知，故真智亦非知，而子欲以緣求智，故以智為知，緣自非緣，於何而求知？〔註33〕

智即智慧般若，以知識為其所知，知識不過是為人開方便認識萬物而已，真諦本身無形體，智慧如何認識？因此必須依賴知識，意不離言。

僧肇《說放光》云：「般若無所有相，無生滅相」，般若智慧不關注具體事物，而是照見萬法之實相，體萬有之性空，般若不同於知識，用來照無相的真諦，真諦無實體，般若也非具體的存在。相對於知識，認識於事物分析性，片面性、局限性，般若從整體上把握世界，因此做作到「無知而無不知」，智雖無知，但從整體上了知世界之真諦，悟萬物之性空，獲得智慧，證得涅槃，由此可知僧肇〈般若無知論〉正是玄學「言意之辨」「言不盡意論」流行影響下的發展。

〔註33〕參見嚴可均輯，《全晉文》卷一百六十四，頁2413，北京：中華書局。

三、道生「得意忘言」及其在佛學思想之運用

道生，本性魏，鉅鹿人，寓居彭城，家世仕族，父爲廣戚令，鄉里稱善人，道生幼穎悟，聰哲若神，其父知非凡器，愛而異之；後值沙門竺法汰，遂改俗歸依，伏膺受業，後與慧叡、慧嚴同遊長安，師事鳩摩羅什〔註34〕，道生爲中土涅槃學之聖，晉宋之際，倡導涅槃學，風行一時，般若學，因此沉極下去。

佛學加速中國化，這與玄學言意之辨方法對佛學，特別是般若思想接引有重大關係，般若思想的諸法、眞如、空等觀念，與玄學思想的自然、無、有等觀念相通。

言意之辨，東晉支遁用以講經，後晉、宋之際的竺道生，持之以廣用，這對促成佛學中國化，大有助益。

（一）言意之辯與道生「一闡提人皆有佛性說」

道生佛學思想最有名的主張是「一闡提皆有佛性」說，道生一提出此說時，受到守舊派激烈的攻擊，一闡提人無佛性，是當時流行說法，當時六卷《泥洹經》有明文記載稱「一闡提無佛性，不能成佛」；六卷《大乘·泥洹經》云：

> 佛告迦葉，除一闡提，諸眾生其有聞此大般泥洹方等契經，爲菩薩因者，當知是等已曾供養無量諸佛故。

> 復次，善男子，如虛空中興大雲雨，雨於大地，枯木、山、石及諸高原，其水不住，流漱下田，陂池蓄滿，眾生受此摩訶衍大乘法雨，一闡提如木、石、高原之地，不受菩提因緣津澤。

> 譬如明珠著濁水中，水即澄清，投之淤泥，不能令清，投一闡提淤泥之中，千百萬歲不能令清，起菩提因，所以者何，無善根故。

這是認爲一闡提沒有善根，所以不能成佛，可是經中另一段卻云：

> 一切眾生，皆有眞實如來之理，悉同一色。

同一經中，兩處所說，一邊說闡提無佛性不能成佛，一邊說眾生皆有佛性，互相矛盾；道生運用玄學得意忘言，得魚忘筌的解經方法，解經依義不依言，不墨守經文，認爲新譯之經義未盡〔註35〕，因此不顧守文者的反對，徹悟言外，大膽提出「一闡提悉有佛性」說法，從而轟動當時佛教論壇，道生這種

〔註34〕參見釋慧皎撰，湯用彤校注《高僧傳·道生傳》卷七，頁255～257，北京：中華，1997年10月3版。

〔註35〕道生疑法顯帶回六卷本《泥洹經》不夠完整，不久曇無讖譯四十卷本《大般涅槃經》傳出，經中果然有一闡提也有佛性之說法。

思想與傳統中國儒學孔、孟、荀「人人皆可成堯舜」主張,「塗之人可以成禹」人性平等的主張相契合,這就更爲擴大佛學在中土的影響力,其後《涅槃大本》傳到京師,果然稱一闡提悉有佛性,與道生所說若合符契。

(二)「得意忘言」與道生「頓悟說」

道生常以入道之要,慧解爲本;解釋慧解時有所謂:「夫象以盡意,得意則象忘,言以詮理,入理則言息。……若忘筌取魚,使可與言道矣。」〔註36〕只有忘言、忘象,或忘筌的人,才可以得道;據慧達《肇論‧疏》云:

> 第一,竺道生大頓悟云:夫稱頓悟者,明理不可分,悟語照極,以
> 不二之悟,符不分之理,理智悉釋,謂之頓悟。(慧達《肇論‧疏‧
> 涅槃無名論》)

道生倡頓悟的根據在於理不可分,理不分階段,理既不分,則無大慧、小慧之別,二乘、三乘之辯,眞理自然一體,沒有差別,悟即頓悟、大悟,不容有階級;此正是魏晉言意之辨思維方法的運用,頓悟說影響所及,除開禪宗外,也啓宋儒伊川聖人可求而至的思想。

玄學言意之辨,在東晉成爲佛經的解釋運用的普遍的方法,取得共識,形成普遍的詮釋經點典的方法,故言意之辨是玄學接引佛學進入中國的最便利的橋樑,也是促成佛學加速中國化,東晉玄學一方面隨著時代的推移難以翻出新意,加以貴游子弟不學無術,後繼無人,而日趨衰微,另一方面取而代之是佛學、文學的興盛,佛學有更高深的義理,值得智力之士投入玩味,文學關涉個人功名聲譽的提昇,更能吸引文人學士投注心力於其中,言意之辨發從玄學領域轉向佛學領域發展,而是取得全面的勝利,以另類的型態,繼續發揮影響力量,從溝通中土玄學與佛學思想的岐義,到接引佛學入東土,形成具有東土特色天臺、法相、華嚴與禪宗等不同宗派在隋唐盛行,慧能以不識文字卻成爲南宗禪鼻祖,南宗禪頓悟成佛,不依傍經典,爲成佛開方便法門,中唐後,佛學其他各宗式微,而南宗禪大盛,禪學思維方式,不立文字,直指本心,拋棄語言文字,運用純粹的直覺傳達不可說境界的奧妙,如當頭棒、喝、參公案等是其中主要形式之一,正是來自於得意忘言思維方式轉換運用,宋明理學、心學盛行,理學運用的思維方法也無不與「得意忘言」「窮理盡性」相關?不僅佛學、理學如此,魏晉玄學「言意之辨」轉換至詩

〔註36〕參見釋慧皎撰,湯用彤校注《高僧傳‧道生傳》卷七,頁256,北京:中華,1997年10月3版。

文學領域中，使得詩文學領域從理論到創作都獲得了源頭活水，在創作中注意到主體情意的揭發，客觀物態的刻劃等生動的表現外，更追求心物渾化結合以有效的傳達出韻外之致，理論上著重藝術內部客觀規律的探尋，以「言盡意」出發，注重文字語言的鍛煉，進而追求那無迹可求，言外之意，象外之意等等的無限詩意空間，以及不落言詮的性情、興象、神韻與境界等的人格精神生命與藝術生命合一的渾成境界，情景心物的高度融合追求提出，開拓出新興繁榮的詩歌以及詩學意境無限空間，並且使詩學藝術的美向無限寬廣的境界提昇。

第六章　玄學「言意之辨」與
魏晉六朝詩學之關係

　　「言意之辨」成為魏晉玄學重要的認識方法論，使得玄學體系因新方法的發現與運用，得以提昇至本體論高度的理論，成為魏晉南北朝的清談名士熱衷從事追求玄遠得以成名的主流思想，言意之辨從哲學思想領域，滲透進入詩學領域中，造成魏晉詩學理論與創作的變革與創新，這從考察比較兩漢魏晉南北朝的重要的代表的相關詩文理論如曹丕《典論·論文》、陸機〈文賦〉、劉勰《文心雕龍》，及鍾嶸《詩品》等，從他們論文的重心由漢人的詩文學重視外部功能的探討，轉移到詩學內部及文、言，象、物，心、情、意的關係探討上，就可以明顯的看出其變化的過程與明顯差異，這與言意之辨的影響息息相關；魏晉南北朝詩文論家與詩文學創作家在玄學思潮言意理論的啟示下，逐步掌握到詩文，尤其是詩學核心，就在於心、物間的關係，玄學言意之辨在這方面直接提供借鏡，以養分挹注詩學，終於產生了從意象到意境的詩學理論，進而帶動了後代中國詩學流變，雖然每時期，都有新的創作經驗的加入，及受新時代新因素的影響，但從傳統詩學源流演進發展情況來看，以言意為核心的基型並無質的改變，仍然是母子血脈相聯的關係，本文考察中國詩學流變，依時代分成三大期，以魏晉南北朝為一大期，唐代為一大期，宋明清為一期，進行考察，採用此作法原因在於言意之辨轉進詩學領域後，前期是以殷璠的興象論為結穴，唐時期漸次發展意境說，宋明清則又補充意境說內容至晚清王國維立境界說而為詩學意境說總結穴；魏晉文學理論起於曹丕《典論·論文》，〈論文〉採廣義的文學觀念以論文，從曹丕《典論·論

文》起，漸變漢人文學觀，啓魏晉文學新理論，宣示文學自覺，文學獨立的時代來臨，這時期文學涵義並未純化，文學內容包括詩賦之純文學與雜文學，但對詩賦的審美意識逐步形成，其後陸機〈文賦〉雖分文體爲十，但論文立場以詩賦爲首而展開的，玄學言意之辨引入詩學領域，〈文賦〉位居首功，其他詩人創作經驗的體會，未能以系統理論表示出來，如魏晉之際的阮籍、嵇康，東晉時代的陶淵明等人，都在詩中有過很好的表述過言意體會，並運用「言不盡意」的方法來作詩，這都正面的促成言意理論轉移詩學領域中，從而在詩學領域產生影響，以下將擇取重要詩學理論及創作進行考察。

第一節　玄學「言意之辨」轉換詩學言意理論之契機

在未進入各時期各階段詩學理論探討之前，本文必須先探討作爲玄學體系的「言意之辨」的認識論方法內容，包括「言盡意」、「言不盡意」、「立象以盡意」、「象不盡意」、「忘言忘象得意論」與「寄言出意」等，如何轉換成詩學理論？亦即「魏晉玄學」的方法論如何轉入詩學領域的契機，必須先有效的把握與說明。

「玄學」開始流行於魏晉之際，它是在儒家衰微之後，嶄新面貌興起的新學術，持續流行魏晉南北朝近三四百年之久，玄學以先秦道家爲骨幹，有老莊的面貌，卻又不同於先秦的道家，它在不完全背棄儒家名教倫理的前提下，兼取名家、法家的思想，以老、莊思想爲標誌，援道入儒，建立起以道家爲本、儒家爲末，融合道儒爲一而成的新學術，玄學與漢代儒家重視依經訓解不同，側重在抽象本體的研究上，具有思辨哲學的色彩，它提倡名教即自然，以自然爲體，名教爲用，玄學的根苗來自漢魏之際的才性論，才性論重在如何選拔人才以爲政治之用，這是曹魏「用人唯才」的理論根據的來源；才性論與漢代孝悌廉節、重德性的察舉征辟人才的標準有所不同，它以考核名實出發，進而研就究人才的普遍特性，從人物的性情的根本，推到天地萬物的根本，於是就有以無爲體，以有爲用的玄學的發展，這就對詩文學理論批評就有直接而重大的影響；尤其重要的是玄學思想在認識方法上，以「得意忘言忘象」「寄言出意」等爲重要的方法，玄學家以無爲體，以有爲用，有雖非無，但「無不可無明」，無必須借有才可能得到說明，因此「必因於有」，但一旦體會到「無」後，就必須捨棄有，這種認識論的方法，完整而具體的表現在玄學家所論的言、象、意三者關係的論述中，王弼《周易略例·明象》

篇所說最足代表，引述如下：

> 夫象者，出意者也。言者，明象者也。盡意莫若象，盡象莫若言。言生於象，故可尋言以觀象。象生於意，故可尋象以觀意。意以象盡，象以言著。
>
> 故言者所以明象，得象而忘言。象者所以存意，得意而忘象。猶蹄者所意以在兔，得兔而忘蹄；筌者所以在魚，得魚而人之忘筌也。然則言者象之蹄也，象者意之筌也。是故存言者非得象者也，存象者非得意者也，象生於意而存象焉，則所存者乃非其象也。言生於象而存言焉，則所存者乃非其言也。
>
> 然則忘象者，乃得意者也。忘言者，乃得象者也。得意在忘象，得象在忘言。故立象以盡意，而象可忘也，重畫以盡情，而畫可忘也。
>
> 〔註1〕

一方面，強調盡意莫若象，故可尋象以觀意；盡象莫若言，故可尋言以觀象；另一方面又說：言不等於象，象不等於意，不可執著言以爲象，不可執著於象以爲意，所以「得象而忘言」、「得意而忘象」，言、象只是得意的工具「言者，象之蹄」、「象者，意之筌」；綜合來看，不捨言象，又忘言、象，通過言、象，而又不拘言、象；言、象爲工具，用以把握玄遠的本體，沒有言、象的工具，也就不能把握本體的意；言、象屬於有名、有形、有限的現象世界、包括自然與社會等等各種現象，而玄遠的意、是無名、無形、無限的本體世界；這「得意忘言」的理論來自莊子〈外物〉篇，強調言不可廢，而在〈秋水〉〈天道〉篇有廢言的傾向，但經王弼等玄學家的巧思，言、意之間插入象的中介，使得玄學理論在認識論方法更趨嚴密，在玄學思想體用論中，由用通往體找到便捷的通道，現象不離本體，本體不離現象，體不離用、用不離體，體用一如；只有通過現象才能說明本體，否則本體孤懸於認知之外而失去意義。

　　「言不盡意」「忘象忘言得意」與「寄言出意」等方法，與漢人注經重在章句一字一句的依經訓解造成的繁瑣破碎，無疑的是一大革新，故湯用彤先生說：「王弼依此方法，乃將漢易象數之學，一舉廓清之。」（《魏晉玄學論稿·言意之辯》）此種方法，既可用以說明如何去領會至妙的玄理，又可以指導人們人生處世態度，亦可作爲文藝創作的指導思想〔註2〕；寄言出意、得意忘象

〔註1〕　參見，《王弼集校釋》，頁609。
〔註2〕　張少康、劉三富著，《中國理論批評發展史》上，頁165，北京：大學出版社。

忘言是本末、有無、體用的具體化，玄學家把獲得超現實的與自然同體的玄遠精神，作為人生的理想，而這種理想精神境界，又可以借現實之自然與社會來象徵，而無須從虛無縹緲中去尋找，在文學創作中，以有形的物質手段，所構成的形象，不過是情意借以寄托的工具，它本身並非情意，欲求作家情意，須從言象之外得之，如果執著具體的言象，則不能獲得無限的情意，但情意雖不在言象，卻又必須借言象才能獲得，故而追求言外之意，文外之旨，遂成為文藝家所欲達到的最終目的。從阮籍、嵇康、到陶淵明，他們創作上無不是追求一種超言絕象的言外之意的藝術境界，陸機〈文賦〉，將文學創作分文、意、物三者，從而論述其中之關係，劉勰《文心雕龍‧隱秀》篇、鍾嶸《詩品》等重要詩文理論專著，無不投注關愛眼神來審視言、意、象之問題，因而形成了中國詩歌理論最具特色之一的意境論，這受玄學思想言、象意關係的討論的影響啟發是直接而明顯的；除了意境理論，另外形神理論，虛實理論也是由言意關係討論中引申分流而出，從意境到形神再到虛實理論，這就構成中國詩學理論最具特色的三大重要環節。

玄學「言意之辨」論爭中，「言不盡意論」，成為「道家」與「玄學家」的共同主張，體現在詩文論中，衍出重自然、輕人工的觀點，如謝靈運的作品，有「芙蓉出水」之喻，主張這種觀點的詩人如李白，詩論家如鍾嶸等人。

而「言盡意論」成為儒家思想的主張，體現在詩文論中，衍成了重人工、雕琢的觀點，影響所及，如顏延之之作品有「錯采鏤金」之說，及後代的詩人如杜甫「語不驚人死不休」，詩論家如江西詩派「無一字無來歷」等詩學主張；綜合兩派觀點而有折衷派，即以人工達自然的基礎，如劉勰《文心雕龍》重自然又不廢人工；劉勰以天工、人工相統一的認識出發，他認識到人工為輔而自然為主；如〈隱秀〉篇云：

> 故自然會妙，譬草木之耀（悅）英華；潤色取美，譬朱繪帛之染朱綠。

《文心雕龍》處處以自然為美，又詳論種種人工的技巧提出，各種法度與規律，從構思風格到聲律、用典、句法、字法多作了具體的論述，將人工之美，看作是達到自然之妙的必須手段，他認為若無人工之美，不可能有自然之美，但是並不以人工之美為已足，而以自然之美為最高標準，則又趨近於道家與魏晉玄學家提示自然的語言觀。

第二節　魏初期言意之辨與曹丕「文氣說」之關係

東漢的選拔人才的察舉制度，選才標準重孝廉，鄉舉里選，地方官吏的察舉故人物品評風氣盛行，曹操執政後，鄙棄儒學，採行名法，選拔人才不再採用儒家道德仁義的標準，人才政策是「唯才是舉」不問品德的良否，有意打破漢以來「唯德是舉」人才政策，如《魏書》載曹操於建安八年令云：「治平尚德行，有事賞有功」，後來又分別在建安十五年、十九年、二十二年分別頒下三道求才令，才性問題，得到曹魏高度的重視，這涉及君王設官分職的問題，官吏任職才能是否與官職相稱，這是國君能否無為而治的關鍵，當時圍繞著人才的性行德能的種種問題進行探討，徐幹《中論》有論〈智行〉一篇，針對有才智而行不善問題，強調「聖人貴才智之特能立功立事，益於事矣。」而劉劭有人才學著作《人物志》一書，玄學思潮則有〈才性四本論〉之辨，都反應曹魏時代人才觀，成為新時代思潮的主題，曹丕在《典論·論文》中所論作家才性與文體特徵的關係，與這種政治學術變遷的背景相關，可說是這種政治學術變遷的背景下產生。

一、曹丕及其《典論·論文》之撰寫動機

曹丕（187～226），字子桓，為曹操的次子，漢獻帝建安二十二年立為世子，建安二十五曹操卒，繼位為魏王，不久篡漢自立，改元黃初，在位七年，卒，諡文帝，據《三國志·卷二·文帝紀》載稱：「初，帝好文學，以著述為務，自所勒成垂百篇。又使諸儒撰集經傳，隨類相從，凡千餘篇，號曰皇覽。」（《三國志》，頁88）條下，注引《魏書》曰：「帝初在東宮，疫癘大起，時人彫傷，帝深感歎，與素所敬者，大理王朗書曰：「生有七尺之形，死唯一棺之土，唯立德揚名，可以不朽，其次莫如著篇籍，疫癘數起，士人彫落，余獨何人，能全其壽？」故論撰所著《典論》，詩賦，蓋百餘篇，集諸儒於肅城門內，講論大義，侃侃無倦。」（《三國志》，頁88，《典論·論文》撰寫完成的時間，約為漢獻帝建安二十二年，曹丕未即位太子之前不久，《典論》一書為政治與學術的著作，〈論文〉為《典論》中的一篇，《典論》一書亡佚，今所存為殘卷，〈論文〉一篇因收入《昭明文選》中，而被保下來，曹丕撰寫典論動機，有感昔日同遊於好友如徐、陳、應、劉，因疾屬起，一時俱逝，但依王夢鷗先生考證，曹丕撰寫《典論·論文》有政治性的目的，與當時正是太

子儲位爭奪白熱化的有關〔註 3〕；《典論·論文》的出現，成為魏晉第一篇文學理論的代表作品，它標誌魏晉文學自覺新時代的來臨，新文學觀念的開啓，從《典論·論文》的內容看來，重在探討作家才性與作品的關係及才性與文體的關係，顯然與曹魏政治上「用人唯才」的政策下，魏晉玄學言意之辨初啓的才性論有關係，可以說，曹丕是將漢魏人倫鑑識的才性理論首次嘗試用以討論文學而著成專篇的第一人，曹丕本人精於人物鑑識曾有《士操》之作，與劉邵《人物志》並列（見《隋志·名家類》），性質同屬鑑識人倫之書。

　　曹丕《典論·論文》，對「文學」的認識，並未脫離漢人的「文學」的認識，包括純文學的詩賦，也包括非純文學的應用文奏議、書論等，對純文學詩賦的審美要求，則有深刻的認識，大大的推動著魏晉新時代詩賦唯美風氣的流行，典論論文撰寫時間，雖在玄學言意之辨風氣尚未大開之前，屬於才性論興盛階段，但由於才性論曾借「言不盡意」為談證，則「言不盡意論」在漢魏之際有隨著儒家衰微、道、法、刑、名家，重新盛行，而有新認識的可能，只是在《典論·論文》中所論重心在於從透過閱讀前輩作家中作品發現「文氣」，文氣由才性所決定，又作家個性不同偏向文體也有所不同，進而概括文體特徵的問題，尚未自覺涉及言意關係討論，下面即就《典論·論文》的內容重點分項進行考察。

二、《典論·論文》文氣說之要點

（一）文學批評不能客觀之原因

　　《典論·論文》從讀者的立場出發，一開始即論及文人普遍存在著相輕的毛病，並舉實例為證，進一步說明造成相輕毛病的原因，在於文人的善於自見：

> 文人相輕，自古而然，傅毅之於班固，伯仲之間耳，而固小之，與
> 弟超書曰：武仲以能屬文，為蘭臺令史，下筆不能自休。夫人善於
> 自見，而文非一體，鮮能備善，是以各以所長，相輕所短，俚語曰：
> 「家有弊帚，享之千金。」斯不自見之患也。

文人常以其天賦異稟，不同於一般人，自視甚高，往往目空一切，總認為文章是自己的好，先入為主，所以不能欣賞他人的作品，尤其對於不合己意的他人作品，往往不能客觀論斷，總以自己的偏見，衡量他人作品，即視如棄

〔註 3〕參見王夢鷗先生所著，《古典文學探索·曹丕典論論文索隱》一文，頁 51～65，
　　　　正中書局，1984 年版。

物，不知珍惜，這種相輕毛病形成的原因，就在於他不知道人的才性多有偏向，也不懂文體不只一種，因此「善於自見」，只知以自己長處、輕視別人短處，這就患了缺乏自知之明的毛病，由此更引發更多如貴古賤今，向聲背實，闇於自見，謂己為賢等種種不正確的文學批評的態度。

（二）建安七子沒有患相輕之毛病

《典論·論文》列舉當世最為盛名的七個文人，這是文學史上「建安七子」名稱首次出現的典據，「建安七子」包括徐幹、陳琳、應瑒、劉楨、阮瑀、孔融、王粲。

> 斯七子者，於學無所遺，於辭無所假，咸自以騁驥騄於千里，仰其
> 足而並馳，以此相服，亦良難矣。

曹丕認為建安七子的才學文章是真才實學，他們不作假、不抄襲，只有良性競爭，互相推服，確實難能可貴，其中較引後人爭論，在於孔融年紀大於其他六子，去世的較早，年輩恐與其他六子較不相契，而且又是其父曹操政敵，最後因政治立場不合，被曹操所殺，曹丕努力蒐集孔融遺文加以編集，將孔融列入建安七子之列，除了在於孔融文名盛外，也為表示自己論文的客觀性。

（三）建安七子才性不同，所擅長之文體也就不同

進一步以建安七子為例，指出七子才性不同，專長的文體也就不同，形成的作品風格也不同，明顯的看到了才性個性對於文體及文學風格的的決定作用。

> 王粲長於辭賦，長於辭賦，徐幹時有齊氣，然粲之匹也，……陳琳、
> 阮瑀長於章、表、書、記，應瑒和而不壯、劉楨壯而不密，孔融體
> 氣高妙，有過人者，然不能持論，理不勝辭，以至乎雜以嘲戲，及
> 其所善，楊、班儔也。

曹丕在另外一篇〈與吳質書〉中，也論及幾個作家的作品，可與此相參，其中敘及王粲說：「仲宣自善於辭賦，惜其體弱，不足起其文」〔註4〕，體弱正是體質弱，王粲善發楸慘之辭，與先天體質羸弱相關；徐幹有齊氣，據《文選》李善注云：「齊俗文體舒緩，而徐幹亦有斯累。」（《文選》卷五十二，頁734）齊地風俗對於文章與辭氣語氣遲緩的影響，李善注說文體舒緩為徐幹文章之缺點，則兩人才性偏向使辭賦柔弱的特點，表現在作品中，正是善長於辭賦的偏長原因，二人均以辭賦名家；陳琳、阮瑀長於章、表、書、記，而

〔註4〕《文選》卷四十二，頁603，臺北：藝文印書館，1979年3月。

辭賦不見得是其專長的文體，另外曹植曾有〈與楊德祖書〉說：「以孔璋之才，不閑辭賦，而多自謂與司馬長卿同風，譬畫虎不成，反為狗也」可以證知陳琳於辭賦較不善長，應瑒和而不壯、劉楨壯而不密，孔融體氣高妙，以氣論文，顯然承漢代元氣論的思路影響而來，漢人以為人之才氣依所稟元氣可以有陰陽之分，陽屬陽剛、陰為陰柔，曹丕主文以氣為主，強調的是陽剛之美，建安詩人以梗慨多氣見長，正是時代的普遍性要求反應，則曹丕論文欣賞陽剛之美勝過陰柔之美，七子中王粲、徐幹、應瑒質偏於陰柔之氣，劉楨、孔融則偏陽剛之氣，這是就其中個性才氣形成作品風格中所比較得來的印象。

（四）文體的區分四科八類，作家才性有偏向，擅長文體有不同

曹丕《典論·論文》首次將文體作區分，對各文體特徵進行研究，並提出要求：

> 夫文本同而末異，蓋奏議宜雅，書論宜理，銘誄尚實，詩賦欲麗，
>
> 此四科不同，能之者偏也，唯通才能備其體。

曹丕《典論·論文》是從漢以來，第一次對文體進行綜合性研究，雖然對於文體的辨析，雖嫌簡略，但卻有較高的理論概括性，「雅」「理」「實」「麗」，包括八類文體內容與形式而言，其中在純文學的「詩賦」一類，指出審美特點，詩賦「欲麗」，追求審美的要求，正式突破漢人詩賦講美刺政教實用功能的觀念，詩賦「欲麗」使得文人作家由詩賦外在功用的探討進入詩賦本身內在規律探討，審美成為純文學的要求，這經過後來陸機「詩緣情而綺靡」的理論進一步發揮，踵事增華，變本加厲，形成魏晉南北朝各文體全面詩賦化，使得魏晉南北朝駢儷唯美文風的大盛。

（五）文以氣為主，創作天才決定論

曹丕《典論·論文》承漢人宇宙元氣論的思想而來，認為氣為決定文章高下優劣的主導因素，〈論文〉云：

> 文以氣為主，氣之清濁有體，不可力強而致，譬諸音樂曲度雖均，
>
> 節奏同檢，至於引氣不齊，巧拙有素，雖在弟兄，不能以移子弟。

「文以氣為主」的氣，與先秦孟子所說的「浩然正氣」不同，孟子「浩然正氣」可以透過道德修練而獲得，表現出來在人身上就是道德的勇氣，而「文以氣為主」之「氣」指的是「先天才氣」只有稟受，無法經後天努力作為而能改變，這氣體現為作家的個性，表現在作品中，決定了創作風格。

（六）抬高文學之作用與價值，提昇文學家之地位

曹丕《典論·論文》中指出說：

> 文章者，經國之大業，不朽之盛事，年壽有時而盡，榮樂止乎其身，
> 未若文章之無窮，是以古之作者，寄身於翰墨，見意於篇章，不假
> 良史之辭，不托飛馳之勢，而聲名自傳於後。

根據《左傳》記載，早在春秋時代，叔孫豹論三不朽說：「太上立德、其次立功、其次立言」，三不朽中，立言排序最後，曹丕則強調文章為經國之大業、不朽之盛事，凸顯立言重要性，而強調說「是以古之作者，寄身於翰墨，見意於篇章，不假良史之辭，不托飛馳之勢，而聲名自傳於後。」認為言可以傳意，使人生命價值無窮，與玄學言盡意說法的一致，而略去立德、立功，明顯的將文章的價值高度提昇立德、立功之上，這與漢人的文學價值觀有所不同，漢人視文學視為經學的附庸，其功用價值表現為美刺，服務於政教人倫，強調文學的美風俗，經夫婦，厚人倫等，將文學家地位視為等同優伶，如揚雄所說「辭賦為雕蟲小技，是以壯夫不為也」。《典論·論文》擺脫文學的經學附庸地位，凸顯文學的本身價值，這就大大的推動了魏晉文學走向獨立的地位。

綜上所論可知漢魏之際，人倫鑑識風氣影響下，由清議的時政評論之受挫，掉轉談風向詆訶文章、揣嬺利病，轉向評論文章，《典論·論文》出現，適與在此種政治學術變遷風向相關，玄學首先興起的才性論論題的討論，辨析德性與才性的同異，目的在於提供政治上選拔人才的理論依據，區分才性、離、合、同、異，是當時政治、學術的熱門焦點，從《典論·論文》中，可以見出曹丕認為性決定才，才性是一致的觀點，才、性一致，由此才性論主張，進而可以推知他的言意觀點，應該不會贊成「言不盡意」的主張，曹丕本人具有人倫鑑識的專長，又有政治地位優勢，因此站在制高點以引領風氣，他比別人更多機會接觸古代的經史百家諸子之學，廣泛閱讀前人與當代作家作品中，他吸收當時玄學才性論的觀點，來從事文學作品的討論，撰成論文，提出「文以氣為主」的主張，認為作品風格受作家個性決定，《典論·論文》從才性論出發，在閱讀前人作品時，發現文氣，《典論·論文》主張文以氣為主，氣受於先天，無法改變，這氣也形成了作品的風格。氣雖不同於意，卻豐富了意的內容，神氣、氣韻諸說，日後詩歌藝術理論中重要的內容。他又區分論文體四科八類，指出作家個性不同，善長的文體就有偏向，進而發現作家個性與文體兩者之間的關係，他首次綜合的區分文體為四科八類，又倡導「詩賦欲麗」主張，擺脫漢人「發乎情、止乎禮」的保守政教實用觀點，

詩賦的審美特徵得到張揚，這就對魏晉以後的詩學理論與創作，都產生極深遠的影響。

第三節　玄學言意之辨與西晉陸機〈文賦〉之關係

首次將玄學言意之辨理論引入詩文領域中，在日後詩學中開出花果的是陸機，陸機著〈文賦〉，引賦體論文，名為論「文」，重心在論詩賦，〈文賦〉是魏晉時期繼《典論‧論文》以後文學理論的重要代表作，立論的重心偏重純文學的詩賦，故〈文賦〉所論，以詩賦為核心，影響到在詩學理論以及詩歌創作兩方面，陸機〈文賦〉前承曹丕《典論‧論文》，從作家立場出發，重視文學的內在規律的探討，下啟南朝齊梁時代劉勰《文心雕龍》一書的論文心，故學者認為陸機單憑〈文賦〉一篇的創作，就足以使陸機成為文學理論史上的重要代表人物，可見後人對〈文賦〉極高的評價，以及〈文賦〉在文學批評與理論史上的重要性。

我們可以說，全面受玄學言意之辨影響來論文，甚至以理論從事創作的人，就是陸機及其〈文賦〉，以下分項分別探討：

一、陸機及其著述

陸機生於魏元帝曹奐景元二年（261），卒於晉惠帝司馬衷太安二年（303），年四十三，《晉書》有傳；檢閱陸機相關傳記資料，略述生平經歷於下。

年二十而吳滅，退居舊里，閉門勤學，積有十年，至元康二年（292）陸機與其弟入洛陽，拜見當時太常張華，得到張華賞識提拔。元康年間，賈后當權，其姪賈謐當政，並起用張華、裴頠、裴楷、王戎管機要，這段時期是西晉歷史上較穩定時期，西晉文學，以這時期號稱最盛，賈謐好文，文士多集其左右，號稱二十四友，為魏晉六朝中重要文學集團，沈約稱為「綴平臺之逸響，采南皮之高韻。」這是繼西漢劉武，建安曹氏父子以來的重要文學集團。

據《通鑑》卷八十二，元康元年載稱：「賈謐、郭彰、權勢愈盛，賓客盈門，謐雖驕奢，而好學，喜延士大夫；郭彰、石崇、陸機、陸雲、和郁、潘岳、崔基、歐陽建、繆徵、杜斌、摯虞、諸葛詮、王粹、杜育、鄒捷、左思、劉懷、周恢、牽秀、陳眕、許猛、劉訥、劉輿（音于）劉琨、皆附於謐，號曰二十四友。」

陸機兄弟參與賈謐的二十四友交遊，二十四友交遊關係並不嚴密，政治立場，也並非一致，陸機兄弟後因牽涉入八王政爭，被誣死於司馬穎之手；河橋之敗，與弟雲，及從弟耽，竝誅，有《晉紀》四卷，《洛陽記》一卷，《要覽》若干卷，（集）四十七卷。〔註5〕

陸機以詩賦名世，詩賦傳世者不少，《文選》都所選錄，如〈浮雲〉、〈白雲〉、〈感時〉、〈祖德〉、〈述先〉、〈思親〉、〈述思〉、〈豪士〉、〈遂志〉、〈懷土〉、〈行思〉、〈士思〉、〈歸別〉、〈歎逝〉、〈愍思〉、〈大暮〉等賦，其中尤有名者除〈文賦〉外，有〈豪士賦〉、〈述志賦〉、〈祖德頌〉〈辨亡論〉等。

二、陸機〈文賦〉與玄學關係

陸機兄弟與玄學的關係，與〈文賦〉的出現，實有重大關係，過去學者多未給予肯定答案，周勛初曾寫〈文賦寫作年代初探〉一文舉出例證指出，「陸機熟練的使用玄學行話，可見他在寫作〈文賦〉時，已經受玄風的侵染」〔註6〕，依此，他更進一步指出，從陸機受玄風影響這一點上，也可證明〈文賦〉不太可能成於太康元年，吳亡家居之時；認為〈文賦〉創作年代是在入洛後，西晉文士齊聚賈謐門下之時。

關於陸機初入洛時，據袁氏王陸詩敘云：

> 機初入洛，次河南偃師，時忽結陰，望道左右，民居者，因往退宿，見一少綜檢名實，……此少年不甚欣解，將曉去，稅駕逆旅，問逆旅嫗，嫗曰：此東數十里無村落，君何宿而來，自東數十里，無村落，止有山陽王家墓，機乃怪悵，還睇昨路，空野霾雲，拱木蔽日，方知昨所遇者，審王弼也。

《水經注》卷十六谷水條記稱：

> 偃師屍鄉，其澤野負原夾郭，多玟隴焉，即陸士衡會王輔嗣處也。

此則故事的內容，在《晉書·陸雲傳》也有相同的記載說：

> （陸雲）至一家，便寄宿，見一少年，美風姿，共談老子，辭致深

〔註5〕見嚴可均輯，《全晉文》卷九十六，頁 2008。

〔註6〕周勛初撰〈文賦寫作年代初探〉一文指出，〈文賦〉一文中帶有玄學色彩之例很多如：「佇中區以玄覽，頤情志於典墳。」「課虛無以責有，叩寂寞而求音。」「攬營魂以探賾，頓精爽而自求。」等等都是，又受言意之辨影響之例如「若夫隨手之變，良難以辭逮」。又「若夫豐約之裁，俯仰之形，因宜適變，曲有微情……是蓋輪扁所不得言，故非華說之所能精」。該文收入《魏晉南北朝文學論叢》一書中，江蘇：古籍出版社，1999 年 11 月 1 版。

遠，向曉辭去，行十許里，至故人家，云此數十里無人家居，雲意
始悟，卻尋昨宿處，乃王弼家，雲本無玄學，自此談老殊進。〔註7〕
故事結束時說，「雲本無玄學，自此談老殊進」從此以後，陸氏兄弟玄學大進；
這是一則六朝志怪小說，前一則引文說的是陸機入洛，夜宿遇王弼鬼塚的故
事，後一則《晉書‧陸雲傳》之記載，則將遇王弼鬼魂之人，換成陸雲而已；
主角不同，故事內容則相同；這則鬼話，富於鬼趣，似乎傳達出一個重要的
信息，即陸氏兄弟在入洛之時，曾鑽研過《易》《老》《莊》等玄學之作，因
此才給人有「談老殊進」的感覺；就當時流行的學風來看，吳地的學風頗保
守，主要承襲漢人傳統，易主今文學家，王弼易學並不流行，當時吳地易學
有陸績所注《京氏易傳》，而陸績一系與陸遜一系長期聚居，關係密切，陸氏
是江東的大族，陸機自幼以來，即以家世自負，〈文賦〉中曾云「咏世德之駿
烈，誦先人之清芬。」故其易學傳習，只能學習陸績易學，不易偏離世傳易
學，陸機早期的作品並未見有玄風的痕跡，而〈文賦〉中顯然受玄學之侵染，
可見〈文賦〉不作於早期而是入洛後之作品。

三、〈文賦〉寫作時間之考察

〈文賦〉為陸機重要的文學理論著作，關於〈文賦〉寫作時間問題，歷
來存在著不少爭議，諸家說法有所不同。

問題緣起於唐代杜甫，杜甫於〈醉歌行〉一詩中有「陸機二十作文賦」，
後代學者據此以為〈文賦〉成於陸機二十歲，時晉武帝太康二年，吳滅不久
（隔年），而歷來無疑說。

直至清人何焯始懷疑，認為陸機不會在國家滅亡時，寫這樣文章，而認
為這篇文章應成於吳亡之後，與弟退居故里，閉門讀書時所寫；這時陸機年
約二十二、三歲，何焯說法，引起近代學者注意，大陸學者方面對此一問題，
多有探討；歸納他們的說法，有以下三說：

1. 主張〈文賦〉成於陸機二十歲者：有姜亮夫、張文勛、張少康等。

2. 主〈文賦〉成於陸機二十九歲者：有夏承燾入洛之後，即太康十年時，
   陸機為二十九歲。

3. 主〈文賦〉成於陸機四十歲前後者：此一說法的學者頗多，如逯欽立
   〈文賦撰出年代考〉據陸雲〈與兄平原書〉第八書斷定，陸侃如《中

〔註7〕房玄齡等撰，《晉書卷五十四‧陸雲傳》，頁1481～1482，北京：中華書局，
1993年10月。

古文學繫年》以〈文賦〉與〈歎逝賦〉同作於四十歲時，周勛初則從玄學思想對陸機影響入手，認爲成於四十歲。

李澤厚、劉綱紀撰《中國美學史》一書，則推測〈文賦〉爲未滿四十歲之前所作，茲引李澤厚、劉綱紀撰《中國美學史》一書的說法於下：

其實，要判定文賦寫成年代，不能不注意文賦的內容，從文賦中所說：詠世德之駿烈，誦先人之清芬。游文章之林府，嘉麗藻之彬彬。粲風飛而飆豎，郁雲起於翰林。濟文武于將墜，宣風聲於不泯。被金石而德廣，流管弦而日新。等語來看，完全是一種以文章歌頌功德的昇平氣象，從而有理由推想文賦應作於西晉王朝，未遭八王之亂以前，相對穩定的時期，但也不會離陸雲寫信的時間太長（302年至303年間），估計當在公元299年至300年四月之前，即趙王倫發動政變之前。此外，據陸機〈吊曹孟德文〉序，他于元康八年，即公元288年，出任著作郎，至299年，仍任此職，而文賦中上述的一些話，也正像出于著作郎之口，反過來再看，自公元300年四月，趙王倫發動政變，至公元303，陸機被殺，這一段時間，即陸機四十至四十三歲寫作文賦的可能性是極小的。〔註8〕

海外學者陳世襄先生撰有〈陸機文賦製成年代〉一文，根據陸雲與陸機的書信，其中提到陸機寫的幾篇賦，〈文賦〉篇目列在〈歎逝賦〉之前，而〈歎逝賦〉中有其自敘作賦之時，年已四十；陳世襄先生據此斷定〈文賦〉成於陸機三十九歲時，認爲〈文賦〉成於永康元年某月。

王夢鷗先生不同意於陳世襄先生說法，以爲陳世襄先生說法與歷史事實脫節，王夢鷗先生著〈陸機文賦所代表的文學觀念〉一文中，認爲「永康元年，八王之亂之宮庭慘劇，政壇波詭雲譎，陸機實無此心情寫文賦」，並進一步申論說：

因此，從文賦序文中所言，「余每觀才士之所做作，竊有得其用心」之語，及以其〈要覽・序〉云：「余於直省之暇，乃集要術三篇」等語看來，認爲〈文賦〉寫成於他爲著作郎時，故有在直省之暇，論列文史，據此推斷出撰成的年代約在元康八年，時張華未死，賈門二十四友，還各無恙；貴游豪戚之徒，聚在一起。〔註9〕

〔註8〕 見李澤厚、劉綱紀撰，《中國美學史》，頁238～頁239。
〔註9〕 〈陸機文賦所代表的文學觀念〉一文收入，《古典文學探索》一書，頁112，

以上諸家說法，以李澤厚、劉綱紀撰《中國美學史》一書，及王夢鷗先生說法，較近情理，本文據此說法，定〈文賦〉撰成時間，在於陸機入洛後，八王之亂未起之時，生活安定時，當時「二十四友」尚在，誠屬較有可能。

四、魏晉玄學言意之辨與〈文賦〉文意說之關係

陸機〈文賦〉立論重點偏重詩賦，對詩學理論啟示最大，詩學理論除了得自前人理論的承繼之外，也得自於實際創作經驗的歸納，理論建立後，又反過來指導作品創作，尤其是中國詩學更明顯，中國詩學家本身往往就是詩人兼批評家的身分，與西方詩人與批評家各自分離有明顯不同，理論與創作是一體的，對於陸機〈文賦〉亦然，本文先述理論影響部分，再述創作影響部分。

自魏明帝太和荀粲出現以來，玄學的言意之辯問題討論，玄學家普遍共識是「言不盡意」論，直至西晉元康時期歐陽建出，始標舉「言盡意論」以「違眾先生」之態對抗「雷同先生」所代表之流俗觀點，歐陽建的「言盡意論」看法，雖有力排眾議，不苟同流俗之見的特點，卻看不到語言與思想間的客觀矛盾存在的事實，所以不能對應「言不盡意論」的問題，在玄學貴無主流思潮下，估量「言盡意論」的影響是有限的，持「言盡意論」看法的人，如歐陽建，有學者懷疑其玄學家的身分，而將他僅止歸為西晉文學家身分而已，但筆者較不同意此說，而認為歐陽建為一玄學家，由他的字堅石，與名家有關，可推知他對名理學必有相當研究與興趣，名理學又是玄學初級階段當屬玄學的一部分；與歐陽建同列為賈謐二十四友的陸機，在文學活動中，很難說不受歐陽建「言盡意論」的影響，陸機為一代文宗，從〈文賦〉中論及言意物三者關係來看，陸機對於「言不盡意」說法，似難信服，與歐陽建「言盡意論」可謂異曲同工，兩者，在言意主張上相近，容易令人聯想在一起，陸機〈文賦〉將克服「言不盡意」是視為作家的最大難題，將「言盡意」作為作家創作上最苦腦的而必須解決的首要問題被提出來，所以我們可以說，陸機主觀上認為「言是可以盡意」，但在客觀上又體認到「言不盡意」的事實，針對這種矛盾，〈文賦〉有極深刻的認識，這由陸機在〈文賦〉一文中集中討論言意物三者關係的表現可知。

陸機〈文賦〉一文，在詩文學批評理論史上有其特殊性，這是詩論史第一篇以賦體論文的文章，〈文賦〉以「文」賦名篇，所論「文」的內涵，雖包

正中書局，1984 年版。

涵十種文體的內容，但陸機特別地將詩排列十體之首，指出「詩緣情而綺靡」，可見陸機以文賦所論，實著重在詩、賦體上，換言之即從純文學的立場來探討詩賦等創作規律及風格等問題，〈文賦〉將創作問題更集中上文、意、物三者之間的關係，這是將玄學言意之辨的思想的成果，直接有效的引進詩文學領域之中的運用，為日後詩學心、意、物之間關係的討論開先路，啟發興象、意境、言外之意，象外之意，形成日後詩學意象、意境說等重要的核心命題的提出，由此來看，陸機一文的重要性，在於詩文學理論的地位，是上承曹丕《典論·論文》，下啟劉勰《文心雕龍》；〈文賦〉討論的重點在於文學自身的問題，所觸及幾個問題，無不對後代詩文學理論產生深遠影響，以下即就〈文賦〉內容區分為四項重點：（一）為文之用心，（二）言不盡意論在〈文賦〉中的表現，（三）靈感的產生物感說，（四）語言的要求，來進行探討。

（一）為文之用心

陸機受當時玄學言意之辨的啟發，從作家立場出發，討論文學內部規律的問題，他將文學創作過程釐分為三要項，意、言、物；對意、言、物及三者關係展開深入分析，這就掌握到了詩文創作內部的規律與活動的全程，陸機在〈文賦·序〉文中云：

> 余每觀才士之作文，竊有以得其用心，夫放言遣辭，良多變矣，研
> 蚩好惡，可得而言，每自屬文，尤見其情，恒患意不稱物，文不逮
> 意，蓋非知之難，能之難也。

引文中可見〈文賦〉首先從作家立場出發，考察寫作用心問題，把立論中心集中在言、意、物三者的關係上，陸機〈文賦〉中所謂「言」，指語言、文字，即作家內在的語言與寫在紙上外在的文辭；所謂「意」，已經轉換玄學的意的內容，從思想玄理，變為指作家的思想、感情、靈感、想象等，所謂「物」，指的是客觀的對象，探討三者之間的關係，「意」是文賦的首要核心重點，〈文賦〉中多次使用意字，如「意不稱物，文不逮意」；「辭程才以效伎，意司契而為匠」；「其會意也尚巧，其遣言也貴妍」；「或文繁而理富，而意不指適」；「心牢落而無偶，意徘徊而不能揥」等等，〈文賦〉中的意都有特定的內容，如上文所指，意在文（詩）論領域中，其意涵有所轉化，在哲學的言意之辨命題中，「意」指思想、意念、觀念，更多是指理性思考的概念等等，但在詩文領域中「意」的義涵，除指思想、意念、觀念之外，更多是指的是文思、情感、想像、靈感，偏重在感性的形象思維等等意涵；意的哲學意涵的理性

思考，屬於邏輯推理的層次，是「言盡意」的層次，至於詩文學領域的意轉化爲情意、靈感、想像等內心的感情、靈性其變化更是精細微妙，就更難以言與語傳達了，更是言所難盡的。

〈文賦〉「爲文用心」的探討，包括言、意、物三者關係，實際上也就是詩學作家創作活動的全部過程，從此引出詩文創作重要的命題，如語言如何有效表達作者的情意，以及「想像」成因及特點，作家情感與景物的關係爲何？情感如何引動，及文學創作產生的問題，至今這些問題，都還是現代文藝美學、文藝心理學、語言學諸學科探討的中心問題。

陸機〈文賦·序〉開頭強調說：「恒患意不稱物，文不逮意，蓋非知之難，能之難也。」足見〈文賦〉論文的重心，首先是擺在解決語言如何盡意的問上面，這是陸機創作經驗中所體會，而且也是一個作家最感困擾的而必須克服的問題，把文、意、物的探討列爲〈文賦〉的重要內容，指出文學創作要件必須「意須稱物，文須逮意」，這顯然是受魏晉玄學「言意之辨」的影響啓示而來。

（二）言不盡意論在〈文賦〉中之表現

〈文賦〉中關於創作過程中語言與思維對立的提出，言、意、物三者之關係是文賦關注重點，陸機對言意關係的看法，主觀上認爲「言可盡意」，但在實際創作經驗中，又讓他認識到「言不盡意論」客觀事實，這是玄學言意之辨的「言不盡意論」直接進入詩文學藝術領域加以運用影響下，所形成的看法。

顯而易見，陸機〈文賦〉寫作是玄學言意之辯流行後，受玄學影響而創作的一篇賦體文論的作品，與玄學未及流行時的曹丕《典論·論文》比較，可以見出兩者關注的不同重點，曹丕《典論·論文》，受才性論較多的影響，倡天才決定論說法，是站在讀者立場來論文，在閱讀前人作品中，體會出「文以氣爲主」；陸機〈文賦〉則站在作家的立場，來分析作文的利弊得失，提出「文以意爲主」的主張，這是作者自己的寫作甘苦心得，總結出來的經驗，〈文賦〉重在如何將「意」充分有效的表達，就成爲〈文賦〉致思用力的焦點，所謂「若夫豐約之才，俯仰之形，因宜適變，曲有微情。」「意不稱物，文不逮意」；「辭程才以效伎，意司契而爲匠。」作家必須克服語言與情感不一致的局限，作爲努力以赴目標。換言之，即文辭能不能充分傳達內心的藝術情思，作爲創作首先必須克服的問題核心，陸機〈文賦〉中文～意～物命題的提出，是先秦以來爲哲學討論語言與思想對立統一命題，首次進入詩文學的

領域中，因此意義特別重大；當然以陸機才學之富，在其觀念中，並不認為「言有不盡意」處，但在實踐過程中，又有「言不盡意」的體認；為克服這種困難，陸機認為一個作家必須設法解決言、意、物三者之間矛盾關係趨於一致，也就是對「意不稱物，文不逮意」的問題與煩惱，加以有效的克服。

　　陸機以他實際的創作的心得體驗，在〈文賦〉一文中，作了深刻細微的論述，因為細微玄奧，致劉勰評為「巧而碎亂」；也由於陸機〈文賦〉的闡發在先，才引發劉勰《文心雕龍》以論文心，針對〈文賦〉所論的創作全程，作進一步有理論而系統的闡述，使得《文心雕龍》成為中國最早的一部文學理論的專門著作。

（三）靈感之產生——物感說

　　陸機〈文賦〉對靈感的產生有深入的體悟，繼承了《禮記·樂記》觀點，進一步發揮，將物感說單向發展，哀樂之情為外物引發，轉為哀樂之情與外物互相引發，這更深入認識到心、物的互相感發，並且擴大外物的範圍除指自然景物外還包括社會環境等影響，使得物感說理論更趨完善，物感說又可以說是詩文藝術形象構成的前提。

> 遵四時以嘆逝，瞻萬物而思紛，悲落葉于勁秋，喜柔條于芳春，心懍懍以懷霜，志眇眇而臨雲，咏世德之駿烈，誦先民之清芬，遊文章之林府，嘉麗藻之彬彬，慨投篇而援筆，聊宣之乎斯文。

〈文賦〉一文中，陸機認為靈感是創作的根源與基礎，而靈感的產生在於外物的刺激，文思的激發，除了來自於自然界的刺激，及對社會事物的感受外，也是由於對前代優秀作品的學習啟發而來，有了刺激感受，然後提筆作文，便可達到：

> 思風發於胸臆，言泉流於唇齒，文徽徽以溢目，音冷冷而盈耳。

如果作者不觀覽萬物，就不能豐富生活，不鑽研於古籍，就難以提生昇文學技巧，一是物的感受，一為文之學的修養，這是文學創作的重要基礎，如果沒有這基礎而一定要無病呻吟，必然是「六情底滯，志往神留，兀若枯木，豁若涸流。〔註10〕」詩文領域強調的是「形象思維」，「形象思維」除具有強烈的感情色彩外，又具有複雜性的特點，常常突破時間、空間的限制，隨著聯想與想象的馳騁，作者變得格外地耳聰目明，看到一般人看不到的地方，聽到一般人聽不到的地方，即便是千里遙遠，或千百年前的事物形象，都可

〔註10〕參見劉大杰，《中國文學發展史》，頁 226，華正書局。

在瞬間出現在作家的眼前觀照中，在作者的創作中，作者能夠「觀古今於須臾，撫四海於一瞬」，「罄澄心以凝思，眇眾慮而為言，籠天地於形內，挫萬物於筆端。」

進行構思的前的準備，有兩要項，一為養心，佇中區以玄覽，重在虛靜。二為積學，即頤情志於墳典，強調學習儒家經典，後來劉勰《文心雕龍‧神思》篇，講到構思前的要件，也從這兩要項，加以發揮，〈神思〉云：「是以陶鈞文思，貴在虛靜；疏瀹五臟，澡雪精神」這屬於臨時的修養。「積學以儲寶，酌理以富才，研閱以窮照，馴致以懌辭。」這就屬於長期的訓練了。

〈文賦〉提出虛靜養心目的，使心與外物交融達到主客合一，所謂「遵四時以歎逝，瞻萬物而思紛，悲落葉於勁秋，喜柔條於芳春。」後來劉勰《文心雕龍》據此發揮成為〈物色〉篇。〈文賦〉又提及構思想像活動，築基在虛靜的修養上面，展開想像，所謂「精騖八極，心遊萬仞」，「觀古今於須臾，撫四海之一瞬」。由想象形成了藝術形像，由朦朧到鮮明，然後必須尋找生動的語言表達出來，後來劉勰《文心雕龍》受此影響，也講到此一內容，他提出「意象」與「神與物遊」的觀念，這是對藝術想像活動與形象思維特徵的概括。〔註11〕陸機論及藝術構思的過程中，除了一般過程外，還著意說明有一種神妙的靈感心理，〈文賦〉中特別指出說：

> 若夫應感之會，通塞之紀，來不可遏，去不可止，藏若景滅，行猶
> 響起。

所謂應感之會，就是感興的基本特徵，也就是藝術構思的偶然性與不確定性，這是無法以主觀的情思加以駕馭，當它忽然出現時，文思泉湧；當它消失時，又文思枯涸，難以喚起，由於難以捉摸掌握；後來劉勰〈神思〉篇也揭示出這種特性說：「樞機方通，則物無隱貌，關鍵將塞，則神有遁心。」而蕭子顯《南齊書‧文學傳論》也說：

> 屬文之道，事出神思，感召無象，變化不窮，俱五聲音響，而出言
> 異句，等萬物之情狀，而下筆殊形。

蕭子顯從區別文學與經史不同的角度出發，指出文學是性靈所鍾的創作活動，此外，清代王夫之也指出這種靈感不可知的奧妙說：

> 情不虛情，情皆可景，景非滯情，景總含情，神理流於兩間，天地
> 共其一目，大無外而細無垠，落筆之先，匠意之始，有不可知者存

〔註11〕 參見張少康所著，《古典文藝美學論稿》，頁222，淑馨出版社，1989年11月。

> 焉，豈徒興會標舉，如沈約之所云者哉？（王夫之《古詩評選》卷
> 五）

詩人在應對情景之合時，往往有不可知的心理因素在，不像沈約《宋書‧謝靈運傳》說，興會標舉時，強調有爲而作。感興的突發性爲主觀意志無法控制，思維無法預見，感興的可貴在此，而無奈亦在此，故陸機〈文賦〉中慨嘆說：

> 雖茲物之在我，非無吾力之所勠，故時撫空懷自婉？吾未識開塞之
> 所由也。

陸機提出創作靈感的問題，認爲靈感取決於天機，非余力之所勠；陸機首次提出對靈感產生的問題，對後來詩文論家產生深遠的影響，劉勰〈神思〉篇，以神思稱之，並對此一問題「秉心養術，無務苦慮，含章司契，不必勞情。」則作了進一步發揮，認爲可以通過養氣來使文思通暢，又比起陸機來，劉勰所論來更合於人情。

　　靈感理論，名爲興會，創自陸機，經後代詩文論家不斷補充，內容愈形豐富，影響也很深遠，後代詩文論家都強調興會在創作構思的重要意義，對萌發的契機，進行深入的討論，如杜甫〈寄張十二山人彪三十韻〉：「靜者心多妙，先生藝絕倫，草書何太古，詩興不無神。」遍照金剛《文鏡秘府論‧南卷‧論文意》：「意欲作文，乘興便作，紙筆墨常隨身，興來即錄。」宋代葛立方《韻語陽秋‧卷二》云：「自古工詩者，未嘗無興也，觀物有感焉，則有興。」〔註12〕謝榛之《四溟詩話》卷三說：「凡作詩，悲歡皆由乎興，非興則造語不工……熟讀李杜全集，方知無處無時而非興也。」〔註13〕外物的刺激，爲興之誘發因素，興會產生，還待長期的累積，如王士禎《帶經堂詩話》卷三云：

> 夫詩之道，有根柢焉，有興會焉，二者率不可得兼，境中之象，水
> 中之月，象中之色，羚羊掛角，無跡可求，此興會也，本之風雅，
> 以求達其流。

足見靈感興會理論，自西晉陸機首次揭出，後代歷代詩論家無不認爲作詩不能無興，並對興會的特性進行掌握，使得興會便變成了詩學的熱門話題。

　　（四）語言之要求

　　〈文賦〉提出意與辭的主從關係，並將語辭的工拙與意境的創造連繫在一起，被認爲是必須經歷艱苦的構思，所以陸機對於語言必須有效傳達構思，

〔註12〕何文煥編訂，《歷代詩話》，頁301，臺北：藝文，1983年6月4版。
〔註13〕丁福保輯；《歷代詩話續編》，頁1194，臺北：木鐸，1983年9月初版。

對語言之構造物如何構辭組成文辭，都有深入認識並作出理論的探討，〈文賦〉
云：

　　　　選義按部，考辭就班，理扶質以立幹，文垂條而結繁。

這在《文心雕龍・情采》與〈熔裁〉與〈附會〉篇中，也有發揮，一個作家
如果能夠辭、意都能得到恰當安排，使其發揮作用，自然能將藝術形象描寫
得更生動鮮明，這就克服言不稱意，意不稱物的惱人問題。

　　　　其會意也尚巧，其遣言貴妍，暨聲音之迭代，若五色之相宣。

爲了表現詩文立意的巧思，語言必須講究藻飾，使之具有形、色、的美，以
及聲音、節奏的美，前者帶動了六朝駢儷文風的興盛，造成個各類文體詩賦
化的傾向，後者影響了劉宋至齊永明聲律論講究四聲八病出現，間接促成了
唐代近體詩體格律詩的產生。

　　由上所述，對於陸機〈文賦〉，可以作一概括，陸機〈文賦〉的時代意
義，在於他先覺的標示魏晉南北朝文學發展的趨勢與特點，在陸機之前，
文學是輔助教化政治的工具，至曹魏時期曹丕於《典論・論文》對文體作
出概括，其分爲四科八類，其中提出「詩、賦欲麗」的主張，文學觀念開
始顯現朦朧的自覺；到西晉陸機時，傳統的文學觀念，得到司馬氏朝廷的
認可提倡，但陸機已較清醒認識到文學形式美的特性，他借助當時思想界
熱門的話題，玄學言意之辨討論到言、象、意之間的關係理論成果，轉換
爲詩文學領域的文、意、物之關係，並以此來總結創作經驗，及表達對文
學的新看法。

　　從詩文學理論的演變史來看陸機〈文賦〉與《典論・論文》，分屬不同的思
想史範疇，《典論・論文》來自於漢人氣化宇宙論的傳統，「文以氣爲主」，這是
漢人思維方式，重視直覺的體悟、總體性的概括；而陸機擅長於分析；曹丕用
氣概括文學的風格特性，陸機則將文學作品分析成三部分，即言、意、物三者，
分別構成文學三要素；無疑地，〈文賦〉比起曹丕以氣論文有長遠的進步；〈文
賦〉即分別從三要素來展開論述，可見陸機是站在思辨分析的思維方式上的，
這當然是受魏晉玄學言意理論的影響而來，明顯的具有時代的特點。

五、魏晉玄學言之辨與陸機詩歌創作之關係

　　玄學言意之辨的影響使得陸機在理論上成就了〈文賦〉一文，決定了他
在詩學理論史的重要地位，在詩歌創作上，陸機也採用言意之辨的方法，嘗
試性的進行詩歌創作，將古代的詩歌抽離出意、象、言三部分進行模仿，師

法古人一之意，而進行言、象的抽換，從事創作，完成許多擬古的作品，但此種嘗試性的作法，成就如何後人的評價並不一致，贊許者、貶抑者各有所見，認爲欠缺了個性、眞誠實感，純然以炫耀文彩，博學繁富取勝，故對這些作品的普遍評價並不高，反而不如一些抒發眞情的作品，讀來令人感動。

據大陸新一代學者錢志熙先生指出，陸機文、意、物三要素跟當時《易經》研究有關，尤其是王弼解《易》倡「得意忘象，得象忘言」之說，引起了人們對言意象的關係進行辨證分析的興趣，按照邏輯的分析，文學作品也存在言、意、象三個因素，所以將《易經》的言意象概念引用到文學理論中來，幾乎不需要什麼中間環節，陸機的〈文賦〉受到《易經》的影響，是昭然若揭，無待細論的。

陸機〈擬古詩〉十二首，顯明的例子完全襲用古詩原意，而脫換了他們語言和形象，一篇中基本上是句句對應〔註14〕，茲舉一首爲例說明：

〈古詩〉

涉江采芙蓉，蘭澤多芳草；采之欲遺誰，所思在遠道；還顧望舊鄉，

長路漫浩浩；同心而離居，憂傷以終老。

〈擬作〉

上山采瓊蕊，穹谷饒芳蘭；采采不盈掬，悠悠懷所歡；故鄉一何曠，

山川阻且難；沉思鍾萬里，躑躅獨吟嘆。

陸機之擬作，意不變，只變換相應的景物，瓊蕊芳蘭以寄相思；這首的優點在於陸機能把握詩情，結合時代蒼桑和個人身世，演繹詩境，融爲己出，自然也就寫出新意來，但後人給與陸機擬作的評價是貶多於褒的，而貶義多集中焦點於炫耀才學、失樸厚、因襲，未能與人予新鮮感，少創新上面。

玄學言意之辨將玄學思想活動抽繹爲言、象、意三者之關係，反應在詩學上，西晉陸機得風氣之先，將詩文學創作活動分析成言、意、物三要素，借以模仿古詩，其動機，有較量短長與古人爭勝，或出於純粹模仿練習，試圖建立一套模式以作爲後世的典範，同一物可以用不同的象來表達，因此大量的抽取古詩的意，用自己的言和象去置換；這種創作方法與王弼得意忘象的解《易》方法如出一轍，不能不說是受到言意象之辨理論的啓發，王弼在《周易略例·明象》篇中批評漢儒解《易》存象忘意的弊病說：

是故觸類可以爲象，含義可以爲其徵。義苟在健，何必馬乎？類苟

在順，何必牛乎？爻苟合順，何必坤乃爲牛？義苟應健，何必乾乃
爲馬，而或者定馬爲乾，案文責卦，有馬無乾，則僞說滋漫，難可
紀矣，互體不足，遂及卦變，變又不足，推致五行，一失其原，巧
愈彌甚，縱復或值，而義無所取，蓋存象忘意之由也，忘象以求其
意，義斯在矣。

作爲理論，陸機分析出文學文、意、物三要素，比起曹丕《典論・論文》文
以氣爲主，以氣概括文學要素，來得進步，但如果從實際創作中生硬的剖出
文、意、物三層，或像擬古詩似逐句擬寫，或是擬樂府詩似的緣題演寫，就
與古詩古樂府的抒情言志，渾樸自然背道而馳了。〔註15〕

陸機將理論的認識運用在詩歌文學創作上面，如樂府詩依前人詩的題
意，借用不同的物象來展開詩境，作者爲了表達意念，設立多樣的物象，「立
象以盡意」，所以儘管陸機的詩寫得物象紛芸，辭藻豐偉卻缺少感情的升發，
而缺少了藝術的感染力。

這可從後人的評價中見出，如李重華《貞一齋詩說》：「陸士衡擬古詩名
重當時世，余每並病其呆板。」〔註16〕又黃子雲《野鴻詩的》「平原……五言
樂府，一味排比敷衍，間多硬句，且踵前人步伐，不能流露性情，均無足觀。」
〔註17〕方東樹《昭昧詹言》云：「擬古而自無所託意，特文人自多其能導人以
作僞詩而已，東坡和陶，雖自有題，亦覺無味，殆與士衡同一才多之患耶？」

以上所引，都是清詩論家對陸機擬古詩的批評，總體說來，評價並不高，
陸機之博學多才，爲世人共知，卻也因其多才而使得其創作有繁累之病，但
這絕非其自覺性不足，在〈文賦〉理論中，已經充分表現陸機對繁蕪之病，
有充分自覺的認識，但創作實踐上又不能避去繁累之病，所謂非知之難也，
爲之難也。

綜合上述諸家看法，可見陸機〈擬古詩〉之失在於呆板，較少流露性情，
以及以才學爲詩等等，雖然字句上求華豔與人巧，構思上用心勞苦，爭勝鬥
巧，終與原作有間，陸機的文學理論是進步的，並且將理論應用於實際的創
作上，但在創作上面不能稱是進步的，理論的進步並不是創作實踐所可企及。

〔註15〕《魏晉詩歌藝術原論》，頁305，北京：大學出版社，1993年01月。
〔註16〕李重華，《貞一齋詩說》，見丁福保輯，《清詩話》，頁1195，臺北：藝文印書
　　　館，1977年5月再版。
〔註17〕黃子雲，《野鴻詩的》，見丁福保輯，《清詩話》，頁1102，臺北：藝文印書館，
　　　1977年5月再版。

第四節　魏晉玄學言意之辨與東晉詩學之關係

一、魏晉玄學言意之辨與東晉玄言詩之關係

　　言意之辯成為玄學方法，由解《易經》，推擴至《莊》及一切經典書籍，進而滲透文學創作與文學理論上面，影響文人創作與文學理論家評論文章的見解，玄言詩是兩晉時期盛行的新詩體，以闡發玄學的老莊思想為基本內容，代表魏晉玄學的產物，關於玄言詩的產生及發展過程，最早出現在檀道鸞的《續晉陽秋》中敘及：

> 正始中，王弼何晏，好莊老玄勝之談，而世遂貴焉，至過江佛理尤盛，故郭璞五言始會合道家之言而韻之，詢及太原孫綽，轉相祖尚，又加以三世之辭，而詩騷之體盡矣，詢、綽并為一時文宗，自此作者悉體之，至義熙中，謝混始改。（見《世說新語‧文學篇》劉孝標注）

檀道鸞是檀超的叔父，事迹見《南史‧檀超傳‧附檀道鸞傳》，又《南史‧恩倖‧徐爰傳》載稱：他在宋孝武帝之時，已經是尚書部郎，與郭璞時代相近，這段文字對玄言詩的興衰流變有具體敘述，以郭璞為玄言詩的創始者，對此，生活於梁朝的詩論家鍾嶸在《詩品》中則有不同說法，詩品論及孫、許詩則在評為「平典似道德論」，後接著說：

> 先是郭景純用儁上之才，變創其體，劉越石仗清剛之氣，贊成厥美，然彼眾我寡，未能動俗。

以西晉末郭璞、劉琨二人為創變玄言詩的人物，然郭璞卒於太寧二年（西元324）劉琨卒於建武元年（西元317），二人卒年與潘、陸相若，似乎鍾嶸說法不可信，然而檀道鸞說法有一難解問題，此即：「至過江佛理尤盛，故郭璞五言始會合道家之言而韻之」，似以郭璞早期宣揚佛理，後來才會合道家之言為玄言詩，但從郭璞現存詩文中看不出他與佛學的關係，余嘉錫先生有見於此，遂評論說：「《宋書‧謝靈運傳》論曰：「在晉中興，玄風獨扇。」《文心雕龍‧明詩》篇曰：「江左篇製，溺乎玄風。」《詩品‧序》說曰：「永嘉貴黃老，尚玄虛，爰及江左，微波尚傳。」三家之言，皆源於檀氏，重規疊矩，并為一談，未聞佛理之說。」認為佛理二字為李充之誤。但改為李充則顯突兀，李充除有《翰林》之作外，未見其與玄言詩的關係。

　　程千帆先生以為《續晉陽秋》中：「過江佛理尤盛」，一句與故郭璞五言始會道家之言而韻之一句互倒，此處應作：「正始中，王弼何晏好莊老玄盛之

談，而世遂貴焉，故郭璞五言始會道家之言而韻之，至過江佛理尤盛，詢及太原孫綽，轉相祖尚，又加以三世之辭，而詩騷之體盡矣，詢、綽并爲一時文宗，自此作者悉體之，至義熙中，謝混始改。」經過倒換後，前後文義，可以通貫。

檀氏以郭璞詩融入玄理，成績可觀，爲玄言詩的傑出代表，這是從詩騷爲主體的評論，與鍾嶸的評論角度有所不同，但兩者對玄言詩評價不高，則彼此差異性不大。

東晉玄言詩的興盛與魏晉時期玄學思潮流行的直接相關，玄學家言意觀的共識是「言不盡意」，日常語言無法表達玄遠的道的境界，道的玄遠境界須要有一套精妙微言來表現，詩的語言是爲精煉的語言，以精煉的詩語表達老莊玄遠之道，故玄言詩以精言談玄理的體悟，這與玄學語言的要求「要言不煩」的宗旨相合，所以玄言詩成爲另一種體道的表現方式，而興盛於魏晉士人社會中，《世說新語‧文學》篇載稱：「簡文稱許掾云：「玄度五言詩，可謂妙絕時人。」」簡文帝爲東晉談玄名家，也是談玄言詩的愛好者與倡導者，許詢之玄言詩在當時甚富盛名，他稱美許詢的作品爲妙絕時人，似認爲許詢玄言詩爲中興第一了，可惜因後人對玄言詩的評估不足，評價不高，使得玄言詩在後代大量亡佚，以致存詩不多，這就造成後人研究玄言詩不便，也因此，後代研究的學者，對詩史上是否眞的有玄言詩存在產生質疑，有學者更認爲眞正玄言詩並不存在，要找玄言詩，不妨從魏晉時期招隱詩、遊仙詩、行役詩、田園詩及山水詩之中尋找，這就混雜玄言詩與游仙詩、行役詩、田園詩及山水詩等之界限，但這種假設並非一無可取的看法，至少東晉其他題材之類的詩歌內容不少雜有玄言詩語，但如果嚴謹來看，玄言詩與其他題材詩歌顯然有別，亦即實有本質的不同，下面即就當時學者對玄言詩評論所關的記載以見其流行的情況，沈約《宋書‧謝靈運》傳云：

> 有晉中興，玄風獨振，爲學窮於柱下，博學止乎七篇，馳騁文辭，
> 義殫乎此，自建武暨義熙，歷載將百，雖綴響聯辭，波屬雲委，莫
> 不寄言上德，托意玄珠，遒麗之辭，無聞焉爾，仲文始格孫、許之
> 風，叔源大變叔原之氣。

沈約指出東晉百年之久，玄言詩的流行盛況，但其內容千篇一律，表現了只是老莊的玄意，缺乏遒麗的文辭之美，到殷仲文，謝混等人出才改變玄言詩風。劉勰《文心雕龍‧明詩》篇論及玄學清談對文學的影響時說：

> 自中朝貴玄，江左稱盛，因談餘氣，流成文體，是以世極迍邅，而
> 辭意夷泰，詩必柱下之旨歸，賦必漆園之義疏。

劉勰對玄言詩不滿的微辭，他指出東晉的多災多難的亂世，而詩、文中卻無哀傷憤激之音，反而是辭意夷泰，沒有時代亂離的影子，這即是受玄談風盛老莊清談玄風影響所致，《文心雕龍·明詩》篇云：

> 江左篇制，溺於玄風，嗤笑徇務之志，崇盛忘機之談，袁、孫已下，
> 雖各有雕采，而辭趣一揆，莫與爭雄，所以景陽仙篇，挺拔而爲俊矣。

> 東晉詩風，稍入輕綺，或析文以爲妙。

劉勰〈明詩〉篇也說出玄言詩在東晉再次流行的盛況，但他強調了郭璞對玄言詩的創變功勞，並認爲他是傑出代表；另據鍾嶸《詩品·序》云：

> 永嘉時，貴黃老，稍尚虛談，於時篇什，理過其辭，淡乎寡味，爰及
> 江表，微波尚傳，孫綽、許詢、桓、庾諸公詩，皆平典似道德論，建
> 安風力盡矣，先是郭景純用俊上之材，變創其體。劉越石仗清剛之氣，
> 贊成厥美，然彼眾我寡，未能動俗，逮義熙中，謝益壽斐然繼作。

鍾嶸南朝詩歌研究專家，他更清楚的指出玄言詩在渡江以前，已經興盛，渡江後，仍有作者，郭璞、劉琨的詩歌創作，曾經對玄言詩加以創變，因此對於玄言詩的流行產生過衝擊，但沒有成功以致收效有限，這與劉勰說法則顯然較爲一致，鍾嶸《詩品》對玄言詩評價不高，而對郭璞與劉琨的評價則更高些。

　　由上述各詩文論家的評論中，可以得出玄言詩概況，最著者爲許詢、孫綽爲代表，其發生發展的過程，約可以分爲四期，正始時代爲孕育期，王弼何晏爲代表，今爲未見有王弼詩，何晏則有詩流傳；西晉爲發展期，以郭璞爲代表，東晉中期爲興盛期，以許詢、孫綽爲代表，義熙時爲沒落期，謝益壽爲代表，取而代之的是田園、山水詩的興盛。

　　作爲魏晉玄學孕育而成的詩體，一開始就受到批評家的關注，劉宋時代檀道鸞、沈約等首開批評風氣，針對玄言詩作出批評，繼之劉勰與鍾嶸等人，角度不同，但評價不甚高，卻是一致的。

　　劉勰批評：「世極迍邅，而辭意夷泰」，指出玄言詩與時代脫節，既見不到社會動盪帶給人民的苦難，也見不到個人日常生活中觀察自然變化而產生的眞實感受。鍾嶸則從藝術美感的角度出發，批評爲「理過其辭，淡乎寡味」，這與玄言詩所述都是體道的玄悟之理，以玄言入詩，因此理過其辭，缺少文辭之美，又平淡少味，缺少詩性精神的審美效果，淡，正是玄學家追求的一

種審美情趣詩風，也正是玄學之士立身處事思想意識的反映。

　　經過東晉玄言詩創作失敗的經驗，更讓後世詩論家體認到詩是形象的語言，不是抽象的哲理思維，玄言與玄理結合，缺乏形象，就是失去詩最重要的中介對象，只有抽象思維，不適用詩的特定文體的特質所在，因此詩必須借助形象，來表現情感，詩是具象思維的構造物，不是以抽象語言來表現哲理，而且玄言詩最大的弊病就是缺乏真情，劉勰對玄言詩此現象就有所反省，指出造成此病的根源所在，〈情采〉篇對於失采乏情之作所說：「心纏機務，虛述人外，志深軒冕，汎詠皋壤，情與志遷，真宰不存」，正好可以視為針對玄言詩所缺少審美趣味之弊的批評，因此玄言詩之沒落而有田園、山水詩的興盛。

二、魏晉玄學言意之辨與東晉田園詩之關係

　　玄學言意之辨，啟示超越言象以得意，超越現實世界而向自然世界的追求，因此詩人總將自己的情致對象投向田園，投向山水；造成東晉後期田園詩山水詩的興起，田園詩以陶淵明為代表，山水詩則以謝靈運為代表。

（一）陶淵明詩學觀

　　東晉前期受到玄學自然玄風的影響，以詩的形式來表現老莊哲理的新風氣創作，造成了平典似道德論的教訓，連篇累牘，成為道德論的講義，缺乏詩歌該有的情趣韻味，也激起有志之士的思有以變革，東晉士人中，初步能擺脫玄言詩影響，開闢出另類題材者，寫出以生活經驗為題材，抒發個人然真實感受的詩篇的人就是東晉田園詩代表人物以陶淵明。

　　陶淵明不是詩文理論家，卻是個大詩人，也是個大思想家，他從創作實踐中體現出他的詩文見解，這位被陳寅恪先生稱為大思想家的人，對於自然與人生之理有著執著而敏感的體悟，透過陶之作品，不難窺知其深受時代環境影響而養成善於思辯，勤於悟理的特性，所謂「好讀書，不求甚解」，揭示他讀書方法不同於一般人的地方，傳統漢儒拘於章句求解上，著眼於功利上面；陶淵明則重視義理的領悟，重在非功利的賞會上；在詩歌表現上，他善於用詩歌形式傳達理念，詩中常出現言理之句，表現明顯受玄言詩風影響的痕跡，以〈飲酒詩〉這一組詩為例，就有不少理語：

> 寒暑有代謝，人道每如茲。達人解其會，逝將不復疑。（其一）
>
> 積善云有報，夷叔在西山。善惡苟不應，何事立空言。（其二）
>
> 所以貴我身，豈不在一生。一生復能幾，倏如流電驚。（其三）
>
> 結廬在人境，而無車馬喧。問君何能爾，心遠地自偏。（其五）

語言省淨，說理明晰，雖帶有玄言詩色彩，卻不妨害情感的抒發，而富有情趣與理趣，這是陶詩擺脫玄言詩走向田園山水成功的地方，其中〈飲酒詩〉第五首最為後世詩論家所稱賞。

> 結廬在人境，而無車馬喧。問君何能爾，心遠地自偏。采菊東籬下，
> 悠然見南山，山色日夕佳，飛鳥相與還，此中有真意，欲辨已忘言

其中的名句「采菊東籬下，悠然見南山」最為後世詩論家所樂於援引，用以說明物我一體的最高藝術境界，如後世和陶專家蘇東坡說：「此詩之妙在於情景適然相會」，又如王國維人間詞話則以「采菊東籬下，悠然見南山」為無我之境之代表，近來有學者研究指出，陶淵明的這首飲酒詩，是詩論中最先出現意、境二字者，取首聯「結廬在人境」的「境」字，與末聯上句「此中有真意」之「意」字，首尾聯接，就構成所謂「意境」一辭，後來唐代的「意境說」脫胎於此，陶淵明此詩特別有意味之處，在於可與詩論的意境論聯係起來，此詩之妙就在於取境自然，許多意象組合所構成的境界，情景融合一體，農村悠居生活的生動畫面，人與自然的和諧，一一呈現出來；正體現後來意境論所強調的的審美理想意境；當然詩學意義的意境理論，要到唐代王昌齡《詩格》才真正出現。

此外，陶淵明詩中受玄學思想明顯影響，以玄學超越精神解決人生困境的良方，表現在形、影、神詩一組詩中，最被認為典型，為探討陶淵明思想的素材，以〈神釋〉一首為例：

> 大鈞無私力，萬物自森著，人為三才中，豈不以我故。與君雖異物，
> 生而相依附，結托善惡同，安得不相語。三皇大聖人，今復在何處，
> 彭祖愛永年，欲留不得住。老少同一死，賢愚無復數，日醉或能忘，
> 將非促齡具，立善常所歡，誰當為汝譽。甚念傷吾生，正宜委運去。
> 縱浪大化中，不喜亦不懼，應盡終需盡，無復獨多慮。

陶淵明以一介書生毅然歸隱田園，如貧病的問題、人生的問題不能不加以解決，面對生命的有限、人生的無常，陶淵明不能不發出人生實難的感慨；解決方法不外以玄學思想解決人生困境，委化順運之生死觀，以玄學思想解決仕與隱的矛盾，以玄學思想解決現實貧病的問題，也兼採取儒學思想「君子固窮」以慰解心靈，三家思想兼採隨時運用，以解決內心與外在現實矛盾問題，但他並未如儒釋玄學家道家建立自己的一套思想體系。

陶淵明的思想與詩歌可以區分前後兩期，早年受儒家思想影響較深，對

功名有所期許，他還徘徊於仕與隱之間，內心有矛盾衝突，因此他尋求思想上的解決，曾經有儒家道家衝突與不安，到了中年後，玄學道家自然思潮的影響，在他思想中起主導的作用，讓他更了解自己的性格，不適合官場生活，從四十一歲，毅然辭官歸隱田園後，身心求得到真正的安頓，詩歌創作上以及詩學思想上表現出對自然之美的追求，這時期的創造大量的田園詩，田園詩佔其作品的大部分，這方面是陶淵明詩歌風格的主調；因此，今人所見他的詩，明顯的表現了兩種不同的風格類型，一種是激越慷慨的不平憤恨之氣，金剛怒目式，如〈詠荊軻〉、〈讀山海經〉等詩，另外一類型者，平和自然，心靈寧靜有如菩薩之慈眉善目式，如：「結廬在人境，而無車馬喧，問君何能爾，心遠地自偏？」（〈飲酒詩·其五〉）「方宅十餘畝，茅屋八九間。」（〈歸園田居〉），「相見無雜言，但道桑麻長。」（〈歸園田居·其二〉），「眾鳥欣有托，吾亦愛吾廬」（〈歸園田居·其二〉）等，描寫出田園自然風光之美與農村純樸之風及勞動的辛苦的詩篇，這些詩歌，表現自然田園風光之美，流露出陶淵明真實性情，與世無爭，自得其樂，在實際勞動生活中體驗生活，將農村生活的景象自然寫入詩中，自然真實、平淡和諧，開拓出新的詩境，人格就是詩格，這就是陶淵明詩生活即詩的藝術成就，這平凡又和諧的境界無人能及，因為無一文人有此心境，故最為後人稱道的特點。

　　總體而言，陶淵明詩歌被視為是擺脫玄言詩影響的第一人，他的詩雖也有略帶玄言哲理的味道，但他避去了玄言詩淡而無味的缺點，賦與詩歌活生生的生活情感的趣味，語言上省淨簡煉，殆無長語，因此形象就顯得特別生動鮮活，故讀陶詩都能感受那種情趣與理趣的雙者合一的趣味。

三、魏晉玄學言意之辨與東晉山水詩之關係

　　東晉山水詩以謝靈運為代表，謝靈運，為謝玄之孫，出身謝氏門閥大族，才學極高，劉宋篡位後，被降爵，懷才不遇，放情山水，出為永嘉令，以遊山玩水為樂，是為晉宋之際山水詩的奠基者，對後代山水詩影響極為深遠，

　　陶淵明不刻意中造就田園詩風，引領詩歌從玄言中走出另一條路徑，到了晉宋之際，謝靈運則刻意走向山水，在模山範水中，引領出詩歌的康莊大道，山水詩對中國詩歌的特點有著很重要的影響，重巧構形式之美，以全力寫山水詩者，就是謝靈運；劉勰論及山水詩時說：

> 至晉宋之際文風又變，莊老告退，而山水方滋，儷采百字之偶，爭
> 價一字之奇，情必極貌以寫物，辭必窮力以追新，此近世之所競也。

引文中，認為山水詩與玄言詩相對立，「莊老告退，而山水方滋」，事實上山水詩是老莊玄學思想的落腳處，山水詩的特色就表現在「儷采百字之偶，爭價一字之奇，情必極貌以寫物，辭必窮力以追新」的上面。

　　謝靈運山水詩，表現出浙東山水綺麗的自然美，其詩以刻畫精細見長，辭藻富麗，講究對偶，名篇如〈登池上樓〉、〈登江上孤嶼〉、〈過白岸亭〉等詩，都非常膾炙人口，名句如「野曠沙岸淨，天高秋月明」，「春晚綠野秀，岩高白雲屯」，極多，詩善用映襯、對比手法，製造構圖和諧，色調素淨柔和的畫面，其缺點在於佳篇少，而佳句多，由於才多學富，過度講求對偶，不免有繁富晦澀之弊，以謝靈運為主山水詩帶有玄學尾巴；再以後人之評謝靈運詩為例，說明謝靈運詩當時以自然之譽，如鮑照就說「謝五言如初發芙蓉，自然可愛」，《南史‧顏延之傳》，又蕭綱〈與湘東王書〉云：「謝客吐言天拔，出於自然」，《梁書‧劉孝綽傳》，鍾嶸則評說：「譬猶青松之拔灌木，白玉之映塵沙，未足以貶其高潔」說的也是自然；但從後人來看，不見得自然；與顏之相比，雕鏤太過，謝靈運詩，顯得是自然；但與陶淵明詩相比，就難說是自然，謝靈運詩又顯得不夠自然；對於這兩者的自然應如何看待？沈德潛《古詩源》卷十評云：對於這兩者的自然應如何看待？沈德潛《古詩源》卷十評云：

　　　　陶詩合下自然，不可及處，在眞在厚；謝詩追琢而返於自然，不可
　　　　及處，在新在俊。

陶詩合下自然，好似不著力，無人為之迹，在齊梁人看來，到反而不自然。謝詩則有創造不覺其創造，符合玄學家「應物而無累於物」的思想，這才堪稱為自然，所以，當時人以為謝詩為自然，以陶詩為田家語，鍾嶸列謝詩為上品，列陶詩為中品，與他受玄學自然觀的影響也是有關的〔註18〕。

　　東晉名士由清談轉向優游自然山水以寄情，除了東渡江南佳麗地好山好水的吸引外，名士風流的以山水媚道有關。

第五節　魏晉玄學言意之辨與南朝劉宋時期
　　　　沈約聲律論之關係

　　齊、梁時代聲律論，隨著駢文與五言詩的發展而來，這也與魏晉玄學言意之辨之重音辭也有若干關聯，「聲律論」是要在言之短長與聲之高下方面，製成

〔註18〕參見張伯偉著，《鍾嶸詩品研究》，頁60，南京：大學出版社，2000年3月2刷。

一定之律，來達到一定的妙，就言之短長說，當時五言詩已經形成，駢文的字句爲四六言；就聲之高下而言，當時受到佛教徒轉讀佛經的影響，發明四聲，佛教教徒轉讀佛經時，按照聲調的高低，分爲三聲，中國再加入附有 K、P、T 等尾音，輔音，綴尾的入聲，構成四聲，（據陳寅恪四聲三問）〔註19〕（金明館叢稿初篇）四聲發明後，沈約就用它來制定詩文字句的聲的高下。〔註20〕

聲律論，齊永明新發明，傳統五音爲宮、商、角、徵、羽與四聲相配，茲列表表示如下：

傳統五音與四聲相配表

近體詩平仄	平（清）		仄（濁）（上去入）		
古代五音	宮　商		徵（上聲）羽（去聲）角（入聲）		
今人七音	1	1	3	5	6
近體詩以前二分用法	低、浮、輕、飛		昂、切、重、沉		

南朝齊梁時代，以沈約爲代表的聲律論，可以說頗受言意之辨的影響，他懸置「意」方面之開展，積極的開拓「言」之一面，亦即對聲律的開拓發展，沈約著有《四聲譜》，已佚，聲律論相關言論主張，存於他所著的《宋書·謝靈運傳》中，他認爲四聲在詩中的應用要作到「欲使宮羽相變，低昂互節，若前有浮聲，則後須切響，一簡之中，音韻盡殊，兩句之內，輕重悉異，妙達此旨，始可言文。」南史《陸厥傳》轉述這種說法「五字之中，音韻盡殊，兩句之中，角徵不同。」所謂低昂、浮切，輕重、飛沉，即把四聲一分爲二，實際上即後來所說的平仄，根據這種說法，五言詩的寫作每一句的用字應該是平、上、去、入四聲，各個不相同，而且一聯上下句間，同一位置上的字，也必須聲調上互有區別，這是一個大略的原則。

而八病是貫徹這一原則的細部規定，名目有平頭、上尾、蜂腰、鶴膝、大韻、小韻、旁紐、正紐，茲分項進一步闡釋如下：

1. 「平頭」指五言詩上句頭二字，與下句頭兩字，在聲調上犯重，例如：「今日良宴會，讙樂難具陳。」今、讙皆平聲，日、樂皆入聲；聲調上犯重。

〔註19〕據陳寅恪〈四聲三問〉，《金明館叢稿初篇》，收入《陳寅恪先生文集》，頁 328，臺北：里仁，1981 年 3 月。

〔註20〕見周振輔所著，《文心雕龍注釋》，頁 639，臺北：里仁。

2. 「上尾」指上字末字與下句末字聲調犯重，例如：「西北有高樓，上與浮雲齊。」樓、齊同爲平聲。聲調犯重。

3. 「蜂腰」指一句內，第二字與第五字同聲調，例如：「聞君愛我甘，竊欲自修飾。」（虞炎咏帘詩）君、甘皆平聲；欲飾皆入聲。聲調犯重。

4. 「鶴膝」指第五字與第十五字同聲調，例如：「撥棹金陵渚（主），遵流背城闕浪蹙飛船影，山挂重輪月」影、渚同爲上聲。聲調犯重。

5. 「大韻」指一聯中，前九個字與韻腳字犯韻，例如：「端坐愁苦思，攬衣起西遊。」愁遊相犯

6. 「小韻」指除韻腳外的九字迭相犯韻，例如：「薄帷（爲）攬明月，清風吹我襟。」謂九字有明、又有清、迭相犯韻。

7. 「旁紐」指五字句中出現同聲母的字。例如：「魚遊見風月，獸走畏傷蹄。」魚月爲雙聲，獸傷爲雙聲。

8. 「正紐」有四聲相紐的現象，例如：「我本漢家女。來嫁單于庭。」（古詩・石季倫王明君詞）十字內，兩字雙聲爲正紐，家嫁是一紐之內；名犯正紐者。〔註21〕

另據宋蔡寬夫《詩話》以爲五字首尾皆濁，而中一字清，即爲「蜂腰」，首尾皆清而中一字濁，即爲「鶴膝」。

四聲八病提倡後，經過齊、梁詩家創作實踐，與詩文理論家，如劉勰從理論上加以揭發，《文心雕龍》有〈聲律〉篇，專講文章要求聲律，遂得到風行，成爲詩學重要特點，但並未全然貫徹，由於過於襞積細微，拘束才情，對於實際創作，產生負面影響，而修正矯正的呼聲遂起，如鍾嶸《詩品》的批評及主張，「務爲精密，襞積細微，專相陵架，故使文多拘忌，傷其眞美，余謂文製，本須諷讀，不可蹇礙，但令清濁通流，口吻調利，斯爲足已矣。」以自然諧和爲可貴，不必過渡講究，務爲精密，襞積細微，造成蹇礙，傷其眞美。

上尾、蜂腰、鶴膝、大韻、小韻、旁紐、正紐，四聲八病力求在詩歌創作上遵行不悖，特別是八病之說，或失之煩苛，或不完整，難以遵行，但其強調聲音的諧和之美，提高聲律到本體的高度來認識〔註22〕，聲音和協的妙

〔註21〕八病之例，參見空海著，王利器校注，《文鏡秘府校注》，〈文二十八種病〉，頁402～436，中國社會科學院出版社，1983年7月1刷。

〔註22〕鍾嶸《詩品》云：「齊有王元長者，嘗謂於余云，宮商與二儀俱生，自古詞人不知之，惟顏憲子乃云律呂音調，而其實大謬，唯見范曄、謝莊頗識之耳，嘗欲進知音論，未就；王元長創其首，謝朓、沈約揚其波，三賢或貴公子孫，

旨，是詩歌給人最高的審美享受，這見解對深化漢語語言內部規律的探尋，在詩歌格律化之路邁進一大步，使中國詩歌的韻律形成新風貌，永明新詩體的出現，進而刺激唐代格律詩的出現。

第六節　魏晉玄學言意之辨與劉勰《文心雕龍》詩論之關係

劉勰《文心雕龍》成書於齊梁之際，為中國文學理論最完整而有系統的專著，內容包括作家論、文體論、創作論、批評論、與鑑賞論等，共計有五十篇，其中〈隱秀〉一篇脫去不全，後人所補。

魏晉言意之辯是否影響劉勰《文心雕龍》，學者曾有不同的看法，如王元化先生以為劉勰的上述觀點見解和玄學家言不盡意論，顯然朱紫各別。〔註23〕袁行霈先生則認為「劉勰也是同意言不盡意的」〔註24〕。

玄學言意之辨，源出先秦易、老、莊至魏晉玄學發展而成為方法論，成為玄學體系重要的內容，到南朝其餘威勢力還在，齊梁時代劉勰《文心雕龍》時代，學通內外典籍，其所著《文心雕龍》一書，內容體系完整，不能不接受此種思潮的影響，作為一個傑出的文學理論家，富有批判的精神，劉勰吸收玄學言意之辨之成果，是建立於一種深入研究後的基礎上，如《文心雕龍‧時序》篇所說：

> 自中朝貴玄，江左稱盛，因談餘氣，流成文體，是以世極屯邅，而
> 辭意夷泰，詩必柱下之旨歸，賦必漆園之義疏。〔註25〕

對於玄風對文學的不良影響表示不滿，但不滿並不是全盤否定，而是建立在深入研究下，有褒有貶，這是客觀而深入研究的表現，《文心雕龍》對於魏晉玄學認識是全面的，對玄學思想方法包括言意之辨更是了然於心，劉勰〈論說〉篇云：

> 迄至正始，務欲守文，何晏之徒，始盛玄論。于是聃周當路，與尼
> 父爭涂矣，詳觀蘭石之才性，仲宣之去代，叔夜之辨聲，太初之本

幼有文辯，于是士流景慕，務為精密，襞積細微，專相陵架，故使文多拘忌，傷其真美……」其中「齊有王元長者，嘗謂於余云，宮商與二儀俱生」可見當時聲律論學者將聲律論推到本體的高度。

〔註23〕張少康著，《文心雕龍創作論》，頁111。
〔註24〕《古典文學理論研究叢刊》第一輯，133頁。
〔註25〕周振輔著，《文心雕龍注釋》，頁816，臺北：里仁，1984年5月。

玄，輔嗣之兩例，平叔之二論，並師心獨見，鋒穎精密，蓋人倫之
英也，至如李康命運，同論衡而過之，陸機辨亡，效過秦而不及，
然亦美矣，次及宋岱、郭象，銳思於幾神之區，夷甫、裴頠交辯於
有無之域，并獨步當時，流聲後代，然滯有者全繫於形用，貴無者
專守於寂寥，徒銳偏解，莫詣正理。〔註26〕

這一段話，深入的概括魏晉玄學思想家的重要代表著作，足見劉勰對於玄學的深入研究，由於魏晉玄學家相關資料亡逸不少，這段話提供了後代研究玄學彌足珍貴的資料。引文中提及王弼《兩例》，應為《略例》之誤，現存王弼著作有《周易略例》一書，正是王弼「言象不盡意論」的出處，就此看來，玄學思潮言意之辨無疑地影響劉勰《文心雕龍》言意觀。

劉勰的《文心雕龍》所論「言意象」理論來看，比起西晉陸機〈文賦〉來，是更進一步朝向詩學領域轉化，從此在詩學領域中顯出價值與意義，影響後代的詩學理論的發展。

考察《文心雕龍》對於言意之辨的接受，可以明顯的看出劉勰不單方面偏於「言不盡意論」，或「言盡意論」，他是兼論兩方面，兼容並蓄全面吸收，但他不是簡單的將兩者概括承受，而是深入研究後具體的融合兩者，並且體現在劉勰文學理論中，因此我們可以看出，其一是劉勰並不同於「言不盡意者」，「言不盡意論」者，將意推的很高深玄遠，而帶有神秘不可知的傾向，以致於貶低言的作用，因此「言不盡意」，有時有棄言、廢言的衝動，而劉勰拋棄「言不盡意者」的神秘不可知論，努力克服言的侷限；其次，劉勰也不像「言盡意論者」的將言意之間的關係看得太簡單，以致忽略言與意之間的客觀上存在著差異與矛盾，所以劉勰與「言盡意論者」的差異在於「言盡意論者」看不到意與言的矛盾與差異，而劉勰自覺的認識到言意間的矛盾。

一、語言傳情達意之作用

內在意象如何表達，語言既是工具，也是思維的手段，情感形象伴隨語言而生，故《文心雕龍・神思》篇，將語言稱為創作過程的「樞機」，有良好的語言表現能力，才有感人的作品。

劉勰《文心雕龍・神思》篇中，正確的揭示出語言的媒介作用，〈神思〉篇云：

〔註26〕周振輔著，《文心雕龍注釋》，頁384，臺北：里仁，1984年5月。

> 故思理爲妙，神與物遊，神居胸臆，而志氣統其關鍵。物沿耳目，
> 而辭令管其樞機。樞機方通，則物無隱貌，關鍵將塞，則神有遁心。
> 〔註27〕

劉勰在此將思維活動，看成是人主觀精神與客觀外物之間互相交融，而辭令即語言，起著居於樞紐的中心地位，只有通過語言，客觀外物才有可能被把握，這表示劉勰《文心雕龍》對於語言與思維關係，可說是已經有了可貴把握與正確的認識，劉勰更進一步探討情感與語言的關係，〈體性〉篇云：

> 夫情動而言形，理發而文見，蓋沿隱以至顯，因內而符外者也。
> （頁535）

文學創作中語言不只思想緊密的結合在一起，同時也伴隨著情感而有緊密的結合在一起，劉勰指出從情感的發動到語言的形成，是一個由內到外，由隱以至顯的不斷變化過程，〈體性〉篇又云：

> 氣以實志，志以定言，吐納英華，莫非性情。……辭爲肌膚，志實
> 骨髓。（頁536）

正確的指出文學藝術創作中情志具有的決定作用，強調了情志爲文學中語言風格形成的重要內在因素，這就超越言不盡意論者與言盡意者的看法。

二、言與意之間的差異與克服

> 夫神思方運，萬途競萌，規矩虛位，刻鏤無形，登山則情滿於山，
> 觀海則情溢於海，我才之多少，將與風雲而並驅矣。方其搦翰，氣
> 倍辭前，暨乎篇成，半折心始，何則，意翻空而易奇，言徵實而難
> 巧也。（頁515）

劉勰這段話說出許多作家相同的遭遇、煩惱，美好的立意，不能完美的形之文字，說明了語言文字與思維之間存在著距離與矛盾，這種差異與矛盾形成的原因，在於思維的活躍性大大超過語言的活躍性，所謂「意翻空而易奇，言徵實而難巧也。」語言或書面文字的固定與實在形式，本身存在著的限制性，而思維卻是跳躍活潑，翻空騰挪，無拘無束。因此語言不能盡意。這是客觀存在的事實，這是先天存在的缺陷，難以加以改變。

〔註27〕參見周振輔著，《文心雕龍注釋》，頁515，臺北：里仁，1984年5月，以下
　　　　本文相關《文心雕龍》引文以此書爲據。

但劉勰對於這種矛盾，並不以「知者不言」的態度來面對，或者採取去棄言廢言的方式，劉勰提出了思、意、言關係來，〈神思〉篇云：

> 意授於思，言授於意，密則無際，疏則千里，或理在方寸，而求之域表，或義在咫尺，而思隔山河，是以秉心養術，無務苦慮，含章司契，不必勞情。〔註28〕（頁494）

思、意、言三者的關係用的好，就是密則無際；用得不好，就是疏則千里；劉勰提出解決的方法，認爲不必苦慮，不必勞情，而是實事求是，加強本身的藝術修養，包括長期的修養學力的培養；及臨時的修養心靈的虛靜等工夫。

三、言不盡意轉化爲意在言外

劉勰的言意觀更多集中表現在〈神思〉、〈隱秀〉、〈比興〉等篇中，面對言不盡意的事實，劉勰在〈神思〉篇中提出「意象」的概念，並指出「意受於思，言授於意」，建構了思～意～言的架構，劉勰在充滿矛盾的言意關係中，植入了「意象」作爲中介，作爲溝通言意的橋樑，作爲解決矛盾的方法；神思即意象內在的生成過程，《文心雕龍》中，劉勰把創作過程，概括爲神思發揮作用，而物象變化發展流動不滯，因之孕育產生出豐富多彩的內容的過程，劉勰極爲強調創作思維中主觀與客觀的關係，〈神思〉贊語云：

> 神用象通，情變所孕，物以貌求，心以理應。（頁495）

這裏所說的物，是有限定的，指的是感性的事物，其中包含的自然的事物，也包括人工製造的形貌聲色事物，如宮殿等，他所說的物，但不包括客觀外物，其中的人的生活，社會活動方面的事物，劉勰所論創作思維所及的心物之間關係，實偏於自然風物與作家情性的關係，《文心雕龍》特設〈物色〉一篇，論述自然景物描寫，可與〈神思〉篇互相參照補充。〈物色〉篇云：

> 春秋代序，陰陽慘舒，物色之動，心亦搖焉，蓋陽氣萌而玄駒步，陰律凝，而丹鳥羞，微蟲猶或入感，四時之動物深矣。若夫珪璋挺其惠心，英華秀其清氣，物色相召，人誰獲安，是以獻歲發春，悅豫之情暢；滔滔孟夏，鬱陶之心凝；天高氣清，陰沉之志遠；霰雪無垠，矜肅之慮深，歲有其物，物有其容，情以物遷，辭以情發，

〔註28〕參見范文瀾，《文心雕龍註》，頁693，北京：人民出版社，2000年10月2刷，本文以下《文心雕龍》引文以此書爲據。

> 一葉且或迎意，蟲聲有足引心，況清風與明月同夜，白日與春林共
> 朝哉！〔註29〕

認為自然景物，四時節候變化，引發觸動人的感情，從而引起創作衝動，《詩品・序》也說；「氣之動物，物之感人，故搖蕩性，情形之舞詠。」

> 若乃山林皋壤，實文思之奧府，略語則闕，詳說則繁，然而屈平所
> 以洞監風騷之情者，抑江山之助乎！（頁 694～695）

〈贊〉語中又說：

> 山沓水匝，樹雜雲合，目既往還，心亦吐納，春日遲遲，秋風颯颯，
> 情往似贈，興來如答。（頁 695）

注重創作中自然風物的觸發，是文學自覺之後的一種新現象，傳統文學理論中，早已有感物而動的說法，如產生於秦漢之際的《禮記・樂記》云：音樂是人心感於物而動的產物，「其本在感於物也」，這裏「感於物」指的是社會生活，與政治情狀，對人心的作用；《毛詩・序》也持相同說法，所謂變風、變雅作也，原因在於詩人之傷人倫之廢，哀刑政之苛，因而吟詠情性，以諷其上。東漢班固《漢書・藝文志》也云：「哀樂之心感，而歌詠之聲發。」何休《公羊傳・解詁》宣公十五年云：「飢者歌其食，勞者歌其事」，都偏重於社會生活；魏晉以後，由於文學自覺，帶動了個人情感的自覺，陸機文賦主張說「詩緣情而綺靡。」在論及文學創作衝動的發生說：「遵四時以歎逝，瞻萬物而思紛，悲落葉於勁秋，喜柔條於芳春。」魏晉南北朝時期，一般文士認為文學創作所以產生，首要原因是由自然環境刺激引發的說法，已成為普遍的現象，足見《文心雕龍・物色》篇的說法，正是這種風氣下的反應，劉勰更為強調的是感物必然聯繫著感情與語言這一特點上。

四、構思思維活動之問題

劉勰《文心雕龍》將玄學言意之辨思想成果轉化到詩文學理論的中，概括成〈神思〉篇，〈神思〉篇內容重心集中討論意、言、象三者之間的關係，對於文學的思維活動有深刻的認識。

> 古人云：形在江海之上，心存魏闕之下，神思之謂也。（《文心雕龍註》，頁 493）

〔註29〕參見范文瀾，《文心雕龍註》，頁 693，北京：人民出版社，2000 年 10 月 2 刷，本文以下《文心雕龍》引文以此書為據。

劉勰首先揭示出文學思維的變幻莫測、來去無蹤，超越時空的限制，故以神思稱謂，這就有如王弼《老子注》中稱謂道一樣；〈神思〉篇云：

> 文之思也，其神遠矣，故寂然凝慮，思接千載，悄然動容，視通萬理，吟詠之間，吐納珠玉之聲；眉睫之前，卷舒風雲之色；其思理之致乎。故思理爲妙，神與物遊，神居胸臆，而志氣統其關鍵；物沿耳目，而辭令管其樞機，樞機方通，則物無隱貌，關鍵將塞，則神有遁心。（《文心雕龍註》，頁 493）

爲了解決文思通塞的方法，必須從兩方面著手，這裡有兩個問題重點，即決定了能否獲得「神能否物遊」的關鍵，其一，爲主觀修養的問題，即神居胸臆，而志氣統其關鍵，重在志氣上，其次，即是客觀面物沿耳目，而辭令管其樞機，重在辭令上，涉及作者主體的神清氣爽，臨文時的精神狀態，以及作者語文運用的能力。

（一）主體上志氣之問題

「神居胸臆，而志氣統其關鍵，關鍵將塞，則神有遁心。」這裡的「志氣」即指和創作主體才氣、性格相關的思想感情，劉勰認爲「情變所孕」，意象的生成，情感有決定性的作用，所謂「登山則情滿於山，觀海則情溢於海」，情感的作用，使創作想像力強烈，「寂然凝慮，思接千載，悄焉動容，視通萬里，吟詠之間，吐納珠玉之聲，眉睫之前，舒卷風雲之色。」「夫神思方運，萬涂競萌」。至於情感如何產生？劉勰〈明詩〉篇云：「人稟七情，應物斯感，感物吟志，莫非自然。」認爲人的情感由外物的刺激而來，這與陸機的文學物感的說法一致，〈物色〉篇說：「春秋代序，陰陽慘舒，物色之動，心亦搖焉。」天地萬物引起創作主體情感的激盪，這是創作的泉源。

通過想像，物象紛紛呈現在創作主體面前，而此時物象仍處於混亂無序的狀態，必須使神思到達「思理爲妙，神與物游」，「神與物遊」的境界，各種物象，才能從無序的狀態下組織成井然有序，此時情感與物象結合統一。意象生成的後序階段，是在神與物游的基礎上，進到「物以貌求，心以理應」，意即象的進一步融合，達到意與象渾合的境界，便是意象的內在生成；意象生成，是一個複雜心理運思過程，必須與創作主體修養有關，所以作家的個人情性修養，才力的多少，每每制約著意象生成的全面過程，不學無術的人，與神思絕緣，生活閱歷缺乏的人，也創造不出意象豐富的作品，所以劉勰說「陶鈞文思，貴在虛靜，疏瀹五臟，澡雪精神」，臨文之際，必先使精神集中

而不煩雜，針對此一問題，《文心雕龍》另闢〈養氣〉一篇，強調寫作時「從容率情，優柔適會。」說的是寫文章時要從容不迫，自由自在，毫無拘束的精神狀態，讓文思自然而至，文思不來，則舍而勿為，不可勞神苦思，鑽礪過甚，寫作是艱苦的勞動，但需有所節制，構思時，須清和其心，調暢其氣，這也是〈物色〉篇所說的「入興貴閑」意思相通，了解寫作的艱辛，又強調必須在和暢、在自然情況下從事，陸機〈文賦〉中也說：「收視反聽」，即心神集中，不被外物干擾，有此主體精神先決的修養，然後再輔以「積學以儲寶，酌理以富才，研閱以窮照，馴致以繹辭」，從學力、才氣培養助成；就能使心超越世俗的一切得失利害，從而獲得創作時真正的自由。

（二）辭令之問題

詩文為語言的構造物，作家必須具備駕馭語言能力，劉勰在這裏提出「隱秀」，以作為超越語言的藝術效果，〈隱秀〉一篇今存殘卷，但由現存的殘卷，多少可以推知劉勰受玄學思潮影響，劉勰在〈隱秀〉篇中吸取玄學言意之辨的成果，來加以轉化提煉，並將其引進詩學領域中，故受歷來學者重視；〈隱秀〉篇云：

> 夫心術之動遠矣，文情之變深矣，源奧而派生，根盛而穎峻，是以文之英蕤，有秀有隱，隱也者，文外之重旨者也，秀也者，篇中之獨拔者也，隱以複意為工，秀以卓絕為巧，斯乃舊章之懿績，才情之嘉會也，夫隱之為體，義主文外，祕響旁通，伏采潛發，譬爻象之變互體，川瀆之韞珠玉也，故互體變爻，而化成四象，珠玉潛水，而瀾表方圓。（《文心雕龍註》，頁 632）

引文中說出人的感情多變，為了表達人的感情多變，就必須突破與語言表面的形式，追求一種隱的藝術效果，就隱的一面來說，為了有效突破語言表面的形式，必須充分利用語言的含蓄性與暗示性，故劉勰強調詞約義富，含味無窮，劉勰論及隱之義云：「隱也者，文外之重旨者也……，隱以複意為工……夫隱之為體，義主文外」，《詩》中之興、《易》中之象、《春秋》之微言都是隱，隱不同於晦澀而可以收含蓄不露，餘意深長之效果，如他於〈贊語〉中云：「深文隱蔚，餘味曲包」（《文心雕龍註》，頁 633），劉勰又從反面上說明隱與晦澀艱深不同，必須避免晦（會）澀艱深，「或有晦塞為深，雖奧非隱。」所以晦澀深奧並不是隱的真諦，劉勰在此，明顯指出兩者的區別。

再就秀的方面來看，隱可能造成文章的模模糊糊，因此提出秀，生動形

象，以救晦澀之弊，因此隱秀並舉；何謂秀？劉勰以「自然會妙，譬草木之耀英華」為喻，秀與「雕削取巧，潤色取美，譬繒帛之染朱綠」相對；劉勰心目中的秀句，就是自然英旨，直尋的妙句，這類詩，不是靠學問或刻意雕琢所能獲得，而是要靠審美能力感受，憑借靈感，妙手得之。因此〈隱秀〉論秀句，強調思合自逢，非研慮所求，這是六朝一種新審美情趣的反應，六朝人欣賞詩歌喜歡摘句為評，所選出佳妙之句，往往是寫景抒情的句子，如鍾嶸《詩品・序》曾舉「思君如流水」、「高臺多悲風」、「清晨登隴首」、「明月照積雪」等句；其他書中記載的名句有古詩十九首：「所遇無故物，焉得不速老。」王粲七哀詩：「南登灞陵岸，回首望長安」，謝靈運的〈登池上樓〉詩：「池塘生春草」，王籍〈入若耶溪〉：「蟬噪林逾靜，鳥鳴山更幽」，蕭愨〈秋〉詩：「芙蓉月下露，楊柳月中疏」。與〈隱秀〉所舉例子「朔風動秋草，邊馬有歸心」相同，都具有不加雕削，自然靈妙的美，張戒《歲寒堂詩話》引劉勰〈隱秀〉篇文字云：「情在詞外曰隱，狀溢目前曰秀。」不論是否為〈隱秀〉篇的文字，但卻可視為是張戒對〈隱秀〉篇的概括。

有些學者從修辭學的角度來理解〈隱秀〉篇，以為「隱」就是含蓄，有餘味，耐咀嚼，「秀」就是突出，象鶴立雞群，是一篇中的警句，這種說法，只可說是提出初步的理解，未盡劉勰〈隱秀〉篇精義，所謂以卓絕為巧，狀溢目前的秀，主要是對外物的描寫，達到能瞻言見貌，即字知時的鮮明、生動、逼真的地步。而關於隱的內涵，其要點一為複，一為外，即情在詞外，義生於外，文外之重旨，都指文章所表達的情意不侷限於語言文字，而有更深遠的韻味，因此說隱以複義為工，複義就是字面意與文外之意而言。

合隱與秀兩者而言之，秀側重在狀外物形貌，隱側重在表內心情思，兩者相輔相成，一方面，隱之餘味曲包於秀中，另一方面，秀之卓絕為巧又因隱而不致流於形似。

在〈物色〉篇中即為「物色盡而情有餘」，和「以少總多，情貌無遺」的意思。要求以有限的物色中，表達無限的情思，使情與貌完美的呈現。這與後來唐代的意象說貌異實同，隱近於意，秀近於象，意欲隱，象欲秀；故葉朗說劉勰〈隱秀〉是從另一側面分析意和象的關係〔註30〕。

劉勰已經初步了解文學藝術「以象傳情」的特點，〈神思〉篇在論述神與物遊的審美特徵時，也指出「獨照之匠，窺意象而運斤」，又說：「神用象通，

〔註30〕葉朗，《中國美學史大綱》，頁230。

情變所孕，物以貌求，心以理應。」這裡所謂的象，已經不是耳目所接觸的外物，已經是經過情思變化所孕育的象，是進入藝術構思中的象，是情貌結合，情景交融的象，所以稱為意象，這是構思中的象。這說明劉勰已經注意到象或意象在文學中重要地位〔註31〕，《文心雕龍》非專門論詩，其時詩歌創作實踐，也還遠遠未能成功地將哲學領域早已提出的「立象以盡意」，及王弼的「意以象盡，象以言著」的思想轉化為詩歌藝術表現的自覺要求，因此與唐代以後的以象論詩，或以意象論詩不同，劉勰對於詩人感物所獲得的審美體驗在凝定為審美意象後的藝術特徵，及藝術效果，主要是吸收玄學言意之辨的思維成果，從言意關係來加以討論的，由此提出〈隱秀〉篇，〈隱秀〉篇可以見出劉勰對於情景融合後的審美意象已經有深刻的認識。

至於作品如何達到隱秀的理想境界，上面說劉勰〈隱秀〉篇只從反面指出說「誨塞為深，雖奧非隱」「雕削取巧，雖美非秀。」在〈物色〉篇中，劉勰則進一步提出了隱秀的前提，此即：

> 四序紛回，而入興貴閑，物色雖繁，而析辭尚簡。

> 詩人感物聯類不窮，寫氣圖貌，既隨物以宛轉，屬采附聲，亦與心
> 而徘徊。

劉勰認為隱秀是審美體驗到審美意象的總結，隱秀的效果，可使味飄飄而輕舉，情曄曄而更新（《文心雕龍註》，頁 649）。由此可見，劉勰隱秀之說法，啟示著後來詩學言外之意之的無限趣味追求，這是日後司空圖諸人的味外之味，審美感受以及審美趣味的進一步探求的養料來源。

綜合的說來，在詩文論的言意問題上，劉勰承陸機〈文賦〉的觀點，而更進一步向詩學領域轉進，〈神思〉篇講思、意、言，等於是陸機講物、意、言之間的關係；劉勰說「意翻空而易奇，言徵實而難巧。」就等於陸機的「意不稱物，言不逮意」，劉勰曾在〈序志〉篇中說：「言不盡意，聖人所難，識在瓶管，何能矩矱？」明確提出「言不盡意」主張來，〈神思〉篇云：「至於思表纖細旨，文外曲致，言所不追，筆故知止，至精而後闡其妙，至變而後通其數，伊摯不能言鼎，輪扁不得語斤，其微已乎。隱也者，文外之重旨也。」這些說法都與玄學「言不盡意」「得意忘言」的主張相關連，不同的是劉勰對於「言不盡意」並不像陸機對於「言不盡意」那麼深感煩惱，原因在於劉勰找到了克服語言不足的解決之道，一方面從情志與學力上修養著眼，另一方

〔註31〕見劉懷榮撰，《中國古典詩學原型研究》，頁 320～321。

面提出「隱秀」的理想，強調精確的使用語言，對事物生動的刻劃，進而達到「含蓄不露，餘味曲包，意隱詞中，文外曲致」的審美效果，劉勰《文心雕龍》中有關語言表達精確性的論述，如〈神思〉篇：「故思理爲妙，神與物遊，神居胸臆，而志趣統其關鍵。物沿耳目，而辭令管其樞機，樞機方通，則物無隱貌，關鍵將塞，則神有遁心。」劉勰試圖將玄學、道家「言不盡意論」，與儒家的「言盡意論」兩者的論述，加以調合起來，既著重言外之意，又注意語言本身表達的確切。

第七節　魏晉玄學言意之辨與鍾嶸詩論之關係

　　梁朝時代，稍後於《文心雕龍》者，有鍾嶸《詩品》一書，《詩品》又作《詩評》，爲中國有史以來研究詩歌的第一部評論五言詩的專著，《詩品》全書內容可概括五方面的要點，其一爲文體的演變，其二爲內容的要求，其三爲表現手法，其四爲詩歌的功能，其五爲自然英旨，多方面提出有價值的觀點，來評論五言詩，作爲了五言詩裁量高下的標準，以此種方法裁詩，優劣高下立判，不流於主觀無準的，顯然具有說服力，章學誠《文史通義・內篇》卷五評爲「思深意遠」，給予了很高的評價，《詩品》能成爲有系統的理論與賴以建立的理論基礎相關，探究鍾嶸《詩品》的其思想的理論基礎，以魏晉以來流行的玄學思潮的影響有關係。如從《梁書》及《南史》本傳記載說：「齊永明中爲國子生明《周易》，衛將軍王儉領國子祭酒，頗賞接之」，又據《隋書・經籍志》，《周易》在梁、陳以鄭玄、王弼二注列於國學，事實上宋、齊以來《周易注》王弼與鄭玄注就已並行。《本傳》記載鍾嶸與兄元、及弟嶼，並好學，有思理，這是王儉對他賞接的原因。漢魏之際，天下大亂，綱常失紀，王弼面臨的時代課題，是如何在繁中不亂、變中不惑，必須建立一套社會的與文化的新秩序，漢代學術發展愈到後來愈爲繁瑣，在《周易》研究上講究象術之學，愈衍愈繁，不得要領；因此學術上必須新的理論秩序來解決上面的難題，王弼易學的貢獻就在本體論上建構的一種方法，這就是以寡統眾、或舉本統末的方法以及言意之辨的方法，這些方法，影響所及，鍾嶸選擇五言詩爲對象，避免詩文的糾纏不清，以詩騷爲源頭，爲各家溯流別作法，化煩爲簡，從這個意義上來看，玄學的言意理論也可以說是爲鍾嶸《詩品》一書論詩理論的來源，下面就鍾嶸《詩品》論詩觀點作出探討。

一、詩歌抒情本質之確定

　　鍾嶸以為詩歌本質是吟詠情性，即是抒情，《詩品・序》：「至於吟詠情性，亦何貴于用事。」此種觀點，與先秦兩漢以來流行的詩言志說，頗有不同，先秦兩漢以來詩言志說總是關聯著政教而言，重在政治教化作用，可以《毛詩・序》：「詩者，志之所之，在心為志，發言為詩，情動於中而形於言，……故正得失，動天地，感鬼神，莫近於詩，先王以是經夫婦，成孝敬，厚人倫，美教化，移風俗。」和《樂記》的「凡音者，生人心者也，情動於中，故形於言，……聲音之道與政通。」為代表，而鍾嶸《詩品》吟詠情性，所關心的是詩的審美效果上，因此，可視為陸機〈文賦〉詩緣情說觀點的繼承，就情感的抒發而言，鍾嶸《詩品》重在個人怨情的強調，而不強調政教，個人怨情的激發創作觀點，與後來韓愈「物不平則鳴」，「窮苦之言易好」觀點相聯繫，《詩品・序》說：

> 若乃春風春鳥，秋月秋蟬，夏雲暑雨，冬月祈寒，斯四候之感之詩
> 者也，嘉會寄詩以親，離群託詩以怨，至於楚臣去境，漢妾辭宮，
> 或骨橫朔野，或負戈外戍，或殺氣雄邊，塞客衣單，孀閨淚盡，或
> 士有解佩出朝，一去忘返，女有揚娥入寵，再盼傾國，凡斯種種，
> 感蕩心靈，非陳詩何以展其義，非長歌何以騁其情。

所強調的是個人種種遭遇，對詩歌創作產生的作用，文學批評史上從曹丕《典論・論文》至陸機〈文賦〉，莫不以天才為詩學創作的決定因素，劉勰不否認天才重要性，更注意到後天環境時代社會及自然環境對文學創作的決定性影響，鍾嶸在此更加入個人遭遇這項因素，補足文學物感說的內容；就詩歌功用來說，鍾嶸認為詩歌功用，不在政教作用，而是在使個人身心遭遇獲得安慰與調劑，《詩品・序》說：

> 故詩可以群、可以怨，使窮賤易安，幽居靡悶，莫尚乎詩。

這種觀點的強調，與魏晉文學觀點轉變有密切關係，鍾嶸時代文學脫離政教附庸具獨立存在價值，詩被視為一種藝術，是一種技藝，為一般貴遊文士玩賞遣悶的對象，故《詩品・序》說：

> 故詩之為技，較爾可知，以類推之，殆均博奕。

鍾嶸《詩品・序》視詩等同博奕，正是從遣悶及遊戲說的觀點論詩，重審美趣味，不關政教，這又與魏晉玄學家視玄學活動為遊戲節目同趣。

二、倡滋味說

　　鍾嶸論詩主旨即在倡導滋味說，滋味一辭，雖有遠源，如老子之說「道

出口要淡而無味」，然眞正用以評論五言詩，鍾嶸爲第一人，《詩品・序》
說：

> 夫四言文約意廣，取效風騷，便可多得，每苦文繁意少，故世罕習
> 焉，五言居文詞之要，是眾作之有滋味者。

此段引文，即鍾嶸滋味一辭之所出，此外滋味，亦單又作「味」，如《詩品・
序》又說：

> 永嘉時，貴黃老，稍尚玄虛，于時篇什，理過其辭，淡乎寡味。

指出玄言詩的弊病在於淡而無味，難以引起審美感受；《詩品・序》又說：

> 幹之以風力，潤之以丹彩，使味之者無極，聞之者動心，是詩之至
> 也。

上述引文中提出滋味、味，所強調的，是從藝術審美效果的角度出發來要求
的，不涉及功利政教，只視詩爲美的對象，故特別強調詩的滋味，至於如何
才能達到詩之有滋味的要求，鍾嶸《詩品・序》以爲須要「幹之以風力，潤
之以丹彩」，才是詩之至，所謂「風力」，指思想感情，所謂「丹彩」，即指
語言文彩的修飾，兩者達到和諧統一，換言之，就是情采一致，質文相當，
鍾嶸詩歌評論部分，評論漢魏以來流行的五言詩作家凡一百二十三人，其中
上品十二人，中品三十九人，下品七十二人，其評詩標準，即依據風力、丹
彩是否具備與一致而定，如評曹植詩：「骨氣奇高，詞彩華茂，情兼雅怨，
體披文質。」故列上品，評劉楨詩「仗氣愛奇，動多振絕，貞骨凌霜，高風
誇俗，但氣過其文，雕潤恨少。」也列上品，至於達到風力與丹彩一致的途
徑如何？鍾嶸認爲要酌用賦比興，鍾嶸解釋賦比興有突破傳統說法之處，傳
統解釋賦、比、興，認爲賦爲鋪陳，比爲比喻，興爲以善事喻勸，鍾嶸與之
不同；《詩品・序》說：

> 故詩有三義焉，一曰興，二曰比，三曰賦。文已盡而意有餘，興也；
> 因物喻志，比也；直書其事，寓言寫物，賦也；宏斯三義，酌而用
> 之，幹之以風力，潤之以丹彩，使味之者無極，聞之者動心，是詩
> 之至也，若專用比興患在意深，意深則詞躓，若但用賦體，患在意
> 浮，意浮則文散，嬉成流移，文無止泊，有蕪漫之累矣。

上述引文，鍾嶸將興排列第一，有凸顯的用意，其中以「文已盡而意有餘」
解釋興最特別，顯受玄學言意之辨影響而來，啓導後來詩論家對「言有盡而
意無窮」詩美境界的無限追求。鍾嶸從文人五言詩的本質著眼釋興，從審美

的立場出發，與傳統四言詩經學角度釋興不同，傳統的看法站在政教立場來看興；鍾嶸首先倒置賦、比、興的次序，將興視爲首出的地位，並以言意理論來釋興「文已盡而意有餘」這是對漢以來傳統經學家以政教美刺釋興的一種突破，「興以賦比爲手段，賦是直寫，直書其事，寓言寫物，賦也，寓言不是莊子的寓言寄託，而是借言即借語言文字來寫表達的意思，比是曲寫，因物喻志，比也；鍾嶸釋興是以五言詩爲基礎立論，強調情感的作用，他說興是「文已盡而意有餘」，這不就是強調言辭的無能爲力，興的美，在追求無窮之意，在於他直取本眞而超越語言的直覺〔註32〕。

三、標舉自然直尋說

鍾嶸論詩另一要旨，即標舉自然直尋，實則自然直尋說，與他滋味說相聯繫，滋味說植基於自然直尋的基礎上，更明確的說來，滋味重在詩歌審美欣賞上，而自然直尋偏重在作家創作上立論，《詩品・序》云：

> 夫屬辭比事，乃爲通談，若乃經國文符，應資博古，撰德駁奏，宜窮往烈，至乎吟詠情性，亦何貴於用事，「思君如流水」，既是即目；「高臺多悲風」，亦惟所見，「清晨登隴首」，羌無故實，「明月照積雪。」詎出經史，觀古今勝語，多非補假，皆由直尋。顏延、謝莊，尤爲繁密，于時化之，故大明、泰始，文章殆同書鈔，近任昉、王元長等，詞不貴奇，競須新事，爾來作者，寖以成俗，遂乃句無虛語，語無虛字，拘攣補衲，蠹文已甚，但自然英旨，罕值其人，詞既失高，則宜加事義，雖謝天才，且表學問，亦一理也。

引文中所謂「補假」，即是雜湊典故成辭，用事用典，所謂直尋即在直抒胸臆，寫出即目所見，鍾嶸對詩的體悟是抒情的，感性、體會的，不同於奏議書論的散文，重在議論說明，因此詩中多用事用典，便會妨害直抒胸臆，有違自然英旨，所以他強調直尋反對刻意用典，鍾嶸如此的主張，與其所處時代，駢文用典隸事的大流行的風氣相背，具有矯正時弊的意義，其次，鍾嶸亦反對當時流行的人工聲律，主張自然的聲韻，《詩品・序》說：

> 昔曹劉殆文章之聖，陸謝爲體貳之才，銳精研思，千百年中，而不聞宮商之辨，四聲之論，或謂前達偶然不見，豈其然乎，嘗試言之，古之詩頌，皆被之金竹，故非調五音，無以諧會，若「置酒高臺上」

〔註32〕 參見，李建著，《比興思維》，頁 27，安徽：教育出版社，2003 年 8 月。

「明月照高樓」爲韻之首，故三祖之詞，文或不工，而韻入歌唱，此重因音韻之義也，與世之言宮商異矣，今既不被管絃，亦何取於聲律耶！齊有王元長者，嘗謂於余云，宮商與二儀俱生，自古詞人不知之，惟顏憲子乃云律呂音調，而其實大謬，唯見范曄、謝莊頗識之耳，嘗欲進知音論，未就；王元長創其首，謝朓、沈約揚其波，三賢或貴公子孫，幼有文辯，于是士流景慕，務爲精密，襞積細微，專相陵架，故使文多拘忌，傷其眞美，余謂文製，本須諷讀，不可蹇礙，但令清濁通流，口吻調利，斯爲足已矣，至平上去入，則余病未能，蜂腰鶴膝，閭里已具。

聲律論倡自王融、沈約、與謝朓等人，以四聲製韻，對近體詩的產生形成，起了決定性的作用，但過度講求聲律，束縛才情，從而破壞詩歌眞美，所謂「務爲精密，襞積細微，專相陵架，故使文多拘忌，傷其眞美，余謂文製，本須諷讀，不可蹇礙，但令清濁通流，口吻調利，斯爲足已矣。」但鍾嶸認爲人工製韻，有傷眞美違背自然，使詩喪失了其中應有的獨特滋味，「但令清濁通流，口吻調利，斯爲足已矣。」重要在眞美，眞美即自然之美，自然之美，並不是要違背客觀規律，這皆可以看出鍾嶸受玄學思潮自然觀影響下的一部分。

後代學者，大多認爲「自然」爲鍾嶸論詩之主旨，如朱弁《風月堂詩話》云：

> 詩人勝語，咸得於自然，非資博古，若思君如流水，高臺多悲風。清晨登隴首，明月照積雪之類。多皆一時所見，發於言辭，不必出於經史，故鍾嶸評之曰云：吟詠性情，亦何貴於用事，顏謝椎輪，雖表學問，而太始化之，寖以成俗，當時所以有詩鈔之譏者，蓋爲是也，大抵句無虛語，辭必假故實，語無空字，必究所從，居擘補綴，而露斧鑿痕迹者，不可與論自然之妙也。

推究「自然」一辭思想來源，正出於玄學所論的老莊之旨，王弼注自然一辭云：「自然其兆端不可得而見也，其意趣不可得而睹也。……居無爲之事，行不言之教，……而百姓不知其所以然者也。」（《道德經・十七章》「功成身遂，百姓皆曰我自然」下注）又何劭《王弼傳》記載：「王弼以爲聖人茂於人者，神明也，同於人者，五情也，神明茂，故能體沖和以通無，五情同，故不能無哀樂以應物，然則聖人之情，應物而無累於物者也，今以其無累，便謂不復應物，失之多也。」（《三國志・魏志・鍾會傳》裴松之注引）

可見自然，就是有情而不為情所牽，應物而不被物所累，自然即為自然之性，王弼所謂的「夫明足以尋幽微，而不能去自然之性。」無情與不應物，則都是不自然，鍾嶸對於齊梁以來的詩風進行反省，凡是合於自然的詩風，大加倡導給予贊賞，反之，不合自然的詩風進行批判，特別針對大明、泰始以來，詩壇上聲律、使事、用典所造成詩風不合自然的弊病，進行抨擊，形成《詩品》論詩的一大特點。

實際說來，詩必須經過作者主觀的情思、意象安排、文字的組織構造完成，因此，不可能存在純粹而完全的「自然」，人為的創造是必須的，這就是玄學自然觀觀點所強調，「應物不累於物，有情不牽於情」的理論在詩歌中的表現，得到發揮之地，好的詩歌創作，最重要在於如何讓這種人為的創造，達到渾然天成的境界，不讓人覺得有人為造作的鑿痕在，這就是鍾嶸《詩品》強調的「即目所見」標舉「自然」的要義。

鍾嶸明確地區別了作詩與為文或作學問的不同的要求，為文、作學問，是所謂經國文符，應資博古，撰德駁奏，宜窮往烈；都必須引經據典，旁徵博引，至於作詩則不同於為文、作學問，其原因就在於詩是個人性情的產物，抒發個人情感為主，個人性情不同，但所重在於真實自然，所以必須直接抒發，不需借用典故，典故的使用，只會造成閱讀情趣的隔絕與障礙，不利於作者真情的直接抒發，與讀者的賞會，這從古今詩人的名句中，可以得到印證，如「思君如流水」，既是即目；「高臺多悲風」，亦惟所見，「清晨登隴首」，羌無故實，「明月照積雪」詎出經史，由此鍾嶸強調觀古今勝語，多非補假，皆由直尋，不假其他，直接說出。

當然鍾嶸的這種主張，有得於言意之辨的啟示，拋開書本章句，尋求書本字裏行間的深意，另一方面也是針對於齊梁以來詩壇以抄書為詩的不良風氣，所進行的針砭，由此可見，鍾嶸已經確實掌握到中國詩歌創作，尤其是五言詩的特點，並且進一步指出這個特點，就是詩的滋味，有滋味的詩，就是言有盡意有餘，為了收到此種審美感受的效果，就必須從掃除消極的不良障礙，如可能因用典與聲律刻意的講究等等不利於的滋味獲得的因素，同時對於不合自然英旨詩風的批判，針對當時詩壇弊病提出針砭。

四、詩歌創作之動因——物感說

文學物感說從《禮記‧樂記》開始，經魏晉人如陸機、劉勰等人的發展，使理論更趨完備，鍾嶸於《詩品》中則進一步又有補充，在《詩品‧序》中鍾

嶸指出個人遭遇、刺激了詩的創因，強調詩的群、怨功用，重在苦悶的排遣。

鍾嶸認爲詩人所以產生創作的動因在於外物的刺激，這種學說來自於《禮記・樂記》的理論遺產：

> 凡音之起由人心生也，人心之動，物使之然也，感於物而動。

出現於秦漢間的《禮記・樂記》說的是音樂的起因，當然其中也包括詩，認爲創作動因在於外物之刺激，經兩漢、魏、晉詩人親身之經驗及作品之實踐，物感說的得到進一步的發揚，詩文學物感說理論再經陸機文賦、劉勰《文心雕龍》有〈物色〉、〈時序〉篇之發揮，增添了自然、社會、政治，及個人遭遇等內容，豐富了物感說的理論，提出自然景物與時代環境之影響，鍾嶸《詩品》進一步擴大內容，強調個人的不幸遭遇。

> 氣之動物，物之感人，故搖蕩性情，形之舞詠。照燭三才，暉麗萬有，靈祇待之以致饗，幽微借之以昭告，動天地，感鬼神，莫近于詩。

《詩品・序》又云：

> 若乃春風春鳥，秋月秋蟬，夏雲暑雨，冬月祈寒，斯四候之感之詩者也，嘉會寄詩以親，離群託詩以怨，至於楚臣去境，漢妾辭宮，或骨橫朔野，或負戈外戍，或殺氣雄邊，寒客衣單，孀閨淚盡，或士有解佩出朝，一去忘返，女有揚娥入寵，再盼傾國，凡斯種種，感蕩心靈，非陳詩何以展其義，非長歌何以騁其情。

所強調的是個人種種遭遇，對詩歌創作產生的作用，本文前面說過，文學批評史上從曹丕《典論・論文》至陸機〈文賦〉莫不以天才爲詩學創作的決定因素，劉勰不否認天才重要性，但他更著眼注意到後天環境包括時代環境、社會環境、及自然環境對文學創作的決定性影響，鍾嶸在此更加入個人遭遇這項因素，補足文學物感說的內容，使詩學中的物感說的內容更豐富。

綜上所論，可知鍾嶸論詩受玄學及玄學言意理論的頗多啓示，《詩品》的在詩學史上重要性由此更顯著，他專門論述五言詩，並區分三品，化煩爲簡，顯出優劣，並一一溯流別，遂開後世詩話的祖型，鍾嶸論詩提倡滋味，從審美鑑賞的角度出發，強調直尋、自然之旨，以情在詞外與文盡意餘爲標誌，結合賦、比、興三者關係，突出興的首出地位，以「文盡而意有餘」來理解「興」，可視爲是陸機〈文賦〉文與意對舉的進一步發揮，也是玄學言意之辨

成果對詩學的滲透，足見將「文盡意餘」抽象爲興，比起前人來看，是鍾嶸《詩品》的進步，他區分了爲詩爲文的不同，直探五言詩的本質在於抒情，避免詩文的纏繞，表標舉自然論詩，提倡直尋，強調滋味，所謂直尋，直寫胸臆，不須補假，是爲了獲得心物交感的獨特審美感受～興，「言有盡而意有餘」，此「意」即所謂的「滋味」，他吸取了玄學的言意象之辨理論成果，並進一步改造，完成「言已盡意有餘」的興，以適合於詩學的特性，可以說是已經直探中國詩歌的本質，開後代的法門，對後代詩學的影響，可以說是大而深遠的。

第七章　魏晉玄學言意之辨
　　　　與唐代詩論之關係

　　唐代詩歌因聲律論的加入，形成與古體詩不同的新體詩的出現，特別是盛唐時期，科舉制度以詩取士，兼以政治開明，國力強盛，開疆擴土，思想上道、玄、儒、釋等各家思想兼容並蓄，特別自魏晉以來以玄學消融的佛學興盛起來，詩歌在此種時代環境下，創作上更進一步的發展神速，文人處在開放時代，都想積極有所作為，建立功業自許，盛唐新開擴的氣象等因素出現的加入，在唐代眾多作家的實際創作體驗中，重視剛健雄渾的風格類型，使得詩學理論發展更豐富，這是魏晉玄學言意理論的成果進入唐代以後在詩學領域的成果初次展現、魏晉玄學言意象理論進到唐代詩學繼續發展，由於新時代創作因素的加入，詩學內涵更豐富，終於完成意境理論的新內容；最富盛唐詩學的特色，最能代表此種現象，有王昌齡、殷璠，王昌齡被稱為詩家夫子，意境論在他身上初步創立，殷璠則上承劉勰《文心雕龍》論風骨、隱秀等理論、並吸收了初唐陳子昂的興寄說及王昌齡的初步萌芽的意境論成果等，具體的標示「興象」一辭，來凝聚盛唐詩歌創作的特點，體現盛唐時代詩學的特殊風貌與發展趨向，明確的提出的興象說的理論，殷璠的興象說，被研究的學者視為魏晉言意理論經過六朝以來發展的首次結穴，但這並不意味詩學就此不再發展，隨著安史之亂對唐帝國地挫傷，造成國力的衰微，盛唐氣象，一去不反，中唐一批文士思以儒家思想挽救危亡，詩人則以其熱情發出以詩歌裨補朝政之闕的呼聲，如元稹白居易劉禹錫等人的新樂府詩運動，打出「文章合為時而著，詩歌合為事而作」（〈與元九書〉）旗誌，寫出大量反映民間疾苦，揭露社會黑暗的詩，與韓、柳所領導的古文運動可謂殊途

同歸，元和後期，由於政局愈形渾濁，國力更家衰竭，藩鎮再叛，朋黨之爭，互相傾軋，仕途之路阻塞，文士從政熱情衰退，士人心理普遍由外放向內縮斂，爲躲避政治迫害，而逃入自我小天地中，或醉心園林、或品茗賞花，或優遊林泉，詩歌創作風氣隨著時代與生活趣味的轉變，審美趣味也隨之改變，盛唐雄渾昂揚的詩歌風格轉變爲內斂重視平淡自適的審美風格趨向，遂開出宋詩型的詩型風格；詩學理論的發展也由中唐皎然重意說到劉禹錫提出「境生象外」的命題，由重言外之意一越而著重象外之意，深化意境論的內涵，完成唐代的意境理論，這是「興象理論」理論進一步的完善與超越，也是魏晉之辨成果再一次在新時代的新發展，但發展並未就此停止，晚唐司空圖提出辨味說的再作進一步發揮，使意境說內容，又更加豐富，形成日後詩論家與詩人創作的努力以求的最高藝術的理想，往下則影響了宋、明、清的詩論，直至晚清王國維以之論詞，意境理論形成了中國詩學最具特色的的核心命題。

　　下面即就唐代詩論家的詩學理論進行考察，依次是王昌齡、殷璠、皎然《詩式》劉禹錫及司空圖的詩論進行探討，期以見出魏晉玄學言意之辨與他們詩論之關係。

第一節　魏晉玄學言意之辨與王昌齡詩論之關係

　　王昌齡，字少伯，京兆長安人，《新唐書‧藝文志》著錄其〈詩格〉二卷，〈詩中密旨〉一卷〔註1〕，王昌齡詩學重要的意義，在於他在〈詩格〉中首創以意境來論詩，這對日後禪宗與詩歌創作及詩學理論都有深刻的影響，初唐詩學重心受宮廷詩風的影響，兼中宗以後，進士科以律詩定格取士，表現在

〔註 1〕 王昌齡（？～西元 756），《新唐書》、《舊唐書》皆有傳，字少伯，京兆長安人，開元十五年進士及第，任秘書省校書郎，開元二十二年，中博學宏詞科，授汜水縣尉，開元二十七年貶嶺南，次年回長安，又出爲江寧縣丞，天寶六年後，貶爲龍標縣尉，天寶十四年安史之亂起，由龍標赴江寧，途中由濠州刺史閭丘曉所殺。王昌齡詩現存一百八十多首，五七言絕句約全部詩作占了一半，詩歌生前即負盛名，人稱「詩家天子」，尤以七絕著稱，其「秦時明月漢時關」（出塞）一首，被明人許爲唐人七絕壓卷之作，《新唐書‧藝文志》著錄其〈詩格〉二卷，〈詩中密旨〉一卷，唐時日本留學僧人弘法大師、空海作《文鏡秘府論》曾述及王昌齡評詩之語，在〈獻書表〉中，也提及王昌齡〈詩格〉一卷，可見王昌齡作〈詩格〉與〈詩中密旨〉是屬可能，其中《詩格》論詩有四大主題，包括聲調、十七勢、六義、與論文意；有關王昌齡重要的意境理論就保留在〈論文意〉中。王昌齡〈詩格〉引文收入張伯偉撰《全唐五代詩格彙考》，頁 172，江蘇：古籍出版社，2004 年 4 月。

《詩格》上，重在聲律病犯之講究，故有陳子昂所謂的「采麗競繁，而興寄都絕」的慨嘆，至天寶以下，則詩風轉變，詩格不受重視，以復古爲革新，對當時詩風提出針砭，王昌齡詩論重點與初唐《詩格》不同之處，在於王昌齡擺脫初唐《詩格》偏重病犯偏狹，而詩論重心拓展到詩意與感興上面的探討上，進一步將六朝以來意象論發展成爲意境論。

一、物境、情境與意境

　　詩學義涵的意境一辭，首次出現在王昌齡〈詩格〉中，王昌齡〈詩格〉提出了三境，即物境、情境與意境，三境與詩歌藝術形象生成相關，這是玄學言意之辨，「以象盡意」，「以象傳情」在唐代詩學領域中，與興象理論相互影響下，將詩學推向藝術境界理論的進一步的新發展；王昌齡在〈詩格〉中論及物境云：

> 一曰物境，欲爲山水詩，則張泉石雲峰之境，極麗絕秀者，神之於
>
> 心，處身之境，視境於心，瑩然掌中，然後用思，了然境象。

物境主要是指山水景物自然的描寫，寫景物能觸景生情，不是客觀純然景物，而是情思所生的景物，六朝山水詩基本上是創造物境，有些借景物來抒發相應的情感，尚未進入情景交融的境界，如謝朓詩，多是景物加議論，景句獨立存在，沒有形成整體的境界，他的名句，「餘霞散成綺，澄江淨如練」，王昌齡就評云：「假物色比象，力弱不堪也」，王昌齡認爲山水詩雖然描寫泉石雲蜂之境之美，但詩人必須神之於心，且要處身於境，物境，不是純寫物，必須寫引起詩人感興之物，景物呈現須與內在感情聯係。

> 二曰情境：娛樂愁怨，張之於意而處於身，然後馳思，深得其情〔註2〕。

所謂「情境」，主要強調以眞實的感情來表現詩歌的藝術形象情境，是融情於物，以詩人感情展現爲境，直接展示詩人的感情，或詩中寫景敘事要能融景入情，化客觀外物爲主觀情思。

　　王昌齡對情境的說法是娛樂愁怨，皆張於意而處於身，然後馳思，深得其情當詩人情動之時，不急於說出，而是將初動之情，加以深化，將身心都沉浸在越來越強烈的感情中，情境的創作，關鍵就在情的深化，情不深則無以驚心動魄，垂世行遠，與物境相較，物境重在物象的展現，而情境重在情感的凝聚或流動。例如：王昌齡的從軍行之五：「秦時明月漢時關，萬里長征人未還，若使龍城飛將在，不教胡馬度陰山。」詩中沒有具體景色描寫，明月與關，化爲

〔註2〕王昌齡，〈詩格〉，引文收入張伯偉撰，《全唐五代詩格彙考》，頁172，江蘇：古籍出版社，2004年4月。

歷史邊塞的象徵，表現出詩人出塞時的具體感情，經過概括提練所形成的情境，懷古情深隱隱自現，此詩被明人推爲唐人七言絕句壓卷之作。

　　三曰意境：亦張之於意，而思之於心，則得其眞。〔註3〕
指藝術形象表現內心的眞實感受，意境之作，在於有情境之後，得其眞，故欲了解意境創作，須從眞字破解，意的內涵，實是南朝以來詩文論重要概念，才、氣、志、情、興、性的總稱，情與意有些許的差異，情因境而發，意則爲更深刻的思緒，情爲人對他所遇到具體事物最直接的外露於形的表態感情積累，並進一步深化，便形成意，意可說是人的思想意識，感情是活躍的，而意則較爲持重，詩人感物聯類無窮，這是感情活動，而神居胸臆，志氣統其關鍵，這是意的穩重，從形似到深得其情，到得其眞；物境、情境、和意境，是意境創造的三層次，三者關係，陳良運先生認爲依次遞進之關係，物境寄情於物，詩中有畫；情境，取物象，融物於情，抒胸臆；意境表達，內識哲理，生命眞諦。〔註4〕

二、靈感生成之探求

　　王昌齡很強調創作中靈感對詩的作用，視爲文意產生的前提，並以傳統感興來說明，感興是一種強烈情意的表現，時間上無法穩健持久，感興重在偶然得之不在強求；除了感興外還必須用思，思指精思、苦思，一般所說的深謀遠慮爲思，思是六朝文論的重點，用思的目的就在於使情意與物象結合，〈詩格〉中多觸及此一問題，例如：

　　　　詩有三格（筆者按又作思），生思一，久用精思，未契意象，力疲智
　　　　竭，放安神思，心偶照境，率然而生。感思二，尋味前言，吟（銀）
　　　　諷（奉）古制，感而生思。取思三，搜求於象，心入於境，神會於
　　　　物，因心而得。〔註5〕

說的是意象、意境發生的心理狀態，文意的產生，由三思而來，其一生思，以傳統物感說來說，即由感動所引起，強調思若不來，就要放鬆心神，等待境生；其二感思，是借由古今詩語來起興，其三取思，即在前面生思、感思基礎上，

〔註3〕同註2，頁173。

〔註4〕參見陳良運著，《中國詩學體系論》，北京：中國社會科學出版社，1998 年 9
　　　　月。

〔註5〕王昌齡，〈詩格〉，引文收入張伯偉撰，《全唐五代詩格彙考》，頁 173，江蘇：
　　　　古籍出版社，2004 年 4 月。

等到理想物境出現後，深入觀察，進行取象活動，以取得最適合的情意表現的物象；足見取象為思的一項重要目標；為了索求於象，必須心入於境，神會於物；如此才能物象與情意相契合；最適合的情意的物象，讀者通過此理想的物象，可以感受到作者所要表達的情意；王昌齡在〈論文意〉中又說：

> 夫置意作詩，即須凝心，目擊其物，便以心擊之，深穿其境，如登高山絕頂，下臨萬象，如在掌中，以此見象，心中了見，當此即用。

〔註6〕

引文中強調要目擊其物，而且要深穿其境；可見物與境是一致的，凝心就是強調要精神專一，滌除一切外在的干擾，以看清物象，看到理想物象出現，就應該即刻把握，用心體會物象的情意內涵，從目擊其物到深穿其境，正是一種照境的過程；而在「心中了見」之後，「當此即用」，「用」即用思之意。

王昌齡在重視靈感作用、觀象、取境、用思的同時，非常重視詩若無興，不可強作的特點；〈詩格〉云：

> 凡神不安，令人不暢無興，江山滿懷，合而生興，須摒絕事務，專任情興，因此，若有制作，皆奇逸，看興稍歇，且如詩未成，待後有興成，卻必不得強傷神。〔註7〕

引文中強調做作詩，「興於自然，感激而成，都無飾練，發言以當，應物便是」。又說：「意欲作文，乘興便作，若似煩即止，無令心倦」，強調「作詩若無興，不須強作」；無興而強作，在心無所感的情況下苦苦思索，所得之作，必然缺乏情趣，讀之令人索然無味，自然稱不上好詩。

三、物象與情意之相兼

觀察物象的目的，即為了用思取象，而所取的物象，必須與情意相契合，因此，王昌齡詩論，很重視景物與情意之融合，王昌齡〈論文意〉說：

> 凡詩物色兼意下為好，若為物色無意興，雖巧，亦無處用之，如「竹聲先知秋」。〔註8〕

〔註6〕 王昌齡，〈詩格〉，引文收入張伯偉撰，《全唐五代詩格彙考》，頁162，江蘇：古籍出版社，2004年4月。

〔註7〕 王昌齡，〈詩格〉，引文收入張伯偉撰，《全唐五代詩格彙考》，頁170，江蘇：古籍出版社，2004年4月。

〔註8〕 王昌齡，〈論文意〉引文，見遍照金剛撰，《文鏡秘府論‧南卷》，頁133，河洛圖書出版社，1976年3月。

　　　　凡高手言物及意，皆不相依傍。〔註9〕

　　　　詩貴銷題目中，意盡然看，當所見景物與意愜者相兼道，若一向言意，
　　　　詩中不妙及無味，景語若多，與意相兼不緊，雖理道亦無味，昏旦景
　　　　色，四時氣象，皆以意排之，令有次序，令兼意說之爲妙。〔註10〕

上述所引三例，物色兼意下，言物及意，景物與意愜者相兼，都重在「景意相兼」，指的是景物與情意之關係，王昌齡意境說中，尚未使用情景相融之辭，情景交融至明代才普遍使用，而王昌齡詩格中多用景意相兼，上引之例，旨在強調取象構思活動中，所取物象或景色，必須與作者情意相兼，換言之，必須情景相兼，由此看來，情景相兼這是王昌齡詩論中意境論的重要內容，王昌齡詩論中已經逐漸以境字代替象字，如果說象與境有何差別，則其差別就在於象是簡單的形象，境則包涵豐富的形象，並將意與境作初步的結合，這是後來司空圖詩論思與境偕與宋明詩論情景相融說所本，聯繫於魏晉言意之辨影響下所形成於六朝的意象論，王昌齡漸轉以意境論取代，意境論霑漑後代詩學又產生很深遠的影響。

第二節　魏晉玄學言意之辨與殷璠興象說之關係

一、殷璠及其興象說

　　殷璠，江蘇丹陽人，生卒年未詳，爲盛唐詩論家，編選《丹陽集》《河嶽英靈集》，通過選詩表達自己的詩學觀點，所選作品起自開元二年（西元 714 年）止於天寶十二年（西元 753 年）《河嶽英靈集》不單只是一部選集，寓論於選，選本加短評，選詩形成一時風氣，正是盛唐詩壇共同的審美追求趨向的體現，《河嶽英靈集》以三來、四體爲選詩標準，「夫文有神來，氣來，情來，有雅體、野體、鄙體、俗體，編紀者能審鑑諸體，安詳所來，方可定其優劣，論其取捨。」三來爲神來、氣來、情來，從創作的生發、來源立說，四體是雅體、野體、鄙體與俗體，以作爲判別優劣的標準。

　　《河嶽英靈集》一書中，選錄詩人依次爲 1 常建、2 李白、3 王維、4 劉眘虛、5 張謂、6 王季友、7 陶翰、8 李頎（齊）、9 高適、10 岑參、11 崔顥、12 薛據、13 綦毋潛、14 孟浩然、15 崔輔國、16 儲光羲、17 王昌齡、18 賀蘭

〔註 9〕　見遍照金剛撰，《文鏡秘府論・南卷》，頁 133，河洛圖書出版社，1976 年 3 月。
〔註 10〕　見遍照金剛撰，《文鏡秘府論・南卷》，頁 138，河洛圖書出版社，1976 年 3 月。

進明、19 崔署、20 王彎、21 祖詠、22 盧象、23 李嶷、24 嚴防等二十四家作品，計錄詩二百二十八首，分上、下卷〔註 11〕，在每位作家下，有簡要的評論，《唐人選唐詩》中選本中有評語，本書爲創舉，由於此選集的探討，可以窺探盛唐總體時代的詩觀。

二、情感之感發力量

　　殷璠從反對齊梁「尚詞而不尚意興」的角度出發，吸收玄學言意之辨成果，並且吸取六朝以來，經過劉勰《文心雕龍》〈神思〉篇意象、〈隱秀〉情隱辭外，及鍾嶸《詩品》滋味意興，及初唐聲律論及盛唐王昌齡所初步建立的意境理論成果，開始注意到詩歌整體的審美的意象，提出了具體的興象理論。

　　「興象」作爲詩學一個概念，包括兩因素即興與象，興有兩方面的涵義，其一爲傳統漢儒「比興」有關的興，漢儒傳統比興的興重政教美刺的作用，其二爲而興象之興著重的是一種審美感發的力量，六朝詩學喜歡將興以其他辭結合起來如興味、興致，興會、興情等，側重在與感情的聯繫，如摯虞〈文章流別論〉中解釋說：「興者，有感之辭也。」重在外物對情感的引發，殷璠的興象說的興遠於比興美刺之義，而近於六朝的審美感興，因此可知何以《河嶽英靈集》不言「比興」「興寄」而言「興象」了。

　　至於興象之「象」，從《河嶽英靈集》中對一些人的評論中，象爲客觀的事物形象，它來源於《易・繫辭傳》：「見乃謂之象，形乃謂之器。」與《周易》「立象以盡意」的象，與玄學家的「盡意莫若象，盡象莫若言」的言意中介之象又有關聯，這是「言象意」關係的轉化，「興象」連用，而作爲詩學領域中重要的命題，首次被提出，就是出現在殷璠的《河嶽英靈集》中，唐代「興象」一辭中興的解釋，託名於賈島的《二南密旨》說，「興者，情也，謂之外感于物，內動於情，情不可遏，故曰興」〔註12〕，因此興象更是情感強烈之象。

三、聲律與神來、氣來、情來

　　殷璠其詩學理論最爲重要的主張爲興象說，興象一辭所出，首見於殷璠所編盛唐詩選集《河嶽英靈集・序》中，他用以批評齊梁以來浮豔詩風云：「理則不足，言常有餘，都無興象，但貴輕豔。」又在評論孟浩然的詩云：「文

〔註11〕四部叢刊本，《河嶽英靈集・序》云：詩爲 234 首，分上下卷，惟依此本統計錄詩僅存 227 首，並分上、中、下三卷。
〔註12〕參見陳良運，《周易與中國文學》所引，頁 329，百花洲文藝出版社。

采豐茸，經緯綿密，半遵雅調。」

興本詩六義之一，「象」見於《老子》、《易經》等重要典籍，尤其是玄學家王弼《周易・明象》篇中論述言意象三者之關係，象為中介的地位更顯著，將興與象結為興象一辭者的第一人，就是殷璠；《河嶽英靈》為唐人選唐詩中一部極為重要選著。

在《河嶽英靈集》中，提到興象一辭，共有三處，分別列述於下。

其一，見於《河嶽英靈集・序》中，序云：

> 夫文有神來、氣來、情來，有雅體、野體、鄙體、俗體，編紀者能審鑒諸體，委詳所來，方可定其優劣，論其取捨，至如曹、劉詩多直語，少切對，或五字並側，或十字俱平，而逸駕終存，然挈瓶庸（膚）受之流，責古人不辨宮商，詞句質素，恥相師範，於是攻乎異端，妄為穿鑿，理則不足，言常有餘，都無興象（比興），但貴輕豔，雖滿篋笥，將何用之。〔註13〕（《河嶽英靈集・序》）

引文中「都無興象，但貴輕豔。」興象二字，《文苑英華》與《全唐文》中作比興，而《文鏡秘府論・南卷》所引則作「興象」，以及四部叢刊影印明代刻本亦作「興象」，因版本不同，有版本作比興，有版本作興象，比較去取中以作「興象」為是，原因是《文鏡秘府論》作者空海時代與殷璠為接近，據學者研究，《文鏡秘府論》保留最可靠之資料，又《河嶽英靈集》評唐人作品中大多用興象而不用比興，如論陶翰云：「既多興象，復備風骨。」評孟浩然詩云「無論興象，兼復故實。」

其二、見於在評陶翰詩語中，在評陶翰詩語說：

> 歷代詞人，詩筆雙美者，鮮矣，今陶生實謂兼之，既多興象，復備風骨。〔註14〕

其三、見於在評孟浩然詩語中，評孟浩然詩說：

> 浩然詩，文彩豐茸（容），經緯綿密，半遵雅調，全削凡體，至如「眾山遙對酒，孤嶼共題詩。」無論興象，兼復故實。〔註15〕

由此可以知道，興象說是殷璠論詩用以區別於前人不同詩論的特點所在，下

〔註13〕 本段，《河嶽英靈集》引文，以四部叢刊影印明代刻本為據。

〔註14〕 四部叢刊影印明代刻本，《河嶽英靈集》，頁19，上海：商務印書館影印明代刻本。

〔註15〕 四部叢刊影印明代刻本，《河嶽英靈集》，頁32，上海：商務印書館影印明代刻本。

面即就殷璠興象說內容的特點，進行探討：

（一）注重聲律

聲律論六朝齊永明的倡導發明，促成格律詩的形成，初唐《詩格》無不視為詩學的重心，極力講究，撰成專論，以為準式，如王昌齡作〈詩格〉與〈詩中密旨〉，其中《詩格》論詩有四大主題，包括聲調、十七勢、六義、與論文意，聲調列為四大主題之一，陳子昂更對六朝以來聲律論深致不滿，認為初唐詩歌過渡講究聲律病犯，因而發出「采麗競繁，而興寄都絕」的慨嘆。

《河嶽英靈集‧序》中認為古體詩，近體詩皆有聲律，以能體現聲韻之美，即詞與調合為理想，聲律論至唐代已經趨於成熟，但殷璠聲律說較多受鍾嶸《詩品》反對人工音律、重視自然音律之影響，故不像沈佺期、宋之問以親身創作對聲律考究，但他也部分認同時代的共識，指出詩歌成就關鍵因素之一在於音律。

（二）以神來、氣來、情來為核心

殷璠《河嶽英靈集》評選的詩作，體現出興象的特點，從評選的詩的風格傾向來說，興象包括三種風格傾向，此即神來，即自然飄逸；氣來，為慷慨激越，情來，為含蓄蘊藉；以下作進一步說明：

「神來」：以「神來」為特點的詩人作品，以王維為典型代表，《河嶽英靈集》簡評王維詩說：「維詩詞秀調雅，意新理愜，在泉為珠，著壁成繪，一句一字，皆出常境。」這是說王維詩表現出超然脫俗的境界，其中「在泉為珠，著壁成繪」，蘇東坡本此，用以評王維「詩中有畫，畫中有詩」的出處，後來王漁洋神韻說標舉王、孟五言詩，亦脫胎於此。

「氣來」：為特點的詩人作品，以儲光羲為代表，《河嶽英靈集》簡評儲光羲詩時說：「格高調逸，趣遠情深，削盡常言，挾風雅之跡，浩然之氣。」表現出一種高昂慷慨風格。

「情來」：指詩字句之外含有深意，亦即好的詩必須能傳達曲微的情致，以及美的感受，這類詩人可以常建詩為代表，評其詩說：「似初發通莊，卻尋野徑，百里之外，方歸大道，所以其旨遠，其興僻，佳句輒來，唯論意表。」（頁9）

殷璠《河嶽英靈集》所選詩人，依此，可以分為三派：

一為神來：，如王維詞秀調雅，意新理愜。如孟浩然文彩豐茸，經緯綿密，半遵雅調，全削凡體。如崔署：「多歎詞要妙，清意悲涼。」（頁39），皆屬這派。

二為氣來：如李白「其為文章，率皆縱逸，至如「蜀道難」等篇，可謂奇之又奇，然子自騷人以還，鮮有此體調也」。如高適，「多胸臆語，兼有氣骨」，如岑參「語奇體峻，意亦造奇。」氣來與志來有關，《河嶽英靈集》除了重田園山水外，更重邊塞立功，盛唐詩人氣象廣闊，與詩人懷抱高遠，想要建立功業大有關係，這與劉勰以風骨概括建安詩人：「志深筆長，梗慨多氣，世積亂離，風衰俗怨」（〈明詩〉篇），建安詩所以具備風骨，重點在於建安詩人有經國濟世的大志，與時代的亂離未必大有關係，又王昌齡俊於儲光羲，在此都說明氣所從來。

三為情來：作為補充氣來，使得詩論更為完善而不偏頗，強調幽遠情調，如常建「似初發通莊，卻尋野徑，百里之外，方歸大道，所以其旨遠，其興僻，佳句輒來，唯論意表。」（頁 9）如劉眘虛「情發興遠，思苦語奇。」（頁16）王季友「愛奇務險，遠出長情之外。」（頁 18）崔國輔「婉孌（孌）清楚，深宜諷味。」（頁 32）

以上三類詩人詩作都有興象，三類詩，因為作家不同，在神、氣、情方面亦有所側重，他們的感興不同，用思不同，所取物象不同，因此詩作風格也就有所不同；但都各自具有神、氣、情的優點，如第一類詩以山水田園為主，開後代神韻之先河；第二類詩重在邊塞與功業，強調風骨，第三類詩不廢苦思，重尋幽訪奇，已開中唐險怪派先聲；不論何者，都能帶給讀者一種審美的感受。

綜合以上所述，「興象」指的是可以興的審美形象，這個審美形象的興，與美刺比興的興不同，而是與鍾嶸詩品的情有盡而意有餘的興相接近，這與殷璠詩論重在言外之意密切相關，因此有要求新奇與遠，情意象興，都要求新奇與悠遠

殷璠《河嶽英靈集》既推崇「興象」，王昌齡入選的作品最多有十六首，最能體現興象，在殷璠《河嶽英靈集》所舉的詩句，皆從古體中舉出，並評說：「斯皆驚耳駭目。」由此看來，「興象」體現在王昌齡的五古詩中，而這些詩總體上的風格是蒼涼、遒勁、深沈。

四、興象說與王昌齡詩論之關係

殷璠《河嶽英靈集》以五古為品詩的依據，所選作家作品中以王昌齡作品最多，共入選十六首，被評為「中興高作」，後世論王昌齡作品以七絕成就最高。與殷璠的選入五言詩評語的認識稍有差距，王昌齡著有〈詩格〉與〈詩

中密旨），二人詩學主張可以互相對照。

> 昌齡（元嘉）以還，四百年內，曹劉陸謝，風骨頓盡，頃有太原王昌
> 齡，魯國儲光羲，頗從厥遊（跡），且兩賢氣同體別，而王稍聲峻，
> 至如「明堂坐天子，月朔朝諸侯。清樂動千門，皇風被九州。慶雲從
> 東來，泱漭抱日流。」又「雲起太華山，雲山相（互）明滅。東峰始
> 含景，了了見松雪。又楮楠無冬春，柯葉連峰稠，陰壁下蒼黑，煙含
> 清江樓。疊沙積爲岡，崩剝雨露幽。石脈盡橫互，潛潭何時流。」又
> 「京門望西嶽，百里見郊樹，飛雨祠上來，靄然關中暮。」又「奸雄
> 乃得志，遂使群心搖。赤風蕩中原，烈火無遺業。一人計不用，萬理
> 空蕭條。」……斯並驚耳駭目。今略舉其數十句，則中興高作可知矣。
> 余嘗睹王公〈長平伏冤文〉〈弔沇道文〉仁有餘也，奈何晚節不矜細
> 行，謗議沸騰，垂（再）歷遐荒，使知音歎息。（頁35～36）

引文中可以見出，殷璠曾廣搜並研讀王昌齡詩論文章，王昌齡五古受到歷代
詩論家贊賞，今存約六十餘首，王昌齡五古或幽秀，或豪邁，或慘惻，或曠
達，或剛正，或飄逸，不可物色，可謂風格變化萬千；但後代對他的七言贊
譽最多，如沈德潛《唐詩別裁》中云：

> 七言絕句，貴言微旨遠，語淺情深，如清廟之瑟，一唱而三歎，有
> 遺音者也，開元之時，龍標、供奉允爲神品，此外，高、岑起激壯
> 之音，右丞多淒婉之調，以至蒲萄美酒之詞，黃河遠上之曲，皆擅
> 場也，後李庶子、賀劉賓客、杜司勳、李樊南、鄭都官諸家，托興
> 幽微，克稱嗣響。

王昌齡七絕，今存約七十餘首，爲詩作中最多，其中描寫邊塞、遊俠詩篇最
爲有名，如從軍行六首，而出塞，被明人推爲唐人絕句中七絕的壓卷之作，
故後人常有以王爲邊塞詩人，殷璠《河嶽英靈集》選王昌齡詩七絕三首，題
目爲聽人流水調子「孤舟微月對楓林」，長信秋「奉帚平明秋殿開」，從軍行
「烽火城西百尺樓」，其餘十二首五古，一首雜言；其作品特點正在「言微旨
遠，語淺情深」。

　　殷璠詩學著重詩歌藝術形象的象外特徵，其評王維詩曰：「詞秀調雅，意新
理愜，在泉爲珠，著壁成繪，一句一字，皆出常境」，分別提出意與境即「意新」，
「常境」指一般語言文字能描寫的境界，「超出常境」指的是超出語言文字可以
表達出來的境界，認爲意新便可超出平常的境界，又在評常建詩云：「其旨遠其

僻，佳句輒來，唯論意表」，指審美意象蘊涵的超出象外難以語言說出的微妙之處，又稱張謂詩云：「在物情之外」，稱王季友詩云：「遠出常情之外」，這些評論與「皆出常境」一致，使我們可以對他所標舉的興象可以有清楚的認識，都強調詩歌藝術形象的特徵，並且已經觸及引發意境理論新發展，後來劉禹錫的「境生於象外」與司空圖的「象外之象、景外之景」理論的來源，正來自於此。

第三節　魏晉玄學言意之辨與皎然意境論之關係

　　皎然（720～？）俗姓謝，字清晝，吳興長城（今浙江長興）人，自稱謝靈運十世孫，中唐詩僧，詩論家，皎然於開元末天寶初，曾應進士試，未第，後出家為僧，至德後定居吳興，與靈澈、陸羽為友，有詩名，於大曆、貞元間與韋應物、顧況、秦系、孟郊、皇甫曾為友，皆有往來唱酬，尤其大曆八年至十二年，顏真卿為湖州刺史，召集文士，三十餘眾修撰。著有《杼（著）山集》，詩論著作除有《詩議》外，又有《詩式》五卷。

一、皎然之意境論

　　皎然詩學主張最重要在意境論的提出，意境論也是唐代詩學最具代表性的詩學主張，意境論理論來源受到多方面的影響，概括說來有三：其一來自於唐代詩歌實踐的經驗累積，其二為來自於佛學的影響，包括天臺、華嚴、法相、及禪宗的影響，其三為受到道家與玄學家的影響，本文則偏重從受玄佛學言意之辨的影響的角度進行考察。

　　佛學於東晉與玄學交涉融合，其方法正是玄學言意之辨的方法，意境理論兩個構成的要件即意與境兩要素，意，義涵指作家的主體精神，包括作者創作整個過程，創作前的準備，心物交感，立意的構思，與創作靈感等，有關這方面的討論前魏晉陸六朝時期已經提出來，前面論及言意之辨已經指出受此影響而來。皎然吸收前代的理論而有進一步的發展而使得意境論的內容更豐富。

二、精練意魄

　　立意為詩歌創作的第一步，詩論家無不重視立意，以皎然之前有王昌齡詩論王昌齡意亦重視立意為主，但皎然在立意上又有創新說法即精練意魄。

　　　　凡詩立意，皆傑起險作，旁若無人，不須怖懼。〔註16〕

〔註16〕王昌齡，〈詩格〉，收入張伯偉撰，《全唐五代詩格彙考》，頁170。

　　　　凡屬文之人，常須作意凝（寧）心，天海之外，思元氣之前，巧

　　　　運言詞，精練以意魄，所作詞句，莫用古語，及今字爛字舊意。

　　　　〔註17〕

王昌齡強調立意時，避免苦思，讓詩思自然降臨，如果詩思不來，就應該放

鬆心情讓詩思降臨，詩思靈感是無法預期與掌握的，皎然論立意，對王昌齡

的立意觀點有所繼承也有所修正，王強調避免苦思，皎然認為苦思是必要的，

對於靈感的降臨，皎然比前人顯得可貴的地方，是他強調詩思靈感是可以培

養與掌握的，〈詩式〉說：

　　　　或曰：「詩不要苦思，苦思則喪其自然之質」，此亦不然，夫不入虎

　　　　穴，焉得虎子，……有時意靜神王，佳句縱橫，若不可遏，宛如神

　　　　助，不然，蓋由先積精思，因神王而得乎。〔註18〕

可見皎然不認為靈感活動，不是不可掌握、無迹可求的，靈感靠平日的積累，

更是透過苦索窮思而得，沒有苦索窮思，也就沒有靈感可言，這跟劉勰論〈神

思〉有近似，又有不同，劉勰認為神思不能掌握，卻可以培養積累，皎然可

以掌握，亦可積累。

　　皎然認為詩人作詩，苦思必要的條件，沒有苦思，不可能有靈感，精思、

苦思是靈感獲得的前題，詩境產生在於用思於險象環生中得來。

　　　　或曰：詩不要苦思，苦思則喪于天真，此甚不然，固須繹慮於險中，

　　　　采奇于象外，狀飛動之句，寫冥奧之思，夫希世之珠，必出驪龍之

　　　　頷（漢），況通幽含變之文哉！〔註19〕

繹慮於險中，采奇于象外，希世之珠，必出驪龍之頷，前人張衡作〈二京賦〉，

精思博會，十年乃成，王充稱鴻儒，能精思著文，連結篇章者為超奇，劉勰

則反對苦思，強調無務苦慮，皎然則認為要寫出好詩，還是須下苦工夫，只

不夠「但貴成章之後，有其易貌，若不思而得也」，即作品不能露出苦思的痕

跡；皎然更重視神思狀態下的作品，有時意靜神王，佳句縱橫，若不可遏，

宛如神助，不然，蓋由先積精思，因神王而得乎？〈詩式〉反應出中唐尋幽

探奇的詩觀，其詩論對中晚唐苦吟派詩人詩歌創作有相當的影響。

〔註17〕同註16，頁163。

〔註18〕皎然，〈詩式〉，收入收入張伯偉撰，《全唐五代詩格彙考》，頁232。

〔註19〕皎然，〈詩議〉，收入張伯偉撰，《全唐五代詩格彙考》，頁208。

三、文外之旨

　　皎然〈詩式〉重立意，特別標舉兩重意以上的文外之旨：

> 兩重意以上，皆文外之旨，若遇高手如謝康樂，覽而察之，但見性
> 情，不睹文字，蓋詩道之極也。〔註20〕

〈詩式〉重立意，兩重意以上，文外之旨，就是象外之意，言外之意，與玄學言意之辨荀粲象外之意，繫表之言說法相聯係；皎然為謝靈運後代之子孫，皎然以有此身分為榮，故特標榜乃祖，以為謝靈運詩為詩道之極致表現，認為謝康樂詩的特點就在「但見性情，不睹文字」，這是一種超越文字、形象之外，只見出作家性情與志向抱負的境界；這種兩重意以外的境界，觸及到作家的的創作主體，也觸及到作品呈現給鑑賞者的品鑑的趣味問題，從創作的全過程來說，兩重意之外，言外之意，這是來自於玄學得意忘言的啟示，也是劉勰〈隱秀〉篇「意隱言外」的發揮，兩重意以外，就兩方面來看，一方面從創作主體的精神來看，就是作家的構思靈感，另一方面又可以說是讀者的鑑賞的問題，本來創作活動全程，就必須包括自然宇宙、作者、作品、與讀者四者的關係，作家對自然的觀察體驗，形成為作家的內心意象，由意象生成作品必須借語言文字為媒介表現出來，讀者再透過作品來了解或賞會作家情意感受。

四、論取境

　　皎然在〈詩式〉中另外提出一個與意境論有關重要觀點，那即是論取境，皎然說：

> 夫詩人之思初發，取境偏高，則一首舉體便高，取境偏逸，則一首
> 舉體偏逸。〔註21〕

> 彼天地日月，玄化之淵奧，鬼神之微冥，精思一索，萬象不能藏其
> 巧。〔註22〕

上述所引，即在強調創作時，用思取象的過程，作者主觀的情思對於意境形成的關係，皎然所論用思取象是王昌齡用思取象的進一步發揮，比較不同者，在於皎然更強調苦思、精思對意境論形成的必要。

〔註20〕皎然，〈詩式〉，收入張伯偉撰，《全唐五代詩格彙考》，頁233。
〔註21〕皎然，〈詩式・辨體一十九字〉，收入張伯偉撰，《全唐五代詩格彙考》，頁241。
〔註22〕皎然，〈詩式・卷一・序〉，收入張伯偉撰，《全唐五代詩格彙考》，頁222。

第四節　魏晉玄學言意之辨與劉禹錫境生象外說之關係

劉禹錫詩歌以創作爲主，並沒有完整的詩論著作，但是他以創作經驗的體悟，發表零星的詩論見解，其中對意境問題的論述頗具特色，使唐代發展中意境論得到進一步完善；劉禹錫詩論的重點，就在於「境生於象外」命題的提出，其重要性就在上承王昌齡意境論與皎然象下之意，下起司空圖韻外之致詩論，對意境論作出重要的補充。

一、與詩僧皎然等人之聯係

劉禹錫爲中唐元和時期五大詩人之一，幼年曾學詩於皎然、靈澈等人，其論詩中重要觀點意境論的形成，頗受僧人之影響，他在〈澈上人文集紀〉中一段回憶中說：

> 初上人在吳興，居何山，與畫公〈皎然〉爲侶時，余方以兩髦，執
> 筆硯，陪其吟咏，皆曰孺子可教也。

童年那段深刻的學詩經驗，這對日後劉禹錫詩學審美觀念的形成，必然有所影響。

二、虛靜之致思方法

意境的生成常有偶然性，不是一般常態思維下就可隨意而得，因此面對著「思若不來，即須放情卻寬之，令境生」的難題，劉禹錫提出他的解決方法，此種方法即借助佛學玄學主觀致悟的方法，他說：

> 梵言沙門，猶華言去欲也，能離欲，則萬方寸地虛，虛而萬景入，
> 入必有所泄乃形乎詞……因定而得境，故卣然以情，由慧而遣詞，
> 故粹然以麗。

虛而萬景入，慮靜境亦隨，坐馳可以役萬景；這些話，都是強調主觀情意與客觀外物互相交融所形成的藝術境界的方法，借助佛學與道家玄學以虛靜悟道的方法，以去排除外物對主體心靈的干擾，超越是非、得失、名利、功利心，使心專一集中，使主體心靈完全自由，詩人即能在紛芸萬象中捕捉到所需的寓情之景，劉禹錫曾利用這些方法，寫出許多景物與情意相融的有意境的優秀作品，對其意境論作出具體的示範；其中如〈金陵五題〉「朱雀橋邊野草花，烏衣巷口夕陽斜」「潮打空城寂寞回」「淮水東邊舊時月，夜深還過女墻來」等等膾

炙人口的佳句；劉禹錫於這組詩的引中，明白告訴讀者，他在寫詩之前從未到過金陵；「余少為江南客，而未遊秣陵，嘗有遺恨，後為歷陽守，歧而望之，適有客以金陵五題相示，怂爾生思，欻然有得。」詩中景物刻畫入微，又富有韻味，詩中表現出來的韻致，卻比起親臨其境的感受還要親切。

三、境生於象外

　　劉禹錫意境論最著名的觀點，此一觀點出於其《劉夢得文集·第二十三卷·崔氏武陵集·序》中的一段話：

> 詩者其文章之蘊邪？義得而言喪，故微而難能，境生於象外，故精而寡和，千里之謬，不容許秋毫，非有的然之姿，可使戶曉，必俟知者，然後鼓行於時。（《劉夢得文集·第二十三卷·崔氏武陵集·序》）

引文中，談及「義與言」以及「境與象」的關係；明顯的接受王弼《周易略例·明象》篇言意象理論，「得意忘言忘象」論的影響而來，依據政大學者黃景進研究指出，劉禹錫於言象意三者中插入境這一因素，所以導致的理論結構的變化，劉禹錫將象境的結合，是導致六朝以來的意象論變成了意境論的原因〔註23〕，劉禹錫文中提及的「言、象」指的是詩中的語言與形象，而「義、境」是語言文字之外暗示性的意義與境物，劉禹錫明白揭示「境生於象外」的觀點，強調境包涵的內容遠比象要來得豐富，語言文字所描寫的象是有限的，重要的是在象其背後有更豐富的境；所以不能局限於語言所描寫的象，而應進一步尋求象外之境，劉禹錫指出這種豐富的「象外之境」才是出詩是文章的精華，而要了解文章的精華，不是一般常人能勝任，而必須是知者，即理想的讀者。

　　綜上所述，劉禹錫詩論觀點曾受皎然等詩僧詩論影響而來，同時他曾接受佛、道、玄學等虛靜致悟的方法以寫出意境相合的優秀佳句詩篇，對意境論作出具體的示範；其詩學中發表出重要見解：「義得而言喪，故微而難能，境生於象外，故精而寡和」，顯然承玄學言意之辨而來，指出意與境在言、象之外，而且認為意與境的結合是文章的精華所在；使得意境理論在表述上更為具體清晰，從而促使成意象論演變為意境論的原因。

〔註23〕詳參黃景進著，《意境論的形成——唐代意境論研究》，頁208，臺灣：學生書局，2004年9月。

第五節 魏晉玄學言意之辨與司空圖辨味說之關係

司空圖詩學理論表現在兩方面,包括:一為幾篇論詩書中,如〈與李生論詩書〉、〈與王駕評詩書〉、〈與極浦書〉等,一為《二十四詩品》,近年來大陸學者對此書有所考證,提出質疑,認為此書為後人偽作,作者歸屬權未定,故此存而不論〔註24〕,本文僅就其幾篇論詩書考察詩論內容。其一為司空圖論詩不從儒家功利詩觀出發而著眼於詩之審美,其二是司空圖同於鍾嶸《詩品》皆喜歡以詩味論詩。

一、詩歌本質之看法──辨味

司空圖認為詩的本質在於審美,也就是他所說的辨於味始可言詩的辨味,辨味,實際上涉及到詩歌本質認識的問題,中國古代傳統詩學觀念,以儒家詩學觀為主導,如〈詩大序〉所說,詩的功能,在於「經夫婦,成孝敬,厚人倫,美教化,移風俗。」雖然〈詩大序〉也強調情,所謂「情動於中而形於言,言之不足,故嗟歎之,嗟歎之不足,故詠歌之,詠歌之不足,不知手之舞之,足之蹈之。」但在抒情背後馬上要止之禮義,詩只是為政教服務而存在,這種儒家的詩觀一直居於中國詩學傳統的主導的地位,雖然儒家有過衰微時期,如魏晉時期有玄學自然思潮流行,但此種詩觀依然深植人心,並未真正憾動過而被取代,唐代也提倡儒學修五經正義,但大抵思想政策寬鬆,事實上儒道釋三家並行,唐詩因此繁盛,但安史之亂後,王朝中衰,文學思想家想以恢復儒學挽救危亡,如韓柳有古文運動,元稹、白居易也想以詩裨補教化,提出為君、為臣、為民、為物、為事而作,不為文而作的主張,這就相當程度抹殺詩的審美特性,使得儒家功利性色彩更濃厚發展,晚唐司空圖提出辨味說即對儒家功利詩觀的反動,與六朝時代的鍾嶸《詩品》遙契,兩者詩論實有理論上的相關聯係,鍾嶸《詩品》主滋味,而司空圖強調辨於味才可言詩,強調有審美感受能力的人才有資格論詩,兩者有同工之妙。

〔註24〕陳尚君、汪涌豪兩位學者,研究考證發現,《二十四詩品》實為一部偽書,是明末人依據《詩家一指》所收明初人懷悅《二十四詩品》編纂而成,而偽託為司空圖之作。此說法頗引起學界的迴響,認為《二十四詩品》之真偽性有待進一步論證。

二、象外之象

司空圖韻味說內容見於他的〈與李生論詩書〉〔註25〕一文中，文中說：

> 文之難，而詩之難尤難，古今之喻多矣，而愚以為辨於味而後可以
> 言詩也，江嶺之南，凡足資於適口者，若醯非不酸也，若鹺非不鹹
> 也，鹺止於鹹而已，華之人以充飢而遽輟者，知其鹹酸之外，醇美
> 者有所乏耳，彼江表之人，習之而不辨也宜哉！詩貫六義，則諷諭、
> 抑揚、停蓄、溫雅皆在其間矣，然直致所得，以格自奇，前輩諸集，
> 亦不專工於此，剟其下者耶！王右丞、韋蘇州澄淡精緻，格在其中，
> 豈妨其遒舉哉？

> 賈浪仙誠有警句，視其全篇，意思殊餒，大抵附以於寒澀，方可致
> 才，亦為體之不備也，剟其下者哉！噫！近而不浮，遠而不盡，然
> 後始可言韻外之致耳。……蓋絕句之作，本於詣極，此外千變萬狀，
> 不知所以神而自神也，豈容易哉？今足下之詩，時輩固有難色，倘
> 復以全美為工，即知味外之旨矣。

由上面引文所引，可歸納出司空圖論詩有三特點要項：其一為醇美見於酸鹹
之外，其二為近而不浮，遠而不盡，其三是以全美為工。

其一，三兩項，是指審美的最高追求，與最高理想是醇美、全美，這種
獨特之美乃在酸鹹之外，也即是在語言文字之外。

其二，近而不浮，遠而不盡。

所謂近而不浮，是指寫景狀物要能生動逼真，而所謂遠而不盡，就是醇
美的特徵，要達到醇美的理想，就必須見建立在寫景狀物生動逼真的基礎上，
韻味說中，遠近之論，與劉勰〈隱秀〉之論、鍾嶸《詩品》滋味說、以及殷
璠的興象說相聯係，所謂狀溢目前，所謂指事造形，所謂翩然在目，是寫景
狀物的標準，而情在詞外，與文盡意餘，以及興遠，趣遠、，旨遠，這是詩
味無窮的特徵，韻味在司空圖詩論中佔據重要地位。

詩之有韻味，必須以形象的生動為基礎，因此司空圖又提出「象外之
象」主張來補充，關於「象外之象」的主張，見於司空圖〈與極浦書〉一
文中〔註26〕。

〔註25〕司空圖，〈與李生論詩書〉，參見郭紹虞編《中國歷代文論選》，頁490，臺北：
木鐸出版社，1981年4月。

〔註26〕〈與極浦書〉，參見郭紹虞編《中國歷代文論選》選，頁490，木鐸出版社。

> 戴容州云：「詩家之景，如藍田日暖，良玉生煙，可望而不可置之於
> 眉睫之前也。」象外之象，景外之景，豈容易可譚哉？

所謂「象外之象」，是指詩歌的審美意象，但它又不同於一般的詩歌意象，「象外」一辭，起源於魏荀粲的「象外之意，繫表之言」，「言、象不盡意」的說法，這可見言意之辨對詩學滲透之跡，南宋宗炳畫山水序與南齊謝赫《古畫品錄》〔註27〕亦曾加以引用，文論中先期使用，不用象外，而是用文外、或辭外，到唐皎然〈詩式〉則文外、言外與象外並用，如〈詩式〉說：

> 兩重意以上，皆文外之旨，若遇高手如康樂公，覽而察之，但見性
> 情，不睹文字。

所謂「文外」是指性情，而劉禹錫也用玄學家的話，來討論此象外之問題：在〈董氏武陵集·記〉中曰：

> 詩者其文章之蘊邪？義得而言喪，故微而難能，境生象外，故精而
> 寡和。（〈董氏武陵集·記〉）

司空圖象外之象，則建立在前述二人理論基礎之上，的其間分別，皎然重在性情說象外，劉禹錫則在境字說象外，而司空圖重在形象本身，三者有相關而其中也有分別，結合「近而不浮，遠而不盡」「象外之象，景外之景」來看，兩者意趣相通，近而不浮，即指第一個象、第一個景，也即是對詩中所描繪的景象的要求，詩中具體的景象要能感知，所以說是近不浮，就是要求景象要鮮明，要生動，要逼真；而遠而不近，是對對第二個象第二個景的要求，遠是指第個二象，第二個景不能直接被感知，就是戴容州所說的：「詩家之景，如藍田日暖，良玉生煙，可望而不可置之於眉睫之前也。」（見前引）第一個景、第一個象是有限的具有鮮明的形象特點，由此有限的形象可以通到無限第二象與第二個景，比較鍾嶸的滋味說，鍾嶸所重的象是第一個象為有限的物象，由此可以詳細的描寫，所謂指事造形而生出第一滋味，司空圖則重在於第二個象，要求突破有限的象的描寫通往宇宙之道，以領略味外之味，因此可以說，象外之象，味外之味，景外之景，是詩味說的理論一次大的飛越。

〔註27〕南朝宋宗炳〈畫山水序云〉：「旨微於言象之外者，可心取於畫策之內」；又南齊謝赫《古畫品錄》曰：「苟拘以體物，則未見精粹，若取之象外，方厭膏腴，可謂微妙。」二者極力主張於繪畫的象外尋求意趣。

三、詩藝境界全美之追求

　　司空圖提倡象外之象，景外之景，韻外之致，既表示其對詩美的追求，也表現在他創作上的追求上，從詩學理論發展演變來說，則是對唐代意境說理論的深化，司空圖詩論對後代詩論有起深遠影響，舉其犖犖大者而言，宋代嚴羽《滄浪詩話》的興趣說，明末清初王士禎的神韻說特標自然淡遠的神味遠韻，晚清的王國維的境界說對詩詞藝術境界的探求，無不受其沾溉而有深淺不同的迴響。

　　司空圖詩論，進一步結合意境來論詩歌風格，可以概括出三項特點來論述，這即是　其一，為〈與王駕評詩書〉中他提到的思與境偕，這與中唐權德輿所說的意與境合一致，其二，為與〈極浦書中〉他引用中唐戴叔倫的名言：詩家之景，如藍田日暖，良玉生煙，可望而不可置于眉睫之前也，指出象外之象，景外之景豈容易談哉？象外之象，但它又不同於一般的詩歌意象，而是指詩歌的審美意象，象外一辭，起源於魏荀粲的「象外之意，繫表之言」，「言象不盡意」的說法，可見言意之辨對詩學滲透之跡，劉禹錫則在境字說象外，而司空圖重在形象本身，可以見出其中的聯係與差異；三為味外之旨，強調了詩歌的是審美效果；換成今人說法，司空圖詩論是從三方面來展開論述，一為詩歌藝術的審美感受，二為審美意象，三為審美效果，就表示司空圖詩論已經觸及詩歌藝術活動的全程。

　　綜合說來，司空圖詩論為晚唐詩論作總結，但這也只是一個階段性的總結，並為下一階段開始作準備，從詩學源流來看，魏晉玄學言、意、象之辨，大力的促進詩學理論核心範疇意境論的進程演化，魏晉玄學言、意、象之辨，劃分哲學與詩學領域的界限，使得「象外之意」、「言不盡意」、「得意忘象」論由哲學領域進入詩學領域中從而開出一片天空，經陸機〈文賦〉「文以意為主」，進到劉勰「隱秀論」、鍾嶸「滋味說」到盛唐殷璠「興象說」，而聯繫到司空圖「象外之象」「味外之味」「景外之景」之說等等闡發，其發展演變的軌跡，可以清楚的尋覓而得，往下則開啟了作為宋詩總結的代表嚴羽《滄浪詩話》標舉興趣說，及明清之際王阮亭神韻說的階段，終迄於清末民初王國維所拈出境界說，這才完成了玄學言意之辨影響下中國傳統詩學的一大結穴。

第八章　魏晉玄學言意之辨與
宋明清詩論之關係

　　宋代詩論本唐人論詩而有進一步發展，由玄學言意理論所生發而成盛唐興象理論到中唐以後爲意境理論所取代，宋代對意境理論有所發展，但送宋人較少標舉意境，而都在平淡詩風中注重言外之意，在流行的「以禪喻詩」的詩論中提出興趣妙悟的要求，實質上都對意境理論的一種發展，嚴羽的《滄浪詩話》無疑是宋詩話的代表作，有上承鍾嶸《詩品》、晚唐司空圖論詩之旨下，啓王士禎「神韻說」與晚清王國維「境界說」等橋樑中介的地位；明人詩歌創作多模仿少創新，詩不脫學唐學宋的影響範圍，而詩文學理論上卻頗多建樹，如公安、竟陵論詩，更豐富了傳統詩學的內容的發展，本文僅就與言意之辨相關者論述，以下則選前後七子李、何等詩論爲代表家考察，明清之際的王士禎「神韻說」無疑是承嚴羽「興趣說」後的一大詩論家，本文列爲考察重點，至於清代是中國詩歌總結時代，晚清王國維標舉境界以代替神韻說及興趣說，可以說試圖對中國傳統詩學作一總結穴，本文最後選取王國維境界說作爲考察重心。

第一節　玄學言意之辨與歐陽修等人「意新語工」之關係

　　宋代詩學，在學唐詩經驗中，經過幾次轉折，而終於完成宋詩的型態，宋初詩學唐人，有白體、學白居易，晚唐體、學賈島，西崑體、學李商隱等等，可說是在摸索中前進，以找到自己的方向，其中以西崑體最能與宋之開

國氣象雍正平和相結合，西崑體可說是初步奠定宋詩基礎，在北宋初期詩壇成就最大，往後有歐陽修梅、蘇出，下接蘇軾、黃庭堅，尤其黃庭堅開江西詩派，真正的宋詩，才告確立，走向了一條與唐詩不同的道路，而有唐宋詩的區別，唐詩偏於以象傳情，宋詩則偏向以意化象，唐詩多感性，直尋，宋詩多知性、邏輯理性，歐陽修《易・繫辭傳》說：

> 書不盡言，言不盡意者，然自古聖賢之意萬世得以推求之者，豈非言之傳乎歟？聖人之意所以存者，得非書乎？然則書不盡言之煩，而盡其要，言不盡意之委曲，而盡其理，書不盡言，言不盡意者，謂非深明之論也。

這是歐陽修對於《易・繫辭傳》的重新思考，歐陽修認為書不盡言，言不盡意，非深明得體之論，開創了宋代疑經改經的風氣先聲，也宣示了宋人不迷信權威，勇於立異的詩學精神，歐陽修《六一詩話》中評論梅堯臣詩說：

> 聖俞覃思精微，以深遠閒談為意，又引用梅堯臣詩論說：「詩家雖率意為詩，而造與語亦難，若意新與語工，得前人所未道者，斯為善者也，必能狀難寫之景如在目前，含不盡之意見於言外，然後為至矣。」

梅堯臣，指出具有象外特徵的詩歌藝術是最佳最難的，在命意上要精思，在造語上需用力，在風格上需求平淡，所以梅堯臣（〈讀邵不疑學士詩卷〉）說：「作詩無古今，唯造平淡難」平淡風格，成為宋詩創作的主調傾向，這種平淡風格，意味不盡，如嚼橄欖的詩味的藝術形象，實質是對唐代以來意境說的具體闡述與補充。

第二節　魏晉玄學言意之辨與嚴羽興趣說之關係

嚴羽（約生於 1197～卒於 1241）字儀卿，一字丹丘，自號滄浪逋客，福建邵武人，論詩主張見於《滄浪詩話》與〈答出繼叔臨安吳景仙書〉中。其中滄浪詩話中國詩話著述中頗見系統論述著作，《滄浪詩話》從五方面對歷代詩歌進行評論：分為〈詩辨〉、〈詩體〉、〈詩法〉、〈詩評〉、與〈詩證〉，其中〈詩辨〉一篇，定詩之宗旨。

嚴羽《滄浪詩話》是宋代影響力最大一書，其特點是以禪喻詩，主妙悟，崇盛唐、反對宋詩，倡別材別趣、標舉興趣，言有盡意無窮；對唐宋詩的創作進行理論的概括，理論來源上承司空圖詩論，可以上推到鍾嶸《詩品》而來，

與魏晉玄學言意之辨的有內在連繫，嚴羽《滄浪詩話》頗受後代詩論家所指責，在於以禪喻詩，反對者以為詩禪各別，更有指責嚴羽於禪學所知甚少。

一、詩有別材與別趣

　　嚴羽標舉興趣說，針對宋詩之弊而來，所謂宋詩即以蘇軾、黃庭堅為代表江西詩派的詩，江西詩強調，詩意無窮人才有限，不易其意而造其語，無一字無來歷，多使事用典，講詩法，發展到後來，致使缺乏感興詩情，一味剽竊抄襲之弊，為了滌蕩江西詩之積弊，擺脫的羈絆，嚴羽提出興趣說，何謂興趣？興趣重視情感的興發作用，認為情感的興發是產生興象的前提，興趣造就了儀態萬千紛繁萬狀與奇譎瑰怪的詩境，它擺脫書本理念的束縛，我們先看嚴羽如何確立詩的本質？《滄浪詩話》云：

> 夫詩有別材，非關書也，詩有別趣，非關理也，然非多讀書，多窮理，則
> 不能極其至，所謂不涉理路，不落言筌者，上也。詩者，吟詠情性也，
> 盛唐諸公，惟在興趣，羚羊掛角，無跡可求，故其妙處，透徹玲瓏，
> 不可湊泊，如空中之音，相中之色，水中之影，鏡中之象，言有盡
> 而意無窮。（〈詩辨〉）

這段話中，嚴羽強調詩有別材，詩有別趣，先用排除法，說明了詩不是書，也不是理，但也不否定讀書、窮理與詩的關係？詩者，吟詠情性，但吟詠情性，並不就是興趣；本來《毛詩·序》就提出吟詠情性，以諷其上；它終歸落在政教美刺上，梁朝鍾嶸《詩品·序》提出吟詠情性，亦何貴於用事，並與他的直尋說結合，贊美謝靈運詩興多才高，這些人可說已經開始涉及以興趣論詩，只是他們沒有正式標舉「興趣」主張而已，至嚴羽《詩話》，他站在高點，針對當時流行的江西詩派、江湖詩派等作詩歪風，進行矯弊，指出宋詩之弊在於以文字為詩，議論為詩，說理為詩，賣弄才學，偏於說理，以致破壞詩中特有的情趣，嚴羽認為補救這些弊病的方法，就在以盛唐為法，因盛唐詩人，唯在興趣，嚴羽把吟咏性情說法與興趣相融合，故可說是繼承六朝、唐人以來重視感發作用的創作精神而來。

　　從興趣與意境的關係來看，可以知道是興趣是意境生成的先決條件；興趣內容，包括創作感動、感物而動，以生意象，不言理而天然渾成，不可湊泊，言有盡意無窮，如此才有審美情趣的可言，唯如此才有意境可言，由此看來，嚴羽興趣說是對唐代以來意境的補充與發揮。

嚴羽又將興趣與意興相提並論，因主觀的意興，乃構成意境的先決條件，嚴羽提出詩有詞、理、意、興，認爲南朝人尚詞而病於理，本朝人尚理而病於意興，唐人尚意興而理在其中，故以盛唐爲法。

二、嚴羽的靈感理論——妙悟

嚴羽《滄浪詩話》進一步論及妙悟，而妙悟正是詩歌所以產生「興趣」的前提；《滄浪詩話·詩辨》云：

> 大抵禪道惟在妙悟，詩道亦在妙悟，且孟襄陽學力下韓退之遠甚，而其詩獨出退之之上者，一味妙悟而已，惟悟乃爲當行，乃爲本色，然悟有深淺，有分限，有透徹之悟，有一知半解之悟，漢魏尚矣，不假悟也，謝靈運至盛唐諸公，透徹之悟也，他雖有悟者，皆非第一義也。

妙悟爲創作才能的表現，與學力沒有必然的關係，孟浩然襄陽學力不及韓文公韓愈，因妙悟之故，故詩勝於韓愈，嚴羽認爲漢魏詩自然天成，直寫胸臆，所以是不假悟，至盛唐詩人，因惟在興趣，所以爲透徹之悟，悟有二層次，有一知半解之悟，近似於漸悟，有透徹之悟，而透徹之悟爲妙悟。

「意貴透徹，不可隔鞋騷癢，語貴灑脫，不可拖泥帶水」，「及其透徹，則七縱八橫，信手拈來，頭頭是道矣。」強調了揮灑自如，無拘無束的藝術境界，妙悟之悟，妙在那裡？這即是：

> 羚羊掛角，無跡可求，故其妙處，透徹玲瓏，不可湊泊，如空中之音，相中之色，水中之影，鏡中之象，言有盡而意無窮。

盛唐詩人，寫出好詩，因爲盛唐詩人所寫的詩，不以字句工巧爲已足，妙在超脫語言文字之外，自然天成，沒有造作痕跡，極其空靈，又富於形象鮮明，以有限的語言，傳達無限的情意，帶給人言有盡，意無窮的審美效果。

三、不解禪之廓清

《四庫全書總目提要》評論嚴羽《滄浪詩話》條說：

> 此書或稱滄浪吟卷，蓋閩中刊本，以詩話置詩集之前，爲第一卷，故襲其詩集之名，實非其本名也，首詩辨，次詩體，次詩法，次詩評，次詩證凡五門，末附與吳景僊論詩書大旨，取盛唐爲宗，主於妙悟，故以如空中音，如象中色，如境中花，如水中月，如羚羊掛角，無迹可尋，爲詩家之極則，明胡應麟比之達摩西來，獨闢禪宗。而馮班作《嚴氏糾謬》一卷，至詆爲囈語，要其時，宋代之詩競涉

論宗，又四靈之派方盛，世皆以晚唐相高，故爲此一家之言，以救一時之弊，後人輾轉流傳，承流漸至浮光掠影，初非羽之所及知也，譽者太過，毀者亦太過也。錢曾〈讀書敏求記〉又譏其九章不如九歌，九歌、哀郢尤妙之語，以爲九歌之內無哀郢，詆羽未讀《離騷》，然此，或一時筆誤，或傳寫有譌，均未可定，曾遽加輕詆，未免佻薄。〔註1〕

《四庫全書總目提要》所論，雖說爲嚴羽辯護，但觀其中持論，可謂平允，有關嚴羽《滄浪詩話》被後人頗多譏評爲不解禪處，如清朝馮班作《嚴氏糾謬》一卷，對嚴羽抨擊尤甚，近代前輩學者王夢鷗著有《古典文學探索》〔註2〕一書，其中有〈嚴羽以禪喻詩試解〉一文，對此一問題詳加考察，於晚明至清初如陳繼儒、錢謙益、馮班、吳喬等人對嚴羽不解禪的嚴屬批評，作出有力的澄清；其一《滄浪詩話》流傳的版本走樣，並以南宋魏慶之《詩人玉屑》所錄《滄浪詩話》原文，與流行版本相對照，指出後人對嚴羽不解禪之譏評，係出於版本走樣所生的誤解，有力澄清嚴羽不解禪之誣；其次，當時南宋禪學流行的實況，嚴羽親眼所見，實只有臨濟與曹洞二宗，且二宗確有高下優劣之分，該文考證詳實，於嚴羽不解禪之誣作出有力的澄清。

第三節　魏晉玄學言意之辨與明代詩論之關係

前七子以李夢陽（1472～1529）、何景明（1483～1521）爲代表，後七子以李攀龍（潘）（1514～1570）、王士貞（1526～1590）爲代表，本文此處選李夢陽與謝榛之詩論爲代表，略加考察，視爲橋樑中介，以便過渡到王漁洋詩論。

〔註1〕參見紀昀撰，《四庫全書總目提要》，頁1788。

〔註2〕通行本《滄浪詩話‧詩辨》云：「禪家者流，乘有大小，宗有南北，道有邪正，學者須從最上乘，具正法眼，悟第一義，若（小乘禪）聲聞辟支果，皆非正也，論詩如論禪，漢魏晉與盛唐之詩者，則第一義也，大歷以還之詩，則（小乘禪也）已落第二義矣，晚唐之詩，則聲聞辟支果也，學漢魏晉與盛唐之詩者，臨濟下也；學大歷以還之詩者，曹洞下也；大抵禪道唯在妙悟詩，詩道亦在妙悟；且孟襄陽學力下韓退之遠甚，而其詩獨出於退之之上者，一味妙悟而已。唯悟乃爲當行，乃爲本色。」此段引自王夢鷗著《古典文學探索》頁377；其中「小乘禪」、「小乘禪也」本爲注文被抄入正文中，致引起後人不解禪之譏彈，如馮班等糾謬之作；全文可詳參王夢鷗著，《古典文學探索》，頁373～393，臺北：正中書局，1984年2月初版。

一、李夢陽格調說

七子論詩雖有不同，但基本傾向則相近，抨擊萎靡的臺閣體，主張漢魏風骨與盛唐之音，提倡「文必秦漢，詩必盛唐」，他們將古人詩文上昇為格調的理論來加以論證，為了抨擊宋詩之弊，回復盛唐之音，他們將情感，與比興作為重要的範疇來論證，認為詩的格調與意興結構關係密切，離開比興，意象無法塑造，情感無法表現，聲律字句再美，也失去意義，前後七子繼承嚴羽論詩主張，以盛唐為法，從格調的角度，對宋詩忽略比興詩學傳統，作補偏救弊的發揮；李夢陽提出格調主張云：

> 夫詩有七難，格古，調逸，氣舒，句渾，音圓，思沖，情以發之，
> 七者備而詩昌也，然非色弗神，宋人遺茲矣。（〈潛丘虬山人記〉）

詩歌為七要素的綜合，而以情為本體，格調在情的基礎上形成，從格調的結構而言，格是思想內容，調為聲律形式，李夢陽認為唐詩在於高昂的情感，通過詩的聲調表現出來，可以為法，而宋人以抽象義理為詩，導致唐詩格調蕩然不存，他說：

> 詩至唐，古調亡矣，然自有唐調可歌詠，高者猶足被管弦，宋人主
> 理不主調，于是唐調亦亡，黃陳師法杜甫，號大家，令其詞艱澀，
> 不香色流動。（〈缶音序〉）

李夢陽以聲調論詩，對聲調極為重視，但李夢陽同時注意到聲為外在之物，依託在詩人的興會感發之上，情感的興會感發是聲調的靈魂。

> 夫詩比興錯雜，假物以神變者也，難言不測之妙，感觸突發，流動
> 情思，故其氣柔厚，其聲悠揚，其言切而不迫，故歌之暢聞之者動
> 也，宋人主理作俚語，于是薄風雲月露，一切鏟去不為。（〈缶音序〉）

足見李夢陽六朝詩論興的繼承，他與嚴羽一樣，要以盛唐之音，來藥治宋人及臺閣靡弱之弊，並以之為重振盛唐的光輝，他提出高古者格，宛亮者調，駁〈何氏論文書〉，大力的提倡效法古人的格調，因過渡強調效法古人的格調，以致於造成詩風模擬因襲，缺少真性情之贗品充斥；何景明指責他說：

> 刻意古範，鑄形縮模，而獨守尺寸，僕則欲富其材積，領會神情，
> 臨景構架，不仿形迹。（〈與李空同論詩書〉）

事實上，李夢陽雖標格調，但不是一味的模仿，他也強調情感的興發，是格調的動力所在。

情者動乎遇者也，情動則會心，會則契神，契則音所謂隨遇發者也。

（〈梅月先生詩序〉）

李夢陽對於情的本體作用十分重視，視爲詩的靈魂及要妙所在；以至於後來對民間歌謠的充滿感情活力的傾心，使得李夢陽對前時格調主張，有自覺愧色。

二、謝榛論自然情感之作用

　　後七子中，謝榛亦爲一重要代表，茲就其詩論來略加考察，謝榛，字茂秦，號四溟山人，後七子的中重要代表，謝論詩主張詩歌以興爲主，詩本乎情，沒有情，就無所謂格調，神韻，他說詩有四格，曰興，曰趣，曰意，曰理，論點近於嚴羽《滄浪詩話》，提出詩之法有五：「曰體制，曰格力，曰氣象，曰興趣，曰音節。」謝榛更突出興，所謂興是自然感發創作的力量，它是足以使情物相結合的天機。

　　謝榛所謂「走筆成詩，興也，琢句入神，力也。」〔註3〕（《四溟詩話》卷三）又說詩者不立意造句，以興爲主，漫然成篇，謝榛試圖以興發激活格調，將格調放在興的感情基礎上，使僵化的格調與感情意象結合爲一體，成爲活法；他又重詩趣不重詩法，反對詩貴先立意，他說：

宋人謂詩貴先立意，李白斗酒百篇，豈先立許多意思，然後措詞哉？

蓋意隨筆生，不假布置。（《四溟詩話》卷一）〔註4〕

凡作詩，悲歡皆由乎興，非興，則造語弗工。（《四溟詩話》卷三）

〔註5〕

宋人以理爲詩，故強調立意，謝榛指出宋人他們貴在立意，立意與理與才學相當，意先詩後，造成以理爲詩，無情趣、味道可言，謝榛推崇李白等盛唐詩，因其意隨筆先，有詩興之趣味，對於宋刻意立意，以理爲詩，所產生無情趣之弊則多致不滿，故每強調作詩不可無興，以自然感興爲要點，期以補救宋人立意無興之弊。

第四節　魏晉玄學言意之辨與王漁洋神韻說之關係

　　魏晉玄學言意之辨成果凝聚成唐代的意境理論，經宋代嚴羽等人的發展

〔註3〕《四溟詩話》，收入丁福保輯，《歷代詩話續編》，頁1186，臺北：木鐸出版社。
〔註4〕見，《歷代詩話續編》，頁1149，臺北：木鐸出版社，1983年9月初版。
〔註5〕見，《歷代詩話續編》，頁1194，臺北：木鐸出版社，1983年9月初版。

標舉興趣、妙悟，再經元明的發展至清初，有王士禎之標舉神韻以爲論詩宗旨，玄學言意關係主張「忘象忘言得意」直契玄遠的道體，啓發書畫理論的「以形寫神」、「妙想遷得」「傳神寫照」等等，再由畫論通向詩論，王漁洋所倡「神韻說」與畫論關係最密切，神韻說可說是吸取畫論養料後，在詩歌藝術境界上更進一步之開拓，故顯得更具有重要的意義。

一、王士禎及其神韻說

　　王士禎，號漁洋山人，山東新城人，清代著名的詩人，兼詩論家，康熙朝時，主蒙盟詩壇數十年，倡導神韻說理論，影響有清一代，著述極富，主要著作有《帶經堂集》，《漁洋詩話》，《香祖筆記》，《居易錄》等；其詩學理論表現在序跋、詩話、筆記之中，神韻說，據郭紹虞說見於早年所撰的《神韻集》，已散佚，其後再見於五十六歲所撰的《池北偶談》中，王漁洋論詩有一個轉變的過程，早年宗唐，中年宗宋，至晚年又宗唐，而神韻說可以說是其晚年定論。

　　清康熙、雍正與乾隆爲清朝等鼎盛時期，需有相適應的學術思想相配合，「一代正宗才力薄，望溪文集阮亭詩」（袁枚・仿元遺山論詩絕句），詩文爲清前期的代外，此二人的詩文論的同樣爲代表，而文論的桐城與詩論的王士禎神韻說正是與朝朝廷相適應的詩文學產物，明代極豐富的詩文理論思潮，這股思潮在宗唐與宗宋之間爭論中向前推進，歷經巨大的演變過程，在南宋嚴羽標舉盛唐影響下，首先有前後七子表標舉復古，以「文必秦漢，詩必盛唐」的口號。形成「以盛唐爲宗」詩學擬古的風氣，其後有公安三袁則倡創新，標舉性靈以矯前後七子膚熟之弊，竟陵派之鍾、譚又矯公安之弊而孤峭幽深之弊，清初詩家又以宋人平淡詩風以矯竟陵之弊，然不免又染宋人好發議論，平板氣習，漁洋論詩則有意爲清初補偏救弊，一受司空圖味外之致與嚴羽之興趣影響，二受南宗畫論禪學與明代徐禎卿等人之影響，故拈出神韻之說，漁洋早年曾編過《神韻集》，然已亡佚，晚年有《唐賢三昧集》，可見神韻說是漁洋一生論詩的始終如一觀點，然而漁洋並未對「神韻」一語有過具體之說明，故僅能就使用出現以歸納可能的意義。

　　關於漁洋論神韻之內容，散見在漁洋眾多著作中，其中《池北偶談・卷十八》對神韻有具體的說明，值得重視：

　　　　汾（焚）陽孔文谷天胤（印）云：詩以達性，然須以清遠爲尚，薛西
　　　　原論詩獨取謝康樂、王摩詰、孟浩然、韋應物，言「白雲抱幽石，綠

　　葆媚清漣」，清也，「表靈物莫賞，蘊眞誰爲傳，」遠也，「何必絲與竹，
　　山水有清音」「景昃鳴禽集，水木湛清華，清遠兼之也，總其妙在神韻
　　矣，神韻二字，予向論詩，首爲學者拈出，不知先見如此。〔註6〕
這是王漁洋神韻說的出處，由此段引文，可見王漁洋神韻說法，並非獨創，
乃有所本，從漁洋這段話述中，他引述了孔文谷論詩觀點以清、遠爲尙，而
孔文谷，又本於薛西原論詩的主張而來，可知此二人論詩所宗，奉詩人是謝
靈運、王維、孟浩然、韋應物爲主，詩風表現爲清與遠以及清遠兼之的作品
爲主，這種清、遠作品正是神韻說的特徵表現，換言之，這是說神韻之旨可
以由清遠入手加以掌握，大致可以見出神韻內容特點，在於清遠以山水田園
題材，富有自然情趣爲尙，寫清幽之景，須具有清與遠的詩歌藝術境界，從
玄學言意之辨的理論的角度來看「象外之境」，「言外之意」等玄遠，就是玄
學的追求的目標要求。

二、對嚴羽、司空圖與鍾嶸等人詩學之接受

　　神韻說理論溯其源流與言嚴羽《滄浪詩話》主妙悟、興趣說，及司空圖
〈二十四詩品〉韻外之致聯係，甚至可以上溯鍾嶸《詩品》論詩直尋之旨等
內在的關係最爲密切，這可以由沈德潛《說詩晬語》所說，窺見彼此的關連。
　　司空表聖云：不著一字，盡得風流，采采流水，蓬蓬遠春。嚴滄浪
　　云：羚羊掛角，無跡可求。蘇東坡云：空山無人，水流花開。王阮
　　亭本此數語定唐賢三昧集。木玄虛云：浮天無岸。杜少陵：鯨魚碧
　　海。韓昌黎云：巨刃摩天，惜無人本此定詩。〔註7〕
清代康雍乾前期，論詩主要有四家爲代表，依次是阮亭的神韻說，沈德潛
的格調說，袁枚之性靈說，與翁方剛的肌理說，其中理論建樹上最有貢獻
者，可說是爲神韻說，而沈德潛倡格調說，沈德潛爲清乾隆時代大詩人、
詩論家，論詩重詩教，以詩經風雅爲宗，倡格調說，但未反對神韻說，沈
德潛倡格調說可視爲對神韻說的補充，引文中，他指出王士禎神韻說與司
空圖與嚴羽等人的關係，並對於神韻說，取徑的偏於平淡自然清遠而不取
雄渾宏偉詩風時有不滿，故特標漢魏雄渾奧博以爲詩學勝義，歸宗三百篇，
溫柔敦厚爲詩教之旨。

〔註6〕《池北偶談》卷十八，頁4，臺北：臺灣商務，1976年7月初版。
〔註7〕沈德潛，《說詩晬語》，收入丁福保編訂，《清詩話》（下），臺北：藝文出版社，
　　　1975年5月再版。

三、自然入神

　　王漁洋標舉「神韻」爲詩之極則，認爲詩歌創作，以自然入神爲極致，
所謂自然入神與傳統畫論所稱逸品相通，皆強調了意在言外，象外之意；王
漁洋在晚年所著的《分甘餘話》中云：

> 或問不著一字，盡得風流之說，答曰：太白詩「牛渚（主）西江夜，
> 天空無片雲。登高望秋月，空憶謝將軍。余亦能高咏，斯人不可聞。
> 明朝卦帆去，楓葉落紛紛。」襄陽詩「挂席幾千里，名山都未逢。
> 泊舟潯陽郭，始見相香爐峰。常讀遠公傳，永懷塵外踪。東林不可
> 見，日暮空聞鐘。」詩至此，色相皆空，正是羚羊掛角，無迹可求，
> 畫家所謂逸品也。〔註8〕

引文中，漁洋舉出李白的〈夜泊牛渚懷古〉，及孟浩然的〈晚泊潯陽望香爐
峰〉二詩，他認爲這兩首詩，就表現出自然、入神，亦即逸品的特點，北宋
黃休復在《益州名畫錄》中，將逸品列在神、妙、能品之上，王漁洋在《香
祖筆記》中云：「郭忠恕畫山水，入逸品。」而郭忠恕畫的特色，就在「妙
在筆墨之外」，王漁洋又在〈古夫于亭雜錄〉中說：「嵇康手揮五弦易，目送
飛鴻難。妙在象外。」又說：「顧長康云：「手揮五弦易，目送飛鴻難。兼可
悟畫理。」」故由此可見，畫論的逸品詩論的自然、入神相通，都表現出「意
在言外，妙在象外」的詩歌藝術境界的特點，這種「意在言外，妙在象外」
藝術境界特點就是他神韻說的內容特色。

　　至於如何達到神韻的詩歌藝術境界，漁洋強調的是興會，興會的到來，
自然而然的，不以力構，不煩苦思，《漁洋詩話》云：

> 蕭子顯云：登高極目，臨水送歸，蚤雁初鶯，花開葉落，有來斯應，
> 每不能已，須其自來，不以力構，王士源序孟浩然詩云：每有制作，
> 佇興而就。余平生服膺此言，故未嘗爲人強作，亦不耐爲和韻詩也。
>
> 〔註9〕

引文中，強調要創作出合乎自然的作品，構思時就必須佇興，所謂佇興即興
會神到，即靈感的爆發，這時創作出來的作品才會自然高妙，若興不來，勞
苦強作，必然毫無神韻可言，因此只有興會神到，創作出的作品才可產生好

〔註8〕參見郭紹虞編，《中國歷代文論選》下冊，頁 64，臺北：木鐸出版社，1981
　　　年 4 月再版。

〔註9〕《漁洋詩話》卷上，頁 13～14，收入丁福保編訂《清詩話》（上冊），臺北：
　　　藝文出版社，1975 年 5 月再版。

作品，《池北偶談》又云：

> 世謂王右丞，畫雪中芭蕉，其詩亦然，如「九江楓樹幾回青，一片
> 揚州五湖白」。下連用蘭陵鎮，富春郭，石頭城諸地名，皆寥遠不相
> 屬，大抵古人詩畫，只取興會神到，若刻舟緣木求之，失其指矣。

〔註10〕

引文中從詩的本質與學問的本質不同出發，指出了詩人與經生，詩人與學人
不同所在，漁洋對鍾嶸直尋說極爲贊賞，但他不全然反對用事，而是反對詩
中引經據典以致破壞興會神到之妙，故《池北偶談》云：「作詩用事，以不露
痕迹爲高。」這是說用事要用得不露痕迹，《詩友傳詩錄》記載他所說的話：
「若無性情，而侈言學問，則昔人有譏爲點鬼簿、獺祭魚者矣。」〔註11〕強
調的是詩表現的是個人的獨特才性情致，而不是堆疊學問；從這些意見，可
以看出他的神韻說所強調的是以興會神到來獲致的藝術境界審美效果，這是
對六朝鍾嶸《詩品》滋味說司空圖辨味說進一步補充與發展。

四、沖淡與雄博並重

王漁洋所論詩歌境界不限於沖和淡遠一面，漁洋認爲每時代，每一詩派
都可以有神韻，不限盛唐，不限於王、孟；甚至以爲李、杜雄渾沉鬱，皆可
以有沖淡，這可由他推尊司空圖論詩看出，司空圖論詩在竭力的推崇王維、
韋應物的同時，並不排斥李、杜，司空圖在〈與王駕評詩書〉中說：「右丞、
蘇州，趣味澄夐，若清沅之貫達」，又說：「沈宋始興之後，傑出于王江寧，
宏肆於李、杜，極矣。」對李杜同樣是極其推崇的，司空圖的後繼者，宋代
嚴羽論詩同樣的在強調「優遊不迫」外，也兼顧重視「沉著痛快」，的詩歌風
格，王漁洋承繼上述兩人的論詩觀點，尊崇王、孟、韋，也尊崇李、杜；但
由於李、杜詩的詩歌意境已達入神境界，非一般學者所能企及，故不加以標
榜，而認爲王、孟、韋平易自然而有清遠詩風，較易爲人學習達致，故特標
神韻說，而取王維、孟浩然、韋蘇州爲學詩之典範，遂使後人誤以爲漁洋神
韻說僅著重於優遊不迫的一面，而忽略李白、杜甫雄渾奧博的一面，這大抵
是因爲未能深刻體會漁洋論詩其用心所在的原故。

〔註10〕《池北偶談》卷十八，頁7，臺北：臺灣商務，1976年7月初版。
〔註11〕丁福保編訂，《清詩話》（上冊），臺北：藝文出版社，1975年5月再版。

第五節　魏晉玄學言意之辨與王國維境界說之關係

　　清代爲中國傳統詩文創作與理論總結，王國維爲晚清民初重要學者、兼詩論家，爲學有一轉變歷程，早年學哲學，其後轉治文學，後期轉向史學，他學貫中西，思想上深受德國哲學家康德、叔本華與尼采等人的影響，尤其是叔本華的思想深刻影響他的人生觀、世界觀，王國維是第一位將西方美學引進中國的學者，王國維在文藝學及美學、文學上著作有《紅樓夢評論》,《宋元戲曲史》,〈文學小言〉,〈屈子的文學精神〉等，詞作上有《人間詞》,詩詞學理論著作則以《人間詞話》爲代表，標舉境界說以爲中國詩詞的實質特點，《人間詞話》公開發表於 1908 年《國粹學報》上，王國維《人間詞話》標舉境界說（意境）理論思想來源，主要有二，其一受到西方康德、叔本華哲學美學等思想影響，其二受中國傳統詩論如嚴羽《滄浪詩話》興趣說與王士禎神韻說的影響而來，《人間詞話》雖題爲詞話，但內容則非僅詞論而已，觀其內容實質，越出詞的範疇，故亦適用於論詩，從它根植於傳統詩論來看，境界說可以說是傳統詩論的總結穴。

一、境界說之來源

　　王國維在人間詞話中主要標舉出境界說，境界一辭來源於佛學，但引入文學藝術領域中內容涵義不同，王國維的《人間詞話》中境界或作意境，兩者內容實質並無多少差異，但王國維獨標舉境界說，不用意境說，似有以傳統詩論區別之意味，境界說理論根源上植基於傳統的詩學的土壤中，其中尤與嚴羽的興趣說，王士禎的神韻說內在的關係最爲密切，此可由《人間詞話》一段話見出；

> 嚴滄浪（詩話）謂：盛唐諸公，唯在興趣，羚羊挂角，無迹可求，故其妙處，透澈（當作徹）玲瓏，不可湊泊，如空中之音，相中之色，水中之影，境中之象，言有盡而意無窮，余謂北宋以前之詞，亦復如是，然滄浪所謂興趣，阮亭所謂神韻，猶不過道其面目，不若鄙人拈出境界二字，爲探其本。〔註12〕

引文中，王國維對於傳統詩學主流的嚴羽與王士禎標舉的理論，有深入的掌握與認識，並認爲興趣說與神韻說，有所不足，只不過說出中國詩詞的面貌，並認爲自己拈出的境界說，才算掌握了中國詩詞的根本，對於境界

〔註12〕《人間詞話定稿》，頁 5，北京：中國人民大學出版。

說與傳統詩詞理論的有什麼差異？王國維境界說以文學爲純美術、超功利的爲前題，故他說：

> 唯美之爲物，不與吾人之利害相關係，而吾人觀美時，亦不知有一己之利害。〔註13〕（靜庵文集 叔本華哲學及其教育學說）

又說：

> 天下最神聖，最尊貴而無與於當世之用者，哲學與美術是已。〔註14〕（論哲學家與美術家之天職）

他認爲文學家美術家與政治家不同，前者之的表現是天下萬世之眞理，而後者表現只是一時之眞理。

王國維的詩學理論的價值，表現在藝術的審美特徵上面，而這正是與傳統言意關係理論所開創發展出來的意境、形象理論，有著千絲萬縷、息息相關、密不可分的關係。

二、境界說之內容特點

境界結合使用，本是佛學用語，王國維取之以論詩詞文學藝術作品，事實上，境界可以分爲事業的境界、學問的境界、文學的境界等，王國維合三者而論之，視文學、事業、學問不可分，所以王國維說：

> 古今之成大事業，大學問者，必經過三種境界，昨夜西風凋碧樹，獨上高樓，望盡天涯路。此第一境也。衣帶漸寬，終不悔，爲伊消得人憔悴，此第二境也眾裡尋他千百度，回頭驀見（當作驀然回首），那人正在燈火闌珊處，此第三境也。此等語，皆非大詩人不能道，然遽以此意解釋諸詞，恐爲晏、歐諸公所不許。〔註15〕

足見，王國維將三者視爲一致的事業，達到境界的層次進徑相同；王國維認爲意境有兩部份，即意與境，重在情與景結合的問題上，最大特點，是就審美過程物我關係交互作用的變化過程，進行具體的分析，託名爲山陰樊志厚所作〈人間詞乙稿・序〉說：

> 文學之事，其內足以攄己，而外足以感人者，意與境而已。〔註16〕

〔註13〕 《靜庵文集・叔本華哲學及其教育學說》，收入《中國美學史資料選編》下冊，頁777，臺北：光美。

〔註14〕 《靜庵文集・論哲學家與美術家之天職》，收入《中國美學史資料選編》下冊，頁788，臺北：光美書局，1984年9月初版。

〔註15〕 《人間詞話定稿》，北京：中國人民大學出版。

〔註16〕 見《人間詞話 附錄》，頁43。

而這兩方面雖有所偏重，卻不可偏廢，如果兩者缺少其中任何一方，不足以言文學；這種說法與他在〈文學小言〉所說的一致。〈文學小言〉說：

> 文學中有二元原質焉，曰：景，曰：情；前者以描寫自然及人生之事實爲主，後者則吾人對此種事實之精神態度。〔註17〕

情、景從廣義的角度來看，與意境在本質上並無不同，有此可見，王國維的意境說，可以說是情與景的相互作用的關係，王國維將情景相互作用的關係進一步提升到藝術境界的理論高度來討論，指出情景交融統一就是意與境的和諧統一；這種情景交融理論，在明末清初，王夫之於《薑齋詩話》對情、景結合之說法，就提出極具創見的說法，他說：

> 情與景雖有在心與在物之分，而景生情，情生景，哀榮之觸，榮悴之迎，互藏其宅。〔註18〕（卷一・詩譯）

> 情景名爲二，而實不可離，神於詩者，妙合無痕，巧者情中景，景中情。〔註19〕（卷二〈夕堂永日緒論・內篇〉，頁72）

引文中，說的就是情景交融，心物之間的關係，詩歌最重要就在處理好情景、心物之間的關係，王夫之認爲好的詩不外在情中帶景、或景中帶情，最好的詩就是情景之間融合無痕，此種說法，傳統詩文論中常見，只是沒有他說得酣暢通達，如陸機〈文賦〉指出外在景物對情感的刺激，強調景物對心單向的作用，齊梁時代劉勰《文心雕龍》已經提出情、物之間的關係，劉勰認爲情、物兩者相雙向的交互作用，此即「情以物興」與「物與情觀」，從心、物的關係來看，即一方面是「隨物宛轉」一方面則是「與心徘徊」，這一問題，也同樣爲王國維所見到而加以強調，王國維比起前人更進一步在於他以境界說的本體理論高度來論情景的問題，《人間詞話》開宗明義說：

> 詞以境界爲最上，有境界則自成高格，自有名句，五代北宋之詞所以獨絕者在此。〔註20〕

> 境非獨謂景物也，喜怒哀樂亦人心中之一境界，故能寫眞景物、眞感情者謂之有境界，否則謂之無境界。〔註21〕

〔註17〕《人間詞話定稿・附錄》，頁124、頁5，北京：中國人民大學出版。
〔註18〕見戴鴻森撰，《薑齋詩話箋注》卷一詩譯，頁33，臺北：木鐸出版社，1982年4月。
〔註19〕見戴鴻森撰，《薑齋詩話箋注》卷二，〈夕堂永日緒論・內篇〉，頁72，臺北：木鐸出版社，1982年4月。
〔註20〕本文相關王國維論詩引文，依據《人間詞話定稿》，北京：中國人民大學出版。
〔註21〕《人間詞話定稿》，頁2，北京，中國人民大學出版。

上述引文中，王國維指出詞以境界爲最上，可見境界是王國維詩詞理論的核心，王國維認爲藝術作品的本質在境界，藝術作品境界表現就在藝術形象上面，而境界不是人人可以達到，只有一些優秀的作品稱得上有境界，以詞爲例，他認爲北宋詞五代詞優於南宋詞，五代北宋詞所以特別獨特傑出，原因在於五代北宋詞有境界；何謂境界？王國維則從多方面進行說明，王國維首先將境界區分爲造境與寫境兩類，《人間詞話》云：

> 有造境，有寫境，此理想與寫實二派之所由分。〔註22〕

所謂「造境」就是作者憑主觀的想象及虛構所創造出來的境界，這是理想派的由來；所謂寫境即依據客觀的自然現實，如實地加以客觀描寫，如實的呈現；這是寫實派的由來，接著王國維更進一步將境界區分有我之境、無我之境，《人間詞話》云：

> 有有我之境，有無我之境，「淚眼問花花不語，亂紅飛過秋千去」；「可堪孤館閉春寒，杜鵑聲裏斜陽暮」，有我之境也。「採菊東籬下，悠然見南山。」「寒波澹澹起，白鳥悠悠下。」無我之境也。有我之境，以我觀物，故物皆著我之色彩，無我之境，以物觀物，故不知何者爲我，何者爲物。〔註23〕

所謂「有我之境」，從物我關係的角度來看，指作者的心靈與外在的對象間存在著利害衝突，作者將此強烈的感情投射在作品中，作品的景象因此皆感染主觀的感情色彩；所謂「無我之境」，是指作者的心靈與對象之間沒有利害衝突，亦即與物無對，因此心靈總是平靜的來面對外物，表現在作品中，自然作品中沒有作者強烈的感情色彩在其中；王國維論及境界時又強調說：

> 境非獨謂景物也，喜怒哀樂，亦人心之一境界，故能寫眞景物、眞感情者謂之有境界，否則謂之無境界。〔註24〕

引文中，王國維以境稱境界，可見境界亦可單言境，境界一詞，作爲王國維詩詞理論核心，是經過不斷的發展而來，王國維此處強調說境界說的原質，除景物外，還有喜怒哀樂的感情，王國維以境界說代替明代流行情、景交融說法，筆者以爲其理有二，其一在於情、景兩者有主客相對之分，不如境界能消融物我彼此，而將情景融合爲一，不知何者爲物，何者爲我，其二境界說可以涵蓋象外之象，景外之景，情景說，只能說明有限的情景立說而無法

〔註22〕《人間詞話定稿》，頁1，北京：中國人民大學出版。
〔註23〕《人間詞話定稿》，頁1～2，北京：中國人民大學出版。
〔註24〕《人間詞話定稿》，頁2，北京：中國人民大學出版。

涵蓋象外之象、景外之景。

此外，王國維又進一步強調說境界有大小，不以是分優劣，並舉出作品的例句來說明：

> 境界有大小，不以是分優劣，「細雨魚兒出，微風燕子輕」，何遽不若「落日照大旗，馬鳴風蕭蕭。」「寶簾閒掛小銀鉤」何遽不若「霧失樓臺，月迷津渡」也。〔註25〕

引文中，前二首詩分別出於杜甫〈出塞〉及〈水鑑遣心〉詩，前一首「細雨魚兒出，微風燕子輕」描寫物態，可謂刻劃入微、生動逼真，寫出物態之妙；後一首「落日照大旗，馬鳴風蕭蕭。」寫出了軍容整肅、軍威壯盛的場面；後面二闋詞皆出於秦觀之手，其一「寶簾閒掛小銀鉤」寫室內臥房裝飾的精巧細緻，其二「霧失樓臺，月迷津渡」寫客居旅館為濃霧所籠罩，找不到渡口，給人一種迷濛無歸的感覺，這些詩詞王國維都認為是有境界的作品；可見境界雖有大小之分，此大小之區分純就作品中描寫景物的大小，視野的寬狹而言，而作品的優劣並不在於描寫的景物的大小及視野的寬狹等境界的大小之分上，而是重在於境界的有無，因此，我們可以說境界之大小不是作品優劣的標準，境界之有無才是優劣標準的關鍵。

三、審美效果之達成——言外之意

從審美活動的全程來看，境界說所產生的審美效果，與興趣神韻說相同，都必然產生詩之滋味，王國維說：

> 嚴滄浪（詩話）謂：盛唐諸公，唯在興趣，羚羊挂角，無迹可求，故其妙處，透澈（當作徹）玲瓏，不可湊泊，如空中之音，相中之色，水中之影，境中之象，余謂北宋以前之詞，亦復如是，然滄浪所謂興趣，阮亭所謂神韻，猶不過道其面目，不若鄙人拈出境界二字，為探其本。〔註26〕

可見境界的審美特點在於「言有盡而意無窮」，這與劉勰之所謂「隱秀」，司空圖所謂「味在酸鹹之外」，鍾嶸之「滋味」，嚴羽之「興趣說」理論上相關聯，可謂是一脈相傳，只不夠王國維境界說內容比較可以分析，不僅僅是含蓄，而且以有形形象寄託無限的深情遠意，以收到審美的藝術效果。

〔註25〕《人間詞話定稿》，頁3，北京：中國人民大學出版。
〔註26〕《人間詞話定稿》第九則，頁3，北京：中國人民大學出版。

四、主眞實自然，去雕琢人工

（一）眞為境界說之首要內容核心

好的藝術作品必須眞實感情，才能感動讀者引起共鳴，使讀者在閱讀作品中可以與作者情感交流，所以王國維強調說：

> 境非獨謂景物也，喜怒哀樂亦人生之一境界，古能寫眞感情，眞景
> 物者，謂之有境界，否則謂之無境界。〔註27〕

眞就是不矯揉造作，如抄襲即不眞，為求名而創作則為不眞，凡帶功利目的性而創作都為不眞，李後主之詞，所以特別受王國維推崇，允稱為血書，為血淚之作，以其作品表現中動人的眞情。

（二）要能寫出真感情真景物

其關鍵在於作者有深刻的體察與認識，以其所見者眞，以其所知者深，但僅此還不能成為文學作品，必須要能寫出；故能寫很重要，有些人有眞實感受但不能寫，所以王國維強調能寫的重要性。

> 大家之作，其言情也必沁人心脾，其寫景也必豁人耳目，其辭脫口
> 而出，無矯揉造作之態，以其所見者眞，以其所知者深。〔註28〕
>
> 昔為娼家女，今為蕩子婦。蕩子行不歸，空房難獨守。「何不策高足，
> 先據要路津。無為守窮賤，憾軻長苦辛」可謂淫鄙之尤，然無視為
> 淫詞，鄙詞者，以其眞也。〔註29〕
>
> 詞人者，不失其赤子之心者也。〔註30〕

寫出眞情眞景，使人通過作品感受到那種眞情眞景，這是王國維境界說的最重要的特點。

（三）要能傳神

> 美成青玉案詞：（當作蘇幕遮）葉上初陽乾宿雨，水面清圓，一一風
> 荷舉。此眞能得荷之神理者，覺白石（念奴嬌）、（惜紅衣）二詞，
> 猶有隔霧看花之恨。〔註31〕

〔註27〕 《人間詞話定稿》，頁 5，北京：中國人民大學出版。
〔註28〕 《人間詞話定稿》，頁 18，北京：中國人民大學出版。
〔註29〕 《人間詞話定稿》，頁 19～20，北京：中國人民大學出版社。
〔註30〕 《人間詞話定稿》，頁 5，北京：中國人民大學出版。
〔註31〕 《人間詞話定稿》，頁 11，北京：中國人民大學出版社。

美成詞比白石好，有境界，原因在於美成寫出荷的神理，而白石形似的層次，未能達神理之境界，故有隔霧看花之終格一層的缺點；又說：

> 溫飛卿之詞句秀也，韋端己之詞骨秀也，李重光之詞神秀也。〔註32〕

王國維給予李後主詞最高的評價，其著眼處即在李後主之詞，超乎有形的言詞之美達到難以言傳的要妙藝術境界，此即神秀。

（四）要能作到不隔

王國維認為有境界的詞，必具備語語都在眼前，如此便是不隔；《人間詞話定稿》云：

> 問隔與不隔之別，曰：陶謝之詩不隔，延年則稍隔矣 東坡之詩不隔
> 山谷則稍隔矣，池塘生春草，空梁落燕泥等工句，妙處唯在不隔，
> 詞亦如是，即以一人之詞論，如歐陽公少年遊咏春草上闋云：「闌干
> 十二獨憑春，晴碧遠連雲，千里萬里，二月三月，行色苦愁人。」
> 語語都在眼前，便是不隔。至云「謝家池上，江淹浦畔（叛）。」則
> 隔矣，白石翠樓吟：「此地宜有詞仙，擁素雲黃鶴，與君遊戲，玉梯
> 凝望久，探芳草萋萋千里。」便是不隔，至「酒帀紞清愁，花銷英
> 氣」則隔矣。〔註33〕
>
> 生年不滿百，常懷千歲憂。晝短苦夜長，何不秉燭遊？」「服食求神
> 仙，多為藥所誤，不如飲美酒，被服紈與素。」寫情如此，方為不
> 隔。「採菊東籬下，悠然見南山。」「山氣日夕佳，飛鳥相與還。」
> 「天似穹廬，籠蓋四野，天蒼蒼，野茫茫，風吹草低見牛羊。」寫
> 景如此，方為不隔。〔註34〕

隔與不隔之問題，會影響到審美感受進行的效果，也是判定藝術作品有無境界的依據，王國維強調寫景寫情都要求言必己出，如在目前，平易口語，避免使用典故與吊書袋，進而使讀者讀了以後直接生出審美的感受，得到回響，產生共鳴共感，作到如此才是不隔。

陳寅恪先生曾概括王國維治學方法三要項，其一是用外來觀念與固有材料相互參證。〔註35〕，《人間詞話》正是王國維先生運用西方美學思想論述傳

〔註32〕 《人間詞話定稿》，頁5，北京：中國人民大學出版社。

〔註33〕 《人間詞話定稿》，頁12～13，北京：中國人民大學出版社。

〔註34〕 《人間詞話定稿》，頁13，北京：中國人民大學出版社。

〔註35〕 〈陳寅恪海寧王靜安先生遺書序〉，收入《陳寅恪文集》三，頁219，臺北：

統詩詞理論的著作之一，盡管境界說存在者理論內容的不足，如強調以意境衡量詩詞藝術作品審美之標準，造成過於強調詩詞藝術性而忽略於思想性，但連繫前賢諸說，境界說確實是較能掌握詩個歌本質特點，所以由此觀點看來，可以說《人間詞話》具有總結傳統詩詞理論，下啟近、現代詩詞之藝術理論的創導之功。

五、作家主體修養

一種理論提出，無論多完美精深，必須有達致的方法，才有理論價值與意義。

（一）胸中洞然無物

> 文學中有二元原質焉：曰景，曰情；前者以描寫自然及人生之事實為主，後者則吾人對此種事實之精神態度也……自一方面言之，則必吾人胸中洞然無物，而後觀物也深，而其體物也切。〔註36〕

王國維藝術創作精神修養首要在於「胸中洞然無物」，相當於老子的「滌除玄覽」，「致虛極、守靜篤」，也就是莊子的「虛靜心」培養，「心齋」、「坐忘」，陸機《文賦》中所說「收視反聽」，劉勰《文心雕龍·神思》篇所說的「陶鈞文思，貴在虛靜，疏瀹五臟，澡洗精神」，及蘇軾所說的「欲令詩語妙，無厭空且靜；靜故了羣動，空故納萬境。」（送參廖師）所重在於「虛壹而靜」藝術心靈的涵養，在此基礎上，才有可能深入觀物，才能感受物之美可言，才能從其中選取最適當的物境來表現審美的感受，進而寄託情意於其中，讀者通過此理想的物境，能感受作者所傳達的情意，並從作品中獲得審美的效果。

（二）既要能入、要能出之

既能心洞然無物，即能對宇宙人生作深入觀察與體悟，故王國維進一步說：

> 詩人對於宇宙人生須入乎其內，又須出乎其外，入乎其內，故能寫之，出乎其外故能觀之，入乎其內，故有生氣，出乎其外，故有高致；美成能入不能出，白石已降，于此二事皆未夢見。〔註37〕
>
> 詩人必須輕視外物之意，故能以奴僕命風月，又必有重視外物之意，

里仁書局，1982 年 9 月。
〔註36〕《人間詞話定稿》附錄，頁 124，北京：中國人民大學出版社。
〔註37〕《人間詞話定稿》，頁 19，北京：中國人民大學出版社。

故能與花鳥共憂樂。〔註38〕

藝術不同於生活，詩人必須深入物中，體會生活，又必須保持距離，才能不黏著於物，失去超然冷靜，只能入而不能出，就不可能有審美之感受，也不可能產生審美的效果，這種說法與西方移情說、距離美感說及形式主義的文論主張的默生化原則相合，又與魏晉玄學精神「體無用有」「應物而不累於物」的精神相通。

綜上所述，可知王國維《人間詞話》標舉境界又稱意境，以為衡量詩、詞高下之標準，認為「境界說」更能掌握詩詞之本來面目，王國維處在西學東進的時代，自稱早年好康德、叔本華之哲學，其意境說受到西方康德、叔本華哲學美學的影響自不待言，學者都所論及，但更重要是境界說的基礎更是紮根於中國傳統詩詞理論基礎上發展出來的，傳統詩論在魏晉玄學言意之辨尋象觀意啟示下，詩論特重立象盡意，六朝詩人以田園山水物象的情致來表達玄遠的情趣，影響所及，至唐王昌齡首次以意境論詩，經殷璠、皎然、劉禹錫，司空圖等詩論家不斷補充下，使得意境理論因此深化而趨於成熟，再歷經宋嚴羽、明王漁洋等人的發展，至晚清王國維則可謂是集大成，因此我們可以說，王國維的境界說其理論的來源與中國傳統詩論聯繫是大過於西方美學思想的影響，這可從王國維《人間詞話》自己說過的一段話來說明此種關係，所謂：

> 嚴滄浪《詩話》謂：盛唐諸公，唯在興趣，羚羊挂角，無迹可求，故其妙處，透澈（當作徹）玲瓏，不可湊泊，如空中之音，相中之色，水中之影，境中之象，余謂北宋以前之詞，亦復如是，然滄浪所謂興趣，阮亭所謂神韻，猶不過道其面目，不若鄙人拈出境界二字，為探其本。〔註39〕

嚴羽所謂的興趣，與王阮亭（士禎）所謂的神韻，猶不過道其面目，不若鄙人拈出的境界能探其本，顯然王國維境界說是在對傳統詩歌本質作出深入思考後，更是在嚴羽王士禎等人詩論的基礎上而提出的，而他自信的認為他的境界說，比嚴羽興趣說或王阮亭神韻說，更能探尋到中國傳統詩詞的本質，故他論詩詞要以境界說來取代替興趣與神韻說；據此我們可以說，王國維是對中國傳統意境理論的更進一步作出的大結穴。

〔註38〕《人間詞話定稿》，頁 19，北京：中國人民大學出版社。
〔註39〕《人間詞話》定稿，頁 3，北京：中國人民大學出版社，2004 年 9 月 1 刷。

第九章 結 論

第一節 魏晉玄學言意之辨之價值

　　由上面各章的討論看來，先秦諸子對言意之辨已有所認識，如儒家孔孟荀皆以言能盡意立說，重在日用人倫的現實人事上，故重視身教，也重言教，強調語言與政治及社會功能的重要性，反映在詩學上，則重視語言的人工修飾，要求語言使用的準確性，他們雖然同時也認識到語言有不能盡意處，如涉及心性、命、與天道等形上層面精微問題時，認識到語言確實在存在著傳達上無能為力的窘境，但言不盡意，並不是先秦儒家立論的重點；道家老莊則著眼於超越的形上的道立論，語言不能傳達無形無象的道，故言不盡意是道家老莊立論的主要觀點，因為言不盡意，因此必須尋求一種能收到暗示道的語言，老子提出「正言若反」的方法，從否定的否定中以彰顯大道，莊子更提出「得意忘言」與「三言」即「寓言」、「重言」、「卮言」，作為超越語言侷限的方法，這表現出道家對語言不盡意的高度自覺與解決之道；《易傳》的作者在「書不盡言，言不盡意」的前提下，主張「觀物取象」「立象以盡意」，凸出象優於語言表意的功用；先秦各家對言意象關係的認識，以及在哲學上的理論作出初步的概括，但他們僅止於各自提出看法主張，並未成為各派間互相論辨，也未進一步深化言意理論來作為方法以建立起自己的系統理論體系；兩漢由於儒術的獨尊，天人感應為內容的今文經學，成為官方學術，享有無與倫比崇高的地位，經書的神聖性達到無以復加空前的高度，權威性的不容許挑戰，經師、經生圍繞儒家經書作注疏，恪遵疏不破注，注不破經的鐵律，經師儒生及儒學信奉者，認為聖

人是盡意的，聖人之意就隱藏在經典中，雖然早在先秦時代《易傳》學者有過的「書不盡言，言不盡意」的見解，而道家也有「得意忘言」的主張，但在兩漢時期《易學》流行的是今文象數之學的《易》，《易傳》的這種主張找不到市場，即使兩漢雖有一些異於經師儒生的特立獨出的思想家，如嚴遵、揚雄、桓譚、王充等秉持懷疑精神，抱持實事求是的態度，對經書讖緯神聖性荒謬性進行揭露與反省批判，事實上並未足以撼動今文經學的神聖性地位，這些人他們也僅是疑傳，不疑經，根本上得不到漢人的共鳴與認同，但終就形成一種反時代的批判思潮；直至漢末，儒家經學隨著戰爭的破壞與漢朝帝國的瓦解，失去政權的支持而不再定於一尊，儒學尤其是今文經學，繁瑣已極，其荒謬性與迷信暴露無遺，因無法滿足有志之士的需要而衰微沒落，諸子學道、刑、名、法諸家隨著漢魏以新時代來臨而再度流行，特別是老莊自然思潮復活，直接影響了玄學自然思潮的產生，在玄學自然思潮帶動下，開創玄理風氣先聲的荀粲首倡「言象不盡意」、「六經為聖人糠秕」之一新義，先行的衝撞保守的儒學傳統，從而開啟一道窗口，聖人的意，存在六經之中，僅止是粗糙的，所謂「象外之意」「繫表之言」故蘊而不出，「言、象不盡意論」主導魏中期的一時風潮；稍後的何晏、王弼見於名教虛偽之弊，以道家自然來調整，倡「貴無之論」調和孔老衝突；以「言意之辨」來建立玄學「貴無」理論系統，提出「盡意莫若象，盡象莫若言」，「意以象盡，象以言著」，「得意在忘象，得象在忘言」的「言、象、意三者之辨」的理論，以言、象作為追求「玄遠的道」前提，認為「得意在忘象，得象在忘言」只有超越言象始可保存言象，將「言意之辨」作為「窮理盡性」方法論，完善了「反無全有」玄理；這是魏晉言意之辨在玄學上第一次系統而全面有規模的形成理論體系，王弼言意象理論的建設，起於對漢儒經傳訓詁專意於字句的不滿，尤其對漢易拘執言象，卻忽視聖人的真精神的解經方式，造成經義破碎支離流於煩瑣，他作了扭轉的功勞，將漢學質實與現實性、政治性、倫理性的功利性質的學術性格，徹底的脫胎換骨，從本質特性作到改換，從此開啟重意的玄學義理，使中國哲學邁向純義理思辨的高度發展，學術心靈空靈純淨，趨於精微縝密深刻，魏晉玄學高度得以跟古希臘、印度哲學相比。

王弼的言意理論除了為魏晉玄學找到了方法論，使得玄學「體無用有」本體論得以完成，一變漢儒宇宙論的質實為魏晉本體論，使玄理趨於空靈、精微、圓融外，更使魏晉人的生命高度得以提昇，不受名教之拘束而追求自然之玄遠，

以玄遠自然之眞，調節名教社會禮教之僞，提醒生命而不流於墮落作出貢獻；其次，魏晉人得以玄學的無，來融通佛學，尤其是般若學之眞空，與涅槃的妙有，使玄佛的互相滲透融通，促成隋唐佛學的盛行，以及最具中國特色有教外別傳之稱的禪學的出現，更爲開啓宋明理學及其思維方法作出了準備，宋明理學強調主體心性既超越又內在的天人之學，道德境界的高度提昇，這種種的內容，無不與魏晉玄學的言意之辨方法運用所發揮出來的影響力相聯繫。

　　晉元康時期的裴頠，見於玄風的放蕩之弊，士人以空談玄理爲務，荒廢政事，遂倡崇有之論，以矯時弊；與相呼應，有歐陽建「言盡意論」，他以違衆先生自視，對「言不盡意論」者展開宣戰，主張「識鑑顯而名品殊，言相接而情志暢」「名逐物而遷，言因理而變，此猶聲發响應，形存影附，不得相與爲二，吾故以爲盡」，雖未能完全取代「言不盡意」的玄虛風潮，但卻有重要的意義，「言盡意論」提出，其價值在於劃開「言盡意」與「言不盡意論」的領域界限，將「言盡意論」定位在哲學領域內，將「言不盡意論」歸於詩文學藝術領域中，啓發詩文學藝術一種象外言外之追求，就社會現實層面而言，「言盡意論」的意義在於扭轉「言不盡意」的玄虛而蕩之不良風氣，重歸於務實之風，使社會人心重新振起；郭象承王弼以來言意理論，調合諸家說法提出「寄言出意」，以注《莊子》，並引《莊子》入談座，改造《莊子》一書爲應世之作，倡名教即自然，以適性逍遙取代莊子無待逍遙，以造物無主，萬物自生獨化說，以取代莊子道生萬物，與道在萬物說，郭象又從「得意忘言論」，進一步倡「言、意兩忘」，忘言忘意，獨化於玄冥之境，再創玄學思想的高峰；郭象言意理論本可總結玄學言意之辨的爭論，然而，由於不久永嘉之禍，懷、愍二帝被俘，西晉滅亡，郭象也在永嘉亂後不久去世，郭象言意兩忘之說，顯然未能及時流行；此一時期中，尚可見到張韓「不用舌論」的主張，然而「言不盡意論」的貴無思想片面發展，祖尙玄虛的結果，導致胡禍流形，西晉的滅亡，在中原鼎沸、國家蒙塵下，北方士流之士，不得不南下避難，但其心中一直烙印了深刻的慘痛記憶，對玄虛之弊，作了痛下決心的反省，反虛入實，以期重新振作，克復山河。

　　東晉王朝在名相王導輔政下，爲求穩定人心，立足江東，首先採綏靖政策，以庸聵行政，以調濟南北士族衝突、種族矛盾，爲撫慰南來北方士流精神空虛之心，重新開啓談座，王導本人爲清談能手，鑑於西晉以來空談玄理之弊，矯以崇實之風，特標「三理」以爲玄談理據，「三理」之中特取歐陽建「言盡意論」，以助成嵇康二理，推究其意，在於崇政務實，扭轉玄虛之弊，引導士流，回歸

實務，王導意以穩定政局爲務，並謀思立足江東之策，由於王導的籌謀遠慮，奠立東晉南朝二百年之基業；東晉中後期，圍繞言意之辨論爭，有孫盛與殷浩殷融叔侄等人，重心由言意之爭進到象盡意與否之爭，啓迪從言外之意轉向象外之意的追求，由此可見知，魏晉間玄學言意之辨至此，兩方勢力持續，互有消長，玄學家彼此針鋒相對展開激烈論爭，其中「言不盡意論」與「言盡意論」表面上看似對立，事實上又有互補。

魏晉長期「言象不盡意論」與「言象盡意」之爭，深刻的啓發魏晉人人的思維能力提升，哲學思想領域提昇，意謂精神層次的提升，兩漢以來，天災人禍的破壞，外在社會倫常受到嚴重的扭曲，標榜禮法者，本身就是禮法的破害者，人心受腐俗而趨墮落，魏晉玄學家倡貴無論試圖重新提昇人類的精神高度，避免生命沉淪，其影響深遠是無法估量的，除了提昇生命的高度之外，還有助成詩文學、書法、繪畫等藝術境界的提昇，詩學理論受言意之辯的啓示，在「言盡意」論影響下，講藻飾，重人工，語言求精密，在「言不盡意」影響下，追求言外之意，重自然天工、去人爲鑿痕，語言蘊蓄多義，在「觀物取象」「立象以盡意」等影響下，又啓迪詩學「意象論」出現，力求以象傳意，超越語言的局限不足，促使中國詩學從詩歌語言的講究，形象模寫刻劃的重視，進一步到言外之意、象外之象的追求，使得中國詩文藝術不僅要求形似，更重在神似，審美要求不僅能品、更重在能逸品、神品，技必進昇於道上，而道法自然，是大象無形、卻含眾形，大音希聲，卻含眾聲，是無，故精微、深遠、廣大、無限奧妙，是平淡無味、卻含眾味，是全美，故難以言傳，道又必須體現於有上，所以詩學創作理想就在人工上致力，以合於自然，詩文藝術最高審美境界要求，就在於「言有盡而意無窮」。

第二節　玄學言意之辨對後代詩學之價值

玄學言意之辨理論，滲透到詩學領域中，滲透轉換的過程，與演進的軌跡歷歷可見，首先在才性論思潮流行下，曹丕《典論‧論文》倡文氣說，帶動文學觀念的獨立自覺，而後西晉陸機作〈文賦〉，首將玄學言意象理論直接引入並轉化爲〈文賦〉中文意物的關係，〈文賦〉的文雖含雜文學，但偏重於詩賦立論，深入探索了文學創作的內在規律，作出理論的概括，陸機〈文賦〉倡「文意說」，賦予「意」有別於玄學思想的新內涵，陸機〈文賦〉之「意」指具有審美特徵

的情感、志意、想象、靈感特性等，陸機一方面吸收言意之辨理論的成果，一方面直接從前人及自己的實際創作中吸取經驗，以概括理論，從創作中體認到作家最感煩惱的事是「意稱物，文逮意」的問題，爲了克服這個問題，陸機在〈文賦〉中展開一連串的文學規律的探討，從會意尚巧，遣言貴妍，聲音之迭代，五色之相宣，從而觸及文學創作的全程活動的內容，物感說，首次對靈感的產生神秘性給與描述，乃至文體的特點以及剪裁謀篇，組織文辭等諸問題多所觸及，總體看來〈文賦〉所論重在「以言傳意」，〈文賦〉宗旨雖無意指導創作，卻在說明創作。

受〈文賦〉影響而論文心者有劉勰《文心雕龍》；《文心雕龍》所論之文雖含雜文學，但乃偏於詩賦立論，尤其是創作論之首〈神思〉、〈物色〉及〈隱秀〉篇殘文來看，《文心雕龍》將玄學言意理論轉化爲詩學理論更顯明，〈神思〉篇對意象生成的前提靈感的特點，作了描述有深入的分析，「意象」一辭在詩文領域出現，首見於《文心雕龍・神思》篇中，表示劉勰對審美的特徵已經有深入認識，〈隱秀〉篇論隱與秀的關係，則是對玄學「言盡意論」與「言不盡意」進行理論概括，〈物色〉篇則對〈神思〉篇提出的意象進行補充，對於情意與物象間的互相關係得到相當深入論述，可見劉勰對「以象傳情」有深刻的認識，啓導了唐代殷璠興象說，劉勰繼承了漢代〈樂記〉物感說及陸機的物感說理論，並對〈樂記〉偏重在外物對情感單向感發，作出補充發展，劉勰更強調的情物之間兩者的互相感發，〈隱秀〉篇論及隱與秀的關係，隱者，文外之重旨，秀者，篇中之獨拔，隱以複意爲工，秀以卓絕爲巧，隱與秀，相互依存，合則雙美，離則兩傷，則顯然是玄學言意之辨爲「言盡意論」與「言不盡意論」的合題。

略晚於劉勰十年的鍾嶸，著有《詩品》，專論五言詩，《詩品》分別爲每位作家溯流別，以上、中，下三等爲評詩標準，標舉滋味說，從審美欣賞的角度出發對漢迄宋詩歌作出評賞，與《文心雕龍・隱秀》篇偏重創作者角度出發不同，鍾嶸認爲達到詩有滋味，其方法必須酌用興、賦、比三義，幹之以風力，潤之以丹彩，才能收聞之者動心，味之者無極的效果，強調了詩味的言有盡意有餘，從玄學言意之辨對詩論影響的角度來看，劉勰《文心雕龍》與鍾嶸《詩品》兩者，都偏重在言與意之間關係的理論探討，尤其重在言外之意的審美意象特徵上，對於意與象之間理論的探討如「象外之意」，「以象傳情」等，則有待以後唐代的殷璠標舉興象說，才從詩學理論上有深入的討論。

唐代殷璠，編選《河嶽英靈集》，標舉興象說，所選之詩以邊塞與田園之作

為主，認為這兩類詩最富興象，殷璠論詩最大特點，即在他首次將象與興結合成為「興象說」，反應出盛唐時代詩歌趣味傾向，興象的興有兩層涵義，其一，為觸景生情，有感之辭，純粹審美感興來說，其二，為漢儒傳統所釋「比興之義」之興，聯係政治教化功能來說，《文心雕龍》的興與《詩品》的興偏於審美感受的興，而漢儒釋興與陳子昂所講的「興寄」之興則偏重在政治教化方面，唐代的陳子昂興寄說，通過李白古風，又影響到殷璠興象說，殷璠的興象說中所謂的「興」，其所從來為神來、氣來、情來、三來又可歸結「意來」，仍然偏於感情引發方面，與社會政教較少關聯，至於象與形、狀、物等客觀事物有所區別，指的是作家的意象，即作者情意與外物契合所生的心中之象，殷璠的詩歌的產生圖式是為意～興～詩，他認為清新僻遠的興，來自於新奇悠遠之意，通過語言文字表達功用凝結為翩然在目，震蕩心神的興象，而興象必須進入讀者的視野中，如果說詩歌創作全程活動有三個環節，其一為作者審美感受，其二文本作品的審美意象，其三為讀者賞會作品得到與作者相通相感的審美效果，則劉勰所重在作者感受一端，鍾嶸所釋「言盡意餘」的「滋味」則所重在審美效果，中間審美意象環節則由殷璠興象說完成補足；從玄學言意之辨的角度來看，殷璠興象說可以說是言意之辨經過陸機〈文賦〉物感說，經劉勰《文心雕龍》〈隱秀〉，通過鍾嶸《詩品》論興的發展，再經唐代陳子昂論興寄後，首次在詩學理論上的結穴，此種結穴只是階段性的結穴，詩學上對於興象說仍嫌不足，因此有後續的演變發展。

在殷璠興象之後，中國詩學在中唐以後有一明顯的轉折的變化，安史之亂後，盛唐那種開闊昂揚的精神，已經一去不返，詩歌的表現也由外放而內斂，由盛唐雄渾宏壯氣象格調，一變為平淡自適，閑情野趣的追求，此種審美趣味的轉變，反應在詩學上面有皎然〈詩式〉的言外之旨，與晚唐司空圖辨味說。

司空圖詩論集中表現在兩方面，其一：為〈與李生論詩書〉等書信內容，其二：為《二十四詩品》，惟近來學者頗疑《二十四詩品》，非司空圖之作，但未有更有力證據出現，此說在疑似之間，作成定論，稍嫌太早，司空圖論詩標舉三外之說，所謂「三外」即味外之味，韻外之致，言外之意，可以說是對詩歌的整體審美趣味的的追求，在《二十四品》總體風格中，司空圖不免又偏好於其中的平淡、清奇、自然的詩風。

司空圖論詩標舉味外味，除受中晚唐時代風尚的影響外，理論來源顯然是繼承鍾嶸《詩品》滋味說，而進一步發揮，司空圖特標韻外之致，味外之味，

霑溉後世詩論猶多，特別是對後來的南宋嚴羽標舉的興趣說，明代王士禎標舉的神韻說及晚清王國維拈出境界說等在內在理論上有很深的關連性，表現出明顯的彼此淵源關係。

南宋嚴羽著《滄浪詩話》於〈詩辨〉中強調詩有「別材」、「別趣」，標舉「興趣說」，主妙悟，崇盛唐，以反對宋人的以文字為詩，以議論為詩，以才學為詩，出位之思，所謂「興趣」，不外乎要求作者必須將寄情志於形象之中，使意象豐富，讀者可以經由閱讀作品得到一種審美的趣味，嚴羽以形象語言來象徵說明這種有興趣的詩「如羚羊掛角，無迹可求，如空中之音，相中之色，水中之影，境中之象，透澈玲瓏，不可湊泊。」言有盡而意無窮，嚴羽認為盛唐詩尤其是李白、杜甫詩最具有興趣的典範，也最適合於學詩師法的對象；盛唐李、杜詩特點在於優遊不迫與沉著痛快兼容並蓄，故知嚴羽論詩取徑李、杜，標準特寬，不似司空圖偏重在平淡自然一格，嚴羽標舉盛唐、主妙悟的詩學，對明、清詩論影響甚為顯然，如明代前後七子「文必秦漢，詩必盛唐」的擬古之風即承其餘緒。

王士禎為明末清初大詩人兼詩論家，其詩學觀經歷三次轉變，早年宗唐，中年受其師錢謙益影響而宗宋，晚年編選《唐賢三昧集》又復歸於唐音，可見他以宗唐為基調，王士禎論詩表標舉神韻，神韻說理論來源除受傳統畫論影響外，更得力於六朝言意之辨所啟發重「象外之旨」及司空圖詩論標舉《二十四詩品》、自然、沖淡論詩之旨，並充分發展了南宋嚴羽「以禪喻詩」「重興趣、主妙悟」的詩學觀點的一面，在詩歌審美的追求上，「神韻說」不免遠於雄鷙奧博而偏向優游不迫一面，這從王士禎特別賞會王維等詩家山水田園自然風味的詩見出，他評說過王維、裴迪的輞川絕句字字入禪，李白、常建等人一些詩句，妙諦微言與世尊拈花，迦葉微笑等無差別、對六朝清遠之音的謝靈運及王維、孟浩然、韋應物等自然田園山水詩派的五言詩特別賞會，視之為詩學典範，特重平淡清遠的風格，這種清遠風格，與玄學言意理論所形成的重視言外之意、象外之境的玄遠意境的探尋，在文化思想上遙相契合，兩者之間，實在有相當切密聯連。

清朝為中國所有詩文學的總結，晚清王國維標舉「境界說」，也可視為詩詞理論的總結，雖然《人間詞話》以詞話命名，內容則涉及詩、詞、曲等，但一樣適用於論詩，《人間詞話》標舉「境界」（又稱「意境」），以為衡量詩、詞高下之標準，認為「境界說」更能掌握詩詞之本來面目，王國維處在西學東進的

時代，自稱早年好康德、叔本華之哲學，其意境說受到西方康德、叔本華哲學美學的影響自不待言，學者多所論及，但更重要是「境界說」的基礎更是紮根於中國傳統詩詞理論基礎上發展出來的，傳統詩論在魏晉玄學言意之辨「尋象觀意」啓示下，詩論特重立象盡意，六朝詩人以田園山水物象的情致來表達玄遠的情趣，影響所及，至唐王昌齡首次以意境論詩，經殷璠、皎然、劉禹錫、司空圖等詩論家不斷補充下，使得意境理論因此深化而趨於成熟，再歷經宋嚴羽、明王漁洋等人的發展，至晚清王國維則可謂是集大成，因此我們可以說，王國維的境界說其理論的來源與中國傳統詩論聯繫實大過於西方美學思想的影響，這可從王國維《人間詞話》自己說過的一段話來說明此種關係，《人間詞話》云：「盛唐諸公，唯在興趣，羚羊挂角，無迹可求，故其妙處，透澈（當作徹）玲瓏，不可湊泊，如空中之音，相中之色，水中之影，境中之象，余謂北宋以前之詞，亦復如是，然滄浪所謂興趣，阮亭所謂神韻，猶不過道其面目，不若鄙人拈出境界二字，爲探其本。〔註1〕」王國維指出，嚴羽所謂的興趣，與王阮亭（士禎）所謂的神韻，猶不過道其面目，不若鄙人拈出的境界能探其本，顯然王國維「境界說」是在對傳統詩歌本質作出深入思考後，更在嚴羽王士禎等人詩論的基礎上所提出來的，而他自信的認爲他的「境界說」，比嚴羽「興趣說」或王阮亭「神韻說」，更能探尋到中國傳統詩詞的本質，故他論詩詞要以「境界說」來取代替「興趣」與「神韻說」；據此我們可以說，王國維是對中國傳統意境理論的更進一步作出的大結穴，同時也是開啓現代化詩論開先聲；而玄學言意之辨對詩學影響的價值所在，玄學「言盡意論」有助成後代詩論對語言、聲律、及雕飾之美等人工的講究；而「言象不盡意」對詩學更具廣擴的影響力，在於啓發詩論家認識到形象藝術若欠缺那種令人回味無窮的言外之意，就毫無生命力可言，也不可能有眞正的藝術美可言；因此「言不盡意」在中國詩論中，早已不成爲煩惱的問題，詩論家認爲它可以克服，更可以轉化，語言不再成爲牢籠，而是家園，因爲玄學言意之辨對語言作出克服超越，啓示詩論家對言外，象外之意的開拓，除了表現對言象有限性的，尋求更廣擴詩意空間，喚醒詩論家對言外，象外之意的開拓，這就加速促成最具有中國特色的詩學意境論、意象、形神、虛實等詩論的出現。

〔註1〕《人間詞話》定稿，頁3，北京：中國人民大學出版社，2004年9月1刷。

重要參考文獻書目

（依作者姓名筆畫排列）

一、古代典籍部分

1. 丁福保輯，《歷代詩話續編》，臺北：木鐸出版社，1983 年 9 月。

2. 王士禎著，《池北偶談》（上、下冊），臺北：臺灣商務印書館社，1974年 7 月初版。

3. 王符著，汪繼培箋，《潛夫論》，北京：中華書局，1996 年 2 月。

4. 王國維著，《人間詞話》，北京：中國人民大學出版社，2004 年 9 月 1 版。

5. 王國維著，《觀堂集林》（外二種），石家莊：河北教育出版社，2001 年11 月 1 版。

6. 王漁洋著《惠棟、金榮、注漁洋精華錄集注》，濟南：齊魯書社，1999年 1 月。

7. 王弼等注疏，《十三經注疏》，臺北：藝文印書館，1982 年 8 月 9 版。

8. 玄奘譯，《大藏經大般若波羅蜜多精六百卷第五冊》，新文豐出版公司影印，未著年月。

9. 朱彝尊撰，《經義考》，北京：中華書局，1998 年 11 月。

10. 朱熹撰，《四書集注》，臺北：漢京文化事業有限公司，1987 年 10 月。

11. 永瑢等撰，《四庫全書總目提要》，北京：中華書局，1995 年 4 月。

12. 辛文房撰，周本淳校正，《唐才子傳校正》，臺北：文津出版社，1988 年3 月。

13. 皮錫瑞著，《經學歷史》，臺北：藝文印書館，1974 年 5 月 1 版。

14. 司馬遷著，《史記》，北京：中華書局，1992 年 2 月 12 版。

15. 何文煥輯，《歷代詩話》，臺北：藝文印書館，1983 年 6 月 4 版。

16. 李昉等，《太平御覽》，北京：中華書局，1996 年 2 月。

17. 李善注，《文選》（附考異），臺北：藝文印書館，1979 年 3 月 9 版。

18. 徐陵撰，《玉臺新詠》，臺北：臺灣中華書局，1976 年 3 月。

19. 陸機著，《陸機文集》，上海：上海社會科學院出版社，2000 年 7 月。

20. 胡正亨著，《唐音癸籤》，臺北：木鐸出版社，1982 年 7 月。

21. 林希逸著，周啓成校注，《莊子口義校注》，北京：中華書局，1997 年 3 月 1 版。

22. 房玄齡、魏徵等，《晉書》，北京：中華書局，1993 年 10 月 5 版。

23. 法顯譯，《佛說大般泥洹經六卷大藏經》，新文豐出版公司影印，未著出版年月。

24. 班固著，《漢書》，北京：中華書局，1992 年 12 月 7 版。

25. 范曄撰，《後漢書》，北京：中華書局，1993 年 3 月 6 版。

26. 陳壽撰，《三國志》，北京：中華書局，1992 年 6 月 11 版。

27. 郭象注，成玄英疏，《南華眞經注疏》，北京：中華書局，1988 年 7 月。

28. 郭慶藩輯，《莊子集釋》，臺北：漢京文化事業，1983 年 9 月。

29. 郭紹虞編選，《清詩話續編》，臺北：木鐸出版社，1983 年 12 月 1 版。

30. 嵇康撰，《嵇中散集》，臺北：臺灣商務印書館，1972 年 3 月 1 版。

31. 曹寅等人，《全唐詩》，上海：上海古籍出版社，1992 年 3 月。

32. 國學整理社輯，〈老子注〉《諸子集成》，北京：中華書局，1996 年 2 月。

33. 國學整理社輯，〈老子本義〉《諸子集成》，北京：中華書局，1996 年 2 月。

34. 國學整理社輯，〈莊子集釋〉《諸子集成》，北京：中華書局，1996 年 2 月。

35. 國學整理社輯，〈呂氏春秋〉《諸子集成》，北京：中華書局，1996 年 2 月。

36. 國學整理社輯，〈法言〉《諸子集成》，北京：中華書局，1996 年 2 月。

37. 國學整理社輯，〈荀子集解〉《諸子集成》，北京：中華書局，1996 年 2 月。

38. 國學整理社輯，〈淮南子〉《諸子集成》，北京：中華書局，1996 年 2 月。

39. 國學整理社輯，〈楊子〉《諸子集成》，北京：中華書局，1996 年 2 月。

40. 國學整理社輯，〈論衡〉《諸子集成》，北京：中華書局，1996 年 2 月。

41. 張溥，《漢魏百三名家集》，臺北：文津出版社，1979 年 8 月版。

42. 楊勇著，《世說新語校箋》，臺北：正文書局，1992 年 10 月。

43. 鍾嶸著，徐達譯，《詩品全譯》，貴州：人民出版社，1995 年 6 月 6 刷。

44. 殷璠著,《河嶽英靈集》,四部叢刊初編集部,臺北:臺灣商務印書館影印本,未著出版年月。

45. 僧祐撰,《出三藏記集》,北京:中華書局,2003 年 10 月 2 刷。

46. 趙翼撰,《杜維運考證》《二十二史箚記》,臺北:華世書局,1977 年 9 月 1 版。

47. 樓宇烈校釋,《王弼集校釋》,臺北:華正書局,1992 年 12 月。

48. 歐陽修等撰,《新唐書》,北京:中華書局 1991 年 12 月 4 刷。

49. 歐陽詢著,《藝文類聚》,上海:上海古籍出版社,1999 年 5 月。

50. 遍照金剛撰,《文鏡秘府論》,臺北:河洛圖書出版社 1976 年 3 月。

51. 遍照金剛撰,《文鏡秘府論》,人民文學出版社 1980 年 9 月。

52. 劉昫等撰,《舊唐書》,北京:中華書局 1991 年 12 月 4 刷。

53. 劉熙載著,《藝概》,臺北:華正書局,1988 年 9 月。

54. 劉勰著,范文瀾註,《文心雕龍註》,北京:人民文學出版社 2000 年 10 月。

55. 劉勰著,周振甫注,《文心雕龍注釋》,臺北:里仁書局 1984 年 5 月。

56. 顏之推撰,王利器注,《顏氏家訓集解》,臺北:漢京出版社,1983 年 9 月 1 版。

57. 釋皎然撰,《五卷本皎然詩式》,臺北:廣文書局 1982 年 8 月初版。

58. 釋慧皎撰,湯用彤校注,《高僧傳》,北京:中華書局,1997 年 10 月 3 刷。

59. 賾藏主編集,《古尊宿語錄》,北京:中華書局,1997 年 10 月 3。

60. 嚴可均校輯,《全上古三代秦漢三國六朝文》,北京:中華書局,1996 年 9 月 2 版。

61. 嚴羽著,郭紹虞校釋,《滄浪詩話校釋》,臺北:里仁書局,1987 年 4 月。

62. 蕭子顯撰,《南齊書》,北京:中華書局 1992 年 7 月 5 版。

63. 魏慶之撰,《詩人玉屑》,臺北:臺灣商務印書館,1983 年 9 月 4 版。

64. 魏徵等撰,《隋書》,北京:中華書局 1996 年 9 月 2 版。

65. 謝榛著,李慶立校箋,《謝榛全集校箋》,江蘇古籍出版社 2003 年 1 月 1 版。

66. 蘇輿撰,《春秋繁露義證》,北京:中華書局 1996 年 9 月 2 版。

二、近人著作部分

1. 于迎春著,《秦漢士史》,北京:大學出版社,2000 年 11 月 1 刷。

2. 王一川著,《語言烏托邦》,雲南人民出版社,1999 年 7 月 3 刷。

3. 王力著,《中國語言學史》,山西人民出版社,1981 年 8 月。

4. 王小舒著,《神韻詩史研究》,臺北:文津出版社,1994 年 6 月初版。

5. 王仲犖著,《魏晉南北朝史》上下冊,上海人民出版社,1998 年 6 月。

6. 王明居著,《叩寂默而求音──周易符號美學》,安徽:大學出版社,1999 年 12 月 1 版。

7. 王岳川著,《現象學與解釋學文論》,山東:教育出版社,2001 年 7 月 2 刷。

8. 王岳川著,《後殖民主義與新歷史主義文論》,山東:教育出版社,2001 年 2 月 2 刷。

9. 王葆玹著,《玄學通論》,臺北:五南圖書出版有限公司,1986 年 4 月。

10. 王葆玹著,《正始玄學》,濟南:齊魯書社,1987 年 9 月。

11. 王曉毅著,《王弼評傳》,南京大學出版社,1996 年 2 月 1 版。

12. 王曉毅著,《儒釋道與魏晉玄學之形成》,北京:中華書局,2003 年 9 月 1 版。

13. 王夢鷗著,《古典文學探索》,臺北:正中書局,1984 年 2 月。

14. 王夢鷗著,《傳統文學論衡》,臺北:時報出版公司,1987 年 6 月。

15. 王夢鷗著,《初唐詩學著述考》,臺北:臺灣商務印書館,1977 年 1 月 1 版。

16. 王瑤著,《中古文學史論》,北京:大學出版社,1993 年 1 月。

17. 王國瓔著,《中國山水詩研究》,臺北:聯經出版事業公司,1986 年 10 月。

18. 中國文史資料編輯委員會,《中國美學史資料選編》(上下冊),臺北:光美書局,1984 年 9 月初版。

19. 古風著,《意境探微》,南昌:百花州洲文藝出版社,2001 年 12 月。

20. 古添洪著,《記號詩學》,臺北:東大圖書公司,1984 年 7 月 1 版。

21. 成大主編,《魏晉南北朝文學與思想研討會論文集》,臺北:文史哲出版社,1991 年 8 月。

22. 朱伯崑著,《易經哲學史》(四卷),北京:華夏出版社,1995 年 1 月。

23. 朱自清著,《朱自清古典文學論文集》,臺北:源流出版社,1982 年 5 月 1 版。

24. 吉川幸次郎著,鄭清茂譯,《宋詩概說》,臺北:聯經出版社,1983 年 3 刷。

25. 申自強著,《中國古代詩詞鑑賞美學聚訟》,河南大學出版社,1997 年 1 月版。

26. 余英時著,《中國知識階層史論古代篇》,臺北:聯經出版事業公司,2001年11月1版。

27. 余治平著,《唯天爲大·建基于信念本體的董仲舒哲學研究》,北京:商務印書館,2003年12月1版。

28. 余嘉錫著,《世說新語箋疏》,上海:上海古籍出版社,1993年12月。

29. 余嘉錫著,《余嘉錫文史論集》,長沙:岳麓書社,1997年5月。

30. 呂玉華著,《唐人選唐詩述論》,臺北:文津出版社社,2004年8月1日。

31. 任繼愈主編,《中國哲學史》,北京:人民出版社,1999年9月19刷。

32. 牟宗三著,《才性與玄理》臺北:臺灣學生書局,1983年8月。

33. 沈清松主編,《跨世紀的中國哲學》,臺北:五南圖書出版,2001年6月1版。

34. 李文初著,《漢魏六朝文學研究》,廣東人民出版社,2000年6月1版。

35. 李辰冬著,《陶淵明評論》,臺北:東大圖書公司,1984年9月再版。

36. 李澤厚、劉剛紀著,《中國美學史》〈魏晉南北朝篇〉,安徽文藝出版社,1999年5月。

37. 李鈞,《存在主義文論》,山東:教育出版社,2000年3月1刷。

38. 李健著,《比興思維研究》,安徽教育出版社社,2003年8月。

39. 金元浦著,《接受反應文論》,山東:教育出版社,2001年2月2刷。

40. 徐復觀著,《兩漢思想史》臺北:臺灣學生書局,1982年2月。

41. 吳國學著,《境界與言詮·唯識存有論向語言層面的轉化》,上海:人民出版社,2003年9月1版。

42. 尚學鋒、過常寶、郭英德等著,《中國古典文學接受史》,山東:教育出版社,2000年9月。

43. 林文月著,《古文學論叢》,臺北:大安出版社,1989年6月。

44. 林麗眞著,《王弼》,臺北:東大圖書公司,1988年7月。

45. 吳禮權著,《中國語言哲學史》,臺北:臺灣商務印書館,1997年1月1版。

46. 倪梁康著,《現象學及其效應·胡塞爾與當代德國哲學》,北京:三聯書店,1996年3月2版。

47. 周裕鍇著,《文字禪與宋代詩學》,北京:高等教育出版社,1998年11月1版。

48. 周裕鍇著,《宋代詩學通論》,成都:巴蜀書社,1997年1月。

49. 周勛初著,《魏晉南北朝文學論叢》,江蘇古籍出版社,1999年11月1版。

50. 佛雛著，《王國維詩學研究》，北京：大學出版社，2000 年 8 月 2 版。

51. 徐復觀著，《中國藝術精神》臺北：臺灣學生書局，1984 年 10 月 8。

52. 姜劍雲著，《太康文學研究》，北京：中華書局，2003 年 6 月 1 版。

53. 高晨陽著，《阮籍評傳》，南京大學出版社，1997 年 3 月 2 版。

54. 袁行霈著，《中國詩歌藝術研究》（增訂本），北京：大學出版社，2001 年 6 月 3 版。

55. 柯慶明、曾永義等，《中國文學批評資料彙編》，成文出版社，1978 年 9 月初版。

56. 唐長孺著，《魏晉南北朝史論叢》（外一種），河北教育出版社，2002 年 1 月。

57. 唐翼明著，《魏晉文學與玄學·唐翼明學術論文集》，武漢：長江文藝出版社，2004 年 9 月 1 版。

58. 唐翼明著，《魏晉清談》，臺北：東大圖書，1992 年 10 月。

59. 康中乾著，《有无之辨魏晉玄學思想再解讀》，北京：人民出版社，2003 年 5 月 1 版。

60. 景蜀慧著，《魏晉詩人與政治》，臺北：文津出版社，1991 年 11 月初版。

61. 許清雲著，《皎然詩式研究》，臺北：文史哲出版社，1988 年 1 月。

62. 許抗生著，《僧肇評傳》，南京大學出版社，1998 年 12 月 1 版。

63. 許抗生著，《魏晉玄學史》，陝西：西安師範大學出版社，1989 年。

64. 孫以楷、陳廣忠著，《道家文化尋根》，安徽：人民出版社，1001 年 12 月。

65. 敏澤著，《中國美學思想史三卷》，山東：齊魯書社，1998 年 8 月 1 版。

66. 喬惟德、尚永亮著，《唐代詩學》，湖南：人民出版社，2000 年 11 月 1 刷。

67. 張少康著，《古典文藝美學論稿》，臺北：淑馨出版社，1989 年 11 月。

68. 張少康、劉三富著，《中國文學理論批評發展史》，北京：大學出版社，1003 年 1 月 6 刷。

69. 張伯偉撰，《全唐五代詩格彙考》，江蘇古籍出版社，1002 年 4 月 1 版 1 刷。

70. 張伯偉著，《鍾嶸詩品研究》，南京大學出版社，2000 年 3 月 2 刷。

71. 張伯偉著，《禪與詩學》，臺北：揚智出版社，1995 年 1 月初版。

72. 張可禮著，《東晉文藝綜合研究》，山東：大學出版社，2004 年 5 月 3 刷。

73. 張善文著，《象數與義理》，臺北：洪業文化事業出版社，1997 年 1 月初版。

74. 張健著,《宋金四家文學批評研究》,臺北:聯經出版社,1983 年 5 月 2 刷。

75. 黃朴民著,《董仲舒與新儒學》,臺北:文津出版社,1992 年 7 月初版。

76. 黃景進著,《意境論的形成唐代意境論研究》臺北:臺灣學生書局,2004 年 9 月。

77. 黃維樑著,《中國詩學縱橫談》,臺北:洪範書局,1977 年 12 月。

78. 逯欽立校注,《陶淵明集》,臺北:里仁書局,1982 年 9 月。

79. 湯一介著,《郭象與魏晉玄學》,北京:大學出版社 ,1000 年 7 月。

80. 湯用彤著,《湯用彤全集三:理學、佛學、印度學》,臺北:佛光文化事業公司,1001 年 4 月。

81. 馮友蘭著,《中國哲學史》,未著撰年。

82. 勞思光著,《中國哲學史》,香港:友聯出版社 1980 年 6 月初版。

83. 郭沂著,《郭店竹簡與先秦學術思想》,上海:教育出版社,1002 年 12 月 2 刷。

84. 郭紹虞、羅根澤主編,《中國歷代文論選》(上中下),臺北:木鐸出版社,1982 年 7 月。

85. 郭紹虞撰,《中國文學批評史》,臺北:明倫書局,未著撰年。

86. 郭紹虞編選,《清詩話續編》,臺北:木鐸出版社,1983 年 12 月。

87. 曾昭旭著,《在說與不說之間》,臺北:漢光出版社,1992 年 2 月 1 版。

88. 梁啓雄著,《荀子簡釋》,臺北:木鐸出版社,1983 年 8 月。

89. 陸揚著,《德里達解構之維》,武漢:華中師範大學 1996 年 7 月 1 版。

90. 傅雲龍、柴尚金著,《易學的思維》,臺北:大展出版社,1002 年 6 月初版。

91. 賀昌群等,《魏晉思想甲編五種》,臺北:里仁書局,1984 年 1 月 20 日。

92. 葉朗著,《中國美學史大綱》,臺北:滄浪出版社,1986 年 9 月。

93. 葉嘉瑩著,《王國維及其文學批評》,臺北:源流出版社,1983 年 10 月 3 版。

94. 陳伯海著,《唐詩學引論》,上海:東方學出版中心,1996 年 2 月 3 刷。

94. 陳良運著,《周易與中國文學》,南昌:百花洲文藝出版社,1999 年 11 月 1 版 2 刷。

95. 陳良運著,《中國詩學體系論》,北京:中國社會科學出版社,1998 年 9 月 2 刷。

96. 陳光磊、王俊衡著,《中國修辭學通論》(先秦兩漢魏晉南北朝卷),吉林教育出版社,1001 年 2 月。

97. 陳昌明著，《緣情文學觀》，臺灣書店印行，1999 年 11 月初版。

98. 陳冠學著，《莊子新注》，東大圖書公司出版社，1989 年 9 月再版。

99. 陳寅恪、萬繩南整理，《魏晉南北朝史講演錄》，臺北：黃山書局，1000 年 12 月 3 刷。

100. 陳順智著，《魏晉南北朝詩學》，湖南：人民出版社，2000 年 11 月 1 刷。

101. 陳道貴著，《東晉詩歌論稿》，安徽教育出版社，1004 年 3 月 1 日。

102. 陳國球著，《唐詩的傳承明代復古詩論研究》臺北：臺灣學生書局，1980 年 9 月 1 版。

103. 陳鼓應著，《老子註譯及評介》，北京：中華書局，1003 年 4 月 9 版。

104. 陳鼓應著，《易傳與道家思想》，北京：三聯書店，1997 年 9 月 2 刷。

105. 陳嘉映著，《語言哲學》，北京：大學出版社 2004 年 2 月 2 刷。

106. 曹旭選評，《中日韓（詩品）論文選評》，上海：上海古籍出版社，1003 年 2 月。

107. 曹道衡、沈玉成著，《中古文學史料叢考》，北京：中華書局，1003 年 7 月 1 刷。

108. 曹慶順等著，《中國古代文論話語》，成都：巴蜀書社，1001 年 7 月。

109. 鄭樹森編，《現象學與文學批評》，臺北：東大圖書公司，1984 年 7 月初版。

110. 蔣永青著，《王國維境說研究境界之真》，北京：中國社會科學出版社，1001 年 7 月 1 刷。

111. 蔣濟永著，《過程詩學》，北京：中國社會科學出版社，1002 年 9 月。

112. 葛榮晉著，《中國哲學範疇導論》，臺北：萬卷樓，1993 年 4 月。

113. 葛曉音著，《山水田園詩派研究》，瀋陽：遼寧大學出版社 1999 年 5 月 2 刷。

114. 潘知常著，《中國美學精神》，江蘇人民出版社 1993 年 5 月 1 版。

115. 蕭艾著，《王國維評傳》，臺北：駱駝出版社，1987 年 7 月。

116. 蕭榮華著，《中國詩學思想史》，華東師範大學出版社，1996 年 4 月 1 版。

117. 廖蔚卿著，《六朝文論》，臺北：聯經出版社，1985 年 9 月。

118. 蔡英俊著，《比興物色與情景交融》，臺北：大安出版社 1980 年 8 月 1 版 2 刷。

119. 蔡鎮楚著，《中國詩話史》，湖南：文藝出版社，1001 年 1 月 1 版。

120. 盧盛江著，《魏晉玄學與中國文學》，南昌：百花洲文藝出版社，1002 年 4 月。

121. 劉大杰著，《中國文學發展史》，臺北：華正書局，1991 年 8 月。

122. 劉大杰著，《魏晉思想論》，上海：上海古籍出版社 2000 年 9 月 2 版。

123. 劉大鈞主編，《象數易學研究》（三），成都：巴蜀書社，2003 年 3 月 1 版。

124. 劉文英著，《王符評傳》，南京大學出版社，2002 年 2 月 2 版。

125. 劉福增著，《老子哲學新論》，臺北：東大圖書公司，1999 年 3 月。

126. 劉運好著，《魏晉哲學與詩學》，安徽：大學出版社，1003 年 4 月。

127. 劉夢溪主編，《湯用彤卷》，河北教育出版社，1996 年 8 月 1 版。

128. 劉懷榮著，《中國古典詩學原型研究》，臺北：文津出版社 1996 年 3 月 1 版。

129. 錢志熙著，《魏晉詩歌藝術本原論》，北京：大學出版社，1993 年 1 月。

130. 錢冠連著，《語言為人類最後的家園》，北京：商務印書館，1005 年 4 月 1 刷。

131. 錢偉量著，《語言與實踐》，北京社會科學文獻出版社，2003 年 6 月 1 刷。

132. 錢鍾書著，《管錐編》（上中下），香港太平圖書公司，1980 年 2 月 1 版。

133. 嚴敏著，《老子辨析及啟示》，成都：巴蜀書社，1003 年 6 月 1 版。

134. 鍾肇鵬、周桂佃著，《桓譚王充評傳》，南京大學出版社，1997 年 3 月 2 版。

135. 寧稼雨著，《魏晉風度——中古文人生活行為的文化意蘊》，北京：東方出版社，1996 年 12 月 2 版。

136. 韓強著，李宗桂主編，《王弼與中國文化》，貴州：人民出版社，1001 年 10 月 1 版。

137. 戴建業著，《澄明之境——陶淵明新論》，武漢：華中師範大學出版社，1998 年 6 月 1 刷。

138. 戴璉璋著，《玄智玄理與文化發展》，臺北：中央研究院中國文哲研究所，1002 年 3 月。

139. 蘇紹興著，《兩晉南朝的士族》，臺北：聯經出版事業公司，1887 年 3 月 1 版。

三、博碩士論文

1. 江建俊撰，《魏晉玄理與玄風研究》，文化中研所博士論文，1987 年 6 月。

2. 林聰舜撰，《向郭莊學研究》，師大國研所碩士論文，1981 年 6 月。

3. 吳曉青撰，《魏晉有無之辯研究》，政治大學中文研究所博士論文，1999

年 6 月。

4. 吳曉青撰,《王弼言意之辨研究》,政治大學中文研究所碩士論文,1993
   年 6 月。

5. 黃錦煌撰,《老子思想研究》,師大國研所碩士論文,1977 年 6 月。

6. 顏承繁撰,《人物志在人性學之價值》,師大國研所碩士論文,1977 年 6
   月。

7. 顏國明撰,《魏晉儒道會通思想之研究》,師大國研所碩士論文,1987 年
   6 月。

8. 謝大寧撰,《從災異到玄學》,師大國研所博士論文,1981 年 6 月。

四、期刊・學報

1. 王力堅著,〈言意之辨與隱秀之象——論正始詩歌的意象表現特徵〉,《齊
   魯學刊》,1998 年第 5 期。

2. 王國健著,〈言意之辨與劉勰的語言藝術論〉,《學術研究》,1994 年第 4
   期。

3. 王曉毅撰,〈佛教與何晏玄學關係之探討〉,《中華佛學學報》,第六期,
   1993 年 07 月。

4. 朱立言著,〈先秦儒家的言意觀初探〉,《復旦學報》,1994 年第 4 期。

5. 李茂增、蔡幼鵬著,〈言意之辯與維特根斯坦難題——兼論言意之辯的美
   學意義〉,《解放軍外國與語學報》,第二十二卷第二期,1999 年 3 月。

6. 李貴、周裕鍇著,〈語言筌蹄與家園——莊子言意之辨的現代觀照〉,《四
   川師大學報》,1997 年 1 月。

7. 李耀南、王文娟著,〈苟粲與言意之辨〉,《青海社會科學》,1995 年 5 月。

8. 沈順福著,〈言意之辨的人生哲學意義〉,(香港人文哲學網頁)。

9. 江建俊著,〈論四玄〉,《成大學報》,第八期,1000 年 6 月。

10. 吳曉青著,〈王弼言意觀初探〉,《中華學苑》,第四十三期,1993 年 3 月
    1 日。

11. 和清撰,〈論魏晉南北朝時期藝術形象的發展〉,《復旦學報》,社會科學
    版,1994 年第 2 期。

12. 孟慶麗著,〈莊子的言意觀辨析〉,《社會科學輯刊》,1002 年第 5 期。

13. 孟慶麗著,〈名定而實辨——苟子言意論〉,《遼陽石油化工高等專科學校
    學報》,2002 年 9 月。

14. 徐陽春著,〈魏晉言意之辨新析〉,《紹興師範專學報》,1994 年第 2 期。

15. 胡建次、邱美瓊著,〈莊子的言意論與符號學的能所觀〉,《撫州師專學
    報》,1999 年第 4 期。

16. 郎寶如著，〈言意之辨從哲學到文學多層面考察〉，《內蒙古大學學報・人文社會科學版》，第 31 卷第 2 期，1999 年 3 月。

17. 袁國聖著，〈言意關係的闡釋與命運〉，重慶師院學報哲學社，1996 年 1 期。

18. 陳躍紅著，〈語言的激活──言意之爭的比較詩學分析〉，《文藝理論》，1994 年 4 月。

19. 詹七一、羅曉非著，〈從莊子的言意之辯看文藝審美活動的特徵〉，1998 年第 4 期。

20. 康義勇著，〈正言若反──走出符號的迷宮〉，國立高雄師大國文系第五屆先秦學術研討會，2004 年 12 月。

21. 曹慶彰著，〈妙悟的美學歷程〉，《廣西大學學報》（哲社版），1998 年 6 期。

22. 黃金榔撰，〈試論鍾嶸詩品對司空圖詩論之影響〉，《嘉南學報》，第二十四期，1998 年 11 月。

23. 黃金榔撰，〈儒學玄學化──王弼易學初探問學〉第四期，高雄師大出版社，2002 年 3 月。

24. 黃金榔撰，〈從漢末人物品鑑至魏正始玄學之轉向〉，《嘉南學報》，第二十七期，1001 年 11 月。

25. 黃金榔撰，〈莊子虛靜心及其在藝文創作之意義試探〉，《嘉南學報》，第二十八期，1002 年 11 月。

26. 黃念然撰，〈中國言意理論與解構哲學的文本觀〉，《晉陽學報》，1995 年第 2 期。

27. 彭雅玲著，〈皎然意境論的內涵與意義──從唯識學的觀點分析〉，《佛學研究中心學報》，第六期。

28. 楊乃喬著，〈經與道兩種詩學本體論的悖立與沖突與魏晉言意之辯前期學術語境的描述〉，《上海社會科學院學術季刊》，1996 年第四期。

29. 楊保春撰，〈從哲學上的言意之辯到文學上的言不盡意論的轉換〉，《青大師院學報》，第 12 卷 3 期，19 年 9 月。

30. 趙保東著，〈試論先秦的名實魏晉的言意之辯〉，《唐都學刊》，第十卷，1994 年第 6 期。

31. 趙泰靖著，〈言意之辯與文賦〉，河南電大，1994 年第 1 期。

32. 賈奮然著，〈文心雕龍言意之辨論〉，《中國文學研究》，1000 年第 1 期。

33. 劉貴傑著，〈玄學思想與般若思想之交融〉，《國立編譯館館刊》，第九卷，第一期。。

34. 劉歡撰，〈劉禹錫意境理論新探〉，《西北大學學報》（哲學社會科學版），

1994 年第 4 期。

35. 顏曉峰撰，〈中國哲學史上的言意之辨〉，《聊城師範學院學報》（哲學社會科學版），1998 年第 2 期。

36. 歸青著，〈試論玄言詩對陶詩的影響〉，《中國詩學》，第八輯，北京人民文學出版社，2003 年 6 月。

37. 謝豐泰著，〈言意之辨及其語言哲學的意義〉，《西藏民族學院學報》（社會科學版），1999 年第一期。

38. 蕭麗華著，〈從儒佛交涉的角度看嚴羽滄浪詩話的詩學觀〉，《佛學研究中心學報》，第五期，2000 年 07 月。